*Ariane*

••

*Manuela Kuck*

# *Ariane*

Roman

*Krug & Schadenberg*

*Für Nanouk*

# I

Am Morgen des dritten Tages meines Aufenthaltes begegnete ich ihr zum ersten Mal, ohne zu diesem Zeitpunkt zu wissen, dass es sich bei der alten Frau um Adele handelte. Sie erinnerte mich an eine verhärmte Bäuerin aus Südeuropa, wie sie mit langsamen, schaukelnden Bewegungen den Nebenweg der Laubenkolonie entlanggeschlurft kam – eine Harke geschultert –, und als sie an meinem Garten vorbeiging, schoss mir durch den Kopf, dass ich nicht so aussehen wollte, wenn ich alt war – so müde und freudlos. Am Abend, als ich gerade im Begriff war, zu einer Fahrradtour aufzubrechen, sah ich sie wieder. Einen Einkaufskorb in die Armbeuge geklemmt, kam sie in Begleitung eines jungen rotbärtigen Mannes in kurzen Latzhosen um die Ecke. Als der Name Adele fiel, horchte ich auf. Ich stieg von meinem Rad und richtete den Sattel, obwohl er tadellos eingestellt war, während ich die beiden vorsichtig und mit beschleunigtem Puls im Blick behielt. Wenig später beendeten sie ihr Gespräch und verabschiedeten sich mit kurzem Gruß voneinander. Der Mann schlenderte den Weg hinunter, Adele verschwand in ihrer Laube, und ich hatte lediglich in Bruchstücken mitbekommen, dass es um die längst geplante und kurz bevorstehende Räumung der Kolonie gegangen war. Mal wieder. Ich schwang mich aufs Fahrrad und fuhr langsam in Richtung Treptower Park.

Es gab kaum ein anderes Thema, das die Gemüter der Laubenpieper so erhitzte wie der Abriss ihrer Anlage – zu Gunsten eines Autobahnzubringers sollten die Kleingärten weichen. Die grüne, seit Jahrzehnten gepflegte Idylle hatte den Kampf gegen die Lobby der Autofahrer verloren, die es für wichtiger erachteten, eine weitere Straße zu bauen. Als gäbe es davon mitten in Neukölln nicht schon genug. Manche Kleingärtner, wie auch Adele, lebten bis auf wenige Wochen das ganze Jahr über in ihren

Lauben, die liebevoll herausgeputzt waren. Miniatureigenheime. Nun waren bereits viele Lauben verwaist, Gärten verwahrlosten zunehmend und machten einen trostlosen Eindruck. Nur eine eingeschworene Restgemeinde harrte weiterhin tapfer aus, betrachtete ihre Pachtverträge als nicht aufgelöst und widerstand trotzig behördlichen Maßnahmen. Dass Adele zu ihnen gehörte, wunderte mich kaum, obwohl ich sie doch noch gar nicht kannte.

Ich hatte per Zeitungsanzeige für einige Wochen eine Laube in der Kolonie gesucht und war schnell fündig geworden. Ein Pächter, dessen Vertrag zum Herbst gekündigt worden war, nutzte nur zu gern die Möglichkeit, ein paar Euro zu verdienen. Darum fragte er auch gar nicht lange nach, was ich in dieser sich auflösenden Gemeinschaft eigentlich vorhatte oder zu finden hoffte. Eine einleuchtende Erklärung hätte ich ihm ohnehin kaum geben können. Wahrscheinlich hielt er mich für eine abgedrehte Karrierefrau, die bereits an jedem Urlaubsziel der Welt gewesen war und nun aus lauter Überdruss mal etwas ganz Schräges, »Volkstümliches« ausprobieren wollte. Weit gefehlt, obwohl die abgedrehte Karrierefrau für sich genommen keine schlechte Beschreibung war.

Karrieremachen war zwanzig Jahre mein vorrangiges Ziel gewesen, und mir war vieles gelungen, wovon andere, die genauso hart arbeiteten wie ich, vergeblich träumten. Mit Ende Dreißig war ich Leiterin der Marketingabteilung eines großen Sportartikelherstellers geworden. Mein Schwerpunkt waren Inlineskates, und wenn ich nicht gerade welche verkaufte, mich mit neuen Entwicklungen beschäftigte, in endlosen Besprechungen saß oder über Verkaufszahlen und Präsentationen brütete, trainierte ich für anstehende Marathons, genoss das Leben, verführte Frauen, enttäuschte Frauen – eine von ihnen hatte ich in den letzten Monaten zutiefst verletzt.

Als ich Paula kennenlernte, wurde vieles anders, nicht nur bei mir, auch bei ihr. Sie ließ es zu, dass die Liebesbeziehung zu ihrer

Freundin Rieke zerbrach, und aus einer leidenschaftlichen Affäre begann sich vor knapp zwei Jahren eine ernsthafte Beziehung zu entwickeln, in der auch schmerzhafte Themen auf den Tisch kamen, was für mich eine ganz neue Erfahrung war – eine Beziehung, in der mehr Zweisamkeit möglich und nötig war, als wir wohl beide angenommen hatten. Aus zwei stets auf Unabhängigkeit und Freiheit bedachten Frauen entstand ein Paar, und das war ein gutes Gefühl. Ich scheute mich nicht, sogar den abgedroschenen Begriff vom Traumpaar in den Mund zu nehmen und rief damit bei all den Menschen, die mich schon eine Weile länger kannten, Verblüffung, wenn nicht Skepsis hervor. Kaum zu glauben, dass ich erst vor einigen Monaten die vollmundige Feststellung getroffen hatte, mein Leben verliefe genau so, wie ich es mir wohl insgeheim immer erhofft hatte, und nun könnte mich nichts mehr aus der Bahn werfen, wirklich gar nichts. Alles schien angelegt auf mindestens hundert Jahre Sorglosigkeit, Zufriedenheit, ja Glück. Und nicht nur das – ich war davon überzeugt, dass ich genau das verdient hatte.

Es gab keinen Einbruch, der meine Welt von einem Tag auf den anderen auf den Kopf stellte, keine Kluft, die sich plötzlich vor mir auftat und mich vor unlösbare Probleme stellte. Nein, ein bedauernswerter Zwischenfall war der Auslöser einer Katastrophe gewesen, deren Ende ich noch nicht absehen konnte und deren einzelne Aspekte mich rückblickend in ihrer unerbittlichen Folgerichtigkeit zutiefst erschreckten. Immer wieder. Und die einzige Chance, die Geschehnisse zu einem wie auch immer gearteten Abschluss zu bringen, bestand darin, mit Adele zu sprechen. Davon war ich zumindest überzeugt.

Ich kannte die alte Frau nicht, und ich wusste nichts von ihr, außer dass sie die Großmutter von Lena war und den überwiegenden Teil der vergangenen Jahrzehnte in ihrer Laube verbracht hatte. Ich konnte mir nicht vorstellen, wie sie auf das reagieren würde, was ich ihr zu sagen hatte. Ich war lediglich davon überzeugt, dass ich auf sie zugehen und beichten musste. Beichten – ein großes Wort. Es war angemessen. Ich hatte beruflich und privat eine Auszeit genommen, um genau das zu tun.

In einem anderen Leben hätte ich die Vorstellung, für einige Wochen oder auch nur Tage in einer Laube zu wohnen und mich unter das Kleingärtnervolk zu mischen, für völlig absurd gehalten. Wahrscheinlich hätte ich mich sogar ausgeschüttet vor Lachen. Diese Art von Kultur hatte ich immer mit einer gewissen Arroganz betrachtet, stellte sie doch für mich die Spitze kleinbürgerlicher Verschrobenheit dar, die mit mir nichts, aber auch gar nichts zu tun hatte. Schon Einladungen zu Grillabenden vor dem lauschigen Hintergrund einer selbstgezimmerten Laube und eigenhändig gezüchteten Tomaten hatte ich stets mit hochgezogenen Brauen und spöttischem Lächeln ausgeschlagen. Die Grenze des Zumutbaren war für mich deutlich überschritten, wenn Gartenenthusiasten mit zipfelmützigen Plastikzwergen an niedlichen Teichanlagen possierliche Szenen ihres Familienlebens nachstellten. Ich konnte mir nicht vorstellen, dass derlei Beschäftigungen einem halbwegs gesunden Verstand entsprangen. So meine hochmütige Meinung, und ich änderte sie nur, weil sich alles geändert hatte und ich feststellen musste, dass es niemanden gab, auf den ich meinte herabblicken zu können.

Nach gut zwei Stunden kehrte ich von meinem Ausflug zurück. Im Gepäck hatte ich einen Döner, Salat und eine Packung Kekse. Der Gasofen in meiner Laube funktionierte ganz gut, wie ich festgestellt hatte, aber ich war zu faul und zu müde, um mich an diesem Tag noch als Köchin zu betätigen. Da ich nicht im Training war und Ernährungssünden eines meiner geringsten Probleme darstellten, aß ich zwar nicht genüsslich, aber hungrig. An den letzten beiden Abenden hatte ich stundenlang wachgelegen und Zwiegespräche geführt – mit Paula, Adele und mir selbst –, bevor ich eingeschlafen war, und ich hoffte, dass mir die körperliche Erschöpfung in dieser Nacht schneller in den Schlaf helfen würde.

Die Abmessungen meiner Hütte waren für Laubenpieper-Verhältnisse recht großzügig – nahezu zwanzig Quadratmeter, auf denen Koch- und Schlafecke, ein paar Schränke und Stühle sowie ein ausziehbarer Tisch untergebracht waren –, im Vergleich zu meinen Wohnverhältnissen jedoch mehr als bescheiden. Dennoch hatte ich zu meinem Erstaunen alles unterbringen können, was ich für einige Wochen benötigte, und konnte, wenn mir danach war, sogar fernsehen. Die Fenster waren mit halblangen bunten Gardinen versehen, der Holzboden machte einen robusten Eindruck, und an der äußeren Rückwand der Laube gab es sogar eine Toilette und eine Dusche – natürlich nur mit kaltem Wasser.

Der Garten selbst entsprach dem üblichen Standard: überdachte Terrasse, Grill, einige schattenspendende Obstbäume, säuberlich gestutzte Büsche und schnurgerade Beete, in denen glücklicherweise keine Gartenzwerge ihr Unwesen trieben. Direkte Nachbarinnen oder Nachbarn hatte ich nicht mehr, was ich sehr begrüßte. Die wenigen Laubenpieper, denen ich begegnete, musterten mich entweder misstrauisch oder beachteten mich gar nicht. Sie hatten andere Sorgen. Garantiert nicht meine.

Drei, vier Wochen, meinen restlichen Jahresurlaub, hatte ich veranschlagt, um mich bei Adele vorzutasten; vielleicht brauchte ich länger, vielleicht gelang es mir schon nach einer Woche, ihr näherzukommen und ein wie auch immer geartetes Verhältnis aufzubauen. Vielleicht würde es mir nie gelingen. Aber darüber wollte ich erst gar nicht nachdenken.

Ich war gerade im Begriff das Licht auszuschalten, als mein Handy ertönte. Paula. Mein Herzschlag beschleunigte sich.

»Hallo«, sagte ich leise.

»Selber hallo«, gab sie zurück.

Wir hatten vereinbart, alle zwei, drei Tage zu telefonieren. Mein ursprünglicher Vorschlag hatte gelautet, lediglich einmal in der Woche miteinander zu reden, worauf Paula mir empört einen Vogel gezeigt hatte. Wenn es nach ihr gegangen wäre, hätte ich jeden Tag zumindest ein kleines Lebenszeichen von mir geben müssen.

»Das bist du mir schuldig«, hatte sie – völlig zu Recht natürlich – gesagt. Dennoch – ich brauchte den Abstand, so sehr er mich selbst schmerzte, und schließlich waren wir bei diesem Kompromiss gelandet. Es war sonst nicht Paulas Art, Nähe und Kontakt einzufordern, schon gar nicht mit solch sprechenden Augen, und allein daran erkannte ich, dass sie Angst hatte – ohne genau zu wissen wovor. Ich hätte auch nicht in ihrer Haut stecken mögen.

»Hast du schon geschlafen?« fragte sie nach einem Moment, in dem sie wahrscheinlich versucht hatte, meine Stimmungslage auszuloten.

»Nein, noch nicht.«

Erneute Pause. Meine Güte, was sollte ich ihr sagen?

»Und du willst mir wirklich nicht erzählen, was los ist und wo du bist?« fragte sie schließlich. Ihre Stimme klang unsicher. Sie versuchte, beherrscht zu wirken, aber es gelang ihr nicht. »Es ist doch einfach albern ...«

»Wahrscheinlich«, gab ich rasch zu. »Aber das haben wir alles schon durchgekaut, und nicht nur einmal. Ich brauche diese Zeit jetzt für mich, und das Ganze hat rein gar nichts mit uns beiden zu tun. Das musst du mir glauben.«

»Dazu bin ich ja auch bereit. Nur – warum kannst du dann nicht mit mir reden? Wozu diese fast wortlose Flucht, wenn nicht ich der Auslöser bin? Wenn sie nichts mit uns zu tun hat?« Sie blieb hartnäckig. »Ich kapiere das nicht, Ariane, und ich werde es auch nicht kapieren. Das liegt aber nicht an meiner Begriffsstutzigkeit, denn durchgekaut, wie du es nennst, haben wir im Grunde nur, dass du es für notwendig hältst, ohne Erklärungen ein paar Wochen zu verschwinden. Kurzum: Ich weiß nicht, warum du wo bist ... Und das ist schwer zu ertragen«, fügte sie nach einer kleinen Pause hinzu.

Ich lächelte, obwohl es überhaupt keinen Grund dafür gab. Wahrscheinlich hätte ich sonst geheult. »Später, Paula, ich erzähle es dir später. Versprochen.« Vielleicht verlässt du mich dann, fügte ich still hinzu. Ich könnte es verstehen. »Erzähl lieber von dir, bitte! Wie läuft das Werbegeschäft? Was macht dein Chef?« Was ist los im ganz normalen Leben, wie wir es vor nicht allzu langer Zeit geführt haben?

Paula arbeitete in einer Werbeagentur – wir hatten uns kennengelernt, als ich für meine Firma eine neue Kampagne für Inliners in Auftrag gab. Bis Paulas Agentur den Zuschlag bekommen hatte, war es einige Monate in jeder Hinsicht heiß zwischen uns hergegangen. Ich hatte jede Minute genossen.

»Ich bin nicht sehr konzentriert bei der Sache«, antwortete sie. »Aber lassen wir das.«

Ich sah sie förmlich vor mir – wie sie sich über das kurze Haar strich, für einen Moment die Augen schloss. Ich wünschte, ich könnte bei ihr sein, sie umarmen und küssen, aber zugleich wusste ich, dass ich unser Zusammensein nicht genießen würde. Und sie auch nicht.

»Ja, lassen wir das«, stimmte ich ihr zu.

Die Frage, ob sie wenigstens vernünftig aß, lag mir plötzlich auf der Zunge, aber ich schluckte sie hinunter. Wir hatten vereinbart, dass es ihre Angelegenheit war, wie sie mit ihrer Eßstörung umging – so lange sie ungefähr ihr Gewicht hielt. Das konnte ich jedoch nur einschätzen, wenn ich sie sah. Dann komm doch und sieh mich an, würde sie vielleicht antworten. Außerdem war dieses Thema sicherlich das letzte, worüber Paula im Moment mit mir reden wollte.

»Was macht Rieke? Hast du sie besucht?« fragte ich weiter. Es klang nicht wirklich interessiert, und ich hoffte, dass Paula darüber hinweghören würde.

Ich hatte Rieke schon vor einiger Zeit persönlich kennengelernt – sie und ihre Freundin Toni, die auch die Idee gehabt hatte, dass wir uns mal an einen Tisch setzen sollten, und beide sympathisch gefunden. Der gemeinsame Abend bei Rieke im Bistro war mir in angenehmer Erinnerung, nicht zuletzt weil Rieke eine begabte Köchin und Bäckerin war, was sie mit diversen Leckereien eindrucksvoll unter Beweis gestellt hatte. Allerdings war unübersehbar gewesen, dass Toni und ich mit der Viererkonstellation am leichtesten zurechtgekommen waren und beherzt zugegriffen hatten, während Paula und Rieke ziemlich gehemmt gewesen waren und nicht den allergrößten Appetit entwickelt hatten – was Paula vehement abstritt, als ich sie hinterher darauf ansprach. Daraufhin hatte ich meine Meinung, dass das Ende ihrer beider Beziehung noch nicht ganz verdaut war, zunächst einmal lieber für mich behalten.

»Nein, wir haben noch keinen Termin gefunden«, entgegnete Paula. »Aber ich werde sie morgen noch mal anrufen.«

»Sprich mit ihr, wenn es dir guttut.«

»Zu gütig von dir.«

Ich schloss kurz die Augen und schaffte es, die Bemerkung unkommentiert zu lassen.

»Lass uns das Gespräch beenden«, sagte ich schließlich.

»Das Gespräch? Was für ein Gespräch?«

»Paula ...«

»Schon gut, vergiss es.«

Ich strich mir durch die Haare.

»Wie lange, Ariane – wie lange wird das dauern, was du eine Auszeit nennst?« fragte sie plötzlich in heftigem Ton.

»Wenn ich es wüsste, hätte ich es dir längst gesagt.«

»Auch auf die Gefahr hin, dass ich mich wiederhole: Ich finde die Situation unerträglich.«

»Ich auch, Liebes. Ich auch.«

»Verdammt ...«

»Schlaf trotzdem gut.«

Ich unterbrach die Verbindung, ohne Paulas Erwiderung abzuwarten, und schaltete das Handy aus. Einen Moment später löschte ich das Licht. Ich starrte in die Dunkelheit und wartete auf den Schlaf, der mich von quälenden Fragen erlösen sollte. So hoffte ich.

## 2

In den nächsten zwei Tagen sah ich Adele gar nicht, egal zu welcher Uhrzeit ich »rein zufällig« an ihrem Garten vorbeischlenderte. Die Läden ihrer Laube waren geschlossen, und außer einigen Vögeln, die sich an ihrem Teich niedergelassen hatten, regte sich kaum etwas. Ich war so angespannt und ruhelos, dass ich schließlich sogar begann, in meinem Garten den Rasen zu mähen und Unkraut zu jäten. Ich hatte noch ungefähr in Erinnerung, wie das ging, obwohl es Jahre, Jahrzehnte her war, dass ich meiner Mutter in unserem Garten hatte helfen müssen. Meine Güte, wie verhasst mir das gewesen war – mich neben meiner ungeduldigen, hochroten Mutter durch die Beete arbeiten zu müssen. Im Gegensatz zu meiner jüngeren Schwester Veronika hatte ich beim Aufspüren unerwünschter Pflänzchen nicht sonderlich viel Begabung erkennen lassen. Natürlich nicht. Meine zarte, mädchenhafte Schwester war schon immer Mamas Liebling gewesen, während ich als störrischer Raufbold und Hitzkopf gegolten hatte. Es lag noch gar nicht allzu lange zurück, dass Veronika und ich an einem langen Winterabend zum ersten Mal ausführlich darüber gesprochen hatten. Ich war erstaunt gewesen, wie wichtig ihr unsere Beziehung war, während ich alle familiären Kontakte auf ein Minimum beschränkt hatte – aus guten Gründen, wie ich meinte. Vielleicht hätte ich seinerzeit ernsthafter über all das nachdenken sollen, statt anzunehmen, alles sei geklärt und damit erledigt. Welch ein Irrtum.

Ich scheuchte eine Fliege beiseite und damit auch die Gedanken, die mich von allen Seiten bedrängten, und richtete mich auf. Mein Rücken schmerzte von der ungewohnten Arbeit. Ich stützte mich auf die Hacke. Jahrzehntelanges hartes Sporttraining schützte mich nicht davor, nach zwei Stunden Gartenarbeit mit krummem Rücken dazustehen und zu stöhnen. Meine Mutter hätte mich ausgelacht.

Am nächsten Morgen ließ mich der Muskelkater völlig rückenlahm durch die Laube schleichen. Nach einigen Dehnübungen und zwei Tassen Kaffee war ich entspannter und begann den Garten mit Hilfe einer Gießkanne zu bewässern, die ich von Beet zu Beet schleppte. Eine mühselige Arbeit, bei der ich sofort in Schweiß ausbrach. Ein seltsames Geräusch ließ mich hochschauen. Eine Frau stand am Zaun und lachte über die Pforte hinweg ein rauhes Lachen, bei dem sie ihr lückenhaftes Gebiss präsentierte. Adele. Ich setzte die Gießkanne ab und sah sie an. Unzählige Falten waren in ihr wettergegerbtes Gesicht gegraben, in dem sich eine gewisse Schadenfreude breitgemacht hatte.

»Guten Morgen«, sagte ich. Meine Stimme war klein. Fremd.

Sie nickte mir weiterhin grinsend zu. »Was machst du denn da?« Adele gehörte zu den Menschen, die andere umstandslos duzten, ob denen das behagte oder nicht.

»Ich gieße«, gab ich zurück.

Sie schüttelte den Kopf und warf mir einen Blick zu, als hielte sie mich für selten dämlich. »Ach, ja? Nun, das kann ich gerade noch so erkennen. Manfred hat doch einen Sprenger. Warum schleppst du dich so ab?«

»Einen Rasensprenger? Ach ...«

»Ja – ach!«

Sie äffte mich nach, und zwar mit großem Vergnügen. Wenn

meine Sekretärin Maren mich in dieser Situation beobachtet hätte, wäre sie wahrscheinlich aus dem Staunen nicht herausgekommen – gelinde formuliert. Ihre stets wortgewandte, selbstsichere Chefin stand mit hängenden Schultern da und ließ sich von einer Laubenpieperin anblaffen und auslachen.

»Ich kenne mich hier noch nicht so aus«, entgegnete ich in rechtfertigendem Ton.

»Komisch, das hab ich auch schon gemerkt. Ich bin Adele. Was machst du hier überhaupt? Hat der Manfred dir etwa seinen Garten angedreht? Wenn ja, hast du kein gutes Geschäft gemacht, sondern die Katze im Sack gekauft.«

»Ich bin Ariane.« Du liebe Güte, dachte ich, wenn sie wüsste, dass ich nur ihretwegen hier bin ... Ich setzte ein Lächeln auf und wies auf den Garten hinter mir. »Ich habe mich nur für ein paar Wochen hier eingemietet, weil ich noch nie in einer Laube gewohnt oder mich um Pflanzen gekümmert habe ...«

»Nicht doch.«

Ich nickte ihr zu, als wäre mir ihr ironischer Ton entgangen. Innerlich biss ich die Zähne zusammen. »Erfahrungen sammeln sozusagen.«

»Ach du Schreck, was ist denn das für ein neumodischer Quatsch?« kommentierte sie gnadenlos. »Du wirst dir den Rücken verrenken, dir einen Sonnenbrand holen, und der Garten hat auch nichts davon. Aber ist ja sowieso bald alles vorbei. Oder bleibst du hier, auch wenn es ernst wird?« Sie schüttelte den Kopf. »Nee, was frage ich denn? Du willst ja nur ein paar Wochen bleiben. Urlaub machen.«

»Mögen Sie vielleicht einen Kaffee?« wagte ich den direkten Vorstoß. »Ich habe gerade welchen aufgebrüht.«

»Nee, ich hab's eilig heute. Außerdem – lass das vornehme Gesieze. Ist nicht üblich hier, und ich kann's nicht ausstehen.« Damit drehte sie sich um und schlurfte davon.

Ich blieb noch einen Moment wie betäubt stehen, bevor ich

mich auf die Suche nach Manfreds Sprenger machte, der, wie es sich gehörte, im Geräteschuppen untergebracht war und mir die Arbeit erheblich erleichterte – nachdem ich begriffen hatte, wie er funktionierte.

Die Enttäuschung lag mir stundenlang bleischwer auf der Seele. Offensichtlich hatte ich, ohne es zu merken, Erwartungen gehegt, die kaum ansatzweise mit der Wirklichkeit übereinstimmten. Ich war zwar davon ausgegangen, dass Adele eine einfache und ungebildete Frau war, aber ich hatte nicht mit ihrer unverblümten Art gerechnet, und schon gar nicht war ich darauf vorbereitet gewesen, dass ich sie auf den ersten Blick unsympathisch finden könnte. Das passte einfach nicht in meine Vorstellung. Ich hatte sie gefälligst zu mögen, alles andere war unangemessen. Es stand mir nicht zu, sie abzulehnen.

Was für ein Blödsinn, fuhr es mir einen Augenblick später durch den Kopf. Ich musste die Aufmerksamkeit einer Frau gewinnen, die ich zumindest nach dem ersten Gespräch nicht mochte. Die sich lustig über mich machte und mich wahrscheinlich für eine Exotin hielt, die nicht hierhergehörte.

Ich hatte Lena auch nicht gemocht.

Als ich am nächsten Abend mein Fahrrad vor der Pforte anschloss, tauchte Adele auf.

»Es ist ein bisschen spät für Kaffee«, sagte sie, als hätten wir unser letztes Gespräch gar nicht unterbrochen. »Aber wir könnten hiervon einen Schluck nehmen.« Sie hielt eine Flasche hoch und schwenkte sie. »Selbstgebrannter Mirabellenschnaps.« Ihre Stimme klang stolz. »Dagegen ist alles, was du im Supermarkt findest, fader Fruchtfusel.«

»Ach, ja?«

Sie nickte eifrig und grinste mich an. »Der hat einige Umdrehungen. Wenn man's nicht gewöhnt ist, knallt der ganz schön rein, und zwar ruckzuck.«

Sie kicherte, während mir zwei Dinge gleichzeitig klar wurden – ich durfte dieses Angebot auf keinen Fall ablehnen, und ich würde mir einen fürchterlichen Kater einhandeln, denn Schnaps, wie Adele ihn anpries, gehörte eindeutig nicht zu meiner Welt. Ein, zwei Gläser Wein oder Prosecco vertrug ich sehr gut und den einen oder anderen Longdrink auch, aber Schnaps? Noch dazu selbstgebrannter? Mir schwante Übles.

»Klingt gut«, sagte ich und versuchte, erfreut zu klingen, während ich die Pforte öffnete, um Adele eintreten zu lassen. »Bleiben wir draußen sitzen?«

»Na, was denn sonst? Dazu hat man doch einen Garten«, erwiderte sie und sah mich einen Moment scharf an.

Dann stiefelte sie zur Veranda und zog sich einen Stuhl heran. Offensichtlich war sie schon häufiger hiergewesen. In ihrer grünen Arbeitshose und den erdverkrusteten Gummistiefeln wirkte sie tatendurstig und aufgeräumt – die matte Freudlosigkeit, die ich vor einigen Tagen bei ihr bemerkt hatte, war wie weggeblasen. Aber vielleicht hatte ich ja auch nur meine eigene Stimmung auf sie übertragen.

»Ich hole Gläser«, erklärte ich eilig.

»Kann nicht schaden.«

Außerdem brachte ich Brot, Käse und Schinken mit, denn auf leeren Magen würde mir der Schnaps innerhalb weniger Minuten den Garaus machen.

»He, lass gut sein, ich hab schon gegessen«, sagte sie und schenkte sofort ein.

»Aber ich nicht.«

Sie hob ihr Glas und prostete mir zu. Dann warf sie den Kopf nach hinten und kippte sich den Schnaps schwungvoll hinter die Binde. Wohliges Schütteln und Schmatzen vollendeten die erste Runde. Sie schob das andere Glas breit lächelnd in meine Richtung.

»Nun los, rein damit. Den einen schaffst du auch vor dem Essen«, erklärte sie in einem Ton, der keinen Widerspruch duldete.

»Aber ...«

»Mein Gott, zier dich nicht! So was Gutes kriegst du nicht in der Stadt, das versprech ich dir.«

Ich nippte vorsichtig. Ein leichtes Brennen erwärmte meinen Gaumen, zugleich schmeckte ich süße Schärfe. Oder scharfe Süße. Ich nahm einen etwas größeren Schluck und sah Adele verblüfft an. »Das hatte ich mir weitaus schlimmer vorgestellt.« Das war schamlos untertrieben – das Zeug schmeckte hervorragend.

Sie lachte ihr Zahnlückenlachen und nahm sich ein Stück Käse. »Ich mache den besten Mirabellenschnaps hier in der Kolonie – frag, wen du willst. Du kannst eine ganze Flasche trinken und immer noch Polka tanzen.«

Das war natürlich ein Argument, seufzte ich im stillen.

»Und am nächsten Morgen?« fragte ich, während Adele nachschenkte und ich ein Brot dick mit Käse und Schinken belegte. »Kann man da immer noch Polka tanzen?«

»Wenn man Glück hat, schläft man einfach ein paar Stunden länger und braucht dann ein kräftiges, gutgewürztes Frühstück«, erläuterte sie die Nachwehen ihres Gebräus.

»Und wenn man kein Glück hat?«

Adele leerte ihr Glas erneut mit einem Ruck. »Ist man immer noch besoffen.«

»Das klingt ja direkt beruhigend.«

Drei Schnäpse später hatte ich mich deutlich entspannt, und Adele erschien mir von Minute zu Minute witziger und sympathischer, während sie von rauschenden Festen in ihrem Garten erzählte – von Tomaten-Willi, der das beste Gemüse anbaute, aber keinen Alkohol vertrug, und von Flieder-Emma, bei der es himmlisch duftete und die immer fremdging, wenn sie angetütert war, sich am nächsten Morgen jedoch an nichts mehr erinnern konnte – angeblich jedenfalls. Ich ließ mich von Adeles Geschichten erheitern und einlullen und genoss die Leichtigkeit dieses schnapsseligen Abends, die mich fast vergessen ließ, warum ich mit Adele zusammensaß. Nach sechs Schnäpsen klappte die Koordination einzelner Körperteile nicht mehr hundertprozentig, und darüber hinaus hatte ich das seltsame Gefühl, dass meine Zunge allmählich verlernte, die Signale, die mein Kopf ihr sandte, in Sprache umzusetzen, während Adele taufrisch wirkte und sich mit behaglichem Seufzen einen Zigarillo anzündete.

»Und was machst du so?« fragte sie schließlich, nachdem sie mich ausschweifend ins Bild gesetzt hatte, was das Leben in der Kolonie ausmachte, und paffte mir den Rauch direkt ins Gesicht. »Wenn du dich nicht gerade als Laubenpieperin versuchst.«

Sie glaubt mir nicht, dachte ich – besser gesagt: Ein vernebelter Gedanke, der diesem Satz nahe kam, schlingerte träge wabernd vor meinem inneren Auge auf mich zu, nachdem ich ihn lange genug angestarrt hatte.

»Ich arbeite in einer Sportartikelfirma«, erklärte ich wahrheitsgemäß und jede einzelne Silbe sorgfältig artikulierend.

»Aha.«

»Wir bauen Rennräder und Inlineskates.«

Sie sah mich schweigend an. Ich gab den Blick zurück und dachte nach. Konnte es sein, dass sie nicht wusste, was Inliners waren? Oder sprach ich schon so undeutlich?

»Schuhe auf Rollen«, fügte ich mühsam hinzu und trank den nächsten Schnaps in der gleichen schwungvollen Art wie Adele. So schlecht war die Methode gar nicht.

»Sag doch gleich Rollschuhe.«

Einen Moment lang prüfte ich diesen Vorschlag.

»Nee, das stimmt so nicht«, sagte ich dann gedehnt und lehnte mich im Gartenstuhl zurück. »Rollschuhe haben vorne und hinten jeweils zwei Rollen nebeneinander. Bei den Inliners sind vier oder fünf Rollen hintereinander angeordnet. Und der Schuh sieht aus wie ein Eishockey- oder Skischuh. Man fährt richtige Rennen damit – Marathon zum Beispiel.« Das war eine langatmige Erklärung gewesen, und ich war glücklich, dass ich sie ohne zu stolpern herausgebracht hatte.

Adele schüttelte den Kopf. »Was die Leute so alles brauchen. Rollen nebeneinander, Rollen hintereinander ... Marathon ... na, ist ja nicht mein Problem.« Ihr Gesicht verdüsterte sich plötzlich und ohne ersichtlichen Grund. »Ich glaube, ich muss jetzt mal langsam rüber in meine Koje.«

Sie stand auf, klemmte sich die Flasche unter den Arm, in der sich nur noch ein erschreckend kleiner Rest befand, und ging steifbeinig, aber beneidenswert sicher und ohne größere Koordinationsausfälle den Weg hinunter. An der Pforte winkte sie noch einmal kurz, dann verschwand sie in der Dunkelheit. Ich war heilfroh, dass ich nach diesem Gelage nur wenige Meter zu bewältigen hatte, und schon die bereiteten mir erhebliche Probleme. Der Versuch, zumindest die Überreste des Essens mit in die Hütte zu nehmen, scheiterte kläglich. Schinken und Käse rollten über die Terrasse und wurden später in der Nacht leichte Beute diversen Getiers. Als ich aufstand, schwankte der Boden ganz bedenklich. Ich arbeitete mich mit eingezogenem Kopf die wenigen Schritte in die Laube vor, als müsste ich mich an einem Seil eine marode Hängebrücke entlanghangeln, die eine abgrundtiefe Schlucht überspannte. Eine Stimme in mir rief weinerlich nach Paula und verdammte im nächsten Moment abwechselnd Adele und mich selbst. Zum Glück fiel ich in Tiefschlaf, kaum dass mein Kopf das Kissen berührt hatte. Über den folgenden Tag bewahrte ich in der Regel strengstes Stillschweigen.

Insgesamt drei Mal musste ich ein Trinkgelage mit Adele durchstehen, und an den darauffolgenden Tagen ging es mir jeweils so elend, dass ich den Eindruck gewann, auf diese Weise einen Teil meiner Schuld, einen winzigen Teil natürlich nur, abzutragen. Wir redeten in diesen Stunden nicht wirklich miteinander – es war schlichtes Kneipengeplauder, in dem man nichts von der anderen erfuhr. Ich nahm an, dass es Adele immer wieder zu mir zog, weil sie die schnelle Wirkung des Alkohols auf mich amüsant fand. Dass sie einsam war, begriff ich erst, als sie schließlich doch noch meine Einladung zu Kaffee und Kuchen annahm.

Genau zwei Wochen nach meinem Einzug in die Laube saß Adele auf der Terrasse vor mir, beäugte argwöhnisch den Erdbeerkuchen, den ich in aller Eile besorgt hatte, und legte schließlich in einer anrührenden Geste ihre klobigen Hände in den Schoß.

»Magst du überhaupt Erdbeerkuchen mit Schlagsahne?« fragte ich, während ich ihr ein Stück auf den Teller legte.

»Ach ja – hin und wieder, warum nicht?«

Enthusiastisch klang das nicht, aber immerhin: Adele probierte, und es schien ihr zu schmecken. Sie trank schlürfend ihren Kaffee und wirkte zufrieden. Was für eine bizarre Situation, fuhr es mir plötzlich durch den Kopf. Ich sitze hier mit dieser alten, ungehobelten Frau zusammen, die ich noch vor einigen Monaten kaum beachtet hätte, und wenn dann wohl mit gerunzelter Stirn, und mein ganzes Sinnen und Trachten ist darauf ausgerichtet, ihr interessiertes Wohlwollen zu erringen. So viel hing davon ab. Und dabei wusste ich noch nicht mal, wie und womit ich anfangen sollte, wenn sie denn überhaupt bereit war, mir zuzuhören.

»Hast du eigentlich einen Freund?« fragte Adele plötzlich in meine Überlegungen hinein und gab einen weiteren Löffel Schlagsahne auf ihren restlichen Kuchen.

Ich stellte meine Tasse ab. »Nein. Ich stehe nicht auf Männer. Ich bin mit einer Frau zusammen.«

Adele hörte auf zu kauen, und ihr Blick sprach Bände. Seit Jahren eingebunden in meine Welt und meinen Alltag, hatte ich ganz vergessen, dass es immer noch Menschen gab, denen die homosexuelle Lebensweise fremd war – und nicht geheuer. Bestenfalls.

»Ach so.« Sie verschränkte die Arme vor der Brust. »Hätte ich nicht gedacht. Du wirkst eigentlich ganz ... ähm ...«

»Normal?«

»Ja«, stimmte sie zu und nickte. »Ist auch so ein neumodischer Kram. So was gab es früher nicht, und wenn, wurde nicht darüber geredet. Wen geht's schließlich was an, mit wem man ins Bett geht?«

Ich konnte mich kaum erinnern, wann ich meine Lebensweise das letzte Mal verteidigt hatte beziehungsweise einem Menschen mit Vorbehalten begegnet war, und ich spürte, dass mein anfänglicher Unmut zu Ärger anschwoll. Ich hob das Kinn und sah sie an.

»Und nun? Schmeckt dir der Kuchen nicht mehr oder wird dir der Hals eng, weil die Luft plötzlich verpestet ist?« fragte ich.

»Hab ich nicht gesagt. Aber ich finde es schon ... na ja, nicht normal. Ungesund. Sieht man ja auch an dieser Krankheit ... wie heißt die doch gleich?«

Ich stöhnte auf. Adele würde keinen Millimeter von ihrem Urteil abrücken – da konnte ich erläutern, belegen und rechtfertigen, bis ich grün anlief. Sie lehnte Schwule und Lesben ab. Fertig, aus. Ich konnte noch froh sein, dass sie mir nicht mit der christlichen Arie kam. Ich schob meinen Teller beiseite.

»Das ist ausgemachter Unsinn«, sagte ich bemüht sachlich. »Inzwischen können homosexuelle Paare heiraten ...«

Sie tippte sich an die Stirn. »Vor zwanzig, dreißig Jahren war es das Größte bei jungen Leuten, eben *nicht* zu heiraten, sondern in wilder Ehe zu leben, wie man so sagte. Weißt du das überhaupt? Und jetzt reißt ihr euch plötzlich darum, aufs Standesamt zu gehen! Warum eigentlich? Weil es so ungehörig ist?«

Für einen Moment verschlug es mir die Sprache.

»Es ist eben *nicht* ungehörig!« blaffte ich sie schließlich an. »Und wir wollen einfach nur die gleichen Rechte wie alle anderen auch, ob wir sie nun wahrnehmen oder nicht. Ich persönlich reiße mich nicht um den Gang aufs Standesamt, aber vielleicht ändert sich das ja irgendwann mal. Und dann möchte ich die Möglichkeit haben, meine Freundin zu heiraten.«

Adele kicherte plötzlich ihr Altfrauenkichern. »Wie sich das aus deinem Mund anhört – meine Freundin heiraten! Und dann Kinder bekommen, oder wie?« Sie sah mich höchst belustigt an und winkte dann ab. »Reg dich nicht auf. Ist eben meine Meinung. Die änderst du auch nicht mehr, also versuch's erst gar nicht. Aber ich hab nichts gegen dich. Ist mir doch egal, mit wem du in die Kiste steigst. Bist ganz in Ordnung. Bisschen verrückt vielleicht, aber in Ordnung.«

»Das hörte sich eben aber anders an«, wandte ich ein.

»Ist halt 'ne Überraschung gewesen.« Sie zuckte die Achseln. »Aber du bist ja jetzt nicht anders als vor zwei Tagen, oder? Und solange du mich nicht anmachst ...« Sie lachte laut und klopfte sich begeistert auf die Oberschenkel.

Ich schwankte zwischen Empörung, Groll und unterdrücktem Lachen und schüttelte schließlich resigniert den Kopf.

»Ich hatte auch so eine in der Familie«, sagte Adele plötzlich ernst und wischte sich über die Nase. »Jedenfalls hat sie es mal mit Frauen probiert.«

Mein Herz begann wie wild zu trommeln, und ich wagte sie kaum anzusehen.

»Und – war das so schlimm?« fragte ich.

Adele beugte sich über ihren Teller und begann die Kuchenkrümel und Sahnereste zusammenzukratzen.

»Ich rede nie darüber«, erklärte sie, ohne hochzublicken. »Mit wem auch?«

Wohl kaum mit Tomaten-Willi, schoss es mir durch den Kopf, aber ich behielt die Bemerkung für mich.

»Willst du nicht mit mir reden?« schlug ich vor.

Sie sah schnell hoch. »Weil du auch so eine bist?«

»Vielleicht.«

»Was heißt hier vielleicht? Ja oder nein?«

Ich schluckte einen großen Kloß hinunter. »Ich kannte sie.«

Adele erstarrte. Dann stand sie langsam auf. »Ich gehe jetzt. Danke für den Kuchen.«

Ich erhob mich ebenfalls. »Ich muss mit dir reden, Adele. Es ist wichtig.«

Sie sah mich mit unendlich traurigen Augen an.

»Du willst über sie reden?« fragte sie leise.

»Ja. Und über mich. Aber es ist anders, als du denkst. Ganz anders, glaub mir.«

»Und wenn ich nichts darüber hören will?«

»Dann weiß ich nicht mehr weiter.«

Sie ging langsam auf den Steinplatten zur Pforte hinunter. Unten drehte sie sich noch mal um.

»So was passiert im Leben. Da kann man nichts machen«, erklärte sie.

»Doch!« rief ich ihr hinterher und hörte selbst, wie verzweifelt meine Stimme klang. »Man kann etwas machen.«

Ohne ein weiteres Wort ging sie davon, während ich mich auf den Rasen sinken ließ und ihr nachstarrte. Ich war kurz davor aufzugeben. Erschöpfung und Frustration machten sich in mir breit. Und Wut. Schon wieder Wut. Die hatte hier am allerwenigsten verloren.

## 3

Paulas Stimme klang freundlich, fast heiter. Sie hat mit jemandem geredet, dachte ich, jemand, der oder die sie beruhigt hat oder abgelenkt oder gut beraten. Ich schloss die Augen und atmete tief aus. Es war schön, sie erzählen zu hören, und zugleich spürte ich schmerzlich, wie weit weg all das war, was ihr Leben ausmachte. Das tägliche durch den Tag Gleiten – mal schneller, mal langsamer oder stockend, mal fröhlich, mal genervt oder frustriert. Ein Auf und Ab, das einem vorgaukelte, dass es ewig so weiterginge; und selbst wenn man zwischendurch innehielt und sich klarmachte, dass dem nicht so war, fühlte es sich doch so an: eine endlose Kette kleinerer und größerer Ereignisse, an der man sich meist gedankenlos entlanghangelte.

»Weißt du schon, wann du zurückkommst?« fragte Paula schließlich.

Ich hörte genau, dass sie sich bemühte, nicht drängend zu klingen.

»Nein, das steht noch in den Sternen«, sagte ich.

»Nicht ganz – irgendwann ist dein Urlaub schließlich zu Ende.«

»Ja, natürlich, dann bin ich spätestens wieder zu Hause«, stimmte ich ihr zu. In der Firma hätten sie in letzter Zeit ohnehin besser auf mich verzichten können, aber das sprach ich nicht aus.

»Ich vermisse dich«, sagte sie leise. »Und es gefällt mir nicht, dich zu vermissen und nicht mitzubekommen, was in dir vorgeht.«

»Ich weiß.«

»Dann ändere es. Du bist die einzige, die das kann.«

»Ich versuche es, aber auf meine Art«, erwiderte ich.

»Und die schließt mich aus?«

»Paula ...«

»Ich will nicht beschwichtigt werden«, unterbrach sie mich. »Ich will endlich Antworten, mit denen ich etwas anfangen kann.«

Darauf sagte ich nichts. Das Schweigen zwischen uns dehnte sich aus. Du entgleitest mir Stück für Stück, dachte ich, und wahrscheinlich habe ich es nicht anders verdient.

»Bis dann.« Paula beendete das Gespräch.

Ich legte das Handy beiseite und starrte in die dunklen Dachbalken hinauf. Schließlich breitete ich die Decke über mir aus. Es war noch früh am Abend, viel zu früh, um schlafen zu können und diesen Tag zu beenden, abzuhaken. Nichts wäre mir lieber gewesen. Nach einigen Minuten nickte ich trotzdem ein und schreckte hoch, als es klopfte. Solange ich in der Laube wohnte, hatte noch niemand geklopft. Ich schlüpfte in meine Sandalen. Mit drei Schritten war ich an der Tür und zog sie auf. Ich wusste nicht, wie lange ich geschlafen hatte, doch die heraufziehende Abenddämmerung hatte den Horizont bereits glutrot gefärbt, Grillen zirpten, und vor mir stand Adele. Ihr Gesicht wirkte noch zerfurchter als sonst.

»Du und Lena – wart ihr ein Paar?« fragte sie.

Zwei Tage war es her, seit Adele mich einfach hatte stehenlassen, und ich schwankte zwischen Erleichterung und leiser Furcht angesichts ihrer Barschheit. Ja, Furcht. Ich mochte es kaum zugeben, aber so war es.

»Nein«, sagte ich. »Das waren wir nicht.«

Sie neigte einen Moment den Kopf zur Seite. »Sie war meine Enkelin.«

»Ich weiß.«

»Was weißt du noch?«

»Das ist eine längere Geschichte.«

Adele stemmte eine Hand in die Hüfte. »Das dachte ich mir schon. Ich habe einen Eintopf auf dem Feuer. Komm rüber und iss mit mir. Dann kannst du erzählen.« Damit drehte sie sich um und ging, ohne meine Antwort abzuwarten.

Zehn Minuten später saß ich in Adeles Garten. Der Essplatz war hinter der Rosenhecke, und ich staunte nicht schlecht, als sie mir erzählte, dass es eine von ihr gezüchtete Rose gab, die Lena hieß, und dass sie außerdem fast alle Möbel selbst gezimmert hatte.

Sie trug zwei tiefe Teller mit Gemüseeintopf auf, dazu Weißbrot und ein Kännchen mit Schmand. Wir löffelten und schwiegen. Meine Müdigkeit war wie weggeblasen. Mir wurde warm, und ich ließ nicht den kleinsten Rest zurück. Adele wischte ihren Teller mit einem Stück Brot aus und sah mich an. »Hat's geschmeckt?«

»O ja, sehr, danke.«

Sie nickte, räumte das Geschirr beiseite und lehnte sich in ihrem Stuhl zurück. »Bist du deshalb hier – wegen Lena?«

Ich nickte beklommen.

»Dann fang an.«

»So einfach ist das nicht.«

»Ich denke, du willst über sie sprechen. Dann leg los und zier dich nicht lange. Wie habt ihr euch kennengelernt?« Adele versuchte erst gar nicht, ihre Ungeduld zu verbergen. »In irgendeiner von diesen Frauenkneipen, in denen ihr zusammenkommt?«

Weit gefehlt. »Ganz und gar nicht. Sie ging spazieren, ich war mit meinen Inliners unterwegs.«

Adeles Augen verengten sich plötzlich. »Ach so. Du bist das also: die rücksichtslose Skaterin. Da hätte ich auch schon früher drauf kommen können. Ich hab dir von Anfang an nicht abgenommen, dass du was mit Laubenpiepern am Hut hast.«

Lena hatte also von dem Vorfall berichtet, und zwar aus ihrer Sicht. Hatte ich etwas anderes erwartet?

»Ich bin keine rücksichtslose Skaterin«, entgegnete ich.

»Das hat Lena aber anders gesehen.«

»Ich weiß. Und eine andere Version der Geschichte hat sie nicht zugelassen.«

»Tust du das denn?«

»Ich habe mich bemüht«, erklärte ich.

Das Gespräch entglitt mir. So hatte ich mir das nicht vorgestellt. Lena hatte sich benommen wie ein störrisches Kleinkind und ... Mein Gott, ich war schon wieder dabei, sie zu verurteilen. Auf diese Weise war eben alles viel leichter zu ertragen.

Adele musterte mich eine Weile stumm. »Ich hab sie großgezogen«, sagte sie dann abrupt und ließ ihren Blick an der Hecke entlangwandern. »Seit sie zehn war, hatte ich sie an der Backe. Aber wir haben uns zusammengerauft, und sie hatte es bei mir besser als bei meiner Tochter.«

»Lena hat erwähnt, dass ihre Mutter mit ihren beiden kleineren Stiefgeschwistern und einem neuen Freund nach Spanien ausgewandert ist, sie aber lieber bei dir bleiben wollte«, erzählte ich.

Adele rümpfte die Nase. »So hat sie das erzählt? Nun, Lena und ihre Mutter – die waren wie Katz und Maus, und als der neue Kerl da war und dann die Geschwister kamen, ging gar nichts mehr.« Sie winkte ab. »Man muss dazu sagen, dass meine Tochter nicht gerade eine Leuchte ist, was Kinder angeht, so wie sie in allem möglichen keine Leuchte ist. Aber Lena war auch eine echte Zicke. Bei mir hat sie es anfangs auch versucht, aber da hat sie auf Granit gebissen. Ich lass mich doch nicht von einem rotznasigen Gör veräppeln.«

Irgendwie kam mir diese Einstellung bekannt vor. Meine Mutter hatte sich, was mich betraf, mit ähnlichen Bemerkungen hervorgetan. Die Tatsache, dass Lenas Schilderung über die harmonische Beziehung zu ihrer Großmutter offensichtlich ein Ammenmärchen gewesen war, bestürzte mich.

»Und Lenas Vater?« fragte ich.

»Den kennt keiner. Meine Tochter wohl auch nicht.« Adele machte eine wegwerfende Geste. »Aber das nur nebenbei. Wie gesagt – später hat es dann ganz gut geklappt mit uns. Lena war auch oft mit mir hier draußen, und in den letzten Jahren, seit mich immer öfter das Rheuma packt, hab ich dann zwischendurch bei ihr gewohnt. Sie hatte mir ein kleines Zimmer eingerichtet.« Adele wandte den Kopf ab. »Manchmal haben wir uns ein Fläschchen Schnaps gegönnt, und dann die Postkarten rausgeholt, aus Spanien. Sie hat sie alle aufgehoben, manche waren schon fast unleserlich. Einmal war sie da – bei ihrer Mutter, meine ich. Ich hatte fast Angst, dass sie nicht wiederkommt. Aber das hab ich ihr nicht gesagt, um Gottes willen!« Sie wandte mir das Gesicht wieder zu. »Bloß nicht schmeicheln.« Sie grinste.

»Warum nicht?«

Adele winkte ungnädig ab. »Ich bin nicht für Gefühlsduselei, noch nie gewesen.«

Und nun ist es zu spät, dachte ich, sprach es aber nicht aus. »Schon gut. Hat es ihr denn bei ihrer Mutter gefallen?«

»Nö, glaub nicht. Sie hat nicht viel erzählt und war nach zwei Wochen zurück. Das sollte wohl nicht sein – sie und ihre Mutter. Manchmal passen die Menschen einfach nicht zusammen, auch wenn sie aus einer Familie stammen. Wie heißt es so schön? Blut ist dicker als Wasser. Das stimmt nicht immer, finde ich. Lena verstand sich mit ihrem Hund besser als mit ihrer Mutter. Da gab's auch richtige ... ja ... Gefühle. Dieser Köter war ihr ein und alles.« Adele griff in ihre Tasche, steckte sich einen Zigarillo an und inhalierte die beiden ersten Züge tief. »So was Verrücktes – diese hässliche Töle ... na egal, jetzt bist du dran.«

»Er hieß Paddy, nicht?« fragte ich mit belegter Stimme.

»Ja. Sie hat ihn irgendwo aufgelesen. Ich hab geschimpft wie ein Rohrspatz, aber sie war nicht davon abzubringen, und der Kleine hing wie eine Klette an ihr. Sie nahm ihn überall mit hin – bei ihrer Arbeit kein Problem. Während sie putzte und die Gartenarbeit machte, saß er da und sah zu oder kaute auf seinem Knochen herum. Das erzählte Lena immer ganz stolz. Sie hatte ihn ganz gut erzogen. Wusste gar nicht, dass sie so was kann. Hat sich da richtig reingehängt und nicht nachgelassen.«

Lena hatte in Zehlendorf und Dahlem mehrere einträgliche Putzstellen gehabt. Eine Hälfte war schwarz, die andere offiziell abgerechnet worden – damit sie versichert war und nicht als Arbeitslose galt. Das hatte sie mir mal in triumphierendem Ton erzählt.

Adele streifte die Asche ab. »Sie war irgendwie glücklich mit diesem Viech.«

Bis zu jenem Sonntagnachmittag im letzten Herbst. Adele sah mich an, und ich atmete tief durch. Der Rauch ihres Zigarillos stieg mir beißend in die Nase.

Es war ein grillenzirpender lauer Sommerabend, der dazu einlud, mit seiner Liebsten bei einem Glas Wein die Seele baumeln zu lassen. Mit stand etwas anderes bevor.

## 4

Paula hatte mich gar nicht gehen lassen wollen. Erst als wir ein zweites Mal miteinander geschlafen hatten, war sie damit einverstanden, dass ich zu einer kleinen Skatetour aufbrach.

»Willst du nicht mitkommen?« fragte ich sie, während wir gemeinsam das zerwühlte Bett in Ordnung brachten.

»Ich würde zu gerne, aber Bruno hat mich gebeten ...«

Ich verdrehte die Augen. »Es ist Sonntag, Herzchen, schon vergessen?«

»Ganz und gar nicht«, gab sie unschuldig lächelnd zurück. Ihre Haare waren verwuschelt, und sie strahlte vor guter Laune aus jeder Pore. »Du gehst skaten, um den neuen Schuh auszuprobieren, und ich werde ein wenig telefonieren und mir ein paar Notizen machen – das ist doch nur fair, oder?«

Ich zog meine lange Sporthose an und schlüpfte in ein Funktionshemd. Paula war und blieb ein Arbeitstier, so wie ich auch, doch immerhin waren wir beide dazu übergegangen, den Job nicht mehr ständig in den Mittelpunkt unseres Lebens zu stellen. Zumindest wenn wir zusammen waren. Vielleicht änderte sich das in einem Jahr wieder, vielleicht auch nicht, weil wir merkten, dass es bedeutend gesünder und letztlich befriedigender war, regelmäßige Pausen einzulegen und festzustellen, dass es abseits des beruflichen Trubels noch viel zu entdecken gab.

»Willst du dann nicht wenigstens nachkommen? So in ein, zwei Stunden? Dann drehen wir noch eine kleine Runde zusammen«, schlug ich ihr vor.

»Gute Idee, aber lass uns noch mal telefonieren, ja?«

Zehn Minuten später fuhr ich zum Kronprinzessinnenweg. Es war ein kühler, aber sonniger und trockener Herbsttag – ideal, um ein schnelles Tempo vorzulegen und den neuen Schuh in unterschiedlichen Belastungsbereichen zu testen. Das schöne Wetter hatte zahlreiche Skater, Joggerinnen und Spaziergänger ins Freie gelockt. Ich fuhr mich behutsam ein und absolvierte brav meine Dehnübungen. Ein gezerrter Oberschenkelmuskel war nicht nur schmerzhaft, sondern konnte mir tagelang das Rennen vermiesen. Nach gut zwanzig Minuten legte ich ein flottes Tempo vor, bei dem ich rasch auf eine hohe Atem- und Pulsfrequenz kam. Der Schuh saß einwandfrei, und die Rollen schienen kaum den Boden zu berühren. Ich erhöhte das Tempo. Bäume und Büsche flogen an mir vorbei, der Himmel leuchtete knallblau über mir, Schweiß lief mir die Wirbelsäule entlang, und ich dachte an Paula und an mich und fand das Leben wunderbar. Kitschige Liebesschwüre tanzten mir durch den Kopf, und ich lächelte, weil es so albern war und so herrlich zugleich.

In dem Moment sah ich sie: eine junge Frau in einem froschgrünen Anorak. Sie stand am Wegesrand, mit dem Rücken zu mir, und rief nach jemandem. Ich richtete mich auf, um das hohe Tempo etwas zu drosseln, und behielt sie im Auge. Tausendmal sollte ich mich hinterher fragen, warum ich nicht stärker abgebremst hatte und ausgerollt war, statt flott weiterzufahren. Ohne das geringste zu ahnen, gab ich meinem Leben im Bruchteil einer Sekunde eine vollkommen andere Wendung. Meinem Leben, Lenas und Paddys.

Der kleine wieselflinke Hund schoss so schnell auf den Weg und direkt auf mich zu, dass ich keine Chance hatte, einen Zusammenstoß zu verhindern. Ich hörte die Frau aufschreien, dann war der Hund plötzlich knurrend und kläffend vor meinen Füßen. Obwohl ich mir einbildete, über ein gutes Reaktionsvermögen zu verfügen, war ich nicht in der Lage, ihm auszuweichen – ich stürzte auf den Asphalt, es gab einen Schlag, ein Knirschen, der Hund jaulte, überschlug sich, zuckte und blieb dann still liegen. Ich hatte ihn mit den Rollen eines Skaters getroffen. Eine Blutlache bildete sich um seinen Kopf. Die Frau schrie immer noch wie von Sinnen, rannte zu dem Hund und kniete sich zu ihm auf den Boden.

»Paddy, Paddy, Paddy!« schluchzte sie und beugte sich über den zierlichen schwarz-braunen Körper.

Ich rollte mich mühsam zur Seite und versuchte aufzustehen. Mein rechtes Bein fühlte sich taub an, und mir war schwindelig und übel. Ich setzte den Helm ab und zog die Skater aus. Dann humpelte ich zu den beiden hinüber. Die Frau sah hoch.

»Gehen Sie weg!« schrie sie, tränenüberströmt und völlig aufgelöst. »Sie haben ihn getötet. Er ist tot. Hören Sie – Paddy ist tot!« Es klang, als hätte sie ihr Kind verloren. »Sie haben ihn umgebracht!«

Sie atmete hektisch, und ihre aufgerissenen braunen Augen waren voller Panik. Das kantige Gesicht war rot, verzerrt. Sie schlug nach mir, als ich mich zu dem Hund hinunterbeugen wollte. Ich trat einen Schritt zurück und wusste nicht, was ich sagen sollte. Der heftige Sturz saß mir noch in den Knochen, und die Reaktion der Frau betäubte mich.

»Gehen Sie weg! Weg von meinem Hund! Los, hau schon ab!« schrie sie erneut.

»Er atmet«, sagte ich nach einem Blick auf das Tier. »Sehen Sie doch, er atmet. Wir müssen rasch in eine Tierklinik.« Ich war so erleichtert, dass ich kurz die Augen schloss.

Sie hielt inne und starrte auf den Hund. Einen Augenblick lang herrschte vollkommene Stille.

»Ja, er atmet«, sagte sie dann leise. »Ich muss schnell zum Arzt. Paddy braucht Hilfe. Bevor es zu spät ist.«

Sie weinte und zitterte, während sie das Tier vorsichtig in ihren Armen barg, dann sah sie plötzlich wieder hoch.

»Verschwinde doch endlich!« herrschte sie mich erneut an.

»Was hast du hier noch zu suchen? Macht es dir Spaß, mir zuzusehen? Hau endlich ab!«

Ich erwiderte den Blick. Der Schmerz in meinem Bein wurde immer heftiger.

»Nun mal halblang«, sagte ich ruhig. »Ich werde Ihnen helfen. Mein Wagen steht nicht weit von hier ...«

»Mach dich vom Acker!« brüllte sie mich an. »Scheiß Skater und Jogger!«

Wäre ich in diesem Moment ihrer Aufforderung gefolgt, hätte sich vielleicht einiges anders entwickelt. Vielleicht. Aber natürlich trat ich nicht den Rückzug an.

»He! Nun ist es aber gut!« blaffte ich statt dessen zurück. »Es tut mir leid, was passiert ist, aber ich kann unmöglich noch abbremsen, wenn mir ein Hund so zwischen die Füße läuft.«

»Dann musst du nicht so rasen«, keifte sie mich völlig unbeeindruckt an und wiegte dann den Hund.

»Was halten Sie davon, wenn wir uns jetzt auf den Weg machen, statt weiterhin zu streiten?« schlug ich in versöhnlichem Ton vor. »Ich fahre Sie ...«

»Ich hab selbst ein Auto«, schniefte sie etwas ruhiger und rappelte sich mit dem Hund in den Armen auf.

Sie wandte sich um. Der grüne Anorak ist ihr viel zu weit, dachte ich absurderweise.

»Warten Sie!« rief ich und humpelte ihr hinterher. »Bitte – rufen Sie mich an.« Ich zog eine Visitenkarte aus meiner Gürteltasche. Auch dies sollte ich noch bereuen.

Sie blieb stehen. Ein verächtlicher Blick streifte mich. »Warum sollte ich?«

»Damit ich erfahre, wie es dem Hund geht ...«

»Das interessiert dich doch nicht die Bohne, und verstehen kannst du mich sowieso nicht.«

Sie steht unter Schock, sagte ich mir, bleib einfach ruhig und gelassen.

»Ich könnte die Tierarztrechnung bezahlen«, schlug ich vor.

»Und damit ist es dann gut?«

»Nein, natürlich nicht, aber die Behandlung kostet nun mal, und ich würde sie gerne übernehmen.«

Sie riss mir nach kurzem Zögern die Karte aus der Hand und eilte dann auf einem Waldweg davon. Der Hund hatte sich nicht mehr gerührt. Plötzlich war es still. Ich zitterte am ganzen Körper, während ich ihr nachsah.

Paula gab sich alle erdenkliche Mühe, mich zu beruhigen, als ich völlig aufgelöst nach Hause kam, und je mehr Stunden vergingen, ohne dass das Telefon klingelte, desto distanzierter betrachtete ich das Ganze, um schließlich Paulas Argumente sehr überzeugend zu finden – dass die Frau besser auf ihren Hund hätte aufpassen müssen, dass ich das Tier schließlich nicht absichtlich überfahren hatte und der Unfall offensichtlich doch nur halb so wild war, sonst hätte die Besitzerin sich längst gemeldet. In den nächsten Tagen spukte die Geschichte immer wieder durch meine Gedanken, aber der Schrecken verblasste zusehends, und der Druck ließ nach. Mein angestauchter Hüftknochen und der malträtierte Oberschenkel, der mit einem eindrucksvollen Bluterguss verziert war, verführten mich schließlich sogar zu der Schlussfolgerung, dass eigentlich ich die Geschädigte des ganzen Vorfalls war. Dem Hund ging es wahrscheinlich schon längst wieder blendend, und während ich noch wochenlang durch die Gegend humpelte, erschreckte Paddy bereits wieder Skaterinnen und Skater, auf die sein hysterisches Frauchen dann lauthals schimpfte. War da draußen nicht sogar Leinenzwang? Na bitte. So rückte ich mir das Ereignis im nachhinein zurecht, und obwohl ich manche Nacht unruhig schlief und im Traum einige Male von kleinen kläffenden Hunden mit blutenden Köpfen verfolgt wurde, legte ich das Geschehen schnell zu den Akten und ging zur Tagesordnung über. Nach gut einer Woche war alles in weite Ferne gerückt.

Zehn Tage nach dem Zusammenstoß klingelte am späten Abend das Telefon. Ich hatte gerade die *Tagesthemen* eingeschaltet. Paula, die noch mit einem wichtigen Kunden zusammensaß, hatte versprochen, sich anschließend zu melden, und in Erwartung, ihre Stimme zu hören, hauchte ich ein laszives »Hallo, mein Herz« in den Hörer. Stille. Eine merkwürdige Stille. Ich räusperte mich.

»Hallo«, sagte ich nun deutlich sachlicher. »Wer spricht bitte?«

Es knisterte in der Leitung. Dann hörte ich eine Frauenstimme: »Er ist tot.«

Ich wusste sofort, was los war. Meine Nackenhaare sträubten sich. Ich stöhnte leise und schloss kurz die Augen. Also war es doch eine trügerische Ruhe gewesen, in die ich mich in den vergangenen anderthalb Wochen nur allzu gern hatte fallen lassen.

»Sind Sie das – mit dem Hund?« fragte ich nach. Ich kannte ihren Namen nicht, und ich wollte Zeit gewinnen.

»Wer denn sonst? Oder erwartest du noch mehr solche Hornachrichten?«

Der aggressive Ton lähmte mich, und ich wusste nicht, was mir unangenehmer war – die wutgefärbte Schärfe in ihrer Stimme oder meine Reaktion darauf.

»Erzählen Sie«, forderte ich sie auf. Durch mein beständiges Siezen hoffte ich, die nötige Distanz zu wahren.

»Was gibt es da noch zu erzählen? Ich war beim Tierarzt, und nach einigen Tagen schien es ihm besser zu gehen. Aber gestern ist er gestorben. Gehirnblutung oder so was.« Ihre Stimme war mit jedem Satz leiser geworden.

Ich schluckte. »Es tut mir leid, es tut mir wirklich leid – glauben Sie mir das bitte. So was ist mir noch nie passiert ...« Ein Frösteln überlief mich.

»Einmal ist immer das erste Mal«, unterbrach sie mich. »Das bringt ihn mir auch nicht zurück.«

»Nein, aber ...«

»Vierhundert Euro habe ich beim Tierarzt bezahlt.«

»Sie kriegen das Geld von mir, keine Frage«, versicherte ich eilig und war froh, offensichtlich doch etwas tun zu können.

»Paddy war ...« Sie begann zu weinen.

»Vielleicht wäre es gut, einen anderen Hund anzuschaffen«, schlug ich eilig vor. Wenn doch nur dieses Weinen aufhörte! Dieses verstörte, schmerzvolle Weinen.

»Paddy ist nicht zu ersetzen – niemals.«

»Natürlich nicht, aber es wäre eine Möglichkeit, schneller darüber hinwegzukommen, oder nicht?«

»Das würde dich besser schlafen lassen, oder wie?« giftete sie mich an.

»Mein Gott, nun hören Sie doch auf, mich derart anzugreifen!« hielt ich ihr entgegen. »Ich habe nur einen Vorschlag gemacht. Sagen Sie doch einfach nein, wenn das für Sie nicht in Frage kommt.«

Sie lachte kurz und freudlos auf. »Wenn ein Kind umgekommen wäre, würdest du dann auch so reden?«

Ich stockte einen Moment. »Es geht aber nicht um ein Kind.«

»Für mich war Paddy so was wie ein Kind, und nun stell dir mal vor, wie es mir geht.«

Das wollte ich auf keinen Fall, zumal ich langsam aber sicher den Eindruck gewann, dass die Frau – bei aller Rücksicht auf ihren Schmerz – übersteigert reagierte. Vielleicht sollte ich ihre Beschimpfungen einfach über mich ergehen lassen, bis sie sich halbwegs beruhigt hatte.

»Ich betone noch einmal, dass es mir leid tut«, wiederholte ich ruhig. »Und natürlich haben Sie recht, dass ich nicht im entferntesten nachvollziehen kann, wie es in Ihnen aussieht.«

»Redest du immer so geschwollen?«

»Ich versuche mich allgemeinverständlich auszudrücken«, erwiderte ich leicht gereizt.

»Ach so.« Es klang, als machte sie sich lustig über mich.

»Wie wäre es, wenn Sie mir Ihre Kontoverbindung durchgeben, und ich überweise Ihnen das Geld?«

»Ich hätte es lieber in bar.«

»Ich schicke doch so viel Geld nicht auf dem Postweg.«

»Natürlich nicht«, erwiderte sie. »Du gibst es mir persönlich.«

Das gefiel mir nicht. Das gefiel mir ganz und gar nicht.

»Du sollst mir dabei in die Augen schauen.«

Sie hat eindeutig einen Knall, dachte ich, oder bin ich so herzlos, dass ich ihr Verhalten nicht verstehen kann? Vielleicht ist es ja ganz normal, nach einem solchen Verlust zwischen Aggressivität, Weinerlichkeit und dem Wunsch, es der Verursacherin irgendwie heimzahlen zu wollen, zu schwanken, und ich kann aus Mangel an Erfahrung überhaupt nicht einschätzen, was in ihr vorgeht.

»Wir könnten uns auf einen Kaffee treffen«, schlug ich schließlich vor. »Samstagmittag?«

Sie stimmte sofort zu und schlug eine Kneipe in Kreuzberg am Südstern vor. Ich kannte den Laden zwar nicht, war aber gleich einverstanden. Je schneller die Geschichte über die Bühne ging, desto besser.

»Ich heiße übrigens Lena«, sagte sie zum Abschluss und legte auf.

Als ich später mit Paula telefonierte und ihr von dem Gespräch und der Verabredung erzählte, reagierte sie verwundert.

»Warum hast du dich darauf eingelassen?« fragte sie.

»Was hätte ich denn machen sollen, wenn sie sagt, dass sie das Geld in bar haben will?«

»Na ja, du hättest zum Beispiel nein sagen können. Du bist doch sonst nicht so ...«

»Na, wie?« hakte ich nach.

»So nachgiebig«, erläuterte Paula. »Wenn du erst mal eine Entscheidung getroffen hast, dann ist es normalerweise nicht ganz einfach, dich umzustimmen.«

Damit hatte sie wohl recht. Ich war manchmal sogar ziemlich halsstarrig und neigte dazu, meine berufliche Stellung als Vorgesetzte auch im Privatleben durchschimmern zu lassen. Davon war hier nun wirklich nichts zu spüren.

»Vielleicht habe ich in der Sache noch gar keinen richtigen Standpunkt. Und außerdem plagt mich wohl mein schlechtes Gewissen«, erklärte ich. »Ich möchte das Ganze so schnell wie möglich aus der Welt schaffen. Also treffe ich mich mit ihr, wir trinken einen Kaffee zusammen, sie kriegt das Geld, und dann ist hoffentlich Ruhe.«

»Du klingst ziemlich beunruhigt«, stellte Paula nach einer Pause fest.

»Findest du?«

»Ja. Was treibt dich um?«

»Gute Frage. Die Frau, Lena heißt sie übrigens, ist schwer einzuschätzen, und ich bin irritiert, wie sie mich angiftet – absolut unversöhnlich. Aber der kleine Hund hat ihr wohl wirklich sehr viel bedeutet«, sagte ich. »Ich kann da nicht mitreden, aber es soll ja Menschen geben, die ihre Tiere wahnsinnig lieben. Eine ehemalige Studienkollegin von mir hatte gleich mehrere Katzen – eine hässlicher als die andere –, in die sie richtiggehend vernarrt war. Mich hat das ziemlich befremdet. Wenn eine der Katzen krank war, kam sie nicht zur Uni – stell dir das mal vor!«

Plötzlich erinnerte ich mich, dass ich Petra von ihrer Katzenvernarrtheit abgesehen sympathisch gefunden hatte, sehr sogar. Aber als ich sie zum ersten Mal besucht und vier Katzen im Wohnzimmer vorgefunden hatte, die offensichtlich ihr ein und alles waren, war ich schier entsetzt gewesen. Man hatte nirgendwo sitzen können, ohne von einem der Tiere bedrängt zu werden. In der Folge hatte ich dann immer darauf bestanden, dass wir uns für gemeinsame Referate bei mir trafen. Das Getue mit ihren Katzen war mir erheblich gegen den Strich gegangen, und das war sehr milde ausgedrückt. Ich schob die Erinnerung rasch beiseite.

»Du hast es doch nicht mit Absicht getan. Es war ein Unglücksfall, und du bedauerst ihn natürlich«, schob sich Paulas Stimme in meine Gedanken.

»Ich weiß«, seufzte ich. »Aber mit Sachlichkeit kommt man hier wohl nicht besonders weit. Doch nun mal was ganz anderes«, beendete ich das unerfreuliche Thema. »Wann sehen wir beide uns?«

Paula seufzte ebenfalls. »Ich habe erst übermorgen Zeit. Für morgen abend ist lange Teamsitzung angesetzt, und ich muss bis zum bitteren Ende dabeisein. Das heißt, dass ich kaum vor zehn, elf aus dem Büro komme.«

»Ach je. Schade. Dann werde ich mich wohl mit irgendeinem Spätkrimi trösten müssen. Telefonieren wir wenigstens morgen zwischendurch mal?«

»Natürlich.«

Wir hauchten noch einen Kuss in die Leitung, und auf einmal war alles wieder wie immer – Wochenpläne, Termine, Paula sehen, Aufgaben erledigen, Unwichtiges streichen. Ich beschloss, dem Treffen mit Lena optimistisch entgegenzublicken. Bis dahin waren es noch ein paar Tage, und vielleicht würde sie sich in der Zwischenzeit beruhigen. Jedenfalls hatte ich vor, das Thema mit einer noblen, großzügigen Geste abzuhaken.

## 5

Ich versuchte meine Nervosität zu verbergen. Vor allen Dingen vor mir selbst. Ich kam eine Viertelstunde vor der verabredeten Zeit am Südstern an, und als ich die schmierigen Fensterscheiben der Kneipe von außen betrachtete, wusste ich, dass ich falsch angezogen war – mit meiner Lederjacke und den teuren Stiefeln war ich eindeutig overdressed. Ein vergilbtes *Jacobi-1880*-Schild hing im Fenster neben einer Zigarettenwerbung und der Ankündigung eines Preisskat-Turniers sowie dem handschriftlich verfassten Hinweis, dass Buletten mit Kartoffelsalat mittwochs nur die Hälfte kosteten.

Na und? dachte ich einen Augenblick später. Ich konnte doch nicht ahnen, dass wir in so ein ... nun ja: schlichtes Lokal gehen würden. Vielleicht hätte ich mich vorher erkundigen sollen. Ich schüttelte den Kopf – wahrscheinlich machte ich mir viel zu viele Gedanken. Außerdem liebte ich meine Lederjacke und hatte sonst kaum Bedenken, was die Auswahl meiner Kleidung anbelangte, ob nun over- oder underdressed.

Obwohl mir ein kalter Herbstwind um die Ohren pfiff, entschloss ich mich, draußen zu warten und mir die Beine zu vertreten. In knapp einer Stunde ist alles vorbei, dachte ich und wandte mich nach wenigen Schritten wieder um. Lena überquerte die Straße und blickte mir entgegen. Ich beachtete das unangenehme Gefühl nicht weiter, das sich in meinem Bauch breitmachte, setzte eine freundliche Miene auf und wartete auf sie.

»Hallo, Lena«, sagte ich und streckte die Hand aus.

Sie ergriff sie nach kurzem Zögern. »Hallo.«

Lena hatte dunkle Augenringe. Ihre Nase war auffallend klein und zierlich. Die ganze Frau war klein und zierlich, aber dieser Ausdruck passte eigentlich nicht zu ihr. Drahtig traf es eher, denn sie hatte nichts Püppchenhaftes, Weiches an sich; außerdem war sie älter, als ich sie vor anderthalb Wochen geschätzt hatte – wahrscheinlich Ende Dreißig. Der Mund war dünnlippig und hart. Die Augen lagen eng beieinander. Dunkelblondes strähniges Haar fiel ihr immer wieder ins Gesicht. Diesmal trug sie einen braunen Anorak, und auch der war ihr viel zu weit. Vielleicht mochte sie salopp sitzende Kleidung, oder sie war früher kräftiger gewesen. Oder sie trug abgelegte Kleidungsstücke auf.

Weitere Begrüßungsfloskeln fielen weder ihr noch mir ein. Wir wandten uns um und gingen in Richtung Kneipe. Im Vergleich mit dem wenig ansprechenden Äußeren war es drinnen erstaunlich gemütlich. Zwar gab es einen nervtötenden Spielautomaten, den ein junger Mann unablässig mit Kleingeld fütterte, aber das Mobiliar bestand aus hellem rustikalem Holz, und der Wirt hinter der Theke machte einen herzlichen Eindruck. Er begrüßte uns mit Augenzwinkern und tiefer Baßstimme. Wir setzten uns an einen der hinteren Tisch am Fenster, und ein paar Minuten später servierte er mir einen Kaffee und Lena ein frischgezapftes Bier. »Wohl bekomm's.«

Wir bedankten uns und saßen einander dann einen Moment schweigend gegenüber. Ich holte tief Luft, doch bevor ich etwas sagen konnte, sah Lena mich plötzlich an.

»Die Wohnung ist still und leer. Alles ist anders.« Sie trank einen Schluck von ihrem Bier. »Du hast kein Tier, oder?«

Ich schüttelte den Kopf. »Nein, bei meinem Job ginge das auch gar nicht. Ich bin den ganzen Tag unterwegs und ...«

»Verstehe. Ich hatte früher auch keins. Aber Paddy ... mit ihm ist vieles ...« Sie winkte ab. »Das verstehst du doch nicht. Er war ein richtiger Freund.«

Ich wand mich innerlich und beschloss, so lange wie möglich einfach nur zuzuhören.

»Viele Jahre lang. Ich habe mit ihm geredet, er hat zugehört«, erzählte sie in leicht weinerlichem Ton weiter. »Und er wusste genau, worum es ging.«

»Wo hattest du ihn her?« fragte ich und biss mir im gleichen Moment auf die Unterlippe. Zu spät. Nun hatte ich sie doch geduzt.

»Gefunden. Ich hab ihn gefunden. Er war auf einem Parkplatz am Mülleimer angebunden und hat gewinselt.« Sie lächelte und strich sich eine Haarsträhne aus dem Gesicht. »An seinem Halsband hing ein Namensschild, sonst nichts. Ich hab ihn mit einem Leberwurstbrot gefüttert, und das war's: Seitdem wich er mir nicht mehr von der Seite. Leberwurst ist das Größte für Hunde, wusstest du das?«

Nein, das wusste ich nicht. Ich lächelte unschlüssig. Sie trank erneut und wischte sich den Schaum von den Lippen.

»Ja, Leberwurst«, wiederholte sie versonnen. »Wenn ich beim Putzen war, haben wir in der Pause immer gemeinsam die Stullen verdrückt.«

Warum quält sie sich so? dachte ich und verwarf die Frage sofort wieder.

»Meine Großmutter hat mir einen Vogel gezeigt, als ich ihn damals anschleppte, aber ich hab mir nicht reinreden lassen.« Sie sah mich an. »Sonst hat sie immer bestimmt, wo's langging, aber in dem Fall hab ich meinen Kopf durchgesetzt.« Sie trank wieder einen kleinen Schluck und stellte das Glas anschließend behutsam auf den Bierdeckel zurück, auf dem sie es einige Male hin und her drehte. »Ich bin bei ihr aufgewachsen und hab Adele zu ihr sagen dürfen.«

O nein, dachte ich. Sie hat ihre Eltern verloren. Der Gedanke war mir wohl an der Nasenspitze abzulesen, denn Lena schüttelte rasch den Kopf.

»Meine Mutter ist mit den Kleinen und ihrem neuen Freund nach Spanien gegangen«, erläuterte sie. »Da war ich zehn. Ich wollte aber nicht mit. Adele und ich haben immer schon gut zusammengepasst, und so bin ich bei ihr geblieben. Das war das beste für alle.«

Ich nickte höflich. Mein Kaffee neigte sich dem Ende zu. Lenas Glas war noch halb voll, da sie immer nur einen winzigen Schluck trank.

»Adele ist klasse. Bisschen verrückt, aber klasse. Lebt meist in einer Gartenkolonie. Das ist ihr Zuhause. Nur wenn's mal zu kalt ist, kommt sie zu mir.«

Ich sah verstohlen auf die Uhr. Um die Zeit hatte ich längst aufbrechen wollen.

»Hast du's eilig?« Die Frage kam wie eine scharfe Windböe um die Ecke gefegt. Lena kniff die Augen zusammen.

»Nein, ich wollte nur wissen ...«

»Schon gut – interessiert dich alles nicht. Wieso auch?« unterbrach sie mich. »Du willst die Knete loswerden und damit die ganze Geschichte abhaken, nicht?«

Tja, da war durchaus was dran. Ich erwiderte ihren Blick. »Ich will das geraderücken, was ich geraderücken kann. Das ist doch nur zu verständlich, oder etwa nicht?«

»Geraderücken?« Sie lachte kurz auf. »Du willst bezahlen, was ja offensichtlich überhaupt kein Problem für dich ist, wenn ich dich so ansehe.« Sie musterte mich kurz. »Vierhundert Euro auf den Tisch des Hauses und ab durch die Mitte, ja? Aber Paddys Tod ist nicht geradezurücken. Wenn du das glaubst, bist du auf dem Holzweg.«

Ich hob die Hände. »Was stellst du dir denn vor? Ich kann dir den kleinen Hund nicht zurückbringen. Wenn es möglich wäre, würde ich es tun.«

»Tatsächlich?«

»Ja.«

Was für ein absurdes Gespräch, dachte ich. Meine Anspannung wuchs von Minute zu Minute, und ich hatte den Eindruck, dass Lena das genoss. Schließlich holte ich mein Portemonnaie aus der Jackentasche und zählte ihr fünf Hunderter auf den Tisch. Sie steckte sie ohne weiteren Kommentar ein, trank noch einen langen Schluck und stand auf. Einen Moment sah sie auf mich herunter, und ich hatte nur noch einen Wunsch: weg und vergessen, dann grüßte sie lässig und ging. Ich sah ihr einen Augenblick hinterher, bevor ich die Rechnung bezahlte und das Lokal verließ.

Es ist überstanden, sagte ich zu Paula, und sie nickte beifällig – na bitte. Wir hatten ein arbeitsfreies Wochenende vor uns, wollten bummeln gehen und ins Kino.

»Bloß kein Film mit Tieren«, sagte ich zu Paula, und wir lachten.

Zwei Nächte schlief ich nicht besonders gut, aber ich schlief. Und in der darauffolgenden Woche saß ich jeden Morgen pünktlich in meinem Büro. Die Vorbereitungen für das Weihnachtsgeschäft liefen auf Hochtouren, und ich kam kaum dazu, in Ruhe einen Kaffee zu trinken, geschweige denn über Vergangenes nachzugrübeln. Ich ließ mich mit Wonne in die Hektik des Alltags fallen, erledigte drei Sachen auf einmal und war souverän und schlagfertig wie immer. Lena und Paddy – das war nur noch ein übler Alptraum, der zunehmend verblasste.

Zum Skaten kam ich nicht, außerdem war das Wetter völlig ungeeignet – nass und stürmisch. So sagte ich mir jedenfalls. Normalerweise konnten kein Wetter und kaum ein Arbeitspensum verhindern, dass ich auch außerhalb der Saison zumindest ein-, zweimal in der Woche meine Inliners schnürte, um in Form zu bleiben. Und wenn mir die Witterung tatsächlich einen Strich durch die Rechnung machte, verlegte ich mein Training in die Halle und drehte mit Musik auf den Ohren dort meine Runden. Aber in diesen Tagen ging gar nichts.

Eine Woche nach dem Treffen mit Lena fuhr Paula für einige Tage nach München, um einem neuen Kunden ein Werbekonzept vorzustellen. Ich nahm mir vor, die Zeit für all die Dinge zu nutzen, die liegenbleiben, wenn frau abends die Wahl hat zwischen ihrer Liebsten und einem Keller, der dringend entrümpelt werden musste; diverser Anrufe, die der Erledigung harrten; einem Kleiderschrank, der endlich mal ausgemistet werden wollte …

Das Telefon klingelte, als ich die aussortierten Klamotten gerade in zwei Haufen einteilte: Altkleidersammlung und verschenken. Die Unterbrechung war mir willkommen, und ich meldete mich mit fröhlicher Stimme.

»Ich dachte, ich rufe mal an«, sagte Lena.

Meine Schultern sackten nach unten.

»Du hast doch nichts dagegen, oder?«

Doch, rief eine Stimme in mir, und ob! Lass mich gefälligst in Ruhe!

»Ich weiß nicht, was wir noch ...«

»Wirklich nicht?«

»Nein. Es sei denn, du ...«

»Ja?«

Ich atmete zweimal tief durch. »Lassen wir das. Was genau willst du, Lena?«

»Es ist ganz einfach – Paddy ist weg, und ich hab niemanden mehr zum Reden. Das macht mich einfach fertig.«

Mein Geduldsfaden, der für meine Verhältnisse schon ziemlich lange gehalten hatte, riss plötzlich entzwei, und ich bildete mir ein, das Reißen hören zu können: ein hohes, scharfes Geräusch, das in den Ohren schmerzte.

»Hör zu, Lena – dafür kannst du jetzt nicht allen Ernstes mich verantwortlich machen«, erwiderte ich mit erhobener Stimme, während ich mich mit einer Hand lässig am Türrahmen abstützte. »Was passiert ist, tut mir leid – zum hundertsten Mal –, und ich hoffe, dass es dir bald wieder besser geht. Ich möchte aber nicht mehr mit dir reden. Punktum.«

Ich hätte nach diesem Satz auflegen sollen, ohne noch auf einen Atemzug zu lauschen geschweige denn einen Kommentar abzuwarten. Aber ich tat es nicht. Statt dessen horchte ich gebannt in die Stille.

»Wie kann man nur so kalt und herzlos sein?« sagte sie schließlich leise, fast ein wenig erstaunt. »Weißt du überhaupt, was ... Gefühle sind? Hast du jemals bedingungslos geliebt?«

»Meine Güte!« polterte ich los. »Hör auf mit dem Geschwafel! Es war ein kleiner Hund, kein Mensch, und wenn dich der Verlust so umhaut, dann kümmere dich um professionelle Hilfe, das kann sicherlich nicht schaden.«

»Und du hast deine Ruhe, stimmt's?«

»Ja, stimmt. Und warum auch nicht?«

»Ja, warum denn auch nicht?« wiederholte sie mit gehässiger Stimme. »Hauptsache, du hast nichts mehr damit zu tun, nicht?«

»Na komm, Lena, willst du zukünftig dreimal die Woche telefonisch von mir betreut werden? Dazu eigne ich mich nun wirklich nicht.«

»Das habe ich auch schon mitgekriegt, aber es ist schon faszinierend, wie schnell du die Fassung verlierst. Du bist jähzornig, nicht wahr? Warum schreist du eigentlich so?« entgegnete sie plötzlich seelenruhig.

»Zum letzten Mal – lass mich in Ruhe!« Damit unterbrach ich endlich die Verbindung.

Meine Hände zitterten. Die Tür bekam einen heftigen Tritt. Und noch einen. Dennoch spürte ich kaum, dass mein Fuß schmerzte. Ich setzte mich auf den Boden und starrte die Wand an.

Als sich Paula am nächsten Tag meldete, sagte ich ihr nichts von Lenas Anruf. Ich wollte sie nicht beunruhigen und dem Thema keine weitere Bedeutung beimessen, zumal ich davon ausging, dass meine deutlichen Worte die gewünschte Wirkung erzielen würden. Besser gesagt: Ich redete es mir tapfer ein.

Doch das war nicht der Fall. Lena rief erneut an – zwei Tage später.

»Wie herzlos du bist«, hörte ich sie sagen, dann legte ich auf – ohne jeglichen Kommentar.

Drei Tage darauf das gleiche Spiel. Und am Tag darauf wieder. Es beeindruckte sie nicht sonderlich, dass ich, obwohl es mir schwerfiel, nicht weiter reagierte – sie erklärte stets mit gleichbleibend vorwurfsvoller oder auch greinender Stimme, dass ich eine Tierhasserin sei oder völlig gefühllos oder beides. Schließlich ließ ich, wenn ich allein war, grundsätzlich den Anrufbeantworter an. Auch das hinderte Lena nicht daran, meine Nummer zu wählen. Manchmal sogar nachts. Sie atmete dann sekundenlang in die Stille, und ich hörte ihr zu. Fast gebannt.

An einem Freitagabend überraschte Paula mich dabei, wie ich

den Telefonstecker zog. Wir waren auf einem Folk-Konzert gewesen und wollten uns bei einem Glas Wein die schönsten Stücke noch einmal auf CD anhören. Dabei wollte ich auf keinen Fall gestört werden. Paula stand direkt hinter mir, als ich mich aufrichtete, und ich versuchte krampfhaft, ein Zusammenzucken zu vermeiden. Aber an ihrem Blick sah ich, dass mir das nicht gelungen war.

»Warum tust du das?« fragte sie und wies mit dem Kopf in Richtung des Steckers.

»Ich will nicht, dass wir gestört werden«, sagte ich und zauberte ein Lächeln auf mein Gesicht, das sie für einen Moment ablenkte.

Sie lächelte zurück, und ich strich ihr über die Wange.

»Das fände ich auch schade«, gab sie dann zurück, nahm meine Hand und küsste sie. »Aber wer sollte um diese Zeit noch stören? Es ist nach elf.«

»Ach, weißt du ...«

»Ja?«

Ich gab mir einen Ruck, ohne zu wissen, warum der überhaupt nötig war. »Die Frau mit dem Hund – Lena – hat mehrfach angerufen ...«

»Was!? Wann?« Paula verschränkte die Arme vor der Brust.

»Einige Male ...«

»Du hast nichts davon erzählt! Was wollte sie?«

Ich nahm ihren Arm, und wir gingen ins Wohnzimmer.

»Halb so wild«, wiegelte ich ab. »Sie hält mich für eine gefühllose Tierhasserin und wollte das unbedingt noch mal loswerden. Beim ersten Mal warst du gerade in München und hattest weiß Gott andere Sachen im Kopf.«

»Das ist aber schon zwei Wochen her«, entgegnete Paula und warf mir einen argwöhnischen Blick zu, bevor sie sich in einen der beiden Sessel vor dem Bücherregal setzte, während ich die Stereoanlage einschaltete.

Ich sah mit unterdrücktem Seufzen zu dem Podest hinüber, das mit vielen Kissen und Decken zum Kuscheln und Entspannen einlud. Oder auch zu etwas anderem. Hier hatte ich Paula zum ersten Mal verführt – in wenigen Monaten lag das zwei Jahre zurück. Es war eine aufregende Nacht gewesen, von der wir seither so manche, nicht minder lustvolle Neuauflage inszeniert hatten.

»Nun, sie meint wohl, mir das noch häufiger sagen zu müssen«, erläuterte ich. »Ich habe jedesmal einfach aufgelegt. Was gibt es da groß zu erzählen? Es wird ihr schon vergehen.«

»Das hoffe ich doch sehr«, erklärte Paula stirnrunzelnd. »Ansonsten solltest du dir ernsthaft überlegen, eine andere Telefonnummer zu beantragen. Soweit ich weiß, geht das heutzutage recht zügig über die Bühne.«

»Gute Idee. Und nun lass uns das Thema beenden«, schlug ich vor.

Paula lächelte ihr tiefblaues Lächeln, und mein Herzschlag beschleunigte sich. Der Abend war gerettet.

Gleich am nächsten Tag befolgte ich Paulas Rat, beantragte eine neue Nummer und war hochzufrieden. Endlich herrschte Ruhe, und ich konnte mich wieder um mein Leben kümmern.

## 6

Der Brief lag zwischen Reklamesendungen, Einladungen zu Weihnachtsfeiern und mehreren Rechnungen. Er trug keinen Absender, und die Handschrift wirkte kindlich. Eines von den Kids meiner Schwester, dachte ich spontan, doch als ich den Umschlag später in der Wohnung öffnete und die ersten Zeilen las, erstarrte ich. Er war von Lena. Ich ließ mich aufs Sofa fallen.

*Die Weihnachtszeit hat Paddy besonders gemocht*, schrieb sie ohne einleitende Anrede. *Überall gab es was Leckeres extra für ihn, und bei Schnee ist er richtig ausgeflippt. Hast Du schon mal einen Hund im Schnee rumtoben sehen? Wie er völlig aus dem Häuschen nach den Flocken schnappt und sich wundert, dass sie plötzlich weg sind? Das vergisst man nicht. Das kann man gar nicht vergessen. Wie geht es Dir? Ich bin verdammt einsam. Vielleicht möchte ich doch einen anderen Hund. Aus dem Tierheim oder so. Ich könnte ihn Paddy zwei nennen. Ja, warum nicht? Ich rufe an. Lena.*

Du kannst anrufen, bis du schwarz wirst, dachte ich und knirschte mit den Zähnen. Im selben Moment klingelte das Telefon. Ich hob mit einer heftigen Bewegung ab, ohne mich zu melden.

»Hallo? Bist du dran? Ariane?«

Es war Paulas Stimme.

Ich war so erleichtert, dass es mir fast schon lächerlich vorkam. »Ja, ja, ich bin dran.«

»Alles in Ordnung?«

»Klar. Warum?«

»Du klingst so komisch.«

»Ach was, hier ist alles bestens«, gab ich zurück und fragte mich einen Moment später, warum ich das sagte. »Wo bist du denn? Noch im Büro?«

Es war Freitagabend und längst Zeit, das Wochenende einzuläuten.

»Nein, ich sitze noch mit zwei Kollegen im Café Einstein zusammen«, entgegnete sie. »Wir müssen einige Termine koordinieren und noch ein paar Sachen besprechen, zu denen wir im Büro momentan nicht kommen. Das kann etwas dauern.«

»Was heißt denn etwas?«

»Ich weiß nicht – ein, zwei Stunden vielleicht.«

»Vielleicht? Genauer geht's nicht?«

»Warum? Möchtest du, dass ich mich beeile?« fragte Paula.

»Schon gut, lass mal. Nur keine Umstände«, gab ich zurück. »Allerdings wäre es mir lieb, wenn du präziser sagen könntest, wann du kommst. Wenn es nicht zuviel verlangt ist«, schob ich spitz hinterher.

Einen Moment blieb es still. »Ariane?«

»Hm.«

»Was ist los?«

»Was soll denn los sein?«

»Das frage ich dich.«

»Nur weil ich wissen will, wann du Zeit hast, unterstellst du mir, dass irgendwas nicht stimmt?«

»Ich unterstelle dir gar nichts«, entgegnete Paula, und es war deutlich zu hören, dass sie sich um einen beherrschten Ton bemühte. »Aber ich spüre an deiner Reaktion, dass dir mindestens eine Laus über die Leber gelaufen ist.«

»Lass mich um Gottes willen bloß mit irgendwelchen Viechern in Ruhe«, knurrte ich.

»Also darum geht es – die Frau hat sich wieder gemeldet«, stellte Paula fest. »Ich bin in spätestens einer Stunde da.«

»Musst du nicht. Ich ...«

»Nein, muss ich nicht, will ich aber.«

»Paula ...?«

Sie hatte aufgelegt. Ich schloss die Augen. Paula, du bist einfach großartig, dachte ich. Wahrscheinlich habe ich dich gar nicht verdient. Ich öffnete die Augen wieder. Was für ein merkwürdiger Gedanke.

Paula las den Brief in aller Ruhe und hob dann den Kopf. Wir saßen im Wohnzimmer auf dem Podest. Ich hatte mir ein Glas Wein eingeschenkt.

»Das klingt erst einmal nicht sehr dramatisch«, meinte Paula bedächtig und sah mich ruhig an.

»Du meinst, ich übertreibe?« Ich runzelte die Stirn.

»Nun, es fällt schon auf, dass du auf die Anrufe weitaus gelassener reagiert hast. Den Eindruck hatte ich jedenfalls – du hast ja nicht mal sofort davon erzählt. Jetzt dagegen bist du ziemlich aufgebracht – stinksauer sozusagen.«

»Und das findest du nicht verständlich?« begehrte ich auf. »Schließlich bin ich davon ausgegangen, dass ich mit dem Wechsel der Telefonnummer endlich Ruhe vor ihr habe, und nun kommen statt dessen Briefe ...«

»Ein Brief, Ariane, einer«, wandte Paula ein und hob rasch die Hände, um eine Erwiderung abzuwehren. »Ja, du hast recht, das nervt. Die Frau ist ziemlich hartnäckig und wahrscheinlich auch ungewöhnlich in ihrer Art, den Verlust zu verarbeiten. Aber davon mal abgesehen ...«

»Nun bin ich aber gespannt.« Ich verschränkte die Arme vor der Brust und starrte sie an.

»Sie will einen neuen Hund – und du sollst ihn bezahlen.« Paula zuckte die Achseln. »So verstehe ich diesen Brief.«

»Ich habe ihr fünfhundert Euro gegeben, ohne auch nur einen Blick auf die Tierarztrechnung geworfen zu haben. Ich weiß nicht mal, ob überhaupt eine existiert«, erklärte ich missmutig.

»Meinst du, sie spielt Theater?« fragte Paula.

Ich schüttelte langsam den Kopf. »Nein, das nicht gerade, und es geht mir auch nicht ums Geld, aber ... Sie lässt einfach nicht locker, und das macht mich ganz fuchtig. Wie lange ist das jetzt her? Zwei Monate, drei? Und wie lange soll das noch so weitergehen?«

»Das kann ich dir natürlich nicht sagen – wenn es nach dir und mir ginge, wäre besser heute als morgen Schluss damit.«

»Wie wahr.«

Paula rückte näher an mich heran, legte mir den Arm um die Schultern und küsste mich aufs Ohr. »Es gibt so viele schöne Dinge im Leben, findest du nicht auch?« flüsterte sie.

Ich wandte mich ihr zu. »Und ob! Doch bevor ich auf dieses hinreißende Ablenkungsmanöver eingehe – verrat mir doch bitte, was ich jetzt machen soll.«

Paula zuckte die Achseln.

»Da bleiben ja nur zwei Möglichkeiten. Entweder gar nichts – dann soll sie Briefe schreiben, bis sie schwarz wird«, schlug sie vor. »Du wirfst sie einfach ungelesen in den Müll. Oder du beißt in den sauren Apfel und gehst ein letztes Mal auf sie ein, indem du mit ihr zum Tierheim fährst, um ihr einen Hund zu kaufen. Dann ist Ruhe im Karton. Vielleicht hat sie ja tatsächlich nicht genug Geld oder ist zumindest knapp bei Kasse. Du hast sie durchaus so beschrieben.«

Ich stöhnte leise. »Dann könnte ich ihr auch noch einen Schein zukommen lassen ...«

»So einfach will sie es dir offenbar nicht machen – das kennst du doch schon von ihr.«

Die Vorstellung, Lena wiederzusehen, war mir höchst unangenehm, andererseits klang Paulas Vorschlag vernünftig. Wenn Lena sich in ein anderes Tier verguckte – einen Paddy zwei erwählte –, hätte sie kaum noch Wind in den Segeln, und das würde ich sehr begrüßen.

Paula rückte wieder näher und küsste mich aufs andere Ohr.

»Ich liebe es, wenn du anfängst nachzudenken«, sagte sie breit lächelnd.

Ich warf sie auf den Rücken und legte mich auf sie, bevor sie sich wieder aufrichten konnte. Ich hielt ihre Hände fest und sah sie an. »Und ich liebe es, wenn du so unter mir liegst – wehrlos.«

»Das bin ich nur für dich«, flüsterte sie.

»Das möchte ich dir auch geraten haben.«

Ich küsste sie, ließ ihre Hände los, und wir begannen einander auszuziehen. Inzwischen wusste ich, dass es sie verrückt machte, wenn ich zart an ihren Brustwarzen knabberte oder ihre Hüften mit festem Griff umfasste und anhob, während ich zwischen ihren Beinen lag, oder sie auf die Knie zwang und mich an ihren Po presste – mit oder ohne Spielzeug. Manchmal wehrte sie sich, und das machte wiederum mich verrückt. Mein Lieblingsspiel war das Fesseln. Es erregte mich so sehr, Paula unter meiner Kontrolle zu erleben – meinen Liebkosungen, meiner Heftigkeit ausgeliefert –, dass ich ganz hilflos wurde.

Sie aus der Reserve zu locken und ihrer kühlen Beherrschtheit zu entkleiden war von Anfang an eines unserer Hauptthemen gewesen – nicht nur auf der körperlichen Ebene; ein anderes war ihre Präsenz, die ich nicht einfach wegfegen konnte, wenn mir etwas gegen den Strich ging. Paula stand zu dem, was sie sagte, und ließ sich nicht beeindrucken, wenn ich bei einer unserer seltenen Auseinandersetzungen laut und unwirsch wurde – zumindest äußerlich nicht. Das tat mir gut, wenn es mir auch nicht in jeder Situation behagte. Ich war es gewohnt, den Ton anzugeben, und musste mich darauf einstellen, dass sich mit Paula einiges geändert hatte.

Ich hatte ihr erstaunlich früh von der Beziehung zu meiner Ex-Freundin Svenja erzählt. Die hübsche rothaarige Svenja, mit der ich nicht nur umgesprungen war, wie es mir gerade beliebte, sondern die ich bei einem heftigen Streit wutentbrannt niedergeschlagen hatte. Eine traumatische Situation, die lange nachgehallt hatte und deren Echo wohl nie ganz verklingen würde. Es hatte lange gedauert, bis ich Svenja wieder in die Augen schauen konnte und zu begreifen begann, dass ich ein Problem hatte, dem ich auf den Grund gehen musste.

Später sahen wir uns einen alten französischen Krimi an, während ich eine große Portion Eis vertilgte und Paula sich immerhin eine Kugel gönnte. Hin und wieder sah ich sie von der Seite an, beobachtete, wie sie langsam ihr Eis aß, wie sie dem Film folgte, lächelte und schließlich den Kopf wandte, um mich anzublicken. »Was ist? Der Film spielt da vorne.«

Ich schüttelte den Kopf. »Du bist viel schöner und aufregender.«

Sie lachte verlegen. Ich war glücklich.

Lena meldete sich am darauffolgenden Abend, als ich gerade eine Weihnachtsfeier verlassen hatte und auf dem Weg zu Paula war, die eine ähnliche Pflichtveranstaltung zu überstehen gehabt hatte. Mein Handy klingelte, während ich meinen Wagen aufschloss. Ich wunderte mich einen Moment über das *unbekannt* auf dem Display, nahm das Gespräch aber trotzdem entgegen und stieg rasch ein, um dem feuchtkalten Wind zu entkommen. »Ja? Wer spricht da?«

»Ich bin es – Lena.«

Ich starrte auf meine Atemwolken, die sich in Richtung Windschutzscheibe bewegten. »Wie kommst du an meine Handy-Nummer?«

Leises Lachen. »Du hast mir deine Visitenkarte gegeben, schon vergessen?«

Ich schluckte. Wie konnte ich nur so bescheuert gewesen sein?

»Und da deine andere Telefonnummer nicht mehr stimmt, dachte ich mir, ich versuche es einfach mal per Funk«, erklärte sie überflüssigerweise.

»Was willst du?« herrschte ich sie an und fragte mich gleichzeitig, warum sie nicht schon eher auf die Idee gekommen war, mich über Handy zu erreichen. Statt dessen hatte sie diesen Brief geschrieben.

»Nicht so unfreundlich, Ariane«, gab sie zurück.

»Ich habe keine Lust mehr auf dieses Theater«, fuhr ich sie an. »Und keine Lust mehr auf dich. Pass auf – du kriegst einen Hund aus dem Tierheim, und dann kreuzen sich unsere Wege nie wieder, hast du verstanden?«

»Meine Güte – was ist denn heute los mit dir? Du gehst ja sofort an die Decke.« Sie kicherte. »Sonst lässt du dir mehr Zeit, um in Fahrt zu kommen. Aber gut – ich halte dich nicht lange auf. Die Sache mit dem Tierheim ist geritzt, deswegen rufe ich ja an. Treffen wir uns dort?«

»Wenn es sein muss.«

»Es muss sein. Weißt du, wo das ist?«

»Ich werde es in Erfahrung bringen. Wann?«

»Morgen um elf Uhr.«

»Morgen ist Sonntag.«

»Ach, was du nicht sagst. Die haben auch sonntags auf«, erklärte Lena mit hohntriefender Stimme.

»Na denn – prima. Ich werde pünktlich da sein. Und noch was: Das ist das allerletzte Mal, klar?«

Damit unterbrach ich die Verbindung und warf das Handy auf den Beifahrersitz. Ich startete den Motor und fuhr mit quietschenden Reifen vom Parkplatz.

Paula bot mir an, mich zu begleiten, aber das wollte ich auf keinen Fall. Der Gedanke, dass Lena Paula kennenlernte, behagte mir überhaupt nicht. Mein Leben geht sie nichts an, dachte ich, gar nichts, und Paula soll von all dem nicht berührt werden oder besser gesagt: so wenig wie möglich.

Das Tierheim Berlin befand sich seit einigen Jahren im Nordosten der Stadt in Hohenschönhausen-Falkenberg. Die Gebäude waren groß, modern, komfortabel. Alles wirkte sauber und hygienisch. Warum jedoch die Trennwände zwischen den einzelnen Hundekäfigen teilweise aus Glas waren, erschloss sich mir nicht. Tiere, die einander weniger sympathisch fanden, kläfften sich ununterbrochen an und hatten wahrscheinlich überhaupt keine Lust, ständig das Konterfei des Nachbarn vor sich zu haben.

Während ich mit Lena durch die Gänge des Hundetraktes ging, überkam mich zunehmend ein Gefühl der Unwirklichkeit. Das letzte Mal war ich als ungefähr zehnjährige Schülerin mit meiner Klasse in einem Tierheim gewesen. Mit dreißig anderen Kindern war ich mehr oder weniger neugierig und betroffen an den einzelnen Käfigen vorbeigelaufen. In der Katzenabteilung war jedoch noch ein anderes Gefühl dazugekommen: Ich war froh gewesen, dass die Tiere eingesperrt waren und ich mich in Sicherheit befand. Eine seltsame Erinnerung, die mich wie ein übermächtiges Déjà-vu einzuhüllen drohte und die ich nur mit Mühe beiseite drängen konnte.

Auch der Eindruck von damals, jeder Hund, jede Katze wüsste irgendwie, dass jede Besucherin, jeder Besucher die Rettung bedeuten konnte, stellte sich nach all den Jahren wieder ein. Obwohl ich mich bis dahin überhaupt nicht um Tiere oder Tierschutzprojekte gekümmert hatte und der Anlass meines Besuches im Tierheim eher unerfreulich war, rührte mich der Anblick der warum auch immer abgegebenen Geschöpfe und ihre Geschichte, die stichpunktartig auf Tafeln festgehalten war. Hunde jeder Rasse und jeden Alters harrten der Dinge, die da auf sie zukamen – freudig erregt oder melancholisch durch die Scheibe starrend, andere wirkten ängstlich oder erschöpft. Das Angebot an Vierbeinern, die allesamt nichts lieber täten, als sofort ihren bisherigen Unterschlupf zu verlassen, um treu und ergeben Lenas Leben zu teilen, war unüberschaubar groß. Vielleicht war das auch der Grund, warum sie sich selbst nach anderthalb Stunden, in denen wir mehrere Rundgänge absolviert hatten, nicht entscheiden konnte, welcher Hund nun Paddy zwei werden sollte. Währendessen wurde ich immer übellauniger, und mein Entschluss, Lena zu begleiten, erschien mir von Minute zu Minute suspekter. Vielleicht hatte sie aber auch bloß keine Lust, eine Entscheidung zu treffen und damit den Ausflug zu beenden.

Ein kleiner schwarzer Schnauzer, eine Dackelmischlingsdame und ein brauner Kunterbuntmix hatten es ihr besonders angetan, aber dann gab es da auch noch einen windhundähnlichen kauzigen Burschen mit überdimensionalen Ohren und zwei Colliemischlinge, die sie herzallerliebst fand. Ich folgte Lena langsam mit über der Brust verschränkten Armen, während sie zwischen den Käfigen ihrer Favoriten hin und her wanderte – mit gerunzelter Stirn und hektischen Flecken auf den Wangen. Schließlich blieb ich in der Mitte zwischen den vorsortierten Hunden stehen und gab mir Mühe, einen gelassenen Eindruck zu machen, obwohl es längst in mir brodelte. Eine innere Stimme flüsterte mir, dass Lena dieses Theater mit Absicht veranstaltete, eine andere Stimme gebot Einhalt und fragte, welchen halbwegs vernünftigen Grund es denn dafür geben sollte. Vernünftig? Die Frau spinnt, dachte ich, als sie zum zehnten Mal bei der Dackeldame stehenblieb, um sich dann seufzend abzuwenden und ihre Wanderung fortzusetzen. Bei mir angelangt, zuckte sie die Achseln und blieb dann stehen.

»Ich kann mich nicht entscheiden.«

»Darauf wäre ich jetzt nicht gekommen.«

Sie warf mir einen scharfen Blick zu. »Machst du dich über mich lustig?«

»Warum sollte ich? Ich finde dich nicht lustig.« Nein, wirklich nicht.

Sie nahm den Daumen ihrer rechten Hand in den Mund und nagte an dem Nagel. Ich hörte es laut und deutlich knacken. Sie ließ die Hand wieder sinken.

»Na, egal«, meinte sie. »So geht das jedenfalls nicht.«

Ich neigte den Kopf zur Seite. »Wie meinst du das?«

»Ich kann mich so nicht entscheiden.«

»Was heißt denn so?«

Sie wies mit ausgestreckten Armen um sich. »All die Tiere, die es verdient hätten, mitgenommen zu werden – jedes einzelne von ihnen –, und ich soll nun ein einziges auswählen, während alle anderen zurückbleiben müssen.«

Nun, dachte ich zynisch, ich als Hund würde durchaus anderen Plänen den Vorzug geben, als den Rest meines vierpfotigen Lebens an Lenas Seite zu verbringen. Aber Hunde denken ja nicht, oder? Ich räusperte mich, um nicht breit zu grinsen.

»Und dann du mit deiner ganzen Art«, fuhr sie etwas leiser fort und starrte mich an.

Der Blick war unangenehm, aber ich tat ihr nicht den Gefallen auszuweichen. »Was für eine Art?«

»Meinst du, ich merke nicht, wie dich das anödet und du nur darauf wartest, dass du mich endlich wieder loswirst?« fuhr sie fort. »Es ist dir doch schnurzpiepegal, wen oder was ich von hier mitnehme.«

Ich spürte, wie mir heiß wurde. Meine Hände ballten sich zu Fäusten. Lenas Augen waren nur noch schmale Schlitze, dennoch beugte ich mich zu ihr vor und zauberte ein verächtliches Lächeln auf meine Lippen. Genug, dachte ich, jetzt reicht es endgültig.

»Weißt du was, Lena?« sagte ich in trügerisch sanftem Ton. »Es ist mir mittlerweile scheißegal, was du merkst oder nicht merkst und ob dir das, was du zu merken meinst, passt oder vielleicht eher doch nicht. Kapiert? Oder überfordert dich der Satzbau? Such dir einen Hund aus oder lass es bleiben. Ich bin dein Theater endgültig leid – hast du verstanden?«

Sie zuckte kaum merklich zusammen, dann folgte ein Grinsen. »Wie wütend du werden kannst. Passiert dir das häufiger?«

»Wenn ich mit meinesgleichen zusammen bin eher weniger.«

Das war nicht nur eine Lüge, sondern auch der billige Versuch, sie darauf hinzuweisen, dass ich auf der sozialen Leiter ein gutes Stück über ihr stand – jedenfalls meiner Ansicht nach – und allein das ein Grund für Konflikte war. Ich spürte sehr deutlich, dass dieser Schuss nach hinten losgegangen war. Die helle Wut loderte plötzlich nur noch auf Sparflamme, und ich fühlte mich erschöpft.

»Was ist nun?« fragte ich erneut. »Nimmst du einen oder nicht?«

Sie schüttelte den Kopf. »Ein andermal vielleicht.«

»Okay. Dann verabschiede ich mich jetzt«, sagte ich rasch und wandte mich in Richtung Ausgang um.

»Ariane?«

Ich blickte nicht zurück und antwortete auch nicht, sondern beschleunigte meine Schritte, als säße mir sonstwer im Nacken.

»So einfach geht das nicht!« rief sie mir hinterher.

Ich schlug die Tür hinter mir zu und rannte fast zum Parkplatz. Mein Herz trommelte wie wild. Und ob das so einfach geht! fuhr es mir durch den Kopf. Du kriegst mich nicht klein und du jagst mir auch keine Angst ein. Du nicht. Eine durchgeknallte armselige Gestalt wie du kann mich doch nicht so erschüttern.

## 7

Das konnte sie doch. Es blieb mir in der nächsten Zeit nichts anderes übrig, als mir auch eine neue Handy-Nummer zu besorgen, und obwohl ich ihre regelmäßig eintreffenden Briefe ungelesen in den Müll warf, wollte sich trotzdem kein Gefühl der Befreiung einstellen. Auf die Weihnachtsfeiertage und den Jahreswechsel konnte ich mich erst freuen, nachdem ich Paula überredet hatte, ein paar Tage mit mir zu verreisen – in die Dolomiten. Wir fuhren Ski und hatten keine anderen Sorgen als die, wie wir unseren beeindruckenden Muskelkater in den Griff bekommen konnten, um auf möglichst prickelnde und zugleich schmerzfreie Weise miteinander zu schlafen. Als wir nach zehn Tagen zurückkehrten, waren wir erholt und entspannt bis in die Haarspitzen. Der Alltag konnte wieder beginnen. So dachte ich jedenfalls.

Zur Vorbereitung des Starts in die neue Saison hatte ich schon im Spätherbst geplant, Winter-Inlineskate-Kurse in unserer werkeigenen Halle anzubieten, und zwar für verschiedene Leistungsgruppen. Die Werbung dafür war zusammen mit dem Weihnachtsgeschäft angelaufen, und wie ich den Anmeldungen entnehmen konnte, als ich wieder an meinem Schreibtisch saß, war die Resonanz ausgesprochen lebhaft. Insbesondere die Kurse für Anfängerinnen und Anfänger waren interessant, denn hier bestand in der Regel noch der größte Anschaffungsbedarf und damit die Möglichkeit, eine langfristige Kundenbindung aufzubauen.

Wenige Tage nach meiner Rückkehr aus dem Urlaub fand am späten Nachmittag der erste Anfängerkurs statt, den ich selbst unterrichten würde. In meinem besten Skatedress betrat ich pünktlich und gutgelaunt die Halle und traf auf eine Gruppe von schätzungsweise zehn Leuten – Frauen und Männer zwischen zwanzig und fünfzig –, die mir erwartungsvoll entgegenblickten. Frederik, einer meiner Mitarbeiter, hatte bereits alle mit den passenden Inliners und der nötigen Schutzausrüstung versorgt.

Ich grüßte in die Runde, fand ein paar einleitende Worte und wollte gerade mit den Dehnübungen beginnen, als ich erstarrte. Eine der Frauen, die sich bislang im Hintergrund gehalten hatte – was mich nicht weiter verwunderte, denn das taten Frauen häufig –, war vorgetreten und sah mich an. Sie hielt ihren Helm lässig in der Hand und grinste. Es war Lena. Einen Moment lang dachte ich zu träumen. Ich blickte sie an und wollte es nicht glauben. Dann schüttelte ich den Kopf, öffnete den Mund, schloss ihn wieder. Lena ließ mich nicht einen Moment aus den Augen. Sie strahlte vor Genugtuung über das ganze Gesicht, während ich meine Fassungslosigkeit kaum verbergen konnte. Der Rest der Gruppe wurde bereits aufmerksam, weil ich stocksteif und stumm dastand, und Frederik warf mir einen fragenden Blick zu.

Schließlich atmete ich tief durch, bat die Gruppe zur Sitzbank am Rande der Bahn und wies sie an, in ihre Schuhe zu schlüpfen. Dann winkte ich Frederik unauffällig heran und nahm ihn zur Seite.

»Sag mal, weißt du, wer die einzelnen Gruppen zusammengestellt hat?« fragte ich leise.

Er zuckte die Achseln. »Deine Sekretärin. Nehme ich jedenfalls an. Warum? Stimmt was nicht?«

»Ach, schon gut.«

Ich winkte nach kurzem Überlegen ab. Was sollte die Frage überhaupt? Niemand außer Paula wusste, dass der Name Lena ein rotes Tuch für mich war.

»Sicher?«

»Ja, sicher. Kümmere du dich bitte um die Frauen, ja?«

Frederik grinste. »Seit wann das denn?«

»Seit eben«, knurrte ich ihn an.

Er hob eine Augenbraue und wandte sich wortlos um. Normalerweise war ich durchaus zu Frotzeleien aufgelegt, doch an diesem Nachmittag ging gar nichts. Obwohl ich kaum noch etwas mit Lena zu tun hatte, sondern mich um die Männer kümmerte, war ich unkonzentriert und heilfroh, als der Unterricht beendet war. Der Kurs bestand aus fünf Doppelstunden – ich hatte nicht vor, bei den restlichen vieren in Erscheinung zu treten.

Als ich nach Hause kam, wartete Paula bereits auf mich. Ein Blick in mein Gesicht genügte, und sie stöhnte leise auf.

»Ist es das, was ich vermute?« fragte sie und kam auf mich zu.

Ich gab ihr einen Kuss. »Das ist es. Du wirst es nicht glauben – sie war heute in einer meiner Skater-Gruppen. Kannst du dir meinen Gesichtsausdruck vorstellen?«

Paula ließ sich verblüfft in einen Sessel fallen. »Ach, du liebes bisschen. Ich finde, das geht jetzt eindeutig zu weit.«

»Das finde ich auch«, nickte ich ihr zu und wand mich aus meiner Winterjacke. »Doch als allererstes muss ich jetzt unbedingt was essen. Mein Appetit ist zwar nicht besonders, aber ich habe Hunger. Magst du auch was? Ich glaube, es ist noch Hühnchen mit Reis und Gemüse im Kühlschrank.«

Paula schüttelte den Kopf. »Ich habe vorhin schon gegessen.«

»Selber schuld«, kommentierte ich.

Wir gingen in die Küche. Ich kümmerte mich um mein Abendbrot, während Paula mit einem Glas Orangensaft am Esstisch Platz nahm und eine Weile vor sich hin brütete. Als

ich mich zu ihr setzte, sah sie mich nachdenklich an.
»Allmählich habe ich den Eindruck, dass die Frau tatsächlich ...«

»... nicht alle Tassen im Schrank hat«, vervollständigte ich ihren Satz und nickte zustimmend. »Das wolltest du doch sagen, oder?« Ich nahm einen Bissen.

»Nein – ich wollte sagen, dass sie mich immer mehr an eine ... ja: eine Stalkerin erinnert. Hast du mal was davon gehört?«

Ich ließ die Gabel sinken. »Ja, entfernt jedenfalls. Hin und wieder steht mal was in der Presse, aber ich denke, der Vergleich hinkt. So wie ich es verstanden habe, sind das Menschen, die andere aus verschmähter Liebe verfolgen. Ex-Männer und -Frauen oder Leute, die Prominente anhimmeln und sie ohne Unterlass belästigen. Und so weiter und so fort.«

»Verschmähte Liebe ist wohl der häufigste Grund«, sagte Paula. »Aber eben nicht der einzige. Ein anderes Motiv sind zum Beispiel Rachegelüste. Es gibt Leute, die Ärzte oder Anwälte verfolgen, weil die ihrer Ansicht nach schwerwiegende Fehler gemacht haben. Entscheidend bei dem Begriff des Stalking ist das Verfolgungsmuster.«

»Verfolgungsmuster?« wiederholte ich langsam. »Das klingt ja richtig wissenschaftlich. Hast du dich näher damit befasst?«

»Ich habe mal den einen oder anderen Blick ins Internet geworfen, als Lena auch nach der Tierheim-Geschichte keine Ruhe gab«, antwortete Paula. »Man findet jede Menge Einträge – neben Schicksalen von Betroffenen eben auch die wissenschaftliche und juristische Erörterung des Themas.«

»Davon hast du bislang nichts erzählt«, stellte ich fest.

»Nein.«

»Warum nicht?«

»Na ja, es hört sich ziemlich scheußlich an, was da so berichtet wird«, antwortete sie zögernd. »Da gibt es Foren für Stalking-Opfer. Deren Geschichten sind wirklich beklemmend. Das ist zum Teil so haarsträubend, dass mir der Vergleich mit Lena bislang nicht angemessen schien – so nervig sie sich auch von Beginn an verhielt.«

Ich schob meinen halbvollen Teller weg. »Und jetzt ist der Vergleich doch angemessen?«

»Was ihre Hartnäckigkeit angeht, finde ich schon. Sie denkt sich ja auch immer neue Möglichkeiten aus, um dich mit ihrer Person zu konfrontieren – Telefon, Handy, Briefe, Treffen. Und der Hund spielt nur noch eine untergeordnete Rolle.«

Ich lachte unfroh auf. »Allerdings. Lena in einem Skater-Kurs anzutreffen hätte ich schlicht für ausgeschlossen gehalten, nachdem ihr geliebter Paddy schließlich durch eine Frau auf Rollen ums Leben kam und sie Inlineskater und Jogger ja für gemeingefährlich hält. Aber der Aspekt ist wohl bestenfalls noch zweitrangig.«

»Sie will dich unter Druck setzen. Immer wieder.«

»Aber warum um Himmels willen?« ereiferte ich mich. »Muss denn nicht irgendwann mal Schluss sein mit dieser Nummer? Hat die denn nichts anderes zu tun?«

»Du hast es ihrer Ansicht nach nicht anders verdient«, entgegnete Paula. »Sie bestraft dich, indem sie dich immer wieder an deine Missetat erinnert und deine Aufmerksamkeit einfordert. Das ist das eine. Und in gewisser Weise gehörst du längst zu ihrem Leben, was ihr offenbar ... ja – gefällt.«

Mir lief ein Schauer über den Rücken. »Und was kann man dagegen machen? Hast du dazu auch was gefunden?«

Paula schlug ein Bein über das andere. »Durchaus. Zum einen wird empfohlen, die Person einmal in aller Deutlichkeit darauf hinzuweisen, dass man keinen Kontakt zu ihr wünscht, um dann alle weiteren Annäherungsversuche schlichtweg zu ignorieren – das heißt, auf nichts einzugehen, auf wirklich gar nichts, kein Gespräch entstehen zu lassen, weder am Telefon noch persönlich, auf der Straße, wo immer – nicht die kleinste Erwiderung. Sie muss wie Luft behandelt werden, weil jede Reaktion, wirklich jede – ob positiv oder negativ ist dabei völlig egal – quasi zum nächsten Kontaktversuch einlädt und eine Bestätigung der Vorgehensweise darstellt.«

»Toll«, bemerkte ich. »Dieser Zug dürfte inzwischen ja wohl längst abgefahren sein.«

»Stimmt, doch am Anfang konntest du ja nicht ahnen, dass sie keine Mühe scheuen würde, um sich dir immer wieder ins Gedächtnis zu rufen«, sagte Paula. »Du hattest Gewissensbisse und wolltest zumindest etwas wiedergutmachen – denk an das Geld und den Tierheimbesuch. Dass sich daraus eine Dynamik entwickeln würde, wie sie sich jetzt zeigt, konntest du wirklich nicht wissen.«

»Das beruhigt mich ja. Und weiter?«

»Es gibt juristische Möglichkeiten«, erläuterte Paula weiter. »Du kannst den Erlass einer einstweiligen Verfügung beantragen oder sie sogar anzeigen, wenn ein Straftatbestand vorliegt – wozu zum Beispiel auch die Verletzung des persönlichen Lebens- und Geheimbereiches sowie Beleidigung und Bedrohung gehören – und erwirken, dass sie sich dir nicht mehr nähern darf. Bei Nichteinhalten hat sie Bußgeld zu zahlen und kann sogar inhaftiert werden. Stalking soll übrigens auch ins Strafgesetzbuch aufgenommen werden, nachdem sich derlei Vorfälle seit Jahren häufen. Dann wird es einfacher für die Opfer, sich zur Wehr zu setzen.«

Ich hob interessiert den Kopf. »Das gefällt mir, doch wo ist der Haken?«

»Nun, bei der zivilrechtlichen Variante der einstweiligen Verfügung trifft das Gericht seine Entscheidung darüber, ob und welche Anordnungen getroffen werden sollen, nach freiem Ermessen – das kann also auch nach hinten losgehen, wenn jemand überzeugend das Unschuldslamm gibt und die Geschichte herunterspielt. Und Straftatbestände wie Verfolgung oder ähnliches sind nicht ganz einfach zu beweisen und erfordern im Alltag viel

Aufwand – wenn es sich nicht gerade um jemanden handelt, der jeden Abend vor deiner Haustür sitzt und auch noch brav darauf wartet, von der Polizei abgeholt zu werden, weil es ihm erst den richtigen Kick gibt, solch ein Aufsehen zu erregen«, führte Paula aus. »Außerdem ist es Stress pur, weil du jeden Versuch der Kontaktaufnahme protokollieren musst und auch Freunde, Familie, Nachbarn, Arbeitgeber und so weiter eingeweiht werden sollten, um im Fall der Fälle gerichtsfähige Zeugenaussagen zu bekommen.«

»Ach, du liebe Güte.« Ich verdrehte die Augen. »Dann beschäftigt man sich ja Tag und Nacht nur noch mit diesem Mist.«

»So ist es«, stimmte Paula zu. »Allerdings gibt es Beispiele, wo das durchaus angemessen ist beziehungsweise die einzige Reaktionsmöglichkeit darstellt. Wenn dir mit Mord und Totschlag gedroht wird und du bereits Opfer von gewalttätigen Übergriffen geworden oder anhaltendem Psychoterror ausgesetzt bist, musst du dich natürlich entsprechend schützen.«

Ich hob die Hände. »Moment, da fällt Lena aber in eine andere Kategorie«, wandte ich rasch ein. »Sie ist nervtötend und tickt sicherlich nicht ganz rund, aber das war es dann auch schon. Gewalttätige Übergriffe traue ich ihr nicht zu.«

Paula leerte ihr Glas. »Stimmt, aber eine nervtötende Lena will man ja auch möglichst schnell wieder loswerden. Also musst du was unternehmen.«

»Du siehst aus, als hättest du längst einen Vorschlag parat.«

Paula nickte lächelnd. »Wenn sie das nächste Mal auftaucht, sag ihr doch einfach ganz ruhig und sachlich, dass du juristische Maßnahmen einleitest, wenn sie dich weiterhin belästigt, und dass du ab jetzt kein einziges Wort mehr mit ihr redest. Und kein einziges heißt dann auch wirklich kein einziges. Vielleicht beeindruckt sie das, vielleicht auch nicht, das werden wir ja sehen. Auf jeden Fall hältst du dich daran, egal, was sie dir erzählt, und im besten Fall dürfte es sie irgendwann langweilen, keinerlei Reaktion mehr bei dir hervorzurufen. Und falls der beste Fall doch nicht eintritt, schaltest du die Polizei ein oder eine Anwältin.«

Das hatte Hand und Fuß, und es klang einfach gut – eben ganz nach Paula. Lena ergötzte sich an meiner Wut und Verblüffung; sie genoss es, wenn ich erschrak und aus der Fassung geriet. Natürlich – ich durfte eben einfach nicht mehr reagieren und musste sie wie Luft behandeln. Das dürfte doch nicht allzu schwierig sein.

»Hört sich logisch an«, kommentierte ich und sah Paula an. »Was bist du doch für ein kluges Mädchen.«

Sie lächelte verhalten.

»Oder gibt es dabei auch einen Haken?« argwöhnte ich.

Sie zuckte die Achseln. »Was heißt schon Haken? Stell dir mal vor, sie nähert sich dir von hinten, überholt dich dann schreiend und schimpfend, bleibt vor dir stehen und spuckt dich schließlich an. Schaffst du es, darauf nicht zu reagieren?«

Ich sah zum Fenster hinaus und blieb die Antwort schuldig.

Elf Tage lang tat sich gar nichts. Zu dem Anfängerkurs erschien Lena nicht mehr, und auch sonst blieb ich verschont. Die Tatsache, dass ich die Tage zu zählen begann, an denen Lena nicht auftauchte oder von sich hören ließ, stieß mir unangenehm auf. Mir wurde bewusst, dass ich eine innere Strichliste zu führen begonnen hatte, auf der ich die Stunden vermerkte, in denen ich nicht an Lena dachte oder durch irgend etwas an sie erinnert wurde. Wie absurd. Elf Tage stellten einen langen Zeitraum dar – die letzten beiden Tage hatte ich zu hoffen begonnen, dass es ausgestanden war, dass zumindest die Möglichkeit bestand –, und das Gefühl der Befreiung, das sich in mir breitmachte, wuchs von Stunde zu Stunde.

Am elften Tag stand sie abends in der Dunkelheit auf dem Firmenparkplatz. Ich eilte nach einem langen Arbeitstag zu meinem Wagen und sah sie erst, als ich die Tür öffnete und das Licht aus dem Innenraum auf ihre schmale Silhouette fiel. Der Schreck musste sich scharf in mein Gesicht geprägt haben, denn sie lächelte mich erfreut an, und ihre Augen musterten mich zufrieden.

»Hallo, Ariane«, sagte sie leise. »Länger nicht gesehen.«

Ich sah mich rasch um. Wir waren allein – die Spätschicht war längst an die Arbeit gegangen, und alle anderen befanden sich auf dem Weg nach Hause. Sie hatte einen genialen Zeitpunkt erwischt. Oder ich. Ich besann mich auf das Gespräch mit Paula und lehnte mich so entspannt wie möglich an den Wagen.

»Das ist auch gut so, Lena«, erwiderte ich ruhig. »Ich will dich nicht mehr sehen und nicht mehr mit dir sprechen. Nie mehr. Der Fall ist für mich erledigt. Ich werde auf keinerlei Kontaktversuche deinerseits mehr eingehen und zudem juristische Schritte einleiten, wenn du mich weiterhin belästigst.«

Dann stieg ich ein, ohne sie weiter zu beachten. Als ich den Motor angelassen hatte und an ihr vorbeifuhr, sah ich ihr ins Gesicht. Das hätte ich vielleicht nicht tun sollen. Trotz der Dunkelheit spiegelte sich der Hass in ihren Zügen so deutlich wider, dass ich zutiefst erschrak. In diesem Moment wusste ich, dass wir uns wiedersehen würden und diese Geschichte noch lange nicht beendet war, so sehr ich es auch hoffte.

Erst einige Zeit darauf sollte mir bewusst werden, dass ich mich spätestens seit diesem Abend im Ausnahmezustand befand. Ein kriegerisches Wort, aber es passte. Lenas Hass sprach eine klare Sprache, und ich wusste, dass es schwierig bis unmöglich werden würde, ihre weiteren Versuche der Kontaktaufnahme zu ignorieren, bis sie das Interesse an mir verlor. Dazu würde es nicht kommen. Sie hasste mich, sie sehnte sich danach, in mein Leben einzudringen, mich zu verletzen und zu erschüttern. Das war interessant für sie. Warum auch immer. Der eigentliche Auslöser für ihr Verhalten, nämlich Paddys Tod, spielte nur noch eine untergeordnete Rolle. Dessen war ich mir auf beunruhigende Weise sicher.

In den nächsten Wochen verlegte Lena sich darauf, mir in unregelmäßigen Abständen an allen möglichen Orten aufzulauern – wenn ich auf dem Heimweg war oder zur Arbeit fuhr, unterwegs zum Einkaufen, zu Paula, wohin auch immer. Meist stand sie einfach nur da und starrte mich an. Ich versuchte durch sie hindurchzusehen. Manchmal gelang mir das. Doch je mehr Zeit verging, ohne dass sie ihre Taktik änderte, desto angespannter wurde ich. Ich erwischte mich dabei, dass ich innerlich erleichtert, ja fast dankbar einen Haken machte, wenn Lena ihren Auftritt gehabt hatte und ich damit rechnen konnte, nun für mindestens zwei Tage Ruhe zu haben, und wie ich andererseits verstärkt Ausschau hielt, falls sie länger nicht in Erscheinung getreten war. Diese Tage versah ich im stillen mit dem Kürzel OL, ohne Lena; die anderen entsprechend mit ML, mit Lena. Ich ging dazu über, aus dem Fenster zu sehen, bevor ich das Haus verließ, und ich erschrak, wenn ich Geräusche vernahm, die ich nicht sofort zuordnen konnte. Ich ging überhaupt viel seltener aus dem Haus und erfand alle möglichen Begründungen dafür, den Abend lieber auf der Couch zu verbringen, als mich noch mal auf den Weg zu machen, und Paulas skeptischen Blick oder ihre Einwände überging ich geflissentlich. Ich brauchte diese Begründungen, denn die Wahrheit – dass ich Angst hatte – konnte ich weder aussprechen noch aushalten. Ariane hatte keine Angst, Ariane fühlte sich nicht hilflos. Ariane war selbstsicher, stark, wehrhaft, und niemand durfte sie ungestraft angreifen. Wer es doch tat, hatte damit zu rechnen, eins auf die Nase zu bekommen. Ich hatte Träume, an die ich mich nicht erinnerte, wenn ich stöhnend, weinend, um mich schlagend hochschreckte. Ich begann mich zu verändern, und ich spürte immer deutlicher einen Schmerz, der mir – bei allem von Lena ausgelösten Stress und Unbehagen – unangemessen schien und dessen eigentliche Ursache mir unklar war. Ich sprach nicht darüber.

Paulas Drängen, Anzeige zu erstatten, kam ich nicht nach. Es schien mir aussichtslos, der Polizei zu erzählen, dass eine Frau alle paar Tage meinen Weg kreuzte und mich anstarrte, als wünschte sie mir die Pest an den Hals. Es gab keine Briefe mehr, und der Telefonterror hatte sich auch erledigt. Außerdem war es mir unangenehm, die Vorgeschichte zu erzählen, und ich tröstete Paula damit, dass Lena ja gar nichts machte und sicherlich bald die Lust an ihrem Tun verlieren würde. Ich wusste, dass beides nicht stimmte; und ich wusste auch, dass ich längst auf ihren nächsten Schritt wartete.

## 8

Zum ersten Mal seit Jahren startete ich nicht bei einem der Frühjahrsmarathone. Besonders erstaunlich daran war, dass mir das erst so richtig bewusst wurde, als ich beim Durchblättern der Zeitung auf die alljährlich wieder erscheinenden Artikel zum Thema Fitness und Ausdauer stieß. Ich war in den letzten Monaten kaum geskatet. Ich hatte in den letzten Monaten so einiges vernachlässigt. Die Zeit war mir entglitten.

Es war Sonntagnachmittag. Ich war bei Paula und hatte mich nach ausgiebiger Zeitungslektüre zu einem Mittagsschlaf zurückgezogen, während sie einen Krimi las und im Hintergrund leise klassische Musik lief. Noch vor einiger Zeit, wurde mir schmerzlich bewusst, hätte ich den Buchtitel sofort parat gehabt und wahrscheinlich sogar gewusst, worum es ging. Weil ich Paula nach dem Inhalt gefragt oder das Buch sogar selbst gelesen hätte. Wir hätten uns über den spannenden Plot ausgetauscht oder gelästert, wenn schon nach zwanzig Seiten klar war, wer der Mörder war. Als ich wach wurde, glitten mir nebeltrübe Gedanken durch den Kopf. Dann hörte ich Stimmen. Hatte ich vergessen, dass wir Besuch erwarteten? Ich erkannte die Stimmen von Rieke und Toni, aber da war noch eine andere Frau.

Vier Frauen plapperten munter durcheinander. Paula lachte und sagte schließlich, dass sie Kaffee kochen ginge. Kaffeeklatsch mit einigen gutaufgelegten Frauen – das war eigentlich genau das Richtige für mich.

Fünf Minuten später hatte ich mich frisch gemacht und begrüßte das Besucherinnen-Trio. Die dritte im Bunde war Britta – wie ich erfuhr, war auch sie eine ehemalige Schulfreundin von Paula und Rieke. Britta war eine rundliche, energische Frau, die mit Händen und Füßen redete und über ein bemerkenswert loses Mundwerk verfügte. Da Rieke und Toni auch nicht gerade einsilbig waren, fiel es nicht weiter auf, dass ich etwas maulfaul zwischen ihnen saß. Rieke hatte eine köstliche Apfeltorte gebacken, die bereits auf dem Esstisch thronte und begierigen Blicken ausgesetzt war, besonders von Britta.

»Rieke hat angerufen, als du geschlafen hast«, erklärte Paula mir, als die Torte angeschnitten war.

Ich nickte und sah nach der ersten Kostprobe zu Rieke hinüber. »Der ist himmlisch, ehrlich, mein Kompliment. Ich habe selten so guten Kuchen gegessen.«

»Danke. Das freut mich«, sagte sie.

Sie lächelte und griff einen Augenblick später nach Tonis Hand, um sie innig zu drücken. Es fällt ihr immer noch nicht leicht, mir in die Augen zu sehen, dachte ich. Immerhin hatte ich Paula ohne jegliche Rücksicht auf ihre Beziehung mit Rieke verführt und war letztlich der Auslöser für das Ende dieser Beziehung gewesen. Das nagte an ihr. So was nagte wohl an jeder. Andererseits war sie neugierig, wie es Paula mit mir erging, und so glücklich mit ihrer Toni, dass sie ein Zusammentreffen an ihrer Seite wagte. Ein spontaner Besuch war dennoch ungewöhnlich, fand ich.

Britta seufzte wohlig. »Himmlisch ist der richtige Ausdruck. Ich könnte glatt hysterisch werden vor Wonne. Und obwohl es noch ein bisschen früh dafür ist – ich freue mich schon auf den Winter und deine köstlichen Plätzchen.«

Rieke wechselte einen Blick mit Toni und räusperte sich, als diese ihr zunickte. Britta folgte dem sprachlosen Austausch mit hochgezogenen Augenbrauen. »Ist was dagegen einzuwenden?«

»Nö«, erwiderte Rieke. »Eigentlich nicht, nur ...« Sie sah wieder Toni an.

»Ja, was denn nun?«

»Wir werden Berlin höchstwahrscheinlich verlassen.« Rieke wirkte sehr erleichtert, als der Satz heraus war.

»Wie bitte? Ich höre wohl nicht recht.«

Britta gingen für den Moment tatsächlich die Worte aus. Sie blickte von einer zur anderen, während Paulas Kuchengabel in der Luft verharrte. Von wegen spontaner Besuch, dachte ich.

»Ist das euer Ernst?« fragte Paula. Sie war sichtlich irritiert.

Rieke nickte langsam. »Ja, wir beschäftigen uns ernsthaft damit. Toni hat eine Tante in der Nähe von Freiburg ...«

»Na und?« unterbrach Britta flapsig. »Das kommt in den besten Familien vor. Kein Grund zur Vaterlandsflucht.«

Rieke verdrehte die Augen, während Toni Britta in die Seite stieß und dann selbst das Wort ergriff.

»Meine Tante ist ein richtiger Schatz, aber nicht mehr die Jüngste«, erzählte sie. »Sie führt ein kleines ländliches Hotel mit sehr guter Küche und möchte sich in absehbarer Zeit aus dem Geschäft zurückziehen, um noch ein bisschen was von ihrem Altenteil zu genießen, wie sie sagt. Ich soll das Ganze erben, und zwar nicht erst, wenn Rosi auf dem Sterbebett liegt, sondern lieber heute als morgen.«

»Aber du bist doch gar nicht vom Fach«, wandte Paula ein.

»Genau! Finde ich auch«, stimmte Britta zu. »Also, lasst den Quatsch und bleibt in der Hauptstadt.« Sie schob sich eine Gabel Kuchen in den Mund.

»Nein, bin ich nicht, aber Rieke schon«, entgegnete Toni, ohne auf Brittas Bemerkung einzugehen. »Ich hingegen verstehe mich sehr gut auf Zahlen, Organisation, Betriebswirtschaft und so weiter, und ich habe Lust, noch mal was Neues anzufangen. Wenn nicht jetzt, wann dann? Der Job im Architekturbüro ist toll, zugegeben, aber er ist nun auch nicht so phänomenal, dass ich mir gar nichts anderes mehr vorstellen kann. Außerdem meint Rieke, dass ich durchaus Talent hätte, mich beim Kochen und Backen anlernen zu lassen, während sie ja auch in der Buchhaltung Erfahrung hat. So ergänzen wir uns prima.«

»Wow. Das ist ja eine wirkliche Überraschung. Einfach so weg aus Berlin?« Paula schüttelte langsam den Kopf. Der Gedanke gefiel ihr nicht. Zugleich schien sie sich zu fragen, wie deutlich sie das sagen durfte.

»Einfach so sicherlich nicht.« Die beiden sahen sich lange an, bevor Rieke weitersprach. »Wir haben viel diskutiert in den vergangenen Wochen, und es gibt noch einige Bedenken, die ich ausräumen möchte, doch grundsätzlich ...«

»Und dein Bistro? Ich kann mir gar nicht vorstellen, dass es das nicht mehr geben soll«, wandte Paula eilig ein.

Britta nickte mit vollem Mund. »Genau, ich auch nicht.«

»Ich werde es verkaufen, und ich hoffe natürlich, einen guten Preis zu erzielen – trotz Konjunkturflaute. Immerhin läuft der Laden ja seit einiger Zeit bestens, und wer ein Händchen dafür hat, kann gut verdienen«, sagte sie.

Ich hatte Paula noch nie zuvor wehmütig erlebt. Bestimmt lag ich nicht weit daneben, wenn ich vermutete, dass Riekes Entschluss, mit ihrer Lebensgefährtin aus Berlin wegzugehen und neu anzufangen, auch mit Paula, ihrer gemeinsamen Zeit und der Trennung zu tun hatte, und dass Paulas Wehmut nicht allein darauf zurückzuführen war, dass sie das Bistro und all die schönen Leckereien vermissen würde. Einen Moment lang war mir nicht ganz wohl in meiner Haut. Dann lächelte Rieke uns nacheinander an.

»Ihr könnt uns immer gerne besuchen. Auch dort unten wird gut gekocht und gebacken«, sagte sie herzlich.

Ich lächelte zurück. »Das werden wir sicher machen.«

Einen Moment herrschte Stille am Tisch, dann langte Britta wieder beherzt zu und ergatterte treffsicher das größte Stück der noch verbliebenen Apfeltorte.

»Also dann, lassen wir es uns schmecken, Mädels – wer weiß, wann dieser Kuchen das nächste Mal auf den Tisch kommt!« sagte sie.

Alle lachten erleichtert und ein bisschen zu laut, obwohl Britta bestimmt schon witzigere Äußerungen von sich gegeben hatte. Paula schenkte noch einmal Kaffee nach.

»Apropos Abschied«, sagte Britta eine Weile später, als es am Tisch still zu werden drohte. »Dazu fällt mir noch eine ganz andere Geschichte ein.«

»Nicht doch«, entgegnete Rieke. »Gibt es eigentlich überhaupt ein Thema, zu dem dir nicht so ganz spontan die eine oder andere Geschichte einfällt?«

Britta schien ernsthaft zu überlegen, bevor sie antwortete. »Synchron-Turmspringen vom Siebeneinhalber – da hätte ich Probleme, ausschweifend zu werden.«

»Oh. Schade.«

»Nicht wahr? Davon ab wäre es hinreißend, wenn du mich nicht ständig unterbrechen würdest – um so schneller bin ich meine Geschichte los und du kannst wieder das Unterhaltungsprogramm bestreiten«, konterte Britta.

Toni stöhnte, als wäre sie nicht zum ersten Mal Zeugin eines derartigen Schlagabtausches zwischen den beiden, während Rieke grinste. »Alles klar – nun leg schon los.«

Britta lehnte sich zurück und machte eine kleine Kunstpause, in der sie uns nacheinander mit ernstem Blick betrachtete.

»War eine von euch in letzter Zeit mal beim Gynäkologen?« wollte sie wissen.

»Da das wahrscheinlich eine rhetorische Frage sein soll, wird sich niemand erdreisten, dir darauf zu antworten«, sagte Toni.

Britta strafte sie mit einem missbilligenden Kopfschütteln, ohne auf die Bemerkung einzugehen. »Also – ich war vor zwei Wochen bei meiner geschätzten Frauenärztin, um ihr von diversen Beschwerden zu berichten ...«

»Und wann bist du da wieder rausgekommen? Gestern?« fragte Rieke mit unschuldigem Augenaufschlag.

»Meine Liebe, das ist ein sehr billiger Versuch, um Lacher zu buhlen, findest du nicht? Aber das Grinsen wird dir schon noch vergehen«, erklärte Britta, ohne eine Miene zu verziehen, obwohl der Rest der Kaffeerunde zu kichern begann. »Also – ich klagte ihr mein Leid, das ich mal locker zusammenfassend mit Menstruationsbeschwerden überschreiben möchte, die ja wohl jede von euch kennen dürfte.« Sie sah sich kurz mit prüfendem Blick um, und als ihr keine widersprach, nickte sie beifällig. »Gut. Ihr wisst also, wovon ich spreche: Bauch-, Rücken-, Brustschmerzen, mal eine längere Periode, mal kurz, mal regelmäßig, mal eine Woche früher oder später, übellaunig bis zum Anschlag, Kopfdruck, Blähbauch ... Das alles kennen wir ja schon aus den vergangenen Jahrzehnten, doch in den letzten zwei Jahren haben sich diese Beschwerden auf eine Art und Weise zugespitzt, die ich einfach nicht mehr so hinnehmen wollte. Als Frau hat man ohnehin viel zu viel hinzunehmen, nicht wahr?«

Alle nickten widerspruchslos.

»So, und nun ratet mal, wie die Diagnose lautet?«

Keine wagte einen Tip abzugeben.

»Es ist das große W«, erklärte Britta mit Grabesstimme.

»Das große W?« wiederholte Toni. »Was soll das denn sein?«

»Das ist das Wort, das ich nicht ausspreche.«

Rieke verdrehte lachend die Augen. »Wechseljahre?«

»Nicht so laut!« beschwor Britta sie.

»Ja, und? Was ist daran so schlimm?« meldete ich mich zu Wort.

Ihr Blick hätte Brandspuren hinterlassen, wäre er ernst gemeint gewesen.

»Liebe Ariane«, erklärte sie hoheitsvoll. »Ich bin Anfang Vierzig – in meinem Alter werden heutzutage viele Frauen zum ersten Mal Mutter, und die Ärztin erzählt mir was von Hormonschwankungen im Zusammenhang mit dem beginnenden Klimakterium! Ich fasse es einfach nicht! Gerade erst die Pubertät verlassen, Pickel, adieu – so dachte ich jedenfalls, aber auch das war ein Irrtum, wir sind lediglich auf die Versprechen der Werbung hereingefallen und benutzen nun statt Clearasil die garantiert alle Falten wegätzende Creme von Uschi Glas –, und schon sind wir auf dem Weg zur globalen Ganzkörpererwärmung! Erinnert ihr euch nicht daran, wie eure Mütter mit hochroter Birne und ständig schwitzend von irgendwelchen ominösen Hitzewallungen geraunt haben und mit verkniffenem Mund und krummem Rücken durch die Gegend geschlichen sind, als hätten sie die Last von Jahrhunderten zu tragen?«

Rieke hob die Hände. »Und ob! Bei meiner Mutter konnte man den Eindruck gewinnen, dass Pest und Cholera dagegen harmlose Erkältungskrankheiten darstellen.«

»Ganz genau. Und all das soll mich jetzt auch erwarten?« Britta sah düster drein, während es ihr gelang, gleichzeitig genüsslich zu kauen. »Wahrscheinlich werde ich nur noch schlecht gelaunt sein, Haarausfall bekommen, weiche Knochen, schlaffes Unterarmfleisch, von anderen Körperregionen mal ganz zu schweigen, und kiloweise Gewicht zulegen ...«

»Dann bist du seit zwanzig Jahren im Klimakterium«, bemerkte Rieke trocken.

Britta würdigte sie keines Blickes, während Toni und Paula hinter vorgehaltener Hand lachten. Ich lächelte. Die Herumblödelei tat mir gut. Ich nahm mir ein weiteres Stück Kuchen.

»Nein, mal im Ernst«, meinte Britta nach einer kurzen Pause. »Beschäftigt ihr euch nicht mit diesem Thema?«

Es wäre wunderbar entspannend, sich damit zu beschäftigen, dachte ich, während die vier weiter herumflachsten. Auf einem

Allerweltsthema herumreiten und völlig darin aufgehen. Was konnte es Schlimmeres geben als das Frauenthema Nummer eins, wenn man die Vierzig überschritten hatte? Der merkwürdige dumpfe Schmerz kehrte zurück – ML –, und ich ballte die Hände. Lass mich in Ruhe, grollte ich innerlich. Du hast kein Recht, mir den Tag zu verderben. Ich atmete tief durch. Ein uraltes Spiel, bei dem man schier verrückt werden konnte – wie gelingt es einem, ein verhasstes Thema aus seinen Gedanken auszuschließen? Schon diese Frage barg eine Falle, weil man unweigerlich zu grübeln begann, und eine Antwort gab es nicht.

Als Paula aufstand, um noch einmal Kaffee zu kochen, klingelte es an der Tür. Kurz darauf kehrte sie mit einem Päckchen ins Wohnzimmer zurück. Das Gespräch verstummte. Alle sahen hoch.

»Paketdienst am Sonntag?« fragte Toni. »Das ist aber ungewöhnlich. Oder sehr wichtig.«

Paula sah mich an, und ich wusste sofort, von wem das Päckchen war.

»Es ist für dich. Ein Junge aus der Nachbarschaft hatte den Auftrag, es hier abzugeben. Willst du es gleich öffnen oder lieber erst später?« fragte sie leise.

Ich stand auf. Mein Herz hämmerte. Einen Moment lang versuchte ich, mein Gesicht zu glätten, um die Situation zu überspielen, was nach Paulas allgemein gehaltener Erklärung ohne weiteres möglich gewesen wäre, doch es gelang mir nicht. Lena war also in der Nähe und hatte mich beobachtet. Oder uns. Vielleicht habe ich sie durch meine Gedanken herbeigerufen, ging es mir durch den Sinn.

»Erwartest du schlechte Nachrichten?« fragte Rieke.

Ich sah sie an. »Ja.«

Paula kam näher. »Für Ariane bei Paula, von Lena«, las sie die handschriftlich verfasste Anschrift vor.

Britta reckte den Hals. »Vielleicht eher eine Verehrerin?«

Paula warf ihr einen scharfen Blick zu. »Es ist nicht die Zeit für flotte Sprüche.«

»Nein? Und woher soll ich das wissen?«

»Ja, schon gut, du hast ja recht.«

Ich streckte die Hände aus, und nach einigem Zögern gab Paula mir das kleine Paket. »Willst du es wirklich aufmachen? Es wäre klüger, es einfach zurückzuschicken.«

»Ja, das wäre bestimmt klüger.« Ich stellte es vor mich auf den Tisch.

Toni räusperte sich. »Das klingt alles ziemlich geheimnisvoll. Willst du uns nicht erzählen, was los ist? Oder sollen wir aufbrechen, damit ihr beide euch ungestört besprechen könnt?«

Rieke nickte zustimmend, während Britta die Stirn runzelte. Dem Vorschlag, zu verschwinden, konnte sie offensichtlich nichts abgewinnen.

»Nein, das ist nicht nötig, bleibt nur. Es geht um eine unerfreuliche Geschichte, die rasch erzählt ist«, sagte ich, während mir auffiel, wie sehr mir bislang daran gelegen gewesen war, niemanden außer Paula einzuweihen. Aber was gab es da groß zu verschweigen? Es war ein Unfall gewesen! »Ich hatte im Herbst letzten Jahres beim Skaten einen Zusammenstoß, bei dem ein kleiner Hund ums Leben kam«, fuhr ich fort. »Er ist mir einfach vor die Füße gelaufen. Seitdem verfolgt mich die Besitzerin – obwohl ich die Tierarztrechnung bezahlt und ihr angeboten habe, aus dem Tierheim einen neuen Hund zu holen, um den Verlust zumindest ein wenig abzumildern.«

»Wie – sie verfolgt dich?« fragte Rieke.

»Nun – anfangs rief sie dauernd an, um über das Geschehen zu lamentieren und mir Vorwürfe zu machen, was ich zunächst noch verstehen konnte. Offensichtlich hat sie sehr an dem Tier gehangen. Dann trafen Briefe ein, und inzwischen lauert sie mir in unregelmäßigen Abständen an allen möglichen Orten auf und starrt mich hasserfüllt an, obwohl ich auf nichts mehr reagiere –

in der Hoffnung, dass sie allmählich die Lust daran verliert, sich einer Frau zu nähern, die sie gar nicht beachtet«, antwortete ich. »Das Päckchen an Paulas Adresse ist die allerneueste Nummer, und, um ehrlich zu sein, bin ich sehr gespannt auf den Inhalt.«

»Was verspricht sie sich davon?« fragte Britta, die sogar ihren Kuchen vergessen hatte.

»Mich in Unruhe zu versetzen. Rache. So was in der Art.«

»Hört sich ungesund an. Da kann man doch bestimmt was machen«, entgegnete sie.

»Das habe ich ihr auch schon mehrfach gesagt«, erklärte Paula und setzte sich wieder zu mir. »Am Anfang habe ich das nicht so ernst genommen, doch die Frau lässt nicht locker, obwohl Ariane überhaupt nicht mehr auf sie eingeht. Inzwischen handelt es sich längst um Stalking, das juristisch belangt werden kann. Aber Ariane meint, es sei aussichtslos, Anzeige zu erstatten oder sich zumindest mal beraten zu lassen.«

»Warum?« wandte Rieke sich an mich. »Was hält dich zurück? Wenn ich es richtig verstanden habe, läuft die Geschichte bereits ein halbes Jahr.«

»Weil sie wohl kaum belangt werden kann, wenn sie mir alle paar Tage mal über den Weg läuft und unfreundlich aus der Wäsche guckt.«

»Doch, kann sie«, widersprach Rieke. »Es kann ihr zur Auflage gemacht werden, sich dir in keiner Weise zu nähern. Bei Verstoß gibt es Ärger. Es ist noch gar nicht so lange her, da gab es zu dem Thema mal einen Fernsehbericht, an den ich mich gut erinnere.«

»Und wie will man das beweisen?« gab ich zurück. »Ich kann doch nicht andauernd protokollieren, wann Lena wie lange wo aufgekreuzt ist oder jedesmal die Polizei rufen, wenn ich sie entdecke. Zeugen bräuchte ich auch – das heißt, ich müsste mein gesamtes Umfeld mit der Geschichte belasten. Außerdem nähert sie sich mir nicht einmal. Sie steht in sicherer Entfernung einfach nur da und glotzt mich an. Das soll strafbar sein?«

»Unter gewissen Voraussetzungen schon.«

»Okay, gehen wir mal davon aus, dass man Lena für ein paar Monate ins Gefängnis stecken würde, was ich für völlig unwahrscheinlich halte, aber egal, nehmen wir es einfach mal an – dann taucht sie eben anschließend wieder bei mir auf. Ich glaube nicht, dass sie das schreckt.«

»Kennst du sie so gut?« fragte nun Toni.

Ich schob meinen Stuhl ein Stück zurück. »Nein, natürlich nicht – aber das sagt einem doch der gesunde Menschenverstand.«

»Der gesunde Menschenverstand«, wiederholte Toni langsam und runzelte die Stirn. »Entschuldige, aber allmählich gewinne ich den Eindruck, dass gerade der in dieser Geschichte nicht die tragende Rolle spielt. Ich finde auch, dass du etwas unternehmen solltest.«

Ich sah in die Runde. Toni hatte recht, aber ich war nicht in der Lage, das laut zuzugeben, sondern fühlte mich in die Enge getrieben.

»Wenn ihr alle so gut informiert seid, dann werdet ihr auch wissen, dass sich hartnäckige Stalker von gar nichts abschrecken lassen«, sagte ich. »Soweit habe ich mich inzwischen nämlich auch schlau gemacht. Es gibt Stalking-Opfer, die sich regelrecht auf die Flucht begeben – umziehen, den Arbeitsplatz wechseln und so weiter – nicht selten ohne langfristigen Erfolg.«

Paula legte mir eine Hand auf den Arm. »Solche Fälle gibt es natürlich, doch man muss ja nicht gleich vom Schlimmsten ausgehen. Du hast ja noch gar nicht versucht, irgendwas zu unternehmen – abgesehen davon, Lena zu missachten, was ja, wenn überhaupt, nur äußerlich gelingt –, und ich finde es allmählich seltsam, dass du andauernd Begründungen heranziehst, die dein Nichtstun unterstützen, statt einfach aktiv zu werden. Rede doch mal mit einer Anwältin oder einem netten Polizeibeamten. Du bist doch sonst nicht so zurückhaltend. Was hält dich eigentlich davon ab?«

Ich wäre am liebsten aufgesprungen. Nur mit Mühe gelang es mir, die Hände auf meine Oberschenkel zu pressen, als ob ich mich mit Gewalt auf dem Stuhl festhalten wollte.

»Kann es sein, dass dir der Besuch deiner Freundinnen gerade recht gekommen ist, damit sie dich bei diesem Thema einmütig unterstützen?« fragte ich und erkannte meine eigene Stimme kaum. Sie war kalt vor Zorn.

»Wie – unterstützen?« fragte sie nach und hob eine Augenbraue. »Das musst du mir erklären.« Sie tat, als bekäme sie meinen Aufruhr gar nicht mit.

»Damit ihr mir gemeinsam, zu viert, klarmacht, dass ich so handeln sollte, wie du es für richtig hältst.«

»Das ist ausgemachter Blödsinn, und das weißt du auch«, gab sie kühl zurück. »Wie hätte ich wohl wissen können, dass heute ein Päckchen von Lena eintrifft? Außerdem brauche ich keine Verstärkung, um mit dir zu reden.«

»Das Ganze ist meine Sache, und ich muss entscheiden, wie ich da verfahre«, fuhr ich fort, als hätte es ihren Einwand gar nicht gegeben. »Niemand sonst.«

»Natürlich, doch willst du allen Ernstes behaupten, dass ich von der ganzen Angelegenheit nicht betroffen bin?«

»Am Rande, Paula, ganz am Rande.«

Sie neigte den Kopf zur Seite. »Für besonders sensibel hältst du mich wohl nicht? Glaubst du wirklich, ich bekäme nicht mit, wie dich all das beschäftigt, einschränkt, beeinflusst? Und damit natürlich auch mich.«

»Ich kann es mir nicht leisten, auf der Stelle zu treten und wegen jedem Mist in blinden Aktionismus auszubrechen. Ich muss nach vorne denken«, erklärte ich großspurig. »Stell dir doch nur mal das Theater vor, das ich im Job hätte, wenn bekannt werden würde, warum diese Frau sich an meine Fersen heftet.«

»Ja, und? Meine Güte – die hat doch den Knall, nicht du!«

»Das interessiert doch niemanden – jede Schwäche, die ich in meiner Position zeige, wird rücksichtslos ausgenutzt.«

»Nun übertreibst du aber«, widersprach Paula energisch.

»Woher willst du das denn wissen? Es gibt Neider, die nur darauf warten ...«

»Ist es das, wovor du Angst hast?« unterbrach Toni mich. »Eventuelle berufliche Konsequenzen?«

»Ich habe keine Angst!« zischte ich. »Wie kommst du denn darauf?«

»Den Eindruck kann man durchaus gewinnen.«

Nun stand ich abrupt auf. »Okay, denkt, was ihr wollt. Ich will beim Kaffeeklatsch und Meinungsaustausch auch nicht weiter stören und mache mich auf den Weg. Schönen Tag noch.«

Ich schnappte mir das Päckchen und eilte in den Flur. Paula folgte mir auf dem Fuß.

»Bleib hier«, sagte sie in beschwörendem Ton und versuchte mich festzuhalten. »Bitte!«

Ich entzog mich ihren Händen, schlüpfte in meine Jacke und schüttelte den Kopf. »Lass mich in Ruhe.«

Sie stellte sich vor die Tür. »Ariane, du musst etwas unternehmen. Die Sache ist dir längst über den Kopf gewachsen. Sie hat längst angefangen, dich zu ...«

»Na?«

»Ja – zu beherrschen.«

»So ein Quatsch!« fuhr ich sie an, und der Gedanke, dass sie die Wahrheit aussprach, die ich nicht hören wollte, schoss mir durch den Kopf.

»Das ist kein Quatsch.«

»Lass mich jetzt gehen. Ich möchte allein sein.«

Paula trat zögernd zur Seite. »Nimm das Päckchen nicht mit nach Hause. Glaub mir, es ist besser so.«

»Was soll ich denn sonst damit machen?«

»Bring es zur Polizei.«

Ich zeigte ihr einen Vogel, und dann rannte ich die Treppen hinunter, als säße mir sonstwer im Nacken.

Eine geschlagene Stunde saß ich zu Hause vor dem Päckchen. Währenddessen klingelte mehrfach das Telefon und auch das Handy. Paula versuchte mich zu erreichen. Ich wusste, dass ich mich lächerlich gemacht hatte. *Dein jähzorniges Benehmen fällt auf uns alle zurück*, hörte ich plötzlich eine herrische Stimme aus meiner Kindheit. Ach, halt du doch die Klappe! gab ich stumm und heftig zurück. Du hast mir gerade noch gefehlt.

Nach einer weiteren Stunde öffnete ich das Päckchen. Obenauf lag ein Schreiben, darunter befand sich eine Schicht Packpapier. Ich öffnete den Umschlag.

*Ich weiß, dass Du mich siehst,* lauteten die ersten Zeilen, *und es nützt Dir gar nichts wegzugucken. Ich hab Dich schon lange durchschaut. Was passiert ist, ist passiert. Du änderst es in hundert Jahren nicht und bist und bleibst die Mörderin von Paddy. Und so lange ich lebe, werden wir uns wiedersehen, weil ich es will. Du wirst mich nie vergessen. Das ist gut so. Du hast es nicht anders verdient.*

Unter der Papierschicht befand sich ein Stofftier – ein kleiner Hund, dem die Hälfte seines Kopfes fehlte. Das herausquellende Innenleben war rot gefärbt.

## 9

Es dauerte ein paar Tage, bis zwischen Paula und mir wieder Frieden eingekehrt war. Ich entschuldigte mich in aller Form – auch bei Rieke, Toni und Britta – und schenkte meiner Liebsten einen fulminanten Blumenstrauß. Gleichzeitig gab ich mir den Anschein, nervlich so angespannt gewesen zu sein, dass mir die

Sicherungen durchgebrannt waren – was ich außerordentlich bedauerte – und mich inzwischen längst wieder beruhigt zu haben. Natürlich hätte sie recht, wenn sie darauf hinwies, dass Lenas Verfolgungswahn längst alle Grenzen überschritten hatte, versicherte ich Paula und versprach, mich umfassend beraten zu lassen. Das tat ich nicht. Meiner Ansicht nach wusste ich mittlerweile genügend über das Thema, um bei meiner Entscheidung zu bleiben, dass ich allein damit klarkommen musste. Und wenn Paula anderer Meinung war, konnte ich ihr das nicht ausreden. Immerhin war sie beruhigt und zufrieden, als ich von meinem angeblichen Besuch bei einer Anwältin und deren Tips berichtete. Die hatte ich mir allesamt angelesen. Die Tatsache, dass ich Paula mit einer handfesten Lüge abspeiste, war mir bewusst, aber ich weigerte mich, darüber nachzudenken.

Ich beschloss, zukünftig nicht mehr über Lena zu sprechen und über sämtliche weiteren Annäherungsversuche Stillschweigen zu bewahren. Wie ich gesagt hatte – es war meine Sache, und ich wollte niemanden mehr damit behelligen, schon gar nicht Paula. Es würde Lena nicht gelingen, sich auch noch in meine Beziehung zu mischen. Das Päckchen wanderte in die Mülltonne, und obwohl ich nicht wusste, wie es weitergehen würde, fühlte ich mich angenehm gestärkt, als ich den Deckel schwungvoll zugeklappt hatte.

Am Ende der darauffolgenden Woche bat mich Maren, meine Sekretärin, kurz vor Büroschluss um eine kurze Unterredung. Maren und ich arbeiteten seit Jahren zusammen. Wir kamen gut miteinander aus – sie kannte meine Stärken und tolerierte meine Schwächen, ich hielt es umgekehrt genauso, wobei sie wohl trocken eingewandt hätte, dass sich meine Toleranz eher auf ihre Stärken bezog, und ich diese Bemerkung schlucken würde. Dass Paula mich damals im Urlaub in Frankreich besucht hatte, war mit Marens Hilfe geschehen – sie hatte die Adresse nur allzu bereitwillig herausgerückt, wie ich im nachhinein erfahren hatte.

Maren war Ende Dreißig, eine perfekte Organisatorin, absolut loyal und würde mir immer zur Seite stehen, das wusste ich.

»Irgendwas Ernstes?« fragte ich, während ich meinen Computer herunterfuhr und einen Rest Kaffee trank.

»Ich weiß nicht.«

Ich sah hoch. Sie stand vor meinem Schreibtisch – in ihrem flotten beigefarbenen Hosenanzug, dem braunen Pulli und den weißen Sneakers wie immer smart gekleidet – und blickte mich unsicher an.

»Wie – du weißt nicht? Hast du was angestellt? Bist du schwanger? Fehlt Geld in der Portokasse?« Ich lächelte. »Um es vorwegzuschicken – eine Schwangerschaft fände ich am schlimmsten.«

Sie lächelte zurück. »Nein, keine Sorge, nichts von alledem. Etwas ganz anderes.«

Mir wurde mulmig, als sie sich durch die blonde Wuschelfrisur fuhr und von einem Bein aufs andere trat. Maren war normalerweise nicht allzu schnell aus der Fassung zu bringen – eine Eigenschaft, die sie als meine Sekretärin auch dringend benötigte.

»Heute war ein merkwürdiger Brief in der Post«, sagte sie und griff in die Seitentasche ihrer Anzugjacke. »Er ist an mich adressiert, aber ... ich weiß nicht, was das soll.«

Ich räusperte mich. »Willst du ihn mir zeigen?«

Sie nickte und gab mir den Umschlag, in dem ein Zettel und ein Foto steckten. Absenderin: Lena. Das Foto zeigte das Stofftier aus dem Päckchen. *Das hat Ihre saubere Chefin mit meinem Hund gemacht*, las ich. *Können Sie für eine solche Frau arbeiten? Seien Sie vorsichtig. Ariane ist jähzornig.* Unterschrieben war der Wisch mit: *Jemand, der es gut mit Ihnen meint.*

Ich war einen Moment wie versteinert. Dann begann ich zu zittern. Eine Woge glühenden Hasses stieg in mir empor, und ich konnte sie nur glätten, weil ich vor Maren nicht die Beherrschung verlieren wollte.

»Was ist das für ein Mist?« fragte Maren.

Ich erklärte ihr in wenigen Sätzen, was passiert war, versicherte, dass ich mich längst darum kümmerte, und bat sie, Stillschweigen zu bewahren. Dann fiel mir noch etwas ein.

»Ist ein solches Schreiben vielleicht auch noch auf anderen Schreibtischen gelandet?« fragte ich.

»Davon habe ich nichts mitbekommen«, meinte Maren. »Aber ich kann mich ja mal dezent umhören.«

»Ja, tu das bitte.«

Ich blieb noch eine ganze Weile sitzen, als Maren gegangen war. Einige Minuten badete ich in herzzerreißendem Selbstmitleid und klagte innerlich über die Ungerechtigkeit des Lebens. Warum ich? Warum immer ich? Endlich hatte sich alles so gut gefügt – und ein Moment zur falschen Zeit am falschen Ort hatte genügt, um alles aus dem Gleichgewicht zu bringen. Das kann doch unmöglich wahr sein, dachte ich. Dieser dämliche Köter zerstört meinen Seelenfrieden, ich streite mit Paula, und meine Karriere bekommt vielleicht demnächst einen Knick, weil Lena üble Geschichten über mich verbreitet. Ich stützte den Kopf in die Hände.

Später rief ich Paula an, um unser Treffen am Abend abzusagen. Ich konnte ihr in dieser Verfassung nicht gegenübertreten. Es wäre etwas dazwischengekommen – ein wichtiger Termin. Ich ließ meine Stimme hell klingen, unternehmungslustig, fast fröhlich. Dann machte ich mich auf den Weg nach Berlin-Mitte. In einer Bar, die ich früher oft besucht hatte, meist allein, ließ ich mich am Tresen nieder, um mich zu betrinken. Das gelang mir erfreulich schnell.

Im nachhinein konnte ich nicht sagen, ob der Entschluss, meine Taktik zu ändern, langsam in mir reifte, bevor ich ihn umsetzte, oder einem spontanen Impuls folgte. Fest stand, dass ich kurze Zeit nachdem Maren Post von Lena bekommen hatte, anfing, immer bewusster nach ihr Ausschau zu halten. Ich blieb sogar für kurze Zeit stehen und ließ meine Blicke offen suchend umherschweifen, wenn ich auf die Straße trat. Falls ich sie dann entdeckte, fixierte ich ihren Blick – einige Momente nur – bevor ich mich betont langsam abwandte und meiner Wege ging. Zugleich verringerte ich die Distanz zwischen ihr und mir, indem ich jedesmal einige Schritte mehr in ihre Richtung machte und vorgab, auf sie zuzugehen, bevor ich mich umdrehte und meinen ursprünglichen Weg einschlug.

Sie war überrascht. Das sah ich genau. Ihre Körpersprache verriet es – der Hals war leicht gereckt, die Arme angewinkelt. Sie war auf dem Sprung und starrte mich an, das jedenfalls meinte ich zu erkennen. Damit hatte sie nicht gerechnet. Ich dachte nicht darüber nach, wohin dieses Spiel führen sollte, ich spielte es einfach, denn ich spürte, dass es mir gefiel, mir eine Art Erleichterung verschaffte. Vielleicht weil ich das Gefühl hatte, das Geschehen nun mitzubestimmen, statt ihm wie bisher ausgeliefert zu sein. Meine Anspannung ließ ein wenig nach, und Paula hörte auf, mich zu beobachten.

An einem verregneten Freitagabend fuhr ich direkt nach der Arbeit nach Neukölln statt zu mir nach Hause. Es war ganz einfach: Ohne auch nur eine Sekunde lang darüber nachzudenken, bog ich in Richtung Hermannplatz ab und fand in der Nähe von Karstadt einen Parkplatz. Dann ging ich zu Fuß die Sonnenallee entlang. Es war ein kühler Frühlingstag, ich schob die Hände in die Jackentaschen und legte ein flottes Tempo vor. Das Haus mit der Nummer, nach der ich Ausschau hielt, befand sich nur wenige Gehminuten vom Hermannplatz entfernt. Auf der gegenüberliegenden Straßenseite gab es einen Zeitungsladen. Ich kaufte mir einen *Tagesspiegel* und stellte mich dann etwas abseits, so dass ich die Straße und den Hauseingang auf der anderen Seite gut im Auge hatte. Auf einem ihrer ersten Briefe hatte Lena ihre vollständige Adresse angegeben – ob aus Versehen oder absichtlich vermochte ich nicht zu sagen. Jedenfalls hatten sich mir ihr Nachname und die Adresse eingeprägt, vielleicht gerade weil alle nachfolgende Post immer nur ihren Vornamen als Absender trug.

Lena fuhr einen alten orangefarbenen Opel, den ich nirgends entdecken konnte. Also war sie wohl noch unterwegs. Ihre Putzjobs hatte sie jedoch in der Regel morgens und nachmittags, und es dürfte nicht allzu lange dauern, bis sie nach Hause kam – es sei denn, sie wartete bei mir darauf, dass ich heimkehrte. Hätte ich ihre Handynummer, könnte ich ihr ja eine SMS schicken und sie darüber informieren, wo ich mich gerade aufhielt. Ich lächelte. Was für ein angenehmes Gefühl, den Spieß umzudrehen. Ich schlug den Kragen meiner Jacke hoch und blätterte die Zeitung um, was zusehends schwieriger wurde, weil die Feuchtigkeit die Seiten erschlaffen ließ.

Eine gute halbe Stunde stand ich in der ungemütlichen Nässe herum, bis ich den Opel endlich entdeckte. Lena kam langsam die Straße herauf und bog in die nächste Seitenstraße ein, wahrscheinlich auf der Suche nach einem Parkplatz. Mein Herzschlag beschleunigte sich. Als würde ich einen schnellen Zwischensprint einlegen, um mich vom Hauptfeld der Inlineskater abzusetzen. Eilig stopfte ich die nasse Zeitung in einen Mülleimer und überquerte die Straße mit forschen Schritten.

Ich weigerte mich, auch nur eine Sekunde darüber nachzudenken, was ich hier eigentlich wollte, abgesehen davon, dass ich vorhatte, mich an ihrer Verblüffung zu weiden. Vielleicht würde sie sogar erschrecken. Das wollte ich auskosten. Darüber hinaus machte ich mir keinerlei Vorstellungen. Es genügte, die Veränderung zu spüren, die in mir vorgegangen war. Es fühlte sich grandios an, und ich wollte mir das Gefühl so lange wie möglich bewahren.

Als ich Lenas Schritte hörte – ja, ich kannte sie mittlerweile so gut, dass ich sie von anderen unterscheiden konnte –, stand ich im Schutz des Hauseingangs. Sie bog um die Ecke, nahm rasch zwei Stufen und blickte auf den Schlüssel in ihrer Hand. Mittlerweile raste mein Herz. Ich sah sie an, als sie plötzlich verharrte und den Kopf herumdrehte. Ihr Zusammenzucken war eine Wohltat. Aber es währte nur den Bruchteil einer Sekunde, viel zu kurz, um es mir in allen Einzelheiten einprägen zu können. Dann lächelte sie, und ich begann zu ahnen, dass mein Vergnügen an der Situation bereits zu Ende war und der Preis dafür sehr hoch sein würde.

»Was für eine Überraschung«, sagte sie leise, während ich ihr Gesicht mit den Augen abtastete, um einen Riss in ihrer wiedergewonnenen Fassung zu entdecken. Vergeblich. »Hast du mich vielleicht schon vermisst?«

Ich rang mir ein gelassenes Lächeln ab. »Wohl kaum.«

Sie stützte eine Hand in die Hüfte. »Vielleicht weißt du es nur nicht.«

»Was?« fragte ich. »Was weiß ich nicht?« Und warum bin ich schon wieder auf sie hereingefallen?

»Dass du mich vermisst«, gab sie zurück.

»Was für ein Stuss! Ich vermisse dich selbstverständlich nicht«, sagte ich so ruhig wie möglich. »Ich will dir ein für allemal klarmachen, dass du mich in Ruhe lassen sollst. Darum bin ich hier.«

»Ach? Dazu hättest du aber gar nicht kommen müssen«, erwiderte Lena unbeeindruckt. »Das weiß ich doch längst, dass ich dich nerve und du mich loswerden willst. So schnell wie möglich. Ist mir aber völlig egal.«

Ihr Lächeln vertiefte sich. Auf dem Gehweg schlenderte eine Gruppe Jugendlicher vorbei. Sie sprachen türkisch.

»Warum?« hob ich wieder an und versuchte die aufsteigende Wut einzudämmen. Ein Kontrollverlust wäre genau nach ihrem Geschmack – darauf spekulierte sie. Dabei hatte ich so gehofft, diesmal ihre Fassade zu durchbrechen.

»Warum was?«

»Warum willst du mich nerven? Was hast du davon?« fragte ich. »Hast du nichts Besseres zu tun, als mir hinterherzu-

schnüffeln, und wird das nicht allmählich langweilig?«
Sie schien einen Moment tatsächlich ernsthaft zu überlegen.

»Ganz und gar nicht. Weißt du, wir sind irgendwie miteinander verbunden«, sagte sie dann nachdenklich. »Du willst das nicht wahrhaben, aber es ist so. Du hast Paddy getötet – so haben wir uns kennengelernt. Du stehst auf Frauen, nicht wahr? Ich war auch mal mit einer zusammen. Du kannst mich nicht ausstehen und wirst schnell stinksauer – aus vielen Gründen, und ich mag es, wenn ich das bei dir auslöse. Verstehst du? Da gibt es einige Punkte, die uns zusammenbringen. Du solltest das langsam kapieren.«

Ich steckte die Hände tief in die Jackentaschen, um meine Fäuste zu verbergen.

»Hört sich ziemlich verrückt an, was du da von dir gibst«, stellte ich fest. »Also, mal ganz im Ernst: Willst du nicht doch professionelle Hilfe in Anspruch nehmen? Bestimmt zahlt das sogar die Krankenkasse.«

Ihr Lächeln wurde etwas schmallippiger, aber dass sie betroffen oder verletzt wirkte, konnte ich beim besten Willen nicht behaupten. Sie schüttelte den Kopf. »Nö.«

»Na schön, Lena, wie du willst. Ich sage dir jedenfalls, dass du gewaltigen Ärger bekommst, wenn du nicht aufhörst, mich zu verfolgen«, erklärte ich mit gepresster Stimme.

»Ach, ja? Das hast du schon mal angekündigt. Und was ist passiert?« Sie zuckte die Achseln. »Nichts. Und es wird auch nichts passieren. Warum auch? Ich bin ja schließlich nicht blöd. Aber das weißt du sicher längst. Wie willst du mir denn Ärger machen? Mit der Polizei? Einem Anwalt? Dass ich nicht lache. Versuch es doch. Ist mir scheißegal.« Sie nickte mir zu. »Wirklich, scheißegal. Nur zu, gleich um die Ecke ist ein Polizeirevier. Soll ich mitkommen und mich vorstellen? Aber glaub mir, ich hätte dann auch eine Geschichte zu erzählen – eine, die echt ans Herz geht. Und wahrscheinlich glauben die mir viel eher als dir.«

Sie warf den Kopf zurück und lachte. »Meine Güte, du hältst dich wohl für besonders schlau, was?« Das Lachen wurde lauter. Und lauter.

Ich nahm die Hände aus den Taschen und trat einen Schritt näher. Und noch einen. Fast ohne es zu merken. Ich zitterte. Sie sah mich an – amüsiert, verächtlich –, und ich hatte nur noch einen Wunsch: ihr das Lachen und die Verachtung aus dem Gesicht zu schlagen. Ja, genau das war es. Das und nichts anderes. Kaum war dieser Wunsch, der seit Monaten in mir gärte und den ich immer wieder irgendwie hatte deckeln können, mit aller Macht hochgeschäumt, schien ein Damm zu brechen.

Ich packte Lena mit beiden Händen und warf sie gegen die Haustür. Es krachte. Jetzt erschrak sie. Ihr Gesicht spiegelte von einer Sekunde zur anderen Angst. Ich drückte sie mit den Schultern ans Holz, spürte, wie mager sie war, und genoss meine Stärke in vollen Zügen.

»Ich kann auch anders – ganz anders«, flüsterte ich nah an ihrem Gesicht.

Sie sah mich an und zwinkerte. »Ich weiß. Mach doch«, flüsterte sie dann zurück. »Lass dich nicht aufhalten. Gewalt ist doch sowieso die einzige Antwort, die du kennst.«

In diesem Moment brannte mir die letzte Sicherung durch. Ich schlug zu. Nicht mit der flachen Hand, sondern mit der Faust, dass es krachte. Zweimal. Dreimal. Das kannte ich schon. Sie blutete aus dem Mund und aus der Nase und rutschte zu Boden. Ich stand über ihr.

»Ich warne dich – lass mich in Ruhe«, sagte ich keuchend und ohne auch nur einen Schlag zurücknehmen zu wollen. Um nichts in der Welt. Das war neu.

Sie zog ein Taschentuch hervor und tupfte sich das Gesicht ab, bevor sie meinen Blick erwiderte.

»Dafür wirst du bezahlen, Ariane«, flüsterte sie. »Das verspreche ich dir – dafür wirst du richtig bezahlen.«

Es hätte nicht viel gefehlt und ich hätte zugetreten. Im letzten Moment wandte ich mich um und rannte davon.

## 10

Auf dem Foto sah sie aus, als wäre sie brutal verprügelt worden. Das war sie ja auch. Ich starrte es an, als erwartete ich, dass Lenas Blessuren vor meinen Augen verblassten. So hatte ich sie zugerichtet? Mit diesen paar Schlägen? Nur drei Tage nachdem ich Lena niedergeschlagen hatte, befand sich ein Kuvert mit der Aufnahme in der Firmenpost, die Maren mir auf den Schreibtisch gelegt hatte – ergänzt durch den Hinweis, dass sie beim Arzt gewesen sei und es ihr nicht besonders gutginge.

Ich hatte ein Wochenende hinter mir, das ich meinem ärgsten Feind nicht wünschte – außer Lena. Um Paulas Aufmerksamkeit zu entgehen, täuschte ich vor, mir einen Magen-Darm-Virus eingefangen zu haben. Ich wusste, dass in der kommenden Woche wichtige Termine bei ihr anstanden, und so riet ich ihr scheinheilig, mir in den nächsten zwei Tagen besser nicht zu begegnen. Die wievielte Lüge war das eigentlich? Und wann hatte ich gelernt, mich derart perfekt herauszureden und dabei nicht ein einziges Mal in der Tonlage zu schwanken? Ich blieb allein zu Haus, lag auf dem Sofa und starrte an die Decke. Oder ging von Zimmer zu Zimmer und sah von jedem Fenster auf die Straße hinunter. Wie absurd, dachte ich zwischendurch, irreal, das kann nicht sein, um dann wieder diese glühende Wut zu spüren. Die Verzweiflung.

Und nun das Foto. Mir war sofort klar, dass sie es benutzen würde, um mich noch mehr unter Druck zu setzen, und ich schwankte zwischen kaltem Entsetzen und dem erschreckend heftigen Bedürfnis, sie ein weiteres Mal in die Finger zu bekommen. Ich verwünschte sie, bis ich mir selbst lächerlich vorkam, und einen Augenblick später sank ich auf meinen Schreibtischstuhl und wusste nicht mehr weiter. Ich konnte so nicht arbeiten, aber es war zuviel zu tun, als dass ich hätte Urlaub nehmen können. Außerdem hätte ich Paula erneut anlügen müssen.

Mittags kündigte Maren an, dass sie noch ein Telefonat durchstellen wolle, bevor sie in die Pause ginge.

»Eine Journalistin«, erläuterte sie kurz.

»Von welcher Zeitung?«

»Vom *Tagesspiegel.*«

»Und das kannst du nicht selbst erledigen? Die wollen doch sicher mal wieder eine Werbeaktion verkaufen«, wehrte ich ab.

»Nichts zu machen, Chefin«, erwiderte Maren. »Die will ausdrücklich mit dir sprechen. Eine Frau Mertens. Sie sagt, sie hätte schon mal mit dir zu tun gehabt.«

Ich seufzte. »Das kann ich aus dem Stegreif zwar nicht bestätigen, aber na schön«, sagte ich. »Stell durch. Bis später dann.«

Frau Mertens war keine Journalistin. Sie war auch nicht Frau Mertens. Aber ich hatte in der Tat schon mit ihr zu tun gehabt. Es war Lena.

»An deiner Stelle würde ich nicht auflegen«, sagte sie warnend und verzichtete auf die Begrüßung, während ich den Hörer umklammerte, dass meine Knöchel weiß hervorstachen. »Von dem hübschen Foto gibt es mehrere Abzüge.«

»Was willst du?« zischte ich.

»Du hast einen riesigen Fehler gemacht.«

»Mag sein. Und? Was willst du?« fragte ich erneut. »Mir drohen? Noch zwölfmal anrufen? Sag schon.«

Plötzlich konnte ich nachempfinden, dass man das dringende Bedürfnis verspürte, einen anderen Menschen einfach auszulöschen. Ja – ohne Lena wäre mein Leben nahezu perfekt. Mit ihr wurde es langsam aber sicher unerträglich. Wie absurd, dass ein einziger Mensch in der Lage war, mich derart mühelos aus dem Gleichgewicht zu bringen und Gefühle und Handlungen auszulösen, die mich von mir selbst entfremdeten. Oder einen Teil meiner Persönlichkeit hervorbrachten, mit dem ich mich nie wieder hatte befassen wollen. Ein seltsamer Laut schlich meine Kehle hinauf. Ich versteckte ihn hinter einem Räuspern und wechselte den Hörer auf die andere Seite.

»Einen wirklich ganz großen Fehler, für den ich sogar Zeugen benennen könnte, wenn es sein müsste«, fuhr sie mit sanfter Stimme fort, ohne meine Fragen zu beachten. »Stell dir vor, ich verteile dieses nette Foto von mir – in deiner Firma, bei deinen Freundinnen, Verwandten und so weiter. Wie käme das wohl an?«

Ich schloss die Augen. Ich hasse dich, dachte ich, ich wünschte, du wärst tot. Ich öffnete die Augen und war plötzlich hundemüde. »Mach's nicht so spannend. Sag endlich, was du willst, damit ich wieder an die Arbeit kann.«

»Wir beide treffen uns regelmäßig.«

»Wir machen was?« Meine Müdigkeit war wie weggeblasen.

»Ja, ich halte das für eine gute Idee. Einmal in der Woche oder auch alle zehn Tage, je nachdem, wie es passt, treffen wir uns für ein bis zwei Stunden«, sagte sie. »In irgendeinem Café.«

»Um Gottes willen, wozu?«

»Wir trinken was zusammen und quatschen.«

»Quatschen? Ich will nicht mit dir quatschen, verdammt noch mal!« schrie ich in den Hörer, dass fast die Fensterscheiben klirrten. »Das ist wirklich so ziemlich das Allerletzte, was ich will.«

»Nicht so laut«, entgegnete sie beschwichtigend. »Man könnte dich hören. Und das willst du doch sicherlich nicht.«

»Kümmere dich um deine Angelegenheiten!« schrie ich weiter, allerdings um einiges leiser.

»Na gut – wir können es auch so machen, dass ich quatsche, und du hörst mir zu. Das ist alles, was ich verlange. Alle acht bis zehn Tage eine Stunde, vielleicht zwei.«

Ich lachte bitter. »Was soll das jetzt? Muss ich den Paddy für dich geben, oder wie?«

»Schön, dass du selbst darauf kommst. Ja, das ist eine prima Erklärung.«

»Das kann nicht dein Ernst sein.«

»Aber natürlich, und du verstehst das im Grunde deines Herzens sogar.« Ihre Stimme war weich, leise. »Im übrigen haben wir doch beide was davon – ich habe dich als Zuhörerin zu einer fest vereinbarten Zeit, und du hast ansonsten deine Ruhe vor mir. Ist das nichts?«

Doch, das war was. Ich konnte es kaum glauben, aber die Aussicht erschien mir tatsächlich verlockend. Alle zehn Tage ein bis zwei Stunden, das war dreimal im Monat ML, ansonsten konnte ich sie vollständig aus meinem Kopf streichen. Wir würden Kaffee trinken, sie redete sich den Mund fusselig, und wenn ich es geschickt anstellte, konnte ich währenddessen sogar abschalten und innerlich auf Reisen gehen, während sie das Gefühl hatte, jemand hörte ihr zu. Andererseits – wollte ich mich tatsächlich einfach so auf ihre Bedingungen einlassen?

»Hör zu«, sagte ich. »Selbst wenn ich wollte – ich habe nicht soviel Zeit ...«

»Das wirst du schon einrichten können, da bin ich mir sicher.«

»Sei dir nicht zu sicher«, warnte ich.

Sie lachte leise. »Und ob, denn es ist ganz einfach: Wir treffen diese Vereinbarung oder du hast spätestens ab übermorgen richtig Stress. Weißt du, wie das ist, wenn sie plötzlich alle mit dem Finger auf dich zeigen? Ziemlich ekliges Gefühl, und das Allerschönste dabei ist, dass deine Version der Geschichte sowieso niemand hören will. So sind die Menschen nun mal: wild auf böse Geschichten, Klatsch, Intrigen. Das kennst du sicherlich auch.«

Ruhig, flüsterte ich mir innerlich zu, ganz ruhig. Sie ist wirklich nicht ganz dicht. Das beste wird sein, tatsächlich erst einmal zuzustimmen, um sie in Sicherheit zu wiegen, um Zeit zu gewinnen. Vielleicht fällt mir später ein, wie ich damit umgehen kann und wie ich an die Fotos komme.

»Eine Stunde alle zehn Tage«, erklärte ich plötzlich selbstbewusst. Ich war seltsam sicher, dass sie sich auf einen Handel einlassen würde. »Mehr ist wirklich nicht drin.«

Einen Moment herrschte Schweigen.

»Okay«, stimmte sie schließlich zu. »Übermorgen sehen wir uns das erste Mal ...«

»Übermorgen habe ich zwei Abendtermine und bin rund um die Uhr ausgebucht«, wandte ich nach einem Blick auf meinen vollen Terminkalender ein, ohne meine wohltuend klare Haltung zu verlieren. »In drei Tagen, am Donnerstag, hätte ich mittags etwas Zeit und bin ohnehin in der Stadt. Oder erst wieder nächste Woche. Such es dir aus, mehr kann ich im Moment wirklich nicht anbieten.«

»Donnerstag um eins, in der Kneipe am Südstern«, sagte sie und legte auf.

Einen Moment lang war ich davon überzeugt, dass ich geträumt hatte, dass das Gespräch, die Entwicklung der letzten Tage meiner dunklen Phantasie entsprungen war und ich in Kürze mit einem erleichterten Lachen aufwachen würde – Paula noch schlafwarm neben mir –, und alles war gut.

Nichts war gut. Hätte, wäre, könnte, sollte – zu spät. Alles viel zu spät. Ich ging die Unterredung ein ums andere Mal durch und konnte nicht glauben, worauf ich mich da eingelassen hatte, wollte nicht wahrhaben, dass mein Jähzorn eine völlig unnötige, zunehmend unberechenbare Dynamik ausgelöst hatte und dass ich auch noch stolz darauf war, Lena mit meinem Verhandlungsgeschick ein paar Tage abgerungen zu haben. Und wie schnell war ich bereit, großzügig darüber hinwegzusehen, dass ich einen Schwur gebrochen hatte – nie wieder jemanden zu schlagen. Svenja hatte also recht behalten.

Aber das Allerschlimmste war das Gefühl, völlig allein zu sein und nichts, aber auch gar nichts ändern zu können. Es gab keine Lösung, zumindest sah ich keine. Warum das so war, danach fragte ich nicht. Es schien mir vollkommen klar, dass ich niemanden ins Vertrauen ziehen konnte, um mir helfen zu lassen. Jetzt schon gar nicht mehr und Paula sowieso nicht. Meine Liebste würde mich ... ja, was? Verlassen? Zumindest konnte ich das nicht ausschließen. Wer wollte schon mit einer Frau zusammensein, die sie belog, hinterging und ihre Probleme mit Prügeln zu lösen versuchte? Würde ich an Paulas Stelle nicht ins Wanken geraten? Paula verlor nicht derart die Beherrschung. Vielleicht liebte ich sie deshalb so sehr. Nun war ich gefangen in einer bizarren Geschichte, die von Woche zu Woche verworrener wurde und in die ich mich mit jedem Befreiungsversuch tiefer verstrickte. Versuche, die Kraft kosteten, Konzentration – und beides fehlte mir woanders. Im Job unterlief mir ein Fehler nach dem anderen: Ich verschluderte Termine, ließ meine Laune an Kunden aus und war meilenweit von meiner souveränen, energiegeladenen Topform entfernt.

Das Telefonklingeln riss mich aus meinen Gedanken. Es war Paula, die mir zerknirscht mitteilte, dass sie einen beruflichen Termin, der das ganze nächste Wochenende in Beschlag nehmen würde, nicht hatte abbiegen können. Ich war so erleichtert über die Aussicht, ihr an den Tagen nicht mit irgendeiner Ausrede aus dem Weg gehen oder ihr die normale Ariane vorspielen zu müssen, dass meine Zustimmung zu fröhlich klang. Zu Beginn unserer Beziehung hatten wir einander hoch und heilig versprochen, dass das Wochenende grundsätzlich uns gehörte und nur in den allerdringendsten Fällen für Berufliches zur Verfügung stand. Das hier war nun wohl so ein Fall, und er kam mir sehr gelegen.

»Das scheint dir ja recht gut in den Kram zu passen«, sagte sie denn auch prompt. »Vielleicht sollte ich noch ein paar Tage zusätzlich dranhängen.«

»Ach, komm, das war doch nicht so gemeint«, bemühte ich mich, sie zu beschwichtigen. »Was soll ich dir Steine in den Weg legen? Der Termin ist wichtig, wie du selbst betont hast.«

»Sollst du ja gar nicht. Aber du klingst regelrecht begeistert, mich ein paar Tage loszusein.«

»Unsinn!«

»Wenn ich es dir doch sage. Hast du selbst was Wichtiges vor?« fragte sie.

»Nur das Übliche.«

»Das Übliche«, wiederholte sie. »Sag mal, Ariane ...«

Ich stöhnte. Diese Einleitung verhieß nichts Gutes. »Es ist alles in Ordnung, Paula«, beschwichtigte ich sie, bevor sie ihren Gedanken ausführen konnte.

»Und da bist du sicher?« hakte sie nach. »Kein Ärger? Keine blöden Anrufe, Briefe oder was auch immer?«

»Nein«, log ich. »Es ist Ruhe im Karton. Vielleicht hat sie endlich spitzgekriegt, dass es mir vollkommen egal ist, ob sie an irgendeiner Straßenecke auftaucht oder nicht.«

»Hm, das wäre ja klasse, aber einfach so?«

»Warum nicht? Irgendwann hört der Spaß einfach auf«, erklärte ich munter. »Bei der einen früher, bei der anderen später.«

»Du würdest mir doch sagen, wenn ...«

Ich seufzte. »Herzchen, es ist gut.«

»Na, hoffentlich. Sehen wir uns heute abend?«

»Gute Idee«, stimmte ich zu. »Wollen wir uns eine schöne Pasta machen?«

Einen Moment war es still. Ich hielt den Vorschlag nicht für so phänomenal oder schrecklich, dass ich Paulas bedächtiges Schweigen nachvollziehen konnte.

»Was ist? Habe ich was Falsches gesagt?« fragte ich erstaunt.

»Hast du denn Appetit auf Pasta?« fragte Paula.

»Warum nicht? Eine schöne Sahnesoße dazu, etwas Salat, zum Nachtisch natürlich Eis. Was könnte köstlicher sein?«

»Ariane, du hast das Wochenende mit einem Magen-Darm-Virus verbracht, so hatte ich es jedenfalls verstanden, und nur einen Tag später hast du Appetit auf Pasta – noch dazu mit

Sahnesoße, und der Nachtisch darf natürlich auch nicht fehlen? Ich mag ja, was Essen angeht, nicht gerade ein Maßstab sein, aber das kommt mir jetzt doch ziemlich merkwürdig vor«, meinte Paula.

Ich schlug mir die Hand vor die Stirn und war froh, dass sie mich nicht sah. Niemals würde ich mir ein Bildtelefon anschaffen.

»Da kannst du mal sehen, wie robust ich bin«, erklärte ich mit einem aufgesetzten Lachen, das selbst in meinen Ohren schräg klang. »Ich habe heute morgen ganz normal gefrühstückt und bin zur Arbeit gefahren. Was spricht dagegen, heute abend so zu essen wie immer? Das war halt ein sehr flotter Virus, der sich bei mir nicht sonderlich wohl gefühlt und rasch das Weite gesucht hat.«

Paula war von meiner Argumentation nicht hundertprozentig überzeugt und ließ mich auch am Abend deutlich spüren, dass wir schon harmonischere Zeiten miteinander verbracht hatten. Im Gegensatz zu mir hatte sie keinen besonderen Appetit – weder aufs Essen noch auf mich –, und ich brauchte eine Weile, bis ich begriff, wo ihrer Ansicht nach der Hase im Pfeffer lag.

»Haben wir beide uns eigentlich je darüber unterhalten, was wir unter einer Beziehung verstehen?« fragte sie, als wir das Kuschelpodest zu meinem Bedauern ungenutzt verlassen hatten und mit einem zweiten, sehr späten Espresso in den Sesseln vor dem Bücherregal Platz nahmen.

Schon das hätte mich stutzig werden lassen müssen – Paula trank unter der Woche abends grundsätzlich nur eine Tasse Espresso. Und die Frage klang nicht nur ernst, sondern sehr offiziell. Ich stellte meine Tasse auf dem kleinen runden Bistrotisch ab. Eine Beziehungsdiskussion hatte mir gerade noch gefehlt, zumal ich befürchtete, Paula in meiner jetzigen Verfassung in punkto Redegewandtheit keinesfalls gewachsen zu sein.

»Puh«, erwiderte ich. »Das klingt ziemlich anstrengend. Paula, es ist Montagabend und schon spät. Bist du sicher, dass wir jetzt ein solches Gespräch führen sollten?«

»Unbedingt. Sonst hätte ich die Frage nicht gestellt.« Ihre blauen Augen musterten mich eingehend. »Dass ich nicht eher davon angefangen habe, tut mir leid – ich reiße mich auch nicht um dieses Thema und habe eine ganze Weile gebraucht, um es anzuschneiden.«

»Hättest du dich mal lieber von mir verführen lassen«, murrte ich. »Was soll denn dabei herauskommen? Im Grunde sind wir uns doch ziemlich einig ...«

»Sind wir das?«

»Ja«, beharrte ich. »Zugegeben, im Moment ist es etwas stressig. Solche Zeiten gibt es immer wieder mal. Das wissen wir beide. Schließlich sind wir keine Zwanzig mehr und erwarten nicht, dass die rosarote Wolke ewig für uns reserviert ist.«

»Darum geht es nicht und auch nicht darum, dass du seit geraumer Zeit unausgeglichen bist – der Job, die Aktionen dieser Frau, die jetzt hoffentlich ein Ende gefunden haben, und so weiter und so fort. Aber all das meine ich nicht.«

»Nein? Was meinst du dann?«

Sie schlug ein Bein über das andere. Es fiel ihr nicht leicht, zur Sache zu kommen. Sie strich sich die Haare zurück.

»Du hast durchblicken lassen, dass du es vor mir mit der Treue nie sonderlich genau genommen hast«, hob sie schließlich an. »Aus welchen Gründen auch immer.«

Ich atmete tief durch. Das also war es. Mir fiel ein Stein vom Herzen. Ich lächelte sie an. »Das stimmt. Ich war sehr abenteuerlustig, um es mal freundlich auszudrücken.«

Paula nickte. »Ja, so habe ich das verstanden. Wie sieht es jetzt damit aus?«

»Du weißt, wie es damit aussieht«, erwiderte ich leicht empört. »Was soll diese Frage? Wir sind beide nicht der Typ, der sich ewige Treue schwört und es für ausgeschlossen hält, je wieder eine andere Frau begehrenswert zu finden. Das ist romantischer Quatsch, aber …«

»Ja?«

Ich beugte mich zu ihr vor. »Paula, ich suche keine Abenteuer mehr oder Gelegenheiten, mich zu beweisen. Die Zeiten sind vorbei, und das finde ich sehr angenehm.«

»Warum habe ich dann das Gefühl, dass sie kürzlich wieder begonnen haben?«

Ich hob die Augenbrauen. »Bitte? Das ist nicht dein Ernst!«

»Doch.« Paula nickte. »Du weichst mir aus. Du bist verschlossen und häufig abwesend – auch innerlich –, und es macht dir nicht die Bohne aus, wenn wir uns tagelang nicht sehen können. Ja, es scheint dich eher zu freuen. Das macht mich ziemlich stutzig, und ich will wissen, was los ist.«

Ich schüttelte den Kopf. »Du bist auf dem Holzweg, kann ich da nur sagen. Und es hätte heute ein richtig gemütlicher Abend werden können, an dem wir uns gegenseitig sehr viel Freude bereitet hätten, wenn …«

»Wenn ich nicht mit diesem Thema angefangen hätte? Das ist albern, Ariane, und das weißt du auch«, stellte sie in ruhigem Ton fest. »Es geht nicht um heute abend oder die letzten Tage. Es geht um die letzten Wochen, ja Monate. Es knirscht ganz gewaltig, und ich vermute, dass du … dich vielleicht verguckt hast. Ich meine – das kann ja passieren, zumal dir, doch ich wüsste es ganz gerne, und dann sehen wir weiter.«

»Du spinnst.«

»Warum sagst du nicht einfach ja oder nein, statt mich anzugreifen? Das ist ziemlich daneben.«

»Was?«

»Du hast mich sehr wohl verstanden«, erklärte sie und blieb immer noch ruhig, während meine anfängliche Erleichterung längst in Unmut übergegangen war und nun in hellen Ärger mündete. »Antworte doch einfach und erzähl, was los ist.«

»Wird das hier ein Verhör oder wie darf ich das verstehen?«

»Du benimmst dich, als seist du erwischt worden.«

»Nun hör schon auf, Paula«, fuhr ich sie an. »Das ist doch wirklich albern. Ich habe keine Affäre, keine andere Freundin oder jemanden, in die ich mich verguckt habe, aber um auf Umwegen dann doch deine Eingangsfrage zu beantworten: Unter einer Beziehung verstehe ich nicht, dass man sich gegenseitig hochnotpeinlicher Befragung und Verdächtigung aussetzt, wenn mal grauere Zeiten angesagt sind. Ich käme überhaupt nicht auf die Idee, so mit dir zu umzuspringen.«

Die Formulierungen gefielen mir – ich gewann wieder an Boden und starrte Paula mit vor der Brust verschränkten Armen an.

»Und ich verstehe unter einer Beziehung, dass man ausspricht, was man fühlt oder vermutet oder befürchtet. Dass man aufpasst, bevor die Felle längst davongeschwommen sind und dass man sich nicht rechtfertigen muss, wenn man Fragen stellt. Außerdem geht es mir erheblich gegen den Strich ...«

Ich hob das Kinn. »Nur zu.«

Sie zuckte mit keiner Wimper. »Dass du dich bei solchen oder ähnlichen Diskussionen sofort angegriffen fühlst und meinst, austeilen zu müssen, möglichst kräftig natürlich.«

Ich stand auf und stellte mich hinter den Sessel. »Interessant – du unterstellst mir mal eben eine Affäre, und ich darf dazu noch nicht mal was sagen? Beziehungsweise nur das, was dir ins Konzept passt. Nun ist es aber gut.«

»Ariane, hör auf, so einen Blödsinn zu verzapfen! Wenn ich falsch liege, sag das einfach – ohne mich derart unfair anzugreifen.«

»Darf ich selbst entscheiden, wie ich was sage?«

»Wenn du meine Reaktion verträgst.«

Sie war ebenfalls aufgestanden, und wir starrten uns an. Es war nicht unser erster vehement ausgetragener Streit, aber ich war sicher, dass er tiefe Spuren hinterlassen würde. Ich war unfähig nachzugeben, dabei hätte ich mich am liebsten in ihre Arme geworfen und losgeheult. Ihr mein Leid geklagt. Welches Leid nur? Ariane gibt nicht nach. Ariane weint nicht. Punktum. Statt dessen ließ ich sie gehen. Für den Stachel in ihrem Herzen lehnte ich jede Verantwortung ab, obwohl ich es doch eigentlich besser wusste.

Ich tat so, als würde der Donnerstag nie kommen oder zumindest in dieser Woche nicht stattfinden. Ich blendete ihn aus, und als er da war, hatte ich nur einen Wunsch: ihn so rasch wie möglich hinter mich zu bringen. Was ist schon eine Stunde, sagte ich mir immer wieder. Eine Stunde oder ein bisschen mehr. Halb so wild. Und dann ist zehn Tage Ruhe. Wunderbar.

Ich war zehn Minuten vor der Zeit da. Diesmal wartete ich nicht draußen, sondern setzte mich in die Kneipe und bestellte ein Wasser und einen Kaffee. Ich hatte einige Unterlagen dabei und studierte eifrig Monatszahlen, als Lena das Lokal betrat. Sie trug eine verwaschene Jeansjacke, die ausnahmsweise nicht zu weit war, und hatte ihr Haar mit einem rosafarbenen Band zu einem Zopf gebunden. Als sie mich erblickte, lächelte sie fast herzlich, und im Näherkommen registrierte ich, dass sie nicht ganz so blass war wie sonst und ihr Gesicht kaum noch Spuren meiner Schläge aufwies. Ihr rechter Wangenknochen war bläulich verfärbt, und die Nase wirkte noch geschwollen, aber wenn man nicht wusste, was geschehen war, fiel es kaum auf. Immerhin lag die Sache ja auch schon einige Tage zurück.

»Hallo«, sagte sie und setzte sich zu mir.

»Hallo«, erwiderte ich und packte meine Papiere zusammen.

»Wartest du schon lange auf mich?«

»Kann ich nicht gerade behaupten.«

Sie bekam die Ironie nicht mit. Sie wandte sich zum Wirt um und bestellte ein Kännchen Kaffee.

»Ich komme gerade vom Job«, sagte sie dann. »Zwei Putzstellen heute morgen. Du kannst dir nicht vorstellen, was die sogenannten besseren Leute manchmal für Schweine sind. Ich meine – Dreckschweine. Wenn die wissen, dass ich später putze, hinterlassen sie den reinsten Saustall. Echt! Als hätten sie Angst, ich würde mich sonst langweilen und auf der Suche nach Arbeit einschlafen.«

Ich nickte höflich. Kein Wort von unserer letzten Auseinandersetzung oder den Fotos. Sie tut wirklich so, als wären wir zu einem lockeren Plausch verabredet und säßen nicht aufgrund einer dreisten Erpressung zusammen, dachte ich perplex und fragte mich wohl zum hundertsten Mal in den vergangenen Monaten, ob ich diese Geschichte wirklich erlebte oder mich mitten in einem Alptraum befand, der mich nicht aus seinen Klauen ließ. Warum auch immer. Vielleicht drehte ich durch. Auch dieser Gedanke tauchte nicht zum ersten Mal auf. Wenigstens sah Lena nicht so lädiert aus, wie ich befürchtet hatte. Ich trank einen Schluck Kaffee und spürte, dass meine Unterlippe zitterte.

»Immerhin, die zahlen ganz ordentlich«, plauderte Lena munter weiter, als ihr Kaffee serviert worden war. »Hälfte offiziell, Hälfte schwarz.« Sie zwinkerte mir verschwörerisch zu. »Und in der Gegend habe ich noch drei Stellen. Die haben es da alle nicht nötig, ihren Dreck selbst wegzumachen – ist natürlich gut für Leute wie mich, die nichts anderes gelernt haben. Ich bin eigentlich ganz zufrieden – fast jeden Tag unterwegs, kann mir meine Arbeit einteilen, und ich sehe, wie die feineren Herrschaften leben.« Sie kicherte. »Da kriegt man ja so manches mit ...«

Ich war davon überzeugt, dass sie in den Schubladen und Schränken herumschnüffelte und bestimmt auch das eine oder andere mitgehen ließ.

»Ich weiß zum Beispiel genau, wer fremdgeht.«

»Ach?« entfuhr es mir.

Sie nickte eifrig. »Ist nicht schwer mitzukriegen, wenn man erst mal eine Weile bei ihnen ist und ihre Gewohnheiten kennt. Die

Frauen schreiben sich meist was auf und verwenden Kürzel dabei.« Lena verdrehte die Augen. »Albern, nicht? Die Männer kaufen sich plötzlich neue Klamotten – Pullover, Hemden, Krawatten, meist die jugendliche, sportliche Variante.«

»Aber das merken doch die Ehepartner auch«, gab ich ungläubig zu bedenken.

Lena schüttelte den Kopf. »Du vergisst, dass ich die Wäsche in diesen Haushalten mache. Die Herrschaften rühren da keinen Finger. Die Männer verstecken die Hemden oder Krawatten für die besonderen Anlässe häufig bei ihren Sportsachen – da geht Madame sowieso nicht ran –, und die Frauen vergraben ihre Tagebücher zwischen ihren Strümpfen und ihrer Wäsche – kein Kerl kommt auf die Idee, da irgendwas zu suchen. Die Frauen schreiben ein schwülstiges Zeug, das kannst du dir gar nicht vorstellen.«

»Du liest das?«

»Natürlich lese ich das«, erwiderte sie mit Nachdruck und schüttelte kurz den Kopf. »Würde wohl jeder machen.« Sie wies mit dem Zeigefinger auf mich. »Du auch, glaub mir. Du putzt und schrubbst und ackerst in diesen Häusern, die du immer besser kennst, und dann liegt da plötzlich ein rosa Buch vor dir – da will man doch wissen, was drinsteht. Man muss es wissen! Könnte ja auch eine besondere Waschanleitung sein, die man dringend studieren muss, nicht?« Sie lachte. »Frauen schreiben erst über die Farbe der Augen, die ach so zärtlichen Hände und dass er so gut zuhören kann, und kaum eine halbe Seite später über ... Na, rate mal.« Sie grinste. »Wie groß sein Schwanz ist, natürlich. Und wie er lange und wie oft er kann und dass sie noch nie so oft und so toll gekommen sind. Dass sie es in den unmöglichsten Stellungen treiben und sich schweinische Wörter zuschreien.«

Ich räusperte mich und trank von meinem Kaffee. »Interessant.«

»Ja, nicht wahr? Eine Lesbe ist auch dabei – ich meine, eine verheiratete Frau, die eine Affäre mit einer Frau hat. Da scheint es besonders hoch herzugehen.«

»Ach, ja?«

»Willst du mich veralbern?«

»Um Gottes willen – nein! Wie könnte ich?«

Sie legte den Kopf schief, musterte mich argwöhnisch, auf beinahe kindliche Weise, und obwohl ich mir alle Mühe gab, es mir zu verkneifen, entschlüpfte mir ein Lächeln. Ein amüsiertes Lächeln, das ich nicht wahrhaben mochte. Sie lächelte zurück.

»Siehst du«, sagte sie leise. »Ist doch gar nicht so schwer.«

Mein Lächeln verschwand so schnell, wie es gekommen war, doch Lena ließ sich nicht davon beeindrucken.

»Eine Frau hat in den letzten drei Jahren fünf Liebhaber gehabt«, erzählte sie unbeirrt weiter. »Einer schöner und jünger als der andere, wenn die Einträge stimmen. Sie schreibt viel über die Kerle – hat bestimmt schon ein halbes Dutzend Bücher vollgeschrieben. Das aktuelle liegt immer im Wäscheschrank, die anderen sind im Gartenschuppen versteckt. Eingewickelt in einer Plastiktüte unter einem Sack Dünger.«

»Du bist gut informiert.«

»Na klar. Das ist wichtig.«

»Warum?«

»Damit ich weiß, was los ist«, antwortete sie. »Ich muss einfach wissen, was los ist. Mich interessiert auch alles. Wenn ich ein Haus betrete, muss ich wissen, was die Leute, denen es gehört, so machen. Ich schalte immer den Fernseher ein, bevor ich mit meiner Arbeit beginne, aber nicht um erst mal eine Pause zu machen, sondern um zu wissen, welches Programm zuletzt am Abend gelaufen ist. Und ich freue mich, wenn ich das auch gesehen habe.«

Dürfte nicht allzu häufig vorkommen, dachte ich. Zu deinen Favoriten gehören sicherlich *Big Brother – Die Entscheidung* oder *Gisela am Mittag* oder wie die alle hießen.

»Ich mag zum Beispiel so Sendungen über Leute, die so leben wie vor hundert Jahren. Und Natur- und Reisefilme. Sibirien, da würde ich gerne mal hinfahren. Oder an diesen Baika-See. Muss wunderschön da sein.«

Ich kratzte mich im Nacken.

»Und du?« fragte sie. »Was interessiert dich im Fernsehen?«

Ich streckte die Beine aus und legte die Hände entspannt auf den Tisch. »Schon vergessen? Du erzählst, ich höre zu.«

»Ach ja! Okay.« Sie lächelte. »Das habe ich wirklich fast vergessen. War gerade so gemütlich.« Sie sah auf ihre Uhr. »Ein bisschen Zeit haben wir ja noch.«

Knapp eine halbe Stunde war um, stellte ich fest.

»Bei meiner anderen Putzstelle wohnt ein Rollstuhlfahrer. Der Typ ist Architekt und steinreich«, erzählte sie munter weiter. »Der lässt dauernd Geld rumliegen, hier fünf Euro, da einen Zehner – aber nicht weil er vor lauter Knete den Überblick verloren hat, sondern um mich zu testen.«

»Woher willst du das wissen?«

»Ich hab gehört, wie er mit seiner Schwester am Telefon darüber gesprochen hat, kurz nachdem ich bei ihm angefangen hatte.«

»Das heißt, du hast ihn belauscht.«

»Quatsch!« empörte sie sich. »Wenn der so laut redet, dass ich im Flur jedes einzelne Wort verstehe, ist er selbst schuld. Ich werd mir wohl bei der Arbeit kaum Ohrenschützer aufsetzen, oder? Jedenfalls sammle ich alles immer schön ordentlich zusammen und leg es ihm hin. Dann tut er ganz erstaunt, zählt nach und strahlt wie ein Kind. Komisch, die Leute, was?«

Das kann ich dir sagen, dachte ich, während ich nickte. Die Menschen sind manchmal schon verdammt merkwürdig. Ich kenne da eine Frau, die in ihrer Freizeit nichts Besseres zu tun hat, als eine andere Frau zu verfolgen und unter Druck zu setzen. Und die andere Frau ist nicht in der Lage, sich dem auf Dauer zu entziehen. Klingt auch ein bisschen verrückt.

»Na ja, hat halt jeder so sein Ding zu laufen, nicht?«

»Unbedingt«, bestätigte ich gerne.

»Ich nehm das ziemlich locker«, erklärte sie großspurig. »Mich bringt so schnell nichts aus der Ruhe. Alte Leute, junge, schlechtgelaunte, aufdringliche – ganz egal. Ich kann's mir sowieso nicht aussuchen. Nur mit Kindern hab ich's nicht. Die nerven mich schon, wenn sie einfach nur da sind. Keine Ahnung, warum. Hat nie funktioniert. Früher auch nicht. Deswegen hab ich wohl auch keine. Kinder, meine ich.« Sie fuhr sich über die Nase. »Aber einmal war ich schwanger.«

Ich sah verstohlen zur Uhr.

»Es ist noch Zeit«, sagte sie rasch. »Aber du hast es bald überstanden. Für heute jedenfalls.«

Für einen winzigen Moment blitzte Schmerz in ihren Augen auf. Vielleicht spiegelte sich aber auch nur ein Lichtreflex in ihren Pupillen. Ich mochte mich da nicht festlegen.

»Ja«, gab ich zurück. Was sollte ich sonst sagen?

»Vier Monate lang hatte ich da was in meinem Bauch«, fuhr sie fort. »Der Typ war ein Idiot, aber das Baby hätte ich gerne gehabt. Ist schon ein paar Jahre her. Ziemlich viele Jahre sogar. Ich war noch sehr jung. Adele hat mich windelweich geprügelt, und ich konnte es ihr nicht mal krummnehmen. Wir hatten kaum Geld. Na ja. Ich hab's dann ja verloren. Seltsames Gefühl, wenn sich dieses blutige Leben plötzlich aus dir rauspresst. Es tut so weh, verdammt weh, auch wenn es noch so klein ist. Mag mir gar nicht vorstellen, wie es sich nach neun Monaten anfühlt. Ich hab's echt vermisst, obwohl es besser war für uns alle. Hat Adele auch gesagt. Warst du schon mal schwanger?«

»Nein.«

»Vermisst du das nicht?«

Ich verneinte erneut.

»Vielleicht weißt du nicht, dass du's vermisst, weil du nicht darüber nachdenkst«, überlegte sie.

»Das kann ich nicht ausschließen, aber Kinder waren und sind kein Thema für mich.«

»Und wenn du eine Freundin hättest, die ein Kind wollte?« fragte Lena.

Warum, dachte ich plötzlich, warum lasse ich mich schon wieder darauf ein, höre ihr zu, antworte sogar, obwohl ich doch nur meine Zeit abzusitzen habe? Ist sie so geschickt, dass ich es immer erst zu spät mitbekomme, oder bin ich so leicht zu lenken? So dumm, so naiv, was weiß ich?

»Die Frage stellt sich nicht«, antwortete ich brüsk.

Sie zuckte die Achseln. »Na, dann nicht. Aber fehlt dir nichts?«

»Mein Güte, was sollte mir denn fehlen?«

»Na, ich frage doch bloß, weil du mit Kindern nichts am Hut hast und mit Tieren auch nicht.«

»Na und? Ich kann auch so leben, sogar ganz prima. Ich habe andere Schwerpunkte in meinem Leben gesetzt, die mich ausgesprochen zufriedenstellen.«

Sie sah mich erstaunt an. »So wirkst du gar nicht.«

»Wie wirke ich nicht?«

»Na – zufrieden.«

»Natürlich nicht – du kennst mich ja auch nur aus ganz bestimmten Situationen, und die haben ja nun weiß Gott nichts mit Zufriedenheit zu tun.«

»Hm, verstehe, aber an denen bist du selbst schuld, vergiss das bloß nicht.«

Ich schob die Beine unter den Stuhl und stützte die Ellenbogen auf den Tisch. »Du machst es dir sehr einfach. Legst eine Schuld fest und die Strafe gleich dazu. Wer gibt dir das Recht dazu?«

»Mein toter Hund.«

»An seinem Tod trägst du zumindest eine Mitschuld und somit natürlich auch an allem, was danach passiert ist.«

Die beinahe heitere Gelassenheit wich aus ihrem Gesicht. »Komm mir jetzt nicht so! Du hast mich zusammengeschlagen, vergiss das ja nicht! Und vergiss auch nicht, dass wir eine Vereinbarung haben, an der es nichts zu rütteln gibt.«

»Eine Vereinbarung, nun ja …« Ich sah demonstrativ auf meine Uhr. »Ich muss jetzt los.«

Sie starrte mich einen Moment an und warf einen kurzen Blick auf ihre Uhr, dann standen wir gleichzeitig auf. Ich wartete, bis Lena ihre Rechnung beglichen hatte, und bezahlte dann ebenfalls. Sie machte keine Anstalten, ohne mich zu gehen. Draußen sah sie mich kurz von der Seite an. »In zehn Tagen. Das ist ein Sonntag.«

»Das geht nicht.«

»Und ob das geht.«

Meine Hände kribbelten. »Nein – der Sonntag gehört mir, außerdem ist es erst der zehnte Tag, und wir haben festgelegt, dass wir uns jeweils nach zehn Tagen wiedertreffen«, widersprach ich, ohne es in diesem Moment albern zu finden, so kleinkariert zu feilschen.

Sie rechnete mit Hilfe ihrer Finger nach und nickte schließlich langsam. »Gut, dann Montag.«

»Um siebzehn Uhr«, legte ich fest. »Wieder hier?«

Sie nickte. »Ich werde pünktlich sein.«

Ich sah ihr nach, wie sie den Weg hinunterging – eilig hüpfend, fast fröhlich.

## 11

Eigentlich kam es lediglich auf die Betrachtungsweise an. Ich konnte so tun, als wären meine Treffen mit Lena irgendwelche x-beliebigen Pflichtveranstaltungen, die ich einfach wahrzunehmen hatte, ob es mir nun passte oder nicht. Ich musste sie nicht lieben, ich durfte sie sogar nervig finden – entscheidend war, dass ich sie abhaken konnte und die Chance hatte, den zugrundeliegenden Anlass allmählich in den Hintergrund zu rücken, denn Lena ließ mich in der Zwischenzeit tatsächlich in Ruhe. Wenn es mir gelänge, mich nur noch in dieser einen Stunde mit Lena zu befassen und den Dingen ansonsten ihren Lauf zu lassen, hätte ich viel gewonnen. Vielleicht sogar alles. Aber es gelang mir nicht.

Lena stahl sich immer wieder in meine Gedanken, sie besetzte Raum in mir. Ihre kleinen und großen Geschichten verwoben sich mit meinen kleinen und großen Geschichten, was mir ständig sauer aufstieß, und ich musste achtgeben, dass ich sie nicht versehentlich erwähnte, als wäre sie eine Bekannte – eine gute womöglich noch. Die Zusammenkünfte mit ihr gewannen eine Dichte, der ich mich nicht entziehen konnte. Hinzu kam, dass sie stets einfließen ließ, und sei es nur in scheinbar nebensächlichen Bemerkungen, wer die Zügel in den Händen hielt und warum; und immer wieder gelang es ihr, mir persönliche Äußerungen zu entlocken, für die ich mich im nachhinein in den Allerwertesten hätte treten können. Die selbstbewusste Karrierefrau hatte sich dem Willen einer gewieften Putzfrau unterworfen, die ganz offensichtlich unter einer erheblichen Persönlichkeitsstörung litt. Und Lena genoss ihre Macht in vollen Zügen, während ich mich gedemütigt fühlte und verwirrt auf mein Leben blickte, das ich oftmals wie fremd empfand.

Bald verging kaum ein Tag, an dem ich nicht darüber nachgrübelte, wie ich sie loswerden konnte, und manchmal erwischte ich mich dabei, dass ich ihr alles andere als ein gesundes und langes Leben wünschte. Ich erschrak nur milde darüber. War es nicht verständlich und entschuldbar, solche Gedanken zu hegen? Würde es anderen nicht genauso ergehen? Und was konnte ich dafür – die Gedanken waren einfach da.

Ganz egal, wie ich mich in all den Monaten ihr gegenüber verhielt – abweisend, wütend, scheinbar gelassen, auf sie eingehend –, nie gelang es mir, Lena loszuwerden, und das war es doch, was ich eigentlich wollte. Im Grunde hatte jeder Versuch, sie abzuschütteln, die ungesunde Bindung zwischen uns eher noch verstärkt. Doch so klar ich diesen Zusammenhang auch erkannte – das Bedürfnis, erneut die Initiative zu ergreifen und einen klaren Schlußstrich zu ziehen, wurde immer stärker. Die einzige andere Alternative, nämlich Lena irgendwie zu tolerieren und meine Antipathie abzubauen, kam nicht in Frage, und zwar aus einem ganz einfachen Grund: Ich hasste sie.

An einem wunderschönen warmen Frühlingstag, der bereits den Sommer erahnen ließ, nahm ich mir vor, das Fahrwasser des gemütlichen Plauschens so schnell wie möglich zu verlassen und wagte nach wenigen Minuten einen Vorstoß.

»Hör zu, Lena«, unterbrach ich ihr Lamentieren über rücksichtslose Radfahrer, Pollenallergie und die unverschämt hohen Preise seit Einführung des Euro. »Lass uns mal etwas Grundsätzliches besprechen.«

Sie lächelte mich an. »Nun bin ich aber gespannt.«

Dir wird die gute Laune gleich vergehen, dachte ich.

»Es dürfte dir doch klar sein, dass unsere Kaffeeklatschrunden nicht bis in alle Ewigkeit stattfinden«, begann ich.

»Nein?«

»Nein, Lena«, entgegnete ich. »Es sind ein paar unerfreuliche Dinge zwischen uns passiert, doch irgendwann hat alles mal ein Ende. Dein Hund, die Ohrfeigen ...«

»Das waren keine Ohrfeigen! Du hast brutal zugeschlagen«, wandte sie rasch ein. »Mit den Fäusten.« Ihr Blick hatte plötzlich etwas Lauerndes. »Versuch das ja nicht herunterzuspielen. Eine Ohrfeige ist was anderes als das, was du mir angetan hast.«

»Ich versuche überhaupt nicht, irgendwas herunterzuspielen«, entgegnete ich. »Aber Wunden vernarben und verblassen, alle Wunden, auch diese. Du wirst doch sicher nicht davon ausgehen, dass ich hundert Jahre lang zum Südstern fahre, um dich hier zu treffen, weil du das für angemessen hältst.«

»Ich habe die Fotos.«

Ich zuckte die Achseln. »Na und? Dann hast du eben die Fotos. Die Geschichte liegt jetzt viele Wochen zurück.«

»Na und? Was sind schon ein paar Wochen? Fotos verblassen nicht so schnell«, behauptete sie.

»Mag sein, aber wie willst du der Polizei erklären, warum du nicht gleich Anzeige erstattet hast?« fragte ich ruhig.

»Polizei? Anzeige? Du fährst ja immer gleich Geschütze auf.« Sie sah aus, als würde sie jeden Moment in herablassendes Gelächter ausbrechen. »Darum geht's mir zwar gar nicht, doch wenn du es unbedingt wissen willst: Ich würde sagen, dass ich Angst vor dir hatte und immer noch habe. Du hast mich bedroht. Du bedrohst mich immer noch. So einfach ist das.«

Ich schüttelte den Kopf, in meinem Magen bildete sich ein Knoten, aber ich ließ mir nichts anmerken.

»Das musst du erst einmal beweisen, Lena«, gab ich kühl zurück. »Irgendwelche Behauptungen aufstellen kann jeder. Und was den Hund angeht – der ist bereits weit über ein halbes Jahr tot. Es dürfte dir klar sein, dass du mich nicht ewig damit erpressen kannst, zumal es, wie schon das eine oder andere Mal erwähnt, ein Unfall war. Um es auf den Punkt zu bringen: Irgendwann ist es einfach mal vorbei – für dich, für mich und für den Hund schon lange.«

»Das ist deine Meinung«, hielt sie dagegen und machte eine wegwerfende Handbewegung, die etwas zu eilig daherkam, um als lässig durchgehen zu können. »Für mich sieht das alles ein bisschen anders aus. Und außerdem: Wenn eine Frau eine andere niederschlägt, ist das immer interessant – und damit meine ich gar nicht mal die Polizei, sondern Kollegen, Freunde, Verwandte, Nachbarn. Und einen kleinen toten Hund finden alle furchtbar. Beweisen muss ich da gar nichts. Du musst zugeben – unterm Strich sieht es also ganz danach aus, dass ich dir eine Menge Ärger machen kann«, erklärte sie lapidar.

Einen Moment war es still.

»Dann mach doch«, sagte ich schließlich und unterdrückte mein innerliches Beben. »Die Leute, die mir wichtig sind, wissen längst Bescheid, und der Rest zerreißt sich das Maul schon bald wieder über was anderes.«

»Das glaubst du ja selbst nicht«, stellte sie nach einem unangenehm scharfen Blick auf mein Gesicht lächelnd fest. »Das nehme ich dir nicht ab.«

»Dann lässt du es bleiben.«

»Und weißt du auch warum? Damit hättest du mir schon nach wenigen Wochen kommen können, statt jetzt erst. So wirkt die Finte nicht mehr.«

»Vielleicht bin ich ein geduldiger Mensch.«

Sie lachte schrill auf. »Geduldig? O nein, das bist du ganz bestimmt nicht. Alles, aber das nicht.«

Ich zwang mich, die Achseln zu zucken und ihrem Blick standzuhalten.

»Denk lieber an unsere Vereinbarung«, sagte sie schließlich. »Dann ist alles viel einfacher.«

»Für wen?«

»Ist es dir lieber, die alten Zustände wiederherzustellen?« fragte sie. »Ich lauere dir auf und gucke mir an, wie fürchterlich du das findest. Und wenn ich die Geschichte von Paddy herumerzähle und das Foto von mir verteile, werden dich viele schief ansehen. Du wirst dich vor Wut in den Hintern beißen.«

Ich malte mir einen weißen Sandstrand aus mit einer orangegelben Sonne, die hoch am Himmel stand, sah Paula vor meinem inneren Auge, wie sie sich auf einem Handtuch aalte, während ich sie mit langsamen Bewegungen einölte, sah Wellen, die sich tosend überschlugen, und lächelte freudig entspannt. Diesmal krieg ich dich, dachte ich, als ich sah, dass Lena anbiss. Ihre selbstsichere Haltung wirkte längst nicht mehr so überzeugend. Sie hatte ihr gesamtes Pulver verschossen, und ich blieb immer noch ruhig, wenn auch mit Hilfe eines Tricks.

»Wenn du nichts Besseres zu tun hast – bitte schön. Aber treib es nicht zu bunt«, warnte ich sie. »Ich hatte letztens ein Gespräch mit unserer Firmenjuristin. Es gibt Möglichkeiten, dir ganz gehörig auf die Füße zu treten. Ich schlage vor ...«

»Du kannst vorschlagen, was du willst«, unterbrach sie mich in rüdem Ton. »Ich bin ziemlich gut darin, Ärger zu machen, das dürfte dir inzwischen wohl klar sein. Das merken andere kaum, du dafür um so mehr. Und wenn ich mir mal was in den Kopf gesetzt habe, ziehe ich es auch durch, da kannst du dich drauf verlassen, Ariane. In dem Punkt bin ich unschlagbar.« Sie grinste. »Hübsches Wortspiel, fällt mir gerade auf.«

»Weißt du was, Lena? Lass doch einfach diesen Scheiß! Wo soll das denn hinführen? Ich ...«

»Warum machst du alles kaputt?« fragte sie plötzlich mit großen Augen. »Schon wieder trampelst du auf meinen Gefühlen herum, dabei fing es doch gerade an, richtig nett zu sein. Ist das denn zuviel verlangt – hin und wieder ein Stündchen mit mir zusammenzusitzen, alle zehn Tage –, nachdem du mir den wichtigsten Freund genommen hast?«

Ich rührte meinen längst kalten Kaffee um.

»Ja«, sagte ich nach einer Pause nachdenklich. »Das ist zuviel verlangt.«

»Warum?«

»Weil du mich dazu zwingst.«

»Dann mach es doch freiwillig.«

»Das funktioniert jetzt nicht mehr – außerdem: Wir beide hätten uns nie an einen Tisch gesetzt, wenn das mit dem Hund nicht passiert wäre.«

»Für irgendwas muss es doch gut sein«, erwiderte sie. »Versteh das doch. Solche Dinge geschehen nicht einfach so, da steckt mehr dahinter.«

Ich schüttelte den Kopf. »Lena, so kann man nicht argumentieren. Ich will meine Ruhe haben – vor dir. So einfach ist das. Du benutzt deinen toten Hund doch nur.«

»Und ich lasse sie dir nicht, deine Ruhe – so einfach ist auch das.« Sie lächelte erneut. Ihre abrupten Stimmungsumschwünge überraschten mich immer wieder. »Da kannst du dich auf den Kopf stellen. Irgendwie gehörst du zu mir und ich zu dir, auch wenn du es nicht wahrhaben willst und dich mit Händen und Füßen dagegen wehrst.«

Die Wut schwoll in mir an wie ein Heißluftballon. »Mein Leben gehört mir und niemandem sonst, schon gar nicht dir. Das wirst du begreifen müssen. Je eher, desto besser für uns beide.«

»Und du wirst begreifen müssen, dass es nicht danach geht, wie du es haben möchtest. Ich kann hingehen, wo ich will – wenn du zufällig auch da bist: na und?«

Ich stand auf und spürte, dass meine Knie zitterten. »Lass mich in Ruhe, Lena. Endgültig.«

»Was geht jetzt eigentlich in dir vor?« Sie blickte mich an, als wäre die Frage ernst gemeint.

»Willst du das wirklich wissen?«

»Ja. Sag es mir.«

»Ich kann dich nicht ausstehen. Und das ist milde ausgedrückt. Kaum etwas bedauere ich mehr als die Begegnung mit dir.«

»Möchtest du wieder zuschlagen?« Sie grinste mich an.

Ich drehte mich um und ging zum Tresen, um meine Rechnung zu bezahlen.

»Bis in zehn Tagen!«, rief sie mir hinterher.

Ich antwortete nicht, sondern verließ schnurstracks das Lokal. Ich konnte mich nicht erinnern, wann ich das letzte Mal so verzweifelt gewesen war.

So musste man sich fühlen, wenn man in einem Irrgarten den Ausgang suchte und, egal wo man abbog, immer wieder in der Sackgasse landete. Ein stetes Auf und Ab von Hoffnung und

Verzweiflung, dazu immer wieder das kalte Gefühl, langsam aber sicher durchzudrehen. Warum konnte ich mit niemandem darüber sprechen? Was trieb mich derart in Lenas Fänge, dass alles andere in den Hintergrund geriet? Und warum handelte ich nicht so, wie es vernünftig gewesen wäre und wie ich es ihr ja selbst mehrfach angekündigt hatte? Je drängender die Fragen wurden, desto weniger konnte ich mich ihnen stellen und um so mehr versuchte ich, meine Verfassung zu kaschieren.

Meine Beziehung mit Paula litt ganz erheblich, im Job war ich unkonzentriert und stand ständig unter Strom, und meine wenigen privaten Kontakte vernachlässigte ich genauso wie den Skate-Sport. Wenn ich morgens in den Spiegel sah, blickte mir eine gestresste, übermüdete Frau mit glanzlosen Augen entgegen. Wie hieß es so schön? Ein Schatten meiner selbst. Ja, das war ich.

Im Mai fand in Hamburg ein Sportkongress statt, zu dem ich eingeladen war. Am Abend vorher schlief ich mit Paula, obwohl wir beide nicht dazu aufgelegt waren. Ich flüchtete mich in ihre Arme, küsste sie, bis wir keine Luft mehr bekamen und sehnte mich nach einem Höhepunkt, der mich alles vergessen ließ. Ein Rausch der Sinne, in dem nichts anderes wichtig war. Ich packte sie, drängte mich zwischen ihre Beine und hielt sie fest, während ich mich heftig bewegte, ohne Rücksicht auf sie, und nur eines wollte: abschalten. Als es vorbei war, stand Paula abrupt auf und zog sich an. Dann kam sie zurück und setzte sich zu mir aufs Bett.

»Was stimmt nicht mit dir?« fragte sie und strich mir die Haare aus dem Gesicht.

Ich borgte mir von irgendwoher ein Lächeln. »Alles okay, mein Herz.«

»Nein, das ist es nicht. Warum redest du nicht mit mir? Und warum streiten wir so oft?«

Ich wollte den Kopf abwenden, doch Paula hinderte mich daran. »Wenigstens das könntest du mir doch sagen – warum redest du nicht mit mir?«

»Vielleicht komme ich auch in die Wechseljahre«, versuchte ich zu flachsen.

Paula schüttelte den Kopf und stand auf. »Pass auf dich auf und viel Spaß in Hamburg. Vielleicht hast du ja zwischendurch ein paar ruhige Minuten und denkst mal über uns beide nach.«

Ich horchte auf ihre Schritte, das Klappen der Tür. Ich liebe dich, flüsterte ich ihr lautlos nach. Lass mich nicht allein.

Das ist es, dachte ich erleichtert, als ich meine Sachen ausgepackt, mich umgezogen und frisch gemacht hatte und auf dem Weg zum ersten Vortrag war – Tapetenwechsel, mal raus aus dem Trott, andere Menschen, andere Umgebung, neue Impulse. Ich atmete wie befreit durch, grüßte nach rechts und links, traf einige Bekannte, mit denen ich mich zu einem Drink verabredete, und konzentrierte mich dann auf die Rednerin: eine lebhafte Frau mit langen braunen Haaren, Ende Fünfzig, die entspannt an ihrem Pult stand und ein Referat über den Zusammenhang zwischen Leistungssport und Alterungsprozessen hielt. Nicht unbedingt eines der ganz neuen Themen, aber der Referentin gelang es, ihre Studienergebnisse so spannend und gut konzipiert darzustellen, dass sie mühelos die Aufmerksamkeit des Publikums fesselte. Außerdem war sie ohne Frage eine schöne Frau mit einem strahlenden Lächeln und sehr viel Charme. Ich lachte viel, vielleicht ein bisschen zu viel, aber es tat mir gut. Ich erwischte mich dabei, wie ich ihren Blick suchte, wie ich mich zusehends entspannte und endlich wieder einmal etwas genoss. Als wäre ein Schalter umgelegt worden.

Frau Dr. Luka, so hieß sie, bereitete mir und sicherlich vielen anderen auf dem Kongress einen lehrreichen, heiteren Einstieg. Am Abend lernte ich sie persönlich kennen; sie hieß Charlotte und hatte moosgrüne Augen, und ich war gleich noch mehr angetan. Vor meiner Beziehung zu Paula hätte ich nicht allzu lange gezögert, ihr eindeutige Avancen zu machen, und wenn mich nicht alles täuschte, hätte Charlotte sich auch nicht lange bitten lassen. Nun war ich zwar merklich zurückhaltender, aber einem Flirt dennoch nicht abgeneigt.

Nach dem Abendessen brach ich zusammen mit einem unternehmungslustigen Grüppchen, dem sich auch Charlotte anschloss, in eine nahegelegene Tanzbar auf. Die Stimmung war ausgelassen, die Frau hinreißend, die Drinks gut, die Musik noch besser, und ich frohlockte, dass ich mir ein paar entspannte Stunden verdient hatte, während ich Charlotte auf der Tanzfläche beobachtete. Sie warf mir einen Blick zu, und ich verschluckte mich fast an meinem Cocktail. Sie lächelte, und ich wandte mich rasch meinem Nachbarn zu, um eine möglichst trockene Diskussion über die Entwicklung des Breitensports zu führen.

Als ich spätnachts in mein Hotelzimmer zurückkehrte, war ich so aufgewühlt, dass ich wie eine Tigerin im Käfig hin und her lief. Schließlich stellte ich mich unter die Dusche. Leicht angetrunken kicherte ich albern und stimmte mehr schlecht als recht irgendeinen Robbie-Williams-Hit an. Dann seifte ich meine Brüste ein und stöhnte leise. Das heiße Wasser prasselte auf mich herunter, als ich mich in einer Ecke der Duschwanne zu Boden gleiten ließ. Ich spreizte die Beine und legte die Füße auf den Rand. Dann verteilte ich Duschlotion auf meinen Schenkeln und auf dem Bauch. Zwischen den Beinen. Weich und feucht fühlten sich die Lippen an, samtig, hungrig. Paula, flüsterte ich, aber Paula hatte plötzlich grüne Augen wie Charlotte und lachte anders. Mein schlechtes Gewissen hielt sich in Grenzen, während ich mir vorstellte, wie eine Frau, die aussah wie Paulotte, zwischen meinen Schenkeln kniete und dort mit der längsten und kräftigsten Zunge der Welt unglaubliche Kunststücke vollführte. Meine Finger waren kaum in der Lage, der Phantasie zu folgen, aber ich ließ mich von der betörenden Vorstellung in meinem Kopf treiben und bescherte mir einen beachtlichen Orgasmus. Als ich anschließend mit pitschnassen Haaren ins Bett stolperte, schlief ich zufrieden und wohlig entspannt ein, und kein Traum störte meinen Schlaf.

Der Kongress dauerte vier Tage. Zweieinhalb davon waren hochinformativ, spannend in jeder Hinsicht, anregend – auch in jeder Hinsicht; ich war aufgekratzt und unbeschwert wie schon ewig nicht mehr. Ich versprühte Charme und genoss jede Minute. Jedesmal wenn ich an Berlin dachte, an Lena, um genau zu sein, war ich erschüttert, welche Geschichte ich in den letzten Monaten durchlebt hatte, wie gelähmt ich gewesen war. Ich erkannte mich kaum wieder, und ich schwor mir, dass sich bei meiner Rückkehr einiges ändern würde, nein: Alles würde sich ändern, und es hatte längst angefangen, denn der Alptraum, so erkannte ich plötzlich, verflüchtigte sich in dem Moment – endgültig und für immer –, in dem ich ihn links liegen ließ und zu meinem ursprünglichen Leben zurückkehrte. Ich rief Paula an, und sie freute sich über meine gute Laune. Sie freute sich so sehr, dass mir richtig mulmig wurde. Wo war ich in den letzten Monaten nur gewesen?

Am dritten Tag beschloss ich, abends einen langen Spaziergang an der Alster zu machen – allein. Nachdem wir mittags gemeinsam einen Kaffee getrunken hatten, für den wir sage und schreibe anderthalb Stunden gebraucht hatten, fragte ich Charlotte nicht, ob sie Lust hatte mitzukommen. Ich wusste, dass sie begeistert zugestimmt hätte und widerstand der Versuchung, weil ich ahnte, dass weder sie noch ich bei einem zunehmend heißen Flirt rechtzeitig die Notbremse ziehen würde. Als ich nach zwei Stunden zurückkehrte, unternahm ich noch einen Abstecher in den hotelnahen Park. Ich setzte mich auf eine Bank, streckte die Beine aus und sog die Gerüche und Geräusche des nahenden Sommers in mich auf. Ich schloss die Augen und lächelte in den Himmel.

»Du siehst schön aus.«

Ich schreckte hoch. Zuerst erkannte ich sie nicht. Dann erstarrte ich und wollte sie nicht erkennen.

»Wirklich – du siehst schön aus, wie du da sitzt«, sagte Lena. »Ganz entspannt.«

Sie stand gelassen vor mir, als wäre es das Normalste von der Welt, so mir nichts dir nichts in Hamburg aufzutauchen. Der heitere Frieden in mir war im Bruchteil einer Sekunde erloschen. Ich setzte mich langsam auf. Meine Hände umklammerten den Rand der Bank.

»Ich hatte keine Ahnung, dass du nach Hamburg fahren wolltest«, fuhr Lena fort und setzte sich ans andere Ende der Bank. »Jedenfalls hast du nichts davon gesagt.«

Sie trug eine altmodische blassblaue Bluse mit Stehkragen und billige Sportschuhe und sah mich abwartend an. Ich würde ihr nicht den Gefallen tun und sie fragen, woher sie wusste, dass ich auf dem Kongress war, und was sie hier wollte.

»Aber es war ganz einfach rauszukriegen.« Sie lächelte. »Du möchtest doch sicherlich wissen wie, oder?«

Ich antwortete nicht, sondern sah an ihr vorbei. Warum stand ich nicht auf und ging einfach davon? Vielleicht traute ich meiner eigenen Wahrnehmung nicht und wartete darauf, dass Lena sich in Luft auflöste.

»Als du zu unserer Verabredung nicht gekommen bist, habe ich bei dir im Büro angerufen und mich als Vertreterin ausgegeben – mit verstellter Stimme, denn deine Sekretärin kennt mich ja schon als Frau Mertens. Nicht dass da was durcheinanderkommt.« Sie schlug ein Bein über das andere und breitete kurz die Arme aus. »Schön ist es hier.« Sie seufzte. »Ja, wo war ich stehengeblieben? Jedenfalls dauerte es nicht lange und ich wusste, dass du nicht da bist, und drei Minuten später hatte ich raus, dass du in Hamburg bist – auf einem Sportkongress. Der Rest war noch leichter rauszukriegen. Wenn man etwas rauskriegen will, finden sich immer Mittel und Wege. Ist echt Wahnsinn. Warum hast du nicht gesagt, dass du wegfährst?« Sie schnalzte vorwurfsvoll und sah mich kopfschüttelnd an. »Das war nicht sehr nett.«

Ich drehte meinen Kopf langsam zu ihr. Mir war schwindelig vor Wut, vor Ekel. »Weil es dich einen Scheißdreck angeht, wann ich wo bin. Hast du das immer noch nicht kapiert, du abgedrehtes Miststück?« Es tat gut, ihr diese Worte um die Ohren zu hauen.

»Oh, diesmal bist du gleich auf hundertzwanzig, interessant. Nun, du hast unsere Verabredung nicht eingehalten ...«

»Du kannst mich mal, und zwar kreuzweise«, unterbrach ich sie hitzig. »Ich werde, was dich angeht, keinerlei Verabredungen mehr einhalten, und wenn du nun meinst, irgendwelche Geschichten über mich erzählen zu müssen, dann lass dich bloß nicht aufhalten. Fahr am besten sofort nach Berlin zurück und fang an! Na los, gaff nicht so! Geh mir aus der Sonne und mach dich gleich auf den Weg!«

Die letzten Sätze hatte ich fast geschrien, und Lena betrachtete mich wie ein interessantes Insekt. »He, du bist ja knallwütend. Wow! Sag mal, wie heißt sie eigentlich?«

»Wer?«

Das klang eher nach einem Zähneknirschen als nach einer Frage, aber Lena strahlte.

»Na, die Frau mit den langen Haaren«, antwortete sie fröhlich. »Die dich so anlacht. Und du sie.«

Ich sagte nichts.

»Ich hab euch gesehen. Ihr wart Kaffee trinken – ziemlich lange. Länger, als wir beide immer zusammensitzen. Ihr hattet euch viel zu erzählen.« Sie runzelte die Stirn. »So sollte es zwischen uns auch sein. So selbstverständlich und freundlich, verstehst du? Ja, das möchte ich. Kannst du nicht mal versuchen, das so hinzukriegen?«

Ich stand langsam auf. Sie blinzelte zu mir hoch. Lächelte. »Nur mal versuchen. Ist das zuviel verlangt?«

Ich drehte mich auf dem Absatz um und marschierte davon. Sie war sofort hinter mir.

»Nicht so eilig, Ariane«, sagte sie in zuckersüßem Ton. »Ich habe ein Foto von euch beiden. Da seht ihr ganz verliebt aus. Richtig hübsch. Ob Paula das auch findet?«

Ich fuhr herum, packte sie am Kragen ihrer Bluse und stieß sie zurück. Sie stolperte, fing sich aber nach zwei Schritten wieder und richtete sich mühsam auf.

»Wie grob du bist«, stellte sie fest. »Pass auf, was du tust, Ariane, das kann auch ins Auge gehen.«

In dem Moment sah ich nur noch rot. Ich zog sie mit einer Hand zu mir heran, mit der anderen schlug ich heftig zu – schon wieder. Sie versuchte, den Schlag abzuwehren, aber ich war stärker, natürlich, und traf sie am Kinn. Sie fiel nach hinten, stürzte zu Boden und schlug mit dem Kopf auf der Steinumrandung eines Blumenbeetes auf.

Das Geräusch war hässlich und sehr laut. Viel zu laut. Lena blieb einen Moment mit geschlossenen Augen liegen. Einen elend langen Moment, in dem ich das Gefühl hatte zu erfrieren. Ihr hageres Gesicht wirkte kindlich klein. Dann rappelte sie sich langsam auf und strich sich leise stöhnend über den Kopf.

»Wie brutal du bist«, sagte sie mit zitternder Stimme. »Das hat richtig weh getan. Mir ist schwindelig.«

»Du bist selber schuld an der ganzen Geschichte! Verschwinde! Verschwinde endlich, bevor ich mich ganz und gar vergesse!« schrie ich wie von Sinnen.

»Das tust du doch andauernd.«

Ich riss meine Augen von ihr los, drehte mich um und rannte davon. Erst wenige Schritte vor dem Hoteleingang hielt ich inne und versuchte meinen Atem zu beruhigen.

Den Rest des Kongresses erlebte ich wie durch einen dichten Schleier, einschließlich Charlotte. Alles, was ich glaubte überwunden zu haben, war mit einem Schlag wieder da. Die freudige Stimmung der letzten Tage war nichts als eine Illusion gewesen, und es schien mir im nachhinein absurd, wie ich mich von ihr hatte davontragen lassen. Außerdem hatte ich Angst vor der nächsten Begegnung mit Lena. Sie wurde immer dreister, und ich reagierte immer heftiger. Was war das für eine Spirale? Was würde ich als nächstes tun? Ihr den Hals umdrehen?

Ich verließ Hamburg am Ende des Kongresses so schnell wie möglich. Charlottes Enttäuschung über meinen abrupten Rückzug bekam ich nur am Rande mit. Ich hoffte, dass sie von meiner eMail-Adresse keinen Gebrauch machen würde.

Zu Hause empfing Paula mich mit herrlichem Finger Food, und ich betete, dass es mir gelang, ihr meine Freude überzeugend genug vorzuspielen und den einen oder anderen Schatten auf meinem Gesicht als Müdigkeit zu verkaufen. Wir aßen, sie verführte mich nach allen Regeln der Kunst, und ich merkte erst, dass ich weinte, als sie mir die Tränen wegküsste – ohne eine Frage zu stellen.

## 12

Ein wenig war es so, als hätte jemand die Zeit zum Stehen gebracht – mitten im Bild und völlig unerwartet. Ich blickte mit angehaltenem Atem und hochgezogenen Schultern um mich, um Stunde für Stunde und Tag für Tag festzustellen, dass nichts passierte. Nichts bedeutete ungeheuer viel: Lena meldete sich nicht. Weder am Tag nach dem Kongress, noch drei oder zehn Tage später oder zwei Wochen danach. Sie tauchte an keiner Straßenecke auf, so sehr ich auch Ausschau hielt, sie rief nicht im Büro an und verteilte auch keine Briefe oder Fotos. Als wäre sie verschwunden. Einfach so.

Absurderweise beschäftigte ich mich nun noch mehr mit ihr als zuvor, denn so sehr ich die Begegnungen mit ihr auch verabscheut hatte, basierten sie doch allesamt auf Lenas eigener kranker Logik, die irgendwie nachzuvollziehen war. Wie war es vor diesem Hintergrund zu erklären, dass sie sich plötzlich von einem Tag auf den anderen nicht mehr meldete, und zwar ohne jegliche Erläuterung? Was hatte sich geändert? Gab es einen tieferen Sinn und wenn ja, welchen? Dass ich mich im Kreis drehte und nicht wusste, was los war? Dass ich die neue Situation als genauso bedrängend oder sogar schlimmer empfand wie den Zustand zuvor? Dass ich mich fürchtete, die falschen Schlüsse zu ziehen, weil ich ja nicht ausschließen konnte, mich zu früh zu freuen? Waren das ihre Motive oder gab es gar keine und sie hatte schlicht die Nase voll von mir? Was für ein fürchterliches Possentheater. Ständig war ich auf dem Sprung, gewappnet für ihren Anblick, unablässig rechnete ich damit, von ihr zu hören, zu lesen, aber was kam, war ... nichts.

Nach drei Wochen war ich nicht nur völlig zermürbt, sondern von einer Unruhe erfasst, die wie ein Geschwür in mir schwärte. Paulas Lächeln erreichte mich nur noch selten, und wenn sie fragte, was los sei, winkte ich ab, schob Stress im Job vor, meine Tage, sonstwas. Ich spürte, dass ich ihre Geduld strapazierte und sie bald kaum noch Lust haben würde, mich anzulächeln, aber ich konnte es nicht ändern, so sehr ich mich danach sehnte. Hatte ich mich je anders gefühlt? Vielleicht. Irgendwann einmal. Schließlich suchte ich Lenas Telefonnummer heraus. Es war verrückt, aber ich wollte, nein, ich musste wissen, was los war. Und was würde ich sagen, wenn sie sich meldete? Hallo, ich wollte mal hören, ob du tatsächlich aufgehört hast, mich zu verfolgen? Und wenn ja, wüsste ich noch ganz gerne warum, bevor wir uns endgültig voneinander verabschieden. Ich brauche nun mal eine einleuchtende Erklärung für dein Verhalten. Wie absurd!

Eine halbe Stunde lang lief ich wie ein aufgescheuchtes Huhn durch die Wohnung und griff schließlich doch zum Telefon. Ich wählte die Nummer langsam, bedächtig, jederzeit bereit, rasch die Verbindung zu unterbrechen, weil mir das Unterfangen plötzlich hirnverbrannt schien. Dann lauschte ich dem Freizeichen.

Niemand meldete sich. Ich hörte auf das eindringliche Tuten, während mein Herz schmerzhaft gegen die Rippen pochte. Einmal, zweimal, dreimal, viermal, keine Lena, kein Anrufbeantworter. Ich legte rasch auf, atmete tief durch.

Zwei Tage später das gleiche. Und am Tag darauf nahm sie auch nicht ab, weder am frühen Abend noch später. Urlaub, sie ist in den Urlaub gefahren, dachte ich. Vielleicht gleich von Hamburg aus, in Richtung Dänemark zum Beispiel. Verdiente sie genug, um sich Urlaub in Dänemark leisten zu können? Na ja – so teuer war das nun auch wieder nicht. Hatte sie nicht selbst gesagt, dass sie recht ordentlich verdiente? Aber Mallorca passte irgendwie besser zu ihr. Ballermann sechs. Sie hat die Fotos von mir und Charlotte gemacht, um danach erst mal in die Ferien zu fahren? Warum denn nicht? Ist doch so viel spannender. Sie war verrückt, unberechenbar, und sie genoss es, mich zu überraschen – mich hinterrücks anzuspringen wie eine Katze.

Am darauffolgenden Abend war ich bei Paula. Als sie unter der Dusche war, probierte ich von ihrem Apparat aus, Lena zu erreichen. Wieder nichts.

»Morgen ist die Feier bei Rieke – vergiss das nicht«, sagte Paula plötzlich hinter mir. Sie stand lächelnd in der offenen Badezimmertür, ein Handtuch um die Hüften geschlungen, mit einem anderen rubbelte sie ihre Haare trocken, und ihre kleinen Brüste wippten. Ein schöner Anblick, der mich für einen Moment gefangennahm. »Es geht schon um sechs Uhr los.«

Ich sah sie verständnislos an, während ich möglichst unauffällig das Telefon beiseite legte. »Welche Feier?«

Paula hielt inne. Die dunklen Haare waren zerwühlt, als wäre sie nach einer aufregenden Nacht eben erst aus dem Bett geklettert. »Machst du Witze? Wir haben doch vorgestern noch darüber gesprochen. Rieke und Toni geben ihr großes Abschiedsfest. Sie haben einen Käufer für das Bistro und verlassen demnächst Berlin.«

»Jaja, das weiß ich, aber dass das Fest schon morgen ist, hatte ich ganz vergessen.«

Paula seufzte. »Sag nicht, dass du auf einmal keine Zeit oder keine Lust mehr hast.«

Sie ging ins Schlafzimmer, um sich anzuziehen, ich folgte ihr und setzte mich aufs Bett. »Nein, nein, aber ...«

»Ach, komm, keine faulen Ausreden! Rieke besteht darauf, dass du auch dabei bist. Außerdem hattest du längst zugesagt.«

Sie schlüpfte in Jeans und T-Shirt und nahm neben mir Platz.

Ich warf ihr einen schrägen Blick zu. »Mag sein, aber hatten wir beide nicht mal ganz klar festgelegt, dass jede das Recht hat, Einladungen abzulehnen und sogar abzusagen, aus welchen Gründen auch immer – ohne dass die andere sauer wird oder ihre gesamte Überredungskunst entfaltet? Und wenn mich nicht alles täuscht, war dir diese Abmachung ganz besonders wichtig gewesen.«

Paula lachte und kratzte sich am Hinterkopf. »Meine Güte, ich dachte, das hättest du längst vergessen.«

»So vergesslich bin ich nun auch wieder nicht.«

»Nun ja, manchmal schon – du vergisst den Termin, aber du merkst dir so eine Abmachung. Selektives Gedächtnis würde ich mal behaupten.«

Ich runzelte die Stirn. »Also, hör mal ...«

»Ach nein, lieber nicht, Ariane – es war nur Spaß ...«

»Wirklich?«

»Ja, natürlich.« Sie lächelte. »Und wenn du wirklich nicht mit willst – bitteschön. Aber du verpasst echt was. Riekes Abschiedsfest wird eine richtig große Sache, mit tausend kulinarischen Köstlichkeiten natürlich ...«

»Du liebe Güte – ich vergaß, wie wichtig dir das ist.«

Sie zog eine Augenbraue hoch, ich grinste.

»Na schön, der Punkt geht an dich«, sagte sie gutgelaunt.

Ich gab ihr einen Kuss. »Okay, ich komme mit, obwohl ...«

»Ja?«

»Nun, mal ganz im Ernst – vielleicht hättest du mehr davon, wenn ich nicht dabei wäre.«

»Wie darf ich das denn verstehen?« Paula verzog den Mund.

»Nun, bei Rieke und dir geht es um einiges mehr, und ich könnte verstehen ...« Könnte ich? fuhr es mir durch den Kopf. »Oder besser gesagt: ich könnte nachvollziehen«, sagte ich zögernd, »wenn du diesen Abschied allein, das heißt ohne mich, mit ihr und den anderen feiern wolltest.«

Paula schüttelte den Kopf. »Nein, das will ich nicht. Dieser Abschied ist ja auch ein Neubeginn – Rieke und Toni starten gemeinsam durch und wollen sich von allen Freundinnen, Bekannten, Stammgästen mit einem rauschenden Fest verabschieden. Unsere Geschichte gehört da gar nicht hinein. Dazu würden wir einen anderen Rahmen wählen.«

»Sicher?«

»Ganz sicher. Also, bist du dabei?«

Ich nickte. »Überredet.«

»Ach, schön! Ich freue mich. Es wird garantiert ein wunderbarer Abend, und die Ablenkung tut dir bestimmt auch ganz gut.«

»Wozu brauche ich Ablenkung?« fragte ich.

Paula stand auf und brachte ihre Handtücher ins Bad zurück. »Du bist entweder total überarbeitet oder hast eine Midlife-Crisis, die sich gewaschen hat«, rief sie von nebenan. »Aber das ist doch jetzt nicht neu, oder?«

Ich ging hinter ihr her. »Auf gut deutsch: Du findest mich unausstehlich?«

»Auf gut deutsch würde ich eher sagen, dass du schwierig bist, launisch und sehr erschöpft wirkst. Wir sollten Urlaub planen, und zwar bald.«

»Frankreich?« Ich lächelte.

»Warum nicht?«

Das Fest begann wie die meisten Feste: lebhaftes Begrüßen, Winken und Tratschen, während Prosecco und Orangensaft gereicht wurden, Küsschen hier, Küsschen da, aufgeregtes Gegacker, lautes Lachen, insbesondere von Rieke und Britta, im Hintergrund sanfter Soul. Das Bistro war brechend voll: Freundinnen, Verwandte, Mitarbeiter, und das Büfett wurde bewundernd in Augenschein genommen. Rieke hatte mit Hilfe von Toni unwiderstehliche Köstlichkeiten aufgetischt, noch dazu so kunstvoll angerichtet und dekoriert, dass man sich anfangs kaum traute, die Pracht zu zerstören, indem man sie einfach aufaß. Bald gab es allerdings kein Halten mehr.

Ich probierte verschiedene Salatkreationen, Filet in einer Rahm-Mandel-Soße, mehrere Käse- und ähnlich viele Brotsorten. Als ich fast satt war, ließ ich mich noch zu einem Teller Fischeintopf überreden, der deftig gewürzt war. Hitze wallte in mir hoch, und für einen Moment nahm mich der Genuss vollkommen gefangen.

»Lass noch Platz für den Nachtisch!«

Die Bemerkung kam von Britta, die hinter mir stand und mir ihren Teller wie eine Trophäe hinhielt. »Ich weiß nicht, wie dieses sahnige Etwas heißt, und es ist mir auch völlig egal. Ich werde es innerhalb von zwei Minuten vertilgen und kann nur jedem empfehlen, es mir gleichzutun. Gar nicht groß nachdenken, einfach schlemmen.« Sie verdrehte die Augen, während sie sich eine Gabelvoll in den Mund schob. »Ich sage nur soviel«, erklärte sie kauend, »für die Desserts, Kuchen und Torten müsste es eigentlich eine Extrafete geben.«

Ich lächelte sie an. »Der Abend ist ja noch lang.«

»Wie schön!« Sie zwinkerte mir zu und drehte sich dann suchend um. »Wo ist eigentlich Paula?«

Ich zuckte die Achseln, und wir reckte beide die Hälse.

»Da hinten.« Britta zeigte in Richtung Tresen. »Sie stößt gerade mit Rieke, Toni und Georg an. Kennst du eigentlich Georg?«

»Vom Hörensagen.«

»Kauziger Typ, redet wenig, sieht einen immer sehr direkt an, und wenn er was sagt, hat es meistens Hand und Fuß.«

»Und das ist kauzig?«

Britta kicherte. »Heutzutage wohl schon, wo meistens viel sinnloses Zeug gequatscht wird und man gar nicht mehr richtig hinsieht, was eigentlich so passiert.« Sie nickte bekräftigend. »Ich nehme mich da gar nicht aus.«

»Das ehrt dich.«

»Nicht wahr? Und wie geht es dir so?« Die nächste Gabelvoll wanderte zum Mund. »Alles wieder in Ordnung?«

»Wieso wieder?« fragte ich, bevor mir einfiel, dass unser letztes Zusammentreffen in einem kleinen Fiasko geendet hatte.

»Na, diese Paket-Tante – hast du von der noch mal was gehört?« fragte Britta.

Ich schüttelte den Kopf. »Nö. Hat sich erledigt.«

»Paula hat erzählt, dass du dich hast beraten lassen.«

Ich nickte.

»Und danach war dann alles vorbei?«

»Wenig später«, sagte ich und hoffte, dass Britta das Thema nicht vertiefen würde.

Meine Einsilbigkeit müsste eigentlich eine klare Sprache sprechen, aber Britta ließ sich davon nicht bremsen.

»Ist ja wirklich ein Ding, was die sich erlaubt hat. So was kann echt zur Hölle werden. Die Schwester einer Bekannten von mir ist vor einigen Jahren ihren Ex-Freund nicht losgeworden«, plapperte Britta munter drauflos. »Das kann man sich kaum vorstellen – der hat echt Tag und Nacht angerufen, ihr ständig aufgelauert und sie sogar bedroht. Die Frau ist richtig krank geworden – Angstzustände und Depressionen. Irgendwann hatte sie die Nase voll und ist in eine andere Stadt gezogen. Kannst du dir das vorstellen? Ist doch wohl verrückt, oder?«

»Das ist es, aber hör mal ...«

»Ja, unfassbar«, überging sie meinen Versuch, sie abzuwürgen.

»Wenn man sich mal vorstellt, dass Menschen Schafe klonen und technische Geräte erfinden, deren Namen ich Mühe habe auszusprechen, dass es Handys gibt, mit denen man fotografieren und wahrscheinlich demnächst sogar bügeln und toasten kann – die Liste ließe sich beliebig fortsetzen, aber worum es mir geht, ist folgendes: All das kannst du in die Tonne klatschen, wenn sich irgendein gestörter Mensch an deine Fersen heftet, um dich zu bedrängen und zu bedrohen – dann bist du hilflos wie ein Kind. Hast du darüber schon mal nachgedacht?« ereiferte Britta sich wortgewaltig. »Wahrscheinlich bräuchte man einen Bodyguard oder besser noch: eine fundierte Ausbildung in Selbstverteidigung. Ich glaube, ich würde ausrasten und meine gute Kinderstube vergessen.«

Die gute Kinderstube, dachte ich. Ich habe sie nicht vergessen und bin dennoch ausgerastet.

»Na ja, für dich hat sich das wohl glücklicherweise erledigt«, kam Britta endlich zum Schluss ihrer Ausführungen.

Ich nickte. Meine Güte, redete sie etwa den ganzen Tag in diesem Tempo?

»Sehr gesprächig bist du aber nicht.«

»Wie denn auch?« Ich lächelte.

»Ah, schon verstanden. Nun, ich sehe gerade, dass mein Teller gefährlich viel Freiraum aufweist – kommst du mit zum Kuchenbüfett?«

»Später«, sagte ich.

»Ich kann aber für nichts garantieren. Wenn du dann nichts mehr abkriegst, ist es nicht meine Schuld. Oder nur ein bisschen.«

Sie drängelte sich ans andere Ende des Tisches, während ich ihr erleichtert nachsah. Paula hatte Britta mal als lebhaft und extrovertiert beschrieben – das war eine schamlose Untertreibung. Britta wusste wahrscheinlich gar nicht, dass die Möglichkeit existierte, Dinge nicht auszusprechen und zu kommentieren. Ich schüttelte amüsiert den Kopf, stellte meinen Teller ab und begab mich auf die Suche nach einer Tasse Kaffee, mit der ich mich dann zu Paula gesellen wollte.

Sie stand mit dem Rücken zu mir. Eine schmale Gestalt, blondes dünnes Haar fiel ihr über die Schultern. Sie hörte einem jungen Mann zu und hatte eine Hand in die Hüfte gestemmt. Die Haltung kannte ich nur allzu gut von ihr. Ich fing an zu beben, während ich auf sie zuging und mit jedem Schritt schneller wurde. Du verdammtes Miststück, dachte ich, na warte! Ich trat an sie heran, packte ihren Oberarm und riss sie zu mir herum.

Zwei tiefbraune Augen sahen mich verstört an. Ein runder kindlicher Mund war leicht geöffnet.

»Was wird das denn?« fragte die junge Frau, die nicht Lena war.

Um uns herum war es plötzlich still. Mir schoss die Schamröte ins Gesicht. Ich ließ sie los.

»Tut mir leid«, flüsterte ich. »Entschuldigung, ich habe Sie mit jemandem verwechselt.«

»Ach?« Die Frau rieb sich den Arm. »Na, da bin ich aber heilfroh, dass ich nicht die andere bin«, entgegnete sie trocken.

»Das können Sie auch.«

Sie betrachtete mich skeptisch, und ich wich ihrem Blick aus. Dann wandte ich mich um, holte meine Sachen und verließ das Fest ohne ein weiteres Wort. Wie ich meinen überstürzten Aufbruch später Paula erklären würde, spielte in diesem Augenblick nur eine untergeordnete Rolle. Wie wäre es denn mit der Wahrheit? Ach, du liebe Güte.

Ich musste Paula nichts erklären, denn sie war gar nicht bereit, sich irgendwelche Ausflüchte anzuhören, sondern blieb einfach auf der Feier und fuhr anschließend, ohne sich zu melden, zu sich nach Hause. Es dauert nicht mehr lange und sie hat wirklich die Nase voll von mir, dachte ich am nächsten Tag ungefähr jede Stunde dreimal. Dazwischen überlegte ich zum einen, wie es weitergehen sollte mit dieser fürchterlichen Geschichte, die mich nicht losließ, und zum anderen, ob ich besser noch einen Tag wartete, bis ich mich zerknirscht bei Paula meldete oder ob mein Zögern die Sache nur verschlimmerte.

Am späten Samstagnachmittag trieb mich die Unruhe aus dem Haus. Ich setzte mich aufs Fahrrad. Dass ich den Weg nach Neukölln einschlug, wunderte mich kaum noch. Es dauerte nicht lange und ich war in der Sonnenallee. Wieder kaufte ich mir eine Zeitung und wartete. Diesmal war es wärmer, die Sonne schien, ich schwitzte. Es hätte ein schöner Tag sein können. Ich beobachtete abwechselnd die Eingangstür und ließ meinen Blick an der Hausfront entlangschweifen, um mich dann immer wieder meiner Zeitung zu widmen, ohne jedoch auch nur eine einzige Zeile, die ich gelesen hatte, wiedergeben zu können.

Nach einer halben Stunde überquerte ich die Straße und studierte die Namensschilder an der Tür. Lena wohnte im dritten Stock. Ich blendete alles aus, was mich in diesem Augenblick noch von meinem Vorhaben hätte abbringen können und drückte den Klingelknopf. Nichts. Noch einmal. Wieder nichts. Ich holte mein Handy aus der Tasche und wählte ihre Nummer. Auch nichts. Plötzlich wurde die Haustür von innen geöffnet, und zwei kleine Mädchen traten heraus, ungefähr zehn, elf Jahre alt. Sie schleckten Eis und hüpften kichernd die Treppenstufen hinunter. Ich drehte mich nach ihnen um.

»Hallo, ihr da, wartet mal!« rief ich und ging ihnen nach.

Die beiden blieben stehen.

»Kennt ihr die Lena? Lena Sanders?«

»Die Frau aus dem dritten Stock?« fragt eines der Mädchen, eine dürre Neuköllner Pippi-Langstrumpf-Ausgabe mit Rotznase und dreckigen Turnschuhen.

»Nee, die wohnt doch im vierten«, sagte das andere Mädchen sofort. Sie war dunkelhaarig und pummelig.

»Quatsch, im dritten!« gab Pippi Langstrumpf zurück und zeigte ihr einen Vogel.

Ich hob die Hände, um den Disput zu beenden. »Im dritten. Lena Sanders wohnt im dritten.«

»Ja?«

»Ja.« Ich wies auf die Klingelknöpfe. »Hier könnt ihr euch überzeugen. Dritter Stock: Sanders. Das ist Lena.«

Beide nickten, nachdem sie sich vergewissert hatten.

»Na gut«, sagte die Dunkelhaarige gnädig. »Und?«

»Kennt ihr sie?«

»Warum fragst du?« fragte Pippi und reckte ihr kleines eisverschmiertes Kinn.

»Ich muss sie sprechen«, gab ich zurück und stöhnte innerlich auf. Musste ich das tatsächlich?

»Dann klingel doch bei ihr.«

»Danke für den Tip, das habe ich auch schon versucht«, entgegnete ich leicht säuerlich. »Aber sie macht nicht auf. Wahrscheinlich ist sie unterwegs, arbeiten, was auch immer. Ich dachte, ihr hättet sie vielleicht mal gesehen in den letzten Tagen oder könnt mir einen Hinweis geben.«

»Nö.« Das kam wie aus einem Mund.

Die Pummelige stieß ihre Freundin mit dem Ellenbogen in die Seite. »Die Oma war gestern da, weißt du nicht mehr? Sie hat uns aus dem Treppenhaus verjagt. Lena hat eine Oma, die auch manchmal hier wohnt«, erklärte sie in meine Richtung gewandt.

»Stimmt.« Pippi kicherte. »Die alte Adele war sauer, weil wir Fangen gespielt haben und so laut waren.«

»Und Adele war allein?« fragte ich.

»Ja.«

»Weiß nicht«, sagte Pippi zögernd. »Lena kann ja auch in der Wohnung gewesen sein.«

»War sie aber nicht«, beharrte die Pummelige.

»Woher willst du das wissen?«

»Lena wäre sonst auch gekommen und hätte gemeckert. Sie kann Kinder nämlich nicht leiden und uns schon gar nicht.«

Da war was dran – ich erinnerte mich noch gut an das Gespräch mit Lena über dieses Thema.

»Also«, versuchte ich zusammenzufassen. »Ihr habt Lena seit einigen Tagen nicht gesehen. Habt ihr denn eine Ahnung, wo sie sein könnte? Ist sie vielleicht in die Ferien gefahren?«

Pippi zuckte die Achseln. »Glaub nicht. Vielleicht ist sie im Garten, bei Adele.«

»Mehrere Tage?«

»Die schlafen auch da, wenn es warm ist. Adele schläft fast immer da, nur manchmal nicht. Dann ist sie hier.«

Ich seufzte. »Wisst ihr denn zufälligerweise, in welcher Kolonie Adele ihren Garten hat?« Viel Hoffnung hatte ich nicht, auf diese Frage eine hilfreiche Antwort zu bekommen.

»Nicht weit von hier. Zehn Minuten zu Fuß oder so«, sagte die Pummelige jedoch zu meiner Überraschung. »Da, wo die neue Straße gebaut wird. Die Gärten werden bald alle plattgemacht. Das weiß ich, weil mein Onkel da auch einen Garten hat und total sauer ist.«

Ich nickte. Ich konnte mir ungefähr vorstellen, welche Laubenpieper-Kolonie sie meinte. Außerdem hatte ich erst kürzlich einen Artikel über die erbosten Kleingärtner gelesen.

»Gehst du da jetzt hin?« fragte Pippi und schob sich den Rest von ihrem Eis in den Mund.

»Tja, ich weiß noch nicht so recht.« Das stimmte sogar.

»Du kannst ihren Garten leicht finden«, ermunterte mich die Pummelige eifrig. »Draußen ist ein großes Schild – da sind alle Gärten eingezeichnet, mit den Namen der Besitzer.«

Die Kleine hatte eigentlich recht. Wenn ich schon mal in der Gegend war, konnte ich gleich Nägel mit Köpfen machen. Ich dankte den beiden und machte mich auf den Weg.

Ich will sie nur kurz sehen, flüsterte ich mir selbst stumm zu. Um zu wissen, dass sie da ist. Mehr nicht. Nur das. Was auch sonst? Dann fahre ich nach Hause, melde mich bei Paula, wir reden und sie verzeiht mir – wieder einmal –, dass ich das Fest so mir nichts dir nichts verlassen habe, ich entschuldige mich bei Rieke und Toni, und alles wird gut. Natürlich. Dann wird endlich alles gut.

Der Garten von Lenas Großmutter lag still und verlassen da. Die Läden des Häuschens waren geschlossen. Ich stand am Zaun und betrachtete die Rosenhecke. Nach zehn Minuten wandte ich mich um und radelte nach Hause. Nichts war gut.

Paula hatte mir auf den Anrufbeantworter gesprochen, dass sie ziemlich erbost sei über mein Verhalten und ob ich nicht mal erklären wolle, was eigentlich in mich gefahren sei. Nein. Wollte ich nicht. Konnte ich nicht. Wenn man die Geschichte in drei Sätzen zusammenfasste, klang sie unglaublich albern, und mit zehn oder zwölf Sätzen wurde sie auch nicht schlüssiger.

Später am Abend fuhr ich meinen Computer hoch, um Mails abzurufen und ein paar Überweisungen vorzunehmen. Ich wählte mich ins Internet ein und klickte lustlos einige Seiten durch – Presse, Sport, Kino, das Übliche, das mich nicht wirklich interessierte. Schließlich rief ich *Google* auf – einfach nur so. Ganz planlos – dachte ich jedenfalls. Es war erstaunlich, was man alles fand, wenn man einfach irgendwelche Stichworte eingab. Nach kurzem Zögern gab ich Lena Sanders ein beziehungsweise Lena S. Und wurde fündig. In einer Hamburger Zeitung stieß ich auf einen Artikel. Ich las ihn einmal, zweimal, fünfmal; ich stand auf und setzte mich wieder, atmete laut und schwer, blickte fassungslos auf den Bildschirm, während mein Herz zu einer schmerzenden Faust erstarrte.

Lena war tot. Überfahren von einem Lastwagen am Morgen nach unserer Begegnung im Park. Drei Tage hatte sie im Koma gelegen und war dann gestorben. Nach Auskunft einiger Passanten war die Frau aus Berlin, wie es dort hieß, einfach über die Straße gelaufen. Sie hatte desorientiert gewirkt.

Wieder und wieder hörte ich den Aufprall ihres Kopfes, als sie auf die Steine aufschlug, ihren weinerlichen Vorwurf, ich hätte ihr weh getan und ihr sei schwindelig, und ich wusste, dass ich diese Bilder und Geräusche niemals wieder loswerden würde. Ich bin schuld, hämmerte es in mir. Wahrscheinlich hatte sie bei dem Sturz eine Gehirnerschütterung erlitten. Weil ich schlage. Weil ich unbeherrscht bin. Immer und immer wieder. Ich habe ihren Hund getötet, und an ihrem Tod bin ich auch schuld. Sie wird nie wiederkommen, und doch werde ich sie niemals los sein.

Ich setzte mich auf den Boden und barg den Kopf in den Händen. Ich zitterte und versuchte, anderen Überlegungen Raum zu geben. Es könnte sich auch völlig anders zugetragen haben. Sie hatte gar keine Gehirnerschütterung, alles mögliche – nur das nicht. Genau – sei doch nicht so voreilig. Sie hat eben nicht aufgepasst, sich vielleicht gerade wieder irgendwelche Gemeinheiten ausgedacht, die sie mir antun wollte, und plötzlich war sie mitten auf der Straße und es krachte. So kann es kommen. Ja, so kann es doch auch gewesen sein. Ich werde es nie erfahren. Niemand wird je wissen, warum Lena desorientiert wirkte.

Nach einer schlaflosen Nacht fuhr ich am nächsten Morgen zu Paula. Sie verstand kein Wort, als ich ihr erklärte, dass ich eine Auszeit brauchte – für mich, für uns –, irgendwo ganz allein, um Klarheit zu gewinnen – über mich. Sie redete auf mich ein, schimpfte, weinte, beschwor mich, endlich zu reden, aber ich blieb dabei: Ich wollte allein sein und nicht reden. Ich musste allein sein. Und wahrscheinlich würde ich wegfahren. Wohin auch immer.

## 13

Ich wusste nicht, wieviel Zeit vergangen war. Auf jeden Fall war es längst mitten in der Nacht, als ich schließlich schwieg. Zwei Petroleumlampen verbreiteten trübes Licht, die Grillen waren längst verstummt. Ich sah Adele über den Tisch hinweg an. Während der ganzen Zeit hatte sie meine Erzählung nicht ein einziges Mal unterbrochen, um Fragen, Vorwürfe, Einwände loszuwerden. Sie hatte geraucht, zugehört, Kaffee gekocht, später einige Schnäpse getrunken. Zeitweise vergaß ich, dass sie überhaupt da war. Ich saß inmitten der Rosen und redete und redete, weinte, ließ nichts aus, fügte nichts hinzu und wusste nicht, was kommen würde, wenn ich geendet hatte. Am liebsten hätte ich gar nicht aufgehört, aber jede Geschichte ist einmal zu Ende, egal wie lange man es hinauszögerte, und irgendwann musste ich schließlich schweigen und die Situation ertragen.

»Ich bin nach Hamburg gefahren«, sagte Adele plötzlich in die nächtliche Stille hinein, beugte sich langsam, mühsam vor, legte die Hände vor sich auf den Tisch und senkte den Blick darauf. Ihr Gesicht war nah, dunkel, erschöpft, voller Trauer, wie ich plötzlich zu erkennen meinte. »Aber da war sie schon längst ins Koma gefallen. Die hatten mich nicht erreicht, und ich hab mir nichts dabei gedacht, dass Lena einige Tage nicht im Garten auftauchte. Das war manchmal so zwischen uns. Jeder ging seine eigenen Wege und musste nichts erklären. Und dann war ich in dem Krankenhaus, und sie lag in diesem Bett. Schon wie tot. Geräusche machten nur die Maschinen. Die Ärzte haben mir keine Hoffnungen gemacht. Ihre Verletzungen waren zu schwer.«

»Weißt du Genaueres über den Unfallhergang?« fragte ich, als Adele sich den nächsten Zigarillo ansteckte.

»Sie ist einfach über die Straße gelaufen, ohne zu gucken, und der Lastwagen konnte nicht mehr bremsen. So hat man es mir gesagt«, antwortete Adele.

»In der Zeitung stand etwas davon, dass sie desorientiert wirkte«, fügte ich hinzu und merkte, dass meine Stimme drängend klang.

Adele schüttelte den Kopf. »Ich hab nicht nach solchen Sachen gefragt. Warum auch? Lena war manchmal so ... ja: fahrig, sprunghaft, völlig in Gedanken. Ich traute ihr zu, einfach über die Straße zu rennen, vor ein Auto. Sie war schon als Kind so unberechenbar. Einmal hab ich nur zufällig mitbekommen, dass sie am offenen Fenster gespielt hat – ganz verträumt und in ihre Geschichte vertieft. Sie hätte dabei herausfallen können. Verstehst du? So ein Unfall passte zu ihr. Ein paar Jahrzehnte zu früh, meine ich, aber so ist das nun mal im Leben.« Sie machte eine Pause, räusperte sich. »So ganz ist es noch nicht bei mir angekommen, dass sie nicht mehr da ist. Es gibt nichts Grausameres, als wenn die Kinder oder gar Enkelkinder vor einem sterben. Ich bin sonst nicht so ... aber ...« Sie wandte den Kopf zur Seite. »Ich bin alt, sie war jung, sehr jung, und ... ja, manchmal ziemlich verrückt und abgedreht. Bin ich ja eigentlich auch.«

Sie sah mich wieder an. Ihr Mund war hart, angespannt. Sie hatte Mühe, die Tränen zurückzuhalten. Wahrscheinlich tat ihr der ganze Kiefer weh vom Zusammenbeißen. Wie gut ich das kannte, und doch hatte nichts von alldem mit mir zu tun.

Was hatte ich denn erwartet? Eine Frau, die mich mit ihrem Kummer und ihrer Fassungslosigkeit bedrängte? Die mich verurteilte, beschimpfte, anschrie, weil sie froh war, eine Schuldige zu haben für eine Tragödie, die man sonst nicht aushalten und schon gar nicht verstehen konnte? Oder aber dass Adele etwas in Erfahrung gebracht hatte, was den Unfallhergang lückenlos klärte und mich von aller Schuld reinwusch? Wie wunderbar wäre das doch gewesen. Hatte ich diese Hoffnung gehegt, als ich hierherkam? Vielleicht. Aber da war auch die Angst gewesen, dieser Frau, der Großmutter von Lena, die ich gehasst hatte, gegenübertreten und mich verantworten zu müssen.

»Adele, verstehst du, was in mir vorgeht?« fragte ich. »Was mich quält und warum ich hier bin, wo ich eigentlich gar nicht hingehöre, wie du selbst gesagt hast?«

»Ein bisschen vielleicht. Aber erklär es mir doch einfach.«

»Ich musste dir erzählen, dass dieser Unfall eine Vorgeschichte hat, eine lange, unerfreuliche Vorgeschichte – dass Lena wegen mir in Hamburg war und dass ich mich schuldig fühle. Immerhin bist du ihre einzige erreichbare Verwandte«, antwortete ich.

»So 'ne Art Beichte also?«

»Na ja, unter anderem, so ähnlich – ja.«

»Und – geht es dir jetzt besser?«

»Ich weiß nicht«, gab ich irritiert zurück. »Aber das ist doch gar nicht der Punkt ...« Das sollte er zumindest nicht sein, dachte ich, jedenfalls nicht ausschließlich.

»Aber ja doch – wenn man beichtet, will man sich hinterher besser fühlen. Darum tut man es ja«, entgegnete Adele. »Was sollte der Blödsinn denn sonst? Es bedrückt einen was, und man will es loswerden. Schlimmer kann es eh nicht werden, also rennt man in die Kirche oder zu sonstwem, der zuhört oder so tut, als ob. Wenn man dann noch was tun muss, damit einem verziehen wird – um so besser. Dann renkt sich alles wieder ein.«

Ich räusperte mich. »Aber das allein ist es nicht. Außerdem bin ich nicht sonderlich religiös.«

»Was denn noch? Lena ist tot und sie bleibt es auch. Ob sie nun noch eine Gehirnerschütterung von diesem Sturz vorher hatte und deshalb auf die Straße getaumelt ist oder nicht. Ob sie einen Kater hatte oder nicht oder einfach nur vor sich hingeträumt hat wie so oft. Das kriegt keiner mehr raus. Da kannst du dich drehen und wenden, wie du willst.«

»Das macht mich wahnsinnig.«

»Und warum?«

Ich hob den Kopf. »Ist die Frage ernst gemeint?«

»Ja. Da ist nichts mehr zu machen. Du kannst nichts tun. Besser, du kapierst das ganz schnell.«

»Das ist mir zu einfach«, widersprach ich heftig. »Mein ganzes Leben ist auf den Kopf gestellt, seit ich Lena kenne, und nun ist sie tot, und ich weiß nicht genau, welchen Anteil ich dabei habe. Ich befürchte aber, es könnte sehr viel sein. Ich erzähle dir alles, und du, ihre Großmutter, sagst mir, es ist nichts mehr zu ändern – geh wieder nach Hause zurück und leb dein Leben.«

Adele zuckte die Achseln. »Sie war meine Enkelin, und mein Leben hat sie auch auf den Kopf gestellt. Von heute auf morgen musste ich wieder Mutter sein, und das war gar nicht so einfach. Ich wollte es eigentlich auch nicht. Hatte ich bei meiner Tochter schon keine Lust zu – wir mochten einander nicht besonders, die Bärbel und ich. Ich hab gelernt, die Dinge hinzunehmen. Das war das beste bei Lena, das einzige, was ich machen konnte. Sie ist mir immer ein Rätsel geblieben – und sich selbst wohl auch. Fest steht, dass sie diesen Hund geliebt hat und er sie. Sonst hat es nicht geklappt mit der Liebe. Früher oder später hatten alle die Nase voll von ihr – ob Männer oder Frauen. Sie hatte eine Art, die nicht ankam. Nur der Hund kam mit ihr klar.«

»Und dessen Tod habe ich verursacht.«

»Ja, hast du.«

Und Monate später ist sie überfahren worden, dachte ich. Was wäre, wenn sich eindeutig herausgestellt hätte, dass der Unfall in keinem Zusammenhang mit mir und dem Streit im Park stand? Wäre ich erleichtert gewesen, sie los zu sein und den atemraubenden Ballast des schlechten Gewissens gleich mit? Endlich, unwiderruflich? Befreit, aus, vorbei, und nun ganz schnell zurück in das alte freundliche, problemlose Leben? Ja, das hätte ich wohl zumindest versucht.

»Paddy hätte auch woanders unter die Räder kommen können«, schob Adele hinterher. »Zum Beispiel in Neukölln auf der Hermannstraße. Oder irgendwo in Zehlendorf.«

Ich verdrehte die Augen. »Ist es aber nicht. Es ist passiert, als ich gerade die neuen Skater ausprobierte. Versuch nicht, mich zu trösten.«

»Warum sollte ich?« fragte sie erstaunt. »Ich habe meine Enkelin verloren, und ich hab keinen Grund, andere zu trösten.«

Da war allerdings etwas dran.

»Warum hast du eigentlich die ganze Zeit über mitgemacht?« fügte sie einen Augenblick später hinzu und nahm den nächsten Zigarillo aus der Schachtel. »Ich verstehe das nicht.« Sie schüttelte den Kopf und griff nach dem Feuerzeug. »Du hast Lena die Zügel überlassen. Sie hatte dich richtig in der Hand. Warum? Und warum hast du nicht mit jemandem darüber geredet?«

Ich rutschte auf meinem Stuhl hin und her. »Hab ich doch gesagt. Irgendwann war es wie eine Spirale, aus der ich nicht mehr herauskam, und je mehr passierte, desto tiefer habe ich mich darin verstrickt und desto weniger konnte ich darüber sprechen. Das Ganze wurde immer verrückter, war immer weniger zu erklären, und ich habe Fehler gemacht, die mir ziemlich unangenehm sind, ich meine ...«

»Weil du zugeschlagen hast? Hätte ich auch, wahrscheinlich schon viel früher«, unterbrach Adele mich und winkte ab. »Und zwar so, dass ihr ein für allemal die Lust vergangen wäre, hinter mir herzuschnüffeln. Was machst du dir so große Sorgen darum? Eine saftige Ohrfeige hat noch keinem geschadet, Lena schon gar nicht. Die hat sich bei mir auch einiges eingefangen. Sogar richtige Dresche, wenn's sein musste. Ich konnte mich nicht lange aufhalten mit großartigen Erklärungen. Heutzutage wird viel zuviel geredet, bin ich der Meinung. Kinder nehmen einen doch gar nicht ernst, wenn man nicht mal kräftig mit der Faust auf den Tisch haut. Oder auch sonstwohin.«

Ich zuckte zusammen. »Das sehe ich ein bisschen anders ...«

»Ja? Neumodischer Kram«, blaffte Adele. »Hat deine Mutter dich etwa wie ein rohes Ei behandelt? So ein Blödsinn! Das hat doch nichts mit dem wirklichen Leben zu tun. Man muss früh die Regeln lernen, auch wenn's mal weh tut, und wissen, wo's langgeht. Sonst hat man verloren.«

»Das wirkliche Leben sagst du?« fuhr ich auf. »Das sind immer wir selbst. Und meine Mutter, die hat mich öfter verprügelt, als ich zählen kann. Glücklicherweise hatte ich eine süße kleine

Schwester, die ihr Liebling war und mich so gut es ging vor ihr beschützte. Später habe ich dann meine Freundin verprügelt, dass sie zum Arzt musste, und als ich meine Mutter mal besucht habe, um über all das mit ihr zu reden und ihr – ja – Vorwürfe zu machen und mit meinem eigenen Verhalten besser leben zu können, da hat sie mir erzählt, was ihr Vater so alles mit ihr angestellt hatte. Mir ist nur noch schlecht geworden – dagegen hatte ich es ja richtig gut –, und ich musste allein damit fertigwerden, dass ich zugeschlagen hatte. Und jetzt wieder und wieder. Das ist doch eine einzige große Scheiße, findest du nicht? Und wenn ich Kinder hätte, ginge es dann immer so weiter? Das kann es doch nun wirklich nicht sein. Irgendwann muss doch mal Schluss sein.«

»Aha«, sagte Adele. Sie klang nicht überzeugt, aber sie hatte mir mit wachen Augen zugehört.

»Es ist eine Sache, wie ich auf Lena reagiert habe, und warum. Eine andere ist der Grund für ihr merkwürdiges Verhalten mir gegenüber«, fuhr ich nun wesentlich ruhiger fort. »Denn dass es merkwürdig war, ist mir ja relativ früh aufgefallen.«

»Und es war merkwürdig, weil ich sie ab und an verdroschen habe? Also bin ich jetzt schuld an der ganzen Sache? Willst du das sagen?« Sie sah mich mit schmalem Mund an. »So ist das also.«

Ich schloss kurz die Augen. »Nein, das will ich nicht sagen, um Gottes willen!«

»Was willst du denn sagen?«

»Dass es Gründe gibt, warum wir so und nicht anders handeln, nichts weiter.«

»Ach, nee, das ist ja eine tolle Erklärung. Es gibt immer einen Grund – du hast ja auch nicht grundlos zugeschlagen oder sie geschubst, weil es dir gerade so in den Sinn kam. Und Lena ist nach Hamburg gefahren, weil du da warst. Und du warst da, weil du auf dem Kongress warst und so weiter und so fort.« Sie paffte mir eine Rauchwolke entgegen. »Oder willst du jetzt wieder mit irgendwelchem Psychokram kommen?«

Ich überhörte die ironische Spitze. »Warum ist sie mir ständig nachgelaufen?«

»Kommst du da nicht alleine drauf? Ich hätte dich für schlauer gehalten. Ist doch ganz einfach: weil du mitgemacht hast«, sagte Adele.

Sie hatte recht. Ich sah sie einen Moment schweigend an. »Ich hätte mich nie auf irgendwas einlassen dürfen«, sagte ich dann leise. »Von Anfang an nicht.«

»Hätte, hätte. Aber ja, wenn wir jetzt schon mal dabei sind – warum hast du denn nun mitgemacht bei diesem ganzen Spiel mit den Treffen und den Erpressungen und so? Eine Frau wie du, das gibt's doch gar nicht, dass die sich so mir nichts, dir nichts fertigmachen lässt. Wirkt da etwa noch die Prügel deiner Mutter? Hm.«

Wieder sah ich sie schweigend an.

»Aber davon verstehe ich wohl zu wenig«, fuhr sie unbeirrt fort. »Die große Tierliebe kann doch wohl nicht der Grund gewesen sein, dass du am Anfang so gekuscht hast. Du bist keine, die morgens mit dem Mops auf dem Arm ins Büro geht oder streunende Katzen fett füttert. Der Typ bist du nicht.«

»Nein, ganz und gar nicht. Das ist nicht meine Welt.«

»Na bitte, wusste ich's doch. Letztens habe ich von einer Frau gehört, die Eichhörnchen aufzieht, die aus dem Nest gefallen sind. Die ganze Wohnung hat sie voll davon. Ist doch irgendwie ein bisschen krank, oder nicht? Die Natur regelt so was alleine. Junge, die aus dem Nest fallen oder sonstwie schwach und verletzt sind, überleben nicht, die anderen, starken sehr wohl. Nun greift jemand ein, und im Nu gibt es ungesund viele Eichhörnchen, aber nicht genügend Futter für alle, und schon läuft alles aus dem Ruder. Wenn sich Menschen da einmischen, geht es früher oder später sowieso immer in die Hose. Am besten sind die Leute, die was pflanzen und anbauen wollen und dafür erst mal Bäume und Büsche abholzen. Ein einziger Schwachsinn.«

Sie tippte sich an die Stirn. »Findest du nicht? Und sie merken es nicht mal, sondern halten sich noch für wer weiß wie schlau.«

Ich sah an ihr vorbei. Am Horizont färbte sich ein Streifen Himmel rötlich-blau. Von einem Moment zum nächsten stieg eine Welle von Müdigkeit in mir auf, und ich befürchtete, mein Bett nicht mehr zu erreichen.

»Ich muss jetzt schlafen gehen, Adele«, sagte ich mit bleischwerer Zunge. »Können wir am Nachmittag weiterreden?«

»Gibt's noch was zu reden?«

»Ich weiß nicht. Vielleicht nicht, und wir trinken nur einen Kaffee zusammen.«

»Ich geh zu ihrem Grab. Kannst mitkommen.«

Ich hievte mich mühsam hoch. »Ja, ich komme mit.«

»Schlaf gut.«

»Du auch. Und: danke.«

Dazu sagte sie nichts.

Ich träumte von Lena und Adele. Sie waren beide nicht größer als Eichhörnchen und saßen in der Rosenhecke vor der Laube, wo ich saubermachte. Sie verfolgten mein Tun mit interessierten Blicken. Ich stellte den Besen beiseite und weinte und wusste im Traum nicht, warum.

Am späten Nachmittag stand ich mit Adele an Lenas Grab. Wir sagten beide nichts. Erst als wir in die Kolonie zurückkehrten, meinte Adele, dass es schwer gewesen sei, Lena zu mögen.

»Ich musste mir richtig Mühe geben«, erklärte sie und wirkte bedrückt. »Merkwürdig, oder?«

Sie erwartete keine Antwort darauf. »Und du – brichst du deine Zelte jetzt hier ab?«

»Ja.«

»Fährst nach Hause?«

»Ja. Ich muss wieder in meinen Alltag zurückfinden.«

»Das klingt nicht sehr begeistert«, stellte Adele fest.

»Es wird nicht einfach werden, nachdem ich mich die letzten Wochen nur um mich gekümmert habe.«

»Nun, so ist das manchmal. Schaden kann es nicht, mal Abstand zu haben.«

Ich nickte. »Darf ich wiederkommen und dich besuchen?«

»Klar.« Sie lächelte sogar. »Aber ich glaub nicht dran – wir liegen nicht auf einer Wellenlänge.«

»Vielleicht gerade deshalb.«

Sie sah mich schweigend an. Ich streckte die Hand aus, und sie ergriff sie mit festem Druck.

Zehn Minuten später packte ich meinen Kram zusammen, räumte auf und verließ die Kolonie.

## 14

Die Wohnung sah aus, wie ich sie hinterlassen hatte, und doch stieg das Gefühl in mir hoch, monatelang fortgewesen zu sein. Die Luft war abgestanden – vielleicht kam es mir nach der langen Zeit, die ich ständig draußen verbracht hatte, auch nur so vor –, und ich öffnete alle Fenster, lief von Zimmer zu Zimmer, viel zu schnell, viel zu flüchtig. Angst vor der Ruhe. Ich stellte die Waschmaschine an, legte mich in die Badewanne und horchte in mich hinein. Und nun? War alles wieder gut? Natürlich nicht. Was für eine kindische Frage. Wieviel Zeit war überhaupt vergangen? Drei Wochen, ungefähr. Immerhin, ich hatte mit Adele gesprochen, und ich war ihr zutiefst dankbar. Dieser griesgrämigen alten Frau mit ihren autoritären Ansichten und ihrer Unfähigkeit, Gefühle zuzulassen. Sie hatte mich nicht verurteilt, nicht mal beschuldigt, obwohl ich nichts schön- oder kleingeredet hatte und es ein Leichtes für sie gewesen wäre, ihren Kummer in Anschuldigungen zu packen und mir aufzubürden.

Sie selbst hatte Lena nicht besonders gemocht und sie für eine problematische Person gehalten. Machte es das leichter für mich? Ja. Natürlich. Wie denn auch nicht? Es riss mich aus der einsamen Beklemmung dieser fürchterlichen Geschichte, ließ mich durchatmen und hochblicken. Ich stand nicht mehr allein da, und das tat einfach gut. Fakt blieb jedoch, dass ich erneut die Beherrschung verloren hatte. Und Fakt blieb auch, dass ich tatsächlich niemals herausbekommen würde, wie groß mein Anteil an diesem Unfall gewesen war und ob sich nicht doch alles anders entwickelt hätte, wenn ich von Anfang an in der Lage gewesen wäre, Lena und ihre Forderungen zu ignorieren. Es hätte keine Wutanfälle gegeben, keine Erpressung, und ich wäre auch nicht ausgerastet. Weder das erste Mal noch das zweite Mal. Vielleicht hätte Lena dann auch eher die Lust verloren, sich an meine Fersen zu heften und wäre nicht nach Hamburg gefahren ... Es würde sich zeigen, wie ich damit zurechtkam, während ich gleichzeitig versuchte, mein Leben wieder aufzunehmen und mich um all das zu kümmern, was ich vernachlässigt hatte. Paula zum Beispiel. Und meinen Job.

Da es Sonntagabend war, fing ich mit Paula an. Ich fuhr einfach zu ihr. Unterwegs besorgte ich einen prächtigen Strauß zartgelber Rosen und eine Flasche Prosecco.

Überschwengliche Reaktionen waren noch nie Paulas Sache gewesen, und ich rechnete auch nicht damit, dass sie mich freudig strahlend empfangen würde, wenn ich so unerwartet auftauchte. Paula war und blieb meist ein wenig distanziert und bemühte sich stets, nicht in Situationen zu geraten, die sie nicht überblicken konnte. Ich fand es immer wieder reizvoll, sie hinter ihrem Schutzwall aus Souveränität und Beherrschtheit hervorzulocken und zu Spontaneität zu ermutigen.

An diesem Abend hatte ich mir jedoch zumindest ein kleines erleichtertes Lächeln erhofft – einen Funken Wiedersehensfreude. Aber sie stand in der offenen Wohnungstür und starrte mich an wie einen unwillkommenen Staubsaugervertreter. Das Herz rutschte mir in die Hose. Ich zwinkerte, überreichte ihr die Blumen mit einer übertriebenen Geste und fuhr mir durch die Haare.

»Hallo, Paula, hast du heute abend schon was vor? Oder komme ich sonstwie ungelegen?« versuchte ich die Situation aufzulockern und fabrizierte ein schiefes Lächeln.

Sie schüttelte langsam den Kopf. Blass ist sie, dachte ich plötzlich beklommen. Das verhalten optimistische Gefühl, auf dem richtigen Weg zu sein, schwächte sich deutlich ab. Paula war so perplex, dass ich bereute, nicht doch vorher angerufen zu haben. Verdruss mischte sich in meine Stimmung.

»Darf ich hereinkommen?« fragte ich, als sie immer noch nichts sagte, und trat einen Schritt näher.

»Ja, natürlich, komm doch. Ich bin so baff ...« Sie schüttelte ihre Erstarrung ab und gab die Tür frei. Im Flur nahm sie den Telefonhörer zur Hand. »Ich telefoniere gerade«, erklärte sie. »Geh doch schon mal ins Wohnzimmer. Ein paar Minuten, dann bin ich bei dir.«

Ich tat wie geheißen und stellte mich ans Fenster. Reizender Empfang, dachte ich, und dann stieg plötzlich die Befürchtung in mir auf, dass Paula längst Schluss gemacht hatte. Ich war bloß zu sehr mit mir selbst beschäftigt gewesen und hatte es nicht mitbekommen. Ich schluckte mühsam. Was für eine irrwitzige Idee. Oder doch nicht? Als ich ihre Schritte hinter mir hörte, wandte ich mich langsam um.

»Die Überraschung ist mir wohl nicht gelungen«, sagte ich und verschränkte die Arme vor der Brust, in der mein Herz heftig pochte.

Paula folgte der Bewegung mit wachen Augen und blieb vor mir stehen. »Und ob sie dir gelungen ist. Ich kann dir nur nicht sofort jubelnd um den Hals fallen. Das dürfte doch zu verstehen sein, oder?«

»Und nun bekomme ich nicht mal einen Kuss zur Begrüßung?« fragte ich.

Sie wies mit einem Kopfnicken auf meine Arme. »Darauf scheinst du ja sehr erpicht zu sein.« Das klang fast ein wenig amüsiert, aber eben nur fast.

Ich ließ die Arme sinken. Sie nahm meine Hände, betrachtete sie kurz, um dann hochzublicken, und einen Moment später küsste sie mich. Ich hätte zwei Stunden einfach so stehenbleiben können, aber Paula löste ihre Lippen rasch wieder von meinen und sah mir in die Augen.

»Hattest du das ernsthaft von mir erwartet, Ariane? Freudensprünge? Lichterketten?« fragte sie leise. »Ich kann es kaum glauben, dich so plötzlich und unerwartet zu sehen, nachdem du ebenso plötzlich und unerwartet eine Auszeit genommen hast und einfach verschwunden bist, ohne mir auch nur mit einer Silbe zu verraten, wo es dich hingezogen hat und warum.«

»Ich weiß, aber glaub mir, es war nötig.«

Wir setzten uns aufs Sofa. Paula rückte in ihre Ecke und schlug die Beine übereinander.

»Das hast du schon einige Male betont, aber ich weiß trotzdem nicht, was los war. Am besten, du erzählst einfach mal, jetzt, wo du wieder da bist.«

Einfach mal erzählen. Ich atmete laut aus. »Es ist alles andere als einfach.«

Paula zuckte die Achseln. »Dann ist es eben schwer. Aber ich will jetzt endlich wissen, was los ist. Deine Geheimniskrämerei macht es nur noch schwieriger.«

Ich sah sie an. »Lena ist tot.«

Paula zuckte zusammen und riss die Augen auf. »Was?«

»Sie hatte einen Unfall.«

Paula fuhr sich mit beiden Händen übers Gesicht. »Und woher weißt du das?«

Ich sah kurz zu Boden.

»Meine Güte, Ariane, rede endlich!« beschwor sie mich. »Was ist passiert? Hast du etwas damit zu tun?«

»Das ist ja genau der Punkt«, erwiderte ich und begann, die Ereignisse in Kurzform zu schildern, während Paula wie versteinert dasaß.

Als ich schließlich schwieg und auf meine Hände blickte, um ja Paula nicht ansehen zu müssen, herrschte für einen Moment absolute Stille.

»Monatelang hat die Frau dich weiterhin verfolgt – ihr habt euch quasi bekriegt! Dir ging es so schlecht wie selten zuvor, und in dieser Situation, in der du wirklich Hilfe gebraucht hättest, ziehst du dich völlig von mir zurück? Mehr noch: Du hast mich belogen, und zwar immer wieder! Warum?« fragte Paula schließlich. »Hast du denn überhaupt kein Vertrauen zu mir?«

»Ist das alles, was dir dazu einfällt?«

»Nein, ist es nicht, aber der Punkt ist wichtig für mich«, sagte sie. »Und es steht mir zu, dir diese Frage zu stellen. Du warst nämlich nicht die einzige, die unter all dem gelitten hat.«

Ich stand auf und trat wieder ans Fenster. »Ich habe es doch schon erklärt – ich bin da einfach nicht mehr rausgekommen, egal wie ich es versucht habe. Es wurde immer schlimmer und immer vertrackter, fast surreal ... Und immer wenn ich dachte, nun ist es endlich überstanden, war sie plötzlich wieder da ...«

Paula stand nun ebenfalls auf und war mit wenigen Schritten bei mir. »Mensch, Ariane, das kann doch alles nicht wahr sein: Jetzt, wo Lena nie mehr auftauchen wird, rückst du mit allem raus!« Sie stand dicht neben mir, und ich hörte ihren schnellen Atem. »Das ist verdammt spät!« Sie fasste nach meiner Schulter. »Begreifst du das denn nicht?«

Ich sah aus dem Fenster. Meine Augen brannten. Meine Güte, wie recht sie hatte.

»Sieh mich endlich an!« forderte Paula und drehte mich zu

sich um. »Ich könnte dich ... schütteln!« Sie war wirklich wütend, nein – erschüttert. »Du hättest es verdient.«

»Ja.« Das klang sehr kleinlaut.

»Ganz sicher?«

»Ja doch!«

»Das ist ja immerhin etwas. Dann kannst du mir jetzt wohl wenigstens sagen, wie es weitergeht, oder?« Ihr Blick ließ mich nicht los. »Mit der Großmutter hast du dich lang und breit unterhalten, sie macht dir keine Vorwürfe, aber letztlich wird nie herauskommen, was den Unfall ausgelöst oder begleitet hat, nicht wahr? So habe ich es doch richtig verstanden?« Paula ließ die Hände sinken.

»Hast du.« Ich nickte.

»Und nun?«

»Wie – und nun?«

»Was passiert jetzt? Oder gehst du nach all dem einfach wieder flott zur Tagesordnung über?«

»Was soll ich denn sonst machen? Ein bisschen Tagesordnung täte mir richtig gut, die hatte ich nämlich eine ganze Weile nicht«, hielt ich ihr entgegen.

»Aber das kann doch nicht alles sein«, beharrte Paula.

»Im Augenblick schon – vergiss bitte nicht, dass ich erst seit einigen Stunden wieder zu Hause bin und erst mal den Wunsch hatte, dich zu sehen, meine Herzallerliebste, und mit dir zu reden, bevor ich mir ein ausgeklügeltes Lebensgestaltungskonzept für die nächste Zeit erarbeite«, erwiderte ich in sarkastischem Ton und steckte die Hände in die Hosentaschen.

Paula verdrehte die Augen. »Ach, Ariane, spiel hier bitte nicht die Eingeschnappte! Das ist völlig unangemessen. Mit deiner Herzallerliebsten hättest du schon vor Monaten reden können und müssen, wie ja wohl inzwischen klar sein dürfte. Ansonsten sieht die ganze Geschichte in der Zusammenfassung jetzt ungefähr so aus: Nach monatelangem, teilweise unerklärlichem Kleinkrieg zwischen euch beiden ist Lena bei einem Unfall ums Leben gekommen, die Großmutter hat dir verziehen beziehungsweise geht ganz pragmatisch davon aus, dass man die wahren Ursachen ohnehin nicht mehr herausfinden kann. Außerdem teilt sie sogar deine Abneigung gegen Lena, und du steigst wieder in dein Leben ein, nachdem du mir im nachhinein Bericht erstattet hast. Entspricht das in etwa dem Ablauf?«

»Du brauchst gar nicht so zynisch zu sein!« schnauzte ich sie an und zog die Hände wieder aus den Taschen. »Ich habe seit letztem Herbst die Hölle durchlebt und in den vergangenen Wochen irgendwie versucht, da wieder herauszukommen – allein, weil ich der Meinung war, dass das nur mich was angeht. Und nun machst du mir Vorhaltungen, weil ich erleichtert bin, dass es vorbei ist und ich endlich mein normales Leben wieder aufnehmen kann! Na, vielen Dank!« Ich marschierte zu einem der Sessel und warf mich hinein.

Paula sah mir unbeeindruckt nach. »Du hast nichts verlauten lassen, als der Stress am größten war, hast dich herausgeredet auf Kosten unserer Beziehung, um immer tiefer in dieser Geschichte zu versinken. Jetzt scheint der erste Knoten gelöst zu sein und du stellst dir noch nicht mal die Frage, warum es überhaupt so weit kommen konnte und warum du so lange geschwiegen hast«, beharrte sie und lehnte sich ans Fensterbrett.

»Natürlich stelle ich mir diese Frage.«

»Und wie lautet die Antwort? Du hast dich drei Wochen in diesem Garten verkrochen – wie lautet die Antwort?«

Ich zog die Augenbrauen hoch. »Deine Art gefällt mir überhaupt nicht, Paula. Wir sind hier nicht bei der Kripo.«

»Nein, sind wir nicht, aber ich habe nicht vor, dir unbequeme Fragen zu ersparen, um es dir möglichst gemütlich zu machen – das hilft dir nämlich keinen Deut weiter«, erwiderte Paula.

»Klasse, dass du so gut weißt, was mir weiterhilft.«

»Das habe ich nicht gesagt.«

»Stimmt.« Ich hob kurz die Hand. »Du hast gesagt, was mir *nicht* weiterhilft. Das ist natürlich eine sagenhafte Leistung.«

»Im Gegensatz zu deiner ganz bestimmt.«

Ich biss die Zähne zusammen. »Vielleicht sollte ich besser wieder gehen. So kommen wir ohnehin nicht weiter.«

Paula zuckte mit den Achseln. »Ja – geh nach Hause und denk endlich einmal darüber nach, warum du immer wieder zuschlägst. Das ist hier nämlich eine der zentralen Fragen, meine Liebe, und neben deiner merkwürdigen Bereitschaft, ein ums andere Mal auf Lena einzugehen, wohl der allerwichtigste Punkt in der ganzen Geschichte.«

Ich spürte, wie ich bleich wurde. Mein Herzschlag verdoppelte sich. Meine Hände verkrampften sich. Am liebsten wäre ich aufgesprungen und türenknallend hinausgerannt, um Paula und ihre ach so klugen Einsichten hinter mir zu lassen. Nur mit Mühe konnte ich den beinahe übermächtigen Impuls unterdrücken.

»Danke für die Belehrung, aber soweit bin ich mit meinen Überlegungen auch schon gekommen«, presste ich hervor.

»Und warum beschäftigst du dich dann nicht damit? Was muss denn noch passieren?«

»Mein Gott, Paula, sei doch um Gottes willen nicht so überheblich und verdammt neunmalklug!« schnauzte ich sie an. »Lenas Verhalten hätte die meisten anderen Menschen zur Weißglut getrieben, vielleicht sogar dich kühles Gemüt. Sie war einfach nur fies, und irgendwann brennt jedem die Sicherung durch«, fuhr ich mit bebender Stimme fort. »Ich habe die Nerven verloren – ja. Das ist problematisch – ja. Aber es macht mich noch lange nicht zu einer gestörten Schlägerin. Gestört war Lena.«

»Hier geht es aber um dich und nicht um all die zigtausend anderen Menschen, mit denen du dich gerade vergleichst, weil es so schön passt«, entgegnete Paula. Sie kam mit langsamen Schritten näher und setzte sich auf die Armlehne meines Sessels. »Es geht auch nicht mehr um Lena, sondern um dein Verhalten, deine Gewaltbereitschaft. Das ist das eine. Das andere ist die schlichte Frage, die du dir selbst schon mehrfach gestellt hast: Wieso konnte Lena soviel Macht über dich gewinnen? Was ist der Grund dafür?«

Ich schüttelte den Kopf und spürte, wie mein Zorn verrauchte. »Ich weiß es nicht. Meine Güte, du hast doch mitbekommen, wie das am Anfang war ... Zum hundertsten Mal: Ich bin da einfach reingerutscht und plötzlich hing ich fest. Ja, so ein Gefühl war das. Ein Scheißgefühl – nebenbei bemerkt. Schuld, Angst, alles mögliche. Ein Alptraum.«

Paula beugte sich vor und legte mir den Arm um die Schultern. »Ja, so klingt es«, sagte sie auf einmal besonnen.

Ich schloss kurz die Augen und wartete darauf, dass sie fortfahren würde, aber zu meiner Verblüffung schwieg Paula.

»Und weiter?« fragte ich.

»Das weißt du doch selbst.«

»Bist du sicher?«

Paula lächelte. »Na ja ...«

Ich stupste sie in die Seite. »Nun sag schon.«

»Du willst die Sache geklärt wissen – an der Oberfläche. Das reicht aber nicht bei Alpträumen.«

»So oberflächlich finde ich mich gar nicht.«

Sie sah mich an.

»Paula, du weißt doch, dass ich keine besonders schöne Kindheit hatte und kein glückliches Verhältnis zu meiner Mutter – darüber haben wir schon gesprochen«, sagte ich, als sie schwieg. »Darüber habe ich sogar mit meiner Mutter gesprochen und mit meiner Schwester. Ich weiß doch, wo meine Wut herkommt. Was soll ich denn noch machen?«

»Vielleicht steckt noch mehr dahinter«, überlegte Paula. »Etwas, was man auf den ersten Blick gar nicht sieht. Und mit den Alpträumen ist das ohnehin so eine Sache – selbst wenn man ihre Hintergründe kennt, braucht es lange, um nicht mehr zu erschrecken. Ich kann mir beispielsweise tausendmal sagen, dass ich schlank bin, ich weiß es auch – trotzdem habe ich immer wieder das Gefühl, ein Pummel zu sein, und verspüre das Bedürfnis, meinen Hunger eben nicht zu stillen, sondern auszuhalten. Was sich aber ändert, ist meine Reaktion. Ich bin nicht mehr ängstlich und panisch oder höchstens ein paar Sekunden lang, sondern vielleicht einfach nur missmutig, unruhig, nervös, und damit kann man umgehen. Es dauert zwar eine Weile, aber man kriegt es hin. Hast du schon mal daran gedacht, dir ... ähm, professionelle Hilfe zu suchen?« Die Frage kam deutlich zögernd hinterher.

»Ich soll mir eine Therapeutin suchen?«

»Warum denn nicht? Auf die Idee sind auch schon andere gekommen.«

»Jetzt ist also der Vergleich mit anderen wieder erlaubt?« fragte ich mit hochgezogenen Augenbrauen.

Wir lächelten uns zum ersten Mal an. Ich zog Paulas Kopf zu mir herunter. Plötzlich küssten wir uns. Heftig, gierig, atemlos. Ich fuhr unter Paulas Shirt, umfasste ihre kleinen Brüste, sie öffnete meine Hose, stöhnte in mein Ohr. Wir glitten auf den Teppich, rissen uns die Sachen vom Leib, als hätten wir höchstens zwei Minuten Zeit und danach nie wieder Gelegenheit, miteinander zu schlafen. Paula rollte sich auf mich, ich umschlang ihre Hüften mit den Beinen.

»Ich krieg das schon hin, Paula, glaub mir«, flüsterte ich heiser und biss ihr in den Hals. »Es wird alles wieder gut.«

Sie bewegte sich auf mir, und ich presste meine Hände auf ihren Po.

»Hörst du, Paula?«

»Sei endlich still!«

Das war ein eindeutiger Befehl, dem ich sofort nachkam.

Später öffnete ich den Prosecco, und wir tranken aus einem Glas. Paula stellte die Blumen in eine Vase, dann kuschelten wir uns aufs Sofa. Ich sah zur Uhr. Es ging bereits auf elf zu, und um die Zeit verschwand Paula in der Regel im Bett, um fit für den Wochenbeginn zu sein. Sie folgte meinem Blick.

»Machst du heute eine Ausnahme? Sozusagen zur Feier des Tages?« fragte ich. »Oder bist du noch nicht müde?«

»Ich habe morgen frei«, sagte sie.

»Ach, das wusste ich nicht.«

»Wie denn auch?« Sie räusperte sich vernehmlich. »Ich habe eine Woche Urlaub, vielleicht sogar anderthalb, wenn Bruno und Co. alleine klarkommen.«

»Das ist nicht besonders gut getimt«, stellte ich seufzend fest. »Ich muss morgen früh gleich erst mal ins Büro. Ich schätze, da herrscht sowieso dicke Luft ...«

»Moment mal – wie darf ich das verstehen?«

Ich sah sie an. »Na, im Job war ich in letzter Zeit auch nicht gerade in Topform und ...«

»Nein, das meine ich nicht. Wer hat was nicht besonders gut getimt?« fragte Paula.

»Hab ich das gesagt?«

Sie verdrehte die Augen. »Ja, Ariane, das hast du gesagt, und ich hoffe doch sehr, dass du damit nicht mich und meine Urlaubspläne meinst.«

»Nein, schon gut, nur die Ruhe. Es war eine allgemeine Bemerkung, eine Feststellung sozusagen und nicht mal ansatzweise ein Vorwurf. Sei doch nicht so empfindlich«, schob ich hinterher.

»Bin ich nicht.«

»Bist du doch.«

Ich grinste sie an, sie grinste zurück. Es wird schon, dachte ich, ganz bestimmt. Wir sind ein gutes Team, und Konflikte sind dazu da, gelöst zu werden. Das schaffen wir schon.

»Ich fahre übrigens nach Freiburg«, sagte Paula.

»Wann?«

»Morgen mittag wahrscheinlich. Ich muss mich noch mit Britta absprechen. Wir helfen Rieke und Toni einige Tage beim Renovieren des Hotels.«

Ich machte große Augen. »Ach? Bist du handwerklich so ein As? Das wusste ich gar nicht«, wandte ich ein. Den winzigen Stich in der Herzgegend versuchte ich zu ignorieren.

Paula lächelte. »Überhaupt nicht. Ich kann noch nicht mal Nägel und Schrauben auseinanderhalten, und beim Tapezieren sollte man mich tunlichst nicht einplanen. Aber die anderen meinten, ich könnte ja die Einkäufe erledigen, die Arbeit einteilen, organisieren und so weiter. Die ordnende Hand sozusagen.«

»Ja, das ist deine Stärke«, stimmte ich zu und nahm ihre Hände. »Ihr habt seit einiger Zeit viel miteinander zu tun – ich meine: du und Rieke.«

»Ja, der Kontakt tut mir gut. Und Rieke ist auch froh, dass wir uns die Freundschaft erhalten haben.« Sie machte eine kurze Pause. »So bekomme ich auch mit, dass es ihr gutgeht«, schob sie dann hinterher.

»Schlechtes Gewissen?« tippte ich. »Das ist meiner Erfahrung nach kein guter Ratgeber, schon gar nicht, wenn eine Beziehung beendet ist.«

»Mag sein, aber sie hat wirklich viel für mich getan, und außerdem: Ich mag sie sehr, nach wie vor.«

Ich war nicht ganz sicher, ob ich das überhaupt hören wollte, und nickte beiläufig. So was fehlt mir, dachte ich plötzlich. Ein paar nette Freundinnen, oder auch nur eine, die ich nicht vom Job oder vom Sport kannte, mit der man Kaffee trank, klönte, feierte, renovierte und sich über die Beziehung auslassen konnte. Warum auch immer – solche Frauen gab es in meinem Leben nicht mehr.

»Dann bist du also ab morgen nicht mehr in Berlin?« fragte ich nach kurzem Schweigen.

»Ja, mindestens bis nächsten Sonntag, vielleicht sogar länger.«

Fahr nicht weg, fuhr es mir durch den Kopf. Lass mich nicht allein, bitte, nicht jetzt, nicht morgen. Rieke braucht dich nicht. Ich brauche dich. Ich habe eine seltsame Angst in mir.

Ich nickte. »Verstehe.«

»Bleibst du über Nacht hier?« fragte sie mit schelmischem Lächeln.

»Soll ich?«

»Hm, ja ... Dann könnten wir nämlich rüber ins Bett gehen. Da ist es viel bequemer.«

»Bequemer für was?« fragte ich unschuldig.

»Zum Schlafen natürlich, was dachtest du denn?«

»Na, ich dachte ... wir setzen unsere kleine Körpererkundungstour von vorhin fort.«

»Das ist natürlich auch eine Möglichkeit.«

Paula war schneller aufgestanden und unter die Bettdecke geschlüpft als ich. Später schlief ich ein mit ihrem Duft in der Nase, ihrem Schweiß auf den Lippen und einem wohligen Gefühl der Geborgenheit – für den Moment frei, sorglos, geliebt.

## 15

Es war ziemlich ernst, das wurde mir nach kaum einer Stunde im Büro klar. Ich hatte einige schwerwiegende Fehler gemacht und Entscheidungen zu verantworten, mit denen ich meine Position in der Firma aufs Spiel gesetzt hatte. Ein langes Gespräch mit dem Geschäftsführer machte mir deutlich, dass ich eine letzte Chance hatte, meinen Job zu behalten, indem ich geradebog, was irgendwie geradezubiegen war, mich entschuldigte, wo ich Grenzen überschritten hatte, klaglos Überstunden machte, auf Hochtouren lief – kurzum für einen reibungslosen Ablauf in meiner Abteilung sorgte und mich wieder so auf meine Arbeit konzentrierte, dass ich an meine früheren Spitzenleistungen anknüpfte.

Nachdem ich die ersten Hürden einigermaßen elegant genommen hatte, lief es von Tag zu Tag runder. Ich kam wieder rein. Ich wusste wieder, was ich warum tat. Ich war noch kein sprühendes Energiebündel, aber ich fühlte mich auf dem besten Weg dahin. Ich hatte nur noch wenig Freizeit, und so ungern ich Paula hatte ziehen lassen, so froh war ich wenige Tage später, sie beschäftigt zu wissen, und diesmal freute ich mich tatsächlich, als sie eine zweite Woche Urlaub genehmigt bekam. Ich war ohnehin zwölf bis vierzehn Stunden unterwegs und fiel abends todmüde ins Bett oder schlief vor dem Fernseher ein. Wenn sie spontan die Idee gehabt hätte, ein paar Tage in die Berge oder ans Meer zu fahren, statt mit Rieke ein Hotel zu renovieren, wäre meine Begeisterung sicher größer gewesen. Aber das behielt ich für mich.

Dass ich hin und wieder unter ungewöhnlich starken Kopfschmerzen litt, wunderte mich nicht. Jedenfalls zunächst nicht. Die Anspannung war sehr groß – die vergangene ebenso wie die aktuelle, die durch meinen Job bedingt war. Es dauerte gar nicht lange und ich benötigte spätestens mittags meine Ration Schmerztabletten, zunächst zwei Stück, und als der Herbst vor der Tür stand, waren es häufig sogar zweimal zwei. Maren hörte irgendwann auf, mich zu einem Arztbesuch überreden zu wollen. Sie vereinbarte einfach einen Termin und schickte mich hin. Als ich zurückkehrte, hatte ich ein triumphierendes Lächeln auf dem Gesicht.

»Alles völlig in Ordnung«, erklärte ich. »Ein bisschen Stressmigräne, das ist alles. Darunter leiden Hunderttausende. Deine Aufregung war also völlig umsonst.«

»Du machst diesen Job seit Jahren«, entgegnete Maren unbeeindruckt. »Und hast nie Kopfschmerzen gehabt oder höchstens einmal im Jahr, von Migräne ganz zu schweigen.«

»Tja, denk mal, die Zeiten ändern sich eben«, sagte ich betont locker. »Körper und Symptome auch.«

»Na, wenn du meinst.«

Ich nickte. »Ja, meine ich. Was liegt heute noch an?«

Was ich Maren nicht erzählt hatte, war die Warnung des Arztes, mit dem Medikament sparsam umzugehen und bei nicht nachlassenden Beschwerden einen Facharzt zu konsultieren. Aber ich hatte nicht vor, von einem Spezialisten zum anderen weitergereicht zu werden, um dann nach Wochen den Rat zu hören, ich solle lernen, mich vernünftig zu entspannen. Ich nahm brav und auch von Paula unbemerkt die Tabletten, wenn der nächste Schub sich ankündigte, freute mich, wenn ich mal ein, zwei Tage Ruhe hatte und konzentrierte mich ansonsten auf die Herbstmarathons und die Vorbereitung der Wintersaison. Von kleinen Zipperleins hatte ich mich noch nie lange aufhalten lassen.

Lena war immer weniger ein Thema. Ab und an tauchte sie in meinen Träumen auf, was ich zwar lästig, aber verständlich fand und relativ gelassen hinnahm. Solange sie mich tagsüber nicht bedrängte und keine Rolle mehr spielte, konnte ich damit leben. Dass Paula mich immer wieder mit Argusaugen beobachtete, war schwerer zu ertragen, aber ich signalisierte ihr unverdrossen, dass sie sich entspannen könnte, denn nach dem Sturm der letzten Zeit sei nun alles in bester Ordnung. Sie war nicht begeistert, dass ich die Sache klammheimlich auf sich beruhen ließ und nichts unternahm, um meinen Seelenfrieden langfristig sicherzustellen. Immer wieder erinnerte sie mich daran, dass derart aufreibende Geschichten häufig als Bumerang zurückkämen und sie ein Lied davon singen könnte. Als ich sie grinsend um die erste Strophe bat, fand sie das gar nicht lustig.

Dennoch rückte das Geschehen, das mittlerweile vor nahezu einem Jahr seinen Anfang genommen hatte, immer mehr in den Hintergrund, und allmählich traute ich mich, auf die Sache mit dem Bumerang zu pfeifen. Zumindest leise. Schließlich kam nicht jeder Bumerang wieder zurück. Wenn man ihn weit genug schleuderte und sich rasch davonmachte ...

An einem kühlen Tag Anfang Oktober – Paula und ich hatten uns einige Tage nicht gesehen – lernte ich Santana kennen. Sie saß in Paulas Lieblingssessel und sah mich aus unergründlichen grüngelben Augen verächtlich an, während ich stocksteif in der Tür zum Wohnzimmer stehenblieb.

»Meine Güte, was ist das denn?« entfuhr es mir, und ich wandte mich zu Paula um, die gerade hinter mir auftauchte und mich angrinste. »Na, was kann das wohl sein?« fragte sie.

»Dass das keine westafrikanische Antilope ist, sehe ich. Wie kommst du denn an diese Katze?«

»Tja, das ist eigentlich ganz einfach zu erklären«, antwortete Paula.

»Freut mich, dann leg mal los. Ich kann nur hoffen, dass du jetzt nicht dein Herz für Katzen entdeckt und dir mal eben eine zugelegt hast«, entgegnete ich. Unruhe stieg in mir hoch. Ich trat zwei Schritte zurück. Bestimmt nicht, dachte ich, Paula doch nicht. Was soll ausgerechnet sie mit einer Katze?

»Magst du einen Kaffee?« fragte Paula. »Dabei kann ich dir alles erzählen.«

»Gute Idee, aber lass uns in die Küche gehen.«

Paula lachte. »Meine Güte, sie beißt nicht, und sie ist auch nicht scharf auf deinen Kaffee, aber wir können uns natürlich auch drüben an den Tisch setzen.«

»Das hört sich gut an.«

Ich warf der Katze einen letzten Blick zu, den diese völlig ignorierte, und folgte Paula mit eiligen Schritten in die Küche. Dort roch es nach frischem Kaffee.

»Also?« fragte ich, während Paula Tassen bereitstellte und einschenkte. »Nun mach es doch nicht so spannend! Wer ist das kleine Raubtier da drüben?«

Paula setzte sich zu mir. »Das ist Santana. Sie gehört meiner Kollegin Silvia.«

»Wie schön für Silvia.«

»Silvia ist gestern nach Brasilien geflogen. Dort wird sie ungefähr vier Wochen bleiben, vielleicht sogar sechs, das hängt von verschiedenen Faktoren ab ...«

Ich verdrehte die Augen. »Sag nicht, dass du dich hast breitschlagen lassen, die Katzenmami zu spielen.«

»Doch, genau das«, stimmte Paula zu. »Die Sache hat nur einen Haken, einen ziemlich großen sogar, den ich blöderweise nicht ernst genug genommen habe – ich darf laut Mietvertrag keine Tiere halten, schon mit einem Goldhamster bekäme ich wahrscheinlich Probleme. Darauf hat meine Vermieterin mich damals ausdrücklich hingewiesen, als ich mich entschloss, die Wohnung zu nehmen.«

»Nicht mal für einige Wochen? Wer soll denn das merken?«

»Genau das dachte ich auch«, sagte Paula. »Aber denkste. Frau Kellermann, die Hausbesitzerin, sieht regelmäßig nach dem Rechten und hat gestern bei ihrem Rundgang Santana am Fenster sitzen sehen. Sie stand sofort bei mir auf der Matte – tobend.«

»Sie hat kein Herz für Tiere? Hm, kann ich gut verstehen«, kommentierte ich leise.

»Was?«

»Schon gut.«

»Irgendwann muss ihr wohl mal ein Mieter eine Wohnung ziemlich verwahrlost hinterlassen haben – voller Tierdreck, stinkend, die Tapeten zerfetzt und so weiter«, fuhr Paula fort. »Seitdem reagiert sie allergisch und lässt keine Ausnahme zu. Ich musste ihr hoch und heilig versprechen, Santana unverzüglich anderweitig unterzubringen, sonst habe ich eine Klage am Hals. Die gute Frau war wirklich völlig außer sich und kaum wieder zu beruhigen.«

»Na, so flott geht das mit einer Klage nun auch wieder nicht«, beschwichtigte ich. »Die Gerichte haben anderes zu tun, als sich ausgerechnet bei solchen Geschichten zu beeilen.«

»Darauf möchte ich mich aber nicht unbedingt verlassen. Immerhin ist Silvia nicht nur ein paar Tage, sondern mehrere Wochen unterwegs, und in der Zeit hat die Kellermann längst einen Aufstand angezettelt«, sagte Paula. »Und ich will mich so oder so weder mit einer Klage noch mit einer Einstweiligen Verfügung oder sonst was in der Richtung auseinandersetzen müssen. Also muss ich schnell eine andere Lösung für Santana finden.«

Ich trank einen Schluck von meinem Kaffee. »Aha, und wie? Gibt es andere nette, katzenerfahrene Kolleginnen bei euch, die das Tier aufnehmen können?«

Paula schüttelte den Kopf. »Nein, da habe ich schon nachgefragt. Zwei von ihnen haben selbst Haustiere, die sich nicht mit Katzen vertragen, und ein weiterer hilfsbereiter Kollege ist leider allergisch.«

»Hm, dann bring sie doch in eine Pension oder Pflegestelle«, schlug ich in forschem Ton vor.

»Das hat Silvia schon mal gemacht – es klappte nicht besonders gut. Santana war hinterher völlig abgemagert, und die anderen Katzen sahen ein wenig zerzaust aus«, berichtete Paula. »Das kann man also vergessen.«

»Verstehe.« Das ist aber nicht mein Problem, fügte ich in Gedanken hinzu. Und ich werde es auch nicht zu meinem machen. Ganz sicher nicht.

Paula lehnte sich zurück und trank genüsslich einige Schlucke Kaffee.

»Ich habe mir gedacht, dass du sie nehmen könntest«, erklärte sie dann in fröhlichem Ton.

Ich fuhr hoch. »Ich? Bist du verrückt? Was soll ich mit einer Katze? Ich kann Tiere nicht ausstehen, wie du weißt, und Katzen befinden sich dabei ganz oben auf meiner Liste, sozusagen an erster Stelle.«

»Meine Güte, komm wieder runter, ich weiß ja, dass du keine Tiernärrin bist«, beschwichtigte Paula mich verblüfft. »Aber du müsstest dich doch gar nicht groß mit ihr befassen. Ein Schälchen Fressen, ein Schälchen Wasser, ab und an das Katzenklo säubern, und außerdem bist du den ganzen Tag außer Haus ...«

»Vergiss es!« unterbrach ich sie hektisch. »Damit will ich nichts zu tun haben. Das ist einfach nicht mein Problem.«

Paula stöhnte leise. »Es ist doch nur für einige Wochen ...«

»Nein!« gab ich zurück. »Du hast deiner Kollegin versprochen, ihr zu helfen – nun klappt das nicht, und jetzt soll ich einspringen. Ich will aber nicht.«

Paula sah mich mit gerunzelter Stirn an. »Deine Hilfsbereitschaft ist ja wirklich grenzenlos. Sei doch nicht so garstig!«

»Ich bin nicht garstig«, gab ich zurück. »Nur ehrlich und direkt. Überleg dir was anderes. Hast du denn keinen Schlüssel zu Silvias Wohnung? Die Katze könnte dort versorgt werden«, schlug ich vor und war ganz begeistert von meiner Idee.

Paula schüttelte den Kopf. »Nein, hab ich nicht, außerdem ist das unmöglich. Für ein Wochenende oder auch mal fünf Tage könnte man ihr das zumuten, aber über so viele Wochen nicht – dann jammert sie das ganze Haus zusammen. Den Fall hatte Silvia schon mal, und anschließend haben die Nachbarn sie wochenlang nicht gegrüßt.«

»Mir kommen die Tränen, aber ich möchte trotzdem keine Katze in meiner Wohnung, auf keinen Fall. Ich kann die Viecher einfach nicht ausstehen.«

Diese Biester, dachte ich. Wie kann man sich nur freiwillig mit ihnen abgeben?

Paula sah mich irritiert an. »Warum machst du eigentlich so ein Theater? Meine Güte, dann eben nicht, das habe ich jetzt verstanden. Ich werde Georg anrufen. An den hatte ich bislang noch nicht gedacht. Der hat ein Häuschen in Teltow und einen Kater.«

»Hervorragende Idee. Tu das – am besten gleich.«

Paula schwieg einen Moment, dann stand sie abrupt auf und holte ihr Telefon. Wie sich herausstellte, war Georg von der Idee auch nicht besonders angetan, da Santana eine Wohnungskatze war und sein Kater Juri ein jahrelang erprobter Freigänger. Georg hatte keine Lust, auf die Katzendame aufzupassen und womöglich zur Verantwortung gezogen zu werden, wenn Santana sich verlief und nicht zurückkehrte. Oder zurückkehrte und Blessuren vom rauhen Alltagsleben in der Katzengemeinde mitbrachte. Paula plauderte noch einige Minuten mit Georg über Rieke und Toni und ihre Ambitionen als Hotelfrauen und verabschiedete sich dann herzlich, während ich mich langsam beruhigte.

»Und nun?« hakte ich nach.

»Gute Frage.« Sie lehnte sich in ihrem Stuhl zurück und warf mir einen ihrer berühmten prüfenden Blicke zu. »Warum reagierst du eigentlich so heftig, wenn ich mal fragen darf?«

»Darfst du«, antwortete ich so entspannt wie möglich und setzte sogar ein Lächeln auf. »Ich bin vielleicht nicht körperlich allergisch gegen Katzen, aber ganz sicher psychisch. Allein der Gedanke, mit diesem Tier in meinen eigenen vier Wänden ...«

»Und wo kommt das her?«

»Keine Ahnung. Ich will sie einfach nicht um mich haben. So was soll es ja geben. Manche Menschen kriegen einen Anfall, wenn sie Spinnen oder Schlangen sehen, bei mir sind es eben Katzen. Ich kann sie wirklich nicht leiden.«

»Hm.«

»Was soll denn das jetzt heißen?« fragte ich gereizt und versteckte meine unruhigen Hände. »Dieses *Hm* klingt schon wieder arg nach Ursachenforschung auf höchstem klinischen Niveau.«

»Du reagierst ein bisschen übertrieben«, stellte Paula in ihrer unnachahmlich sachlichen Art fest. »Könntest du deine Abneigung nicht überwinden und die Katze doch aufnehmen – übergangsweise –, und ich versorge sie jeden Tag, während ich schnellstmöglich nach einer anderen Lösung suche?«

»Du machst es dir ein bisschen leicht, findest du nicht?« entgegnete ich, während mein Puls sich wieder beschleunigte. »Ich reagiere deiner Ansicht nach übertrieben und soll das gefälligst ändern. Such doch nach einer anderen Lösung und lass sie so lange noch bei dir. Davon geht die Welt nicht unter, und deine Vermieterin wird es auch überleben.«

»Ariane, bitte!« beschwor sie mich eindringlich. »Frau Kellermann macht mir die Hölle heiß – schlimmer als du, was ja wirklich etwas heißen will! Ich brauche schlicht deine Hilfe. Du musst doch die Katze nicht mögen, du gibst ihr nur für eine gewisse Zeit ein Dach über dem Kopf. Ist das wirklich zuviel verlangt?«

Ja, dachte ich, das ist es. »Gibt es denn keine Nachbarin, die vielleicht ...?«

»Nein«, sagte Paula. »Ich habe vorhin sogar schon bei meiner Mutter nachgefragt. Aber die hat Angst um ihre Gardinen und die neue Couchgarnitur, obwohl ich ihr versichert habe, dass Santana andere Interessen hat. Sie verkriecht sich gerne, klettert über Regale und ist wirklich pflegeleicht.«

»Aber welche Lösung willst du denn noch finden, wenn du jetzt schon überall Absagen erhalten hast?« ließ ich nicht locker.

»Mir wird schon noch was einfallen«, erwiderte Paula mit Nachdruck. »Bitte, Ariane, das kannst du mir nicht abschlagen!«

Wir drehen uns im Kreis, dachte ich mit einer beängstigenden, seltsam heftigen Verzweiflung. Und Paula hatte recht – wenn ich mich weiterhin weigerte, noch dazu in diesem hektisch angespannten Ton, würde das nur auffallen und Fragen provozieren, die ich nicht gebrauchen konnte. Ich spürte den vertrauten Schmerz hinter der rechten Stirnhälfte. Er zog sich von dort wellenartig über den Schädel und begann an seiner Lieblingsstelle ein Loch zu bohren.

»Nur für ein paar Tage, sagen wir: eine Woche. Wenn ich bis dahin wirklich nichts anderes gefunden habe, bringe ich sie doch in eine Pension«, beschwor Paula mich mit Engelszungen. Sie spürte, dass meine Abwehr erlahmte. »Pass mal auf – hinterher bist du so begeistert, dass du sie gar nicht mehr hergeben willst.«

»Haha, wie komisch«, erwiderte ich, während ich meinen Kopf in die Hand stützte und so unauffällig wie möglich mit den Fingerkuppen über die schmerzende Stelle rieb.

»Außerdem bin ich ja bei dir – so oft wie möglich. Ist das nichts?« Sie strahlte mich an.

»Doch, das ist was.«

Ich stand mühsam lächelnd auf und ging auf die Toilette. Dort schluckte ich drei Tabletten. Meine Hände zitterten. Ich hatte Angst, und ich wusste nicht warum. Ich wusste nur, dass das niemand erfahren durfte.

Santanas Fell war schwarz-braun-rot, wobei der schwarze Anteil überwog. Als Paula die Katze zwei Stunden später in meiner Wohnung aus ihrer Transportbox ließ, warf sie mir einen kurzen, schrägen Blick zu und begab sich auf einen ausgedehnten Rundgang. Sie war zierlich und sprunggewaltig, und sie bewegte sich wie ein Panther, der sich aus lauter Langeweile auf eine kleine Erkundungstour machte. Pfoten vertreten. Hüften lasziv schwingen. In Besitz nehmen. Geschlossene Türen öffnete sie zu meinem Entsetzen, indem sie mit lässiger Selbstverständlichkeit auf die Klinke sprang. Paula lachte. Dann richtete sie Santana eine Fressecke in meiner Küche ein, deponierte Futter im Kühlschrank und das Katzenklo im Abstellraum neben dem Bad. Sie beeilte sich, als befürchtete sie, ich könnte doch noch einen Rückzieher machen, erklärte dies und das und jenes und wirkte sehr zufrieden, während sie mich ständig darauf hinwies, dass Santana ein verschmustes, pflegeleichtes Tier war, dem man unmöglich mit Abneigung begegnen konnte. Woher wollte sie das wissen? Außerdem – sie war das Biest ja auch los.

»Soll ich heute nacht hierbleiben?« fragte Paula später. »Und dich vor Santana beschützen?«

Sie wollte mich sicher nur necken, dennoch konnte ich Paulas Belustigung nur schwer ertragen – um so schwerer, als ich ihr lediglich hätte Einhalt gebieten können, wenn ich entschieden deutlicher geworden wäre. Und genau das konnte ich nicht.

Ich lächelte schief. »Nicht nötig. Ich komme schon klar.« Ich wollte allein sein, wenn ich mit rasendem Herzklopfen im Bett lag und mich kaum zu rühren traute.

Zehn Minuten später blies Paula zum Aufbruch. Sie wünschte mir noch einen schönen Abend. Ich winkte ihr mit einem kläglichen Lächeln hinterher.

Kaum war die Tür ins Schloss gefallen, hielt ich Ausschau nach Santana. Ich musste wissen, wo sie war. Der Gedanke, dass sie in irgendeiner Ecke saß und mir auflauerte, war unerträglich. Als ich sie eine geschlagene halbe Stunde später auf meinem Bücherregal im Wohnzimmer entdeckte, zuckte mein rechtes Augenlid, und die Kopfschmerzen waren zurückgekehrt. Santana blickte auf mich hinunter. Mit sanftem Tadel, wie mir schien, und zugleich amüsiert.

»Du hast überhaupt keine Ahnung«, flüsterte ich zu ihr hoch. »Sitzt da oben und hältst dich für die Größte, stimmt's? Wie viele von deinen sieben Leben hast du schon verbraucht?«

Eine Antwort bekam ich nicht.

In dieser Nacht schlief ich keine zwei Stunden. Entweder lag ich angespannt wie ein Flitzebogen im Bett und starrte Löcher in die Dunkelheit oder ich tapste durch die Wohnung, um zu überprüfen, was Santana wo anstellte. Das Schlafzimmer schloss ich vor und nach jedem Rundgang ab. Kaum war ich mal einige Minuten eingedöst, sprang das kleine Biest auf die Klinke, und ich fiel vor Schreck fast aus dem Bett. Als ich um sechs aufstand, war ich wie gerädert und hatte Kopfschmerzen, noch bevor ich den ersten Kaffee getrunken hatte. Ich biss lustlos in mein Frühstücksbrot, nachdem ich Santanas Schüssel gefüllt sowie frisches Wasser bereitgestellt hatte, und verließ die Wohnung eine halbe Stunde vor der Zeit.

Als ich abends nach Hause kam, waren drei Pflanzen angefressen, ein Bild von der Wand gefallen, eine Buchreihe stand nicht mehr im Regal, und Santana fand ich erst nach einer Stunde mühsamen Suchens. Sie hatte sich inmitten meiner Pullover gemütlich im Wäschekorb eingerichtet und blinzelte mich empört an. Immerhin hatte sie ihr Geschäft ordnungsgemäß in ihre Toilette gemacht. Ich räumte rasch auf, während ich mich immer wieder nach ihr umschaute, und quartierte mich dann kurzerhand bei Paula ein. Angeblich hatte ich unvorstellbare Sehnsucht nach ihr. Dort schlief ich zwar länger, aber auch nicht viel besser; außerdem war es anstrengend, Paulas fragende Blicke zu ertragen. Als sie ankündigte, dass sie an den nächsten Abenden wie versprochen vorbeikommen würde, um die Katze zu versorgen, aber erst sehr spät Zeit hätte, winkte ich großzügig ab. Das würde ich schon allein hinbekommen. Die Wahrheit war, dass Paula nicht sehen sollte, wie ich mit hochgezogenen Schultern durch meine Wohnung huschte.

Nach einem langen Arbeitstag, den ich bereitwillig noch um zwei Stunden ausgedehnt hatte, traf ich erst am späten Abend zu Hause ein. Santana wartete hinter der Tür auf mich. Sie machte einen Buckel, maunzte mit tiefer, grollender Stimme und galoppierte aufgeplustert und mit senkrecht aufgestelltem Schwanz durch den Flur, während mir das Herz stehenblieb. Ich brauchte eine geschlagene Stunde, bis ich sie schließlich auf der Garderobe entdeckte und schloss dann alle Türen ab, um sie mir vom Leib zu halten.

Dieses Spiel trieb sie in den folgenden Tagen mit wachsender Begeisterung, und obwohl ich mir einbildete, allmählich besser dagegen gefeit zu sein, weil ich ja wusste, was kommen würde, erschrak ich jedesmal aufs neue. Mal verbarg sie sich hinter einem Schrank, mal schoss sie direkt hinter der Tür hervor, mal startete sie erst in der Küche durch. Ich hatte den Eindruck, dass sie sich köstlich amüsierte.

Am fünften Abend rief Paula an, um mir zu sagen, dass sie eine

Möglichkeit gefunden hatte, Santana woanders unterzubringen. Ich war so erleichtert, dass ich einen Moment die Augen schloss.

»Wunderbar«, sagte ich dann. »Holst du sie gleich ab?«

»Na ja«, Paula räusperte sich. »Heute und morgen geht es leider noch nicht, und ich hoffe, dass du mir nicht den Kopf abreißt. Riekes Tochter hat sich bereit erklärt, Santana zu sich zu nehmen, nur ...«

Ich stöhnte leise auf. »Was nur?«

»Sie ist gerade mitten im Umzug – ein wirklich ungünstiger Zeitpunkt –, aber sie meint, in ungefähr einer Woche sei es kein Problem.«

Ungefähr eine Woche, dachte ich. Mehr als noch mal so lange, wie ich sie schon ertragen habe. Wir hatten eine Abmachung, wollte ich ihr entgegenschleudern. Statt dessen biss ich mir auf die Unterlippe.

»Ariane? Bist du noch dran?«

»Ja, bin ich«, brummelte ich.

»Na komm, bislang hat doch alles gut geklappt, einige Tage mehr oder weniger spielen jetzt auch keine Rolle mehr, findest du nicht?« fragte Paula mit einschmeichelnder Stimme.

Nein, das fand ich nicht, jeder Tag mehr war einer zuviel, aber genau das konnte ich natürlich nicht sagen. Ich hatte wohl oder übel in den sauren Apfel gebissen, und nun bekam ich den Brocken kaum herunter.

»Tja, was soll ich machen?« rang ich mich schließlich durch. »Ich kann sie ja kaum mitsamt ihrem Kram nach genau sieben Tagen vor die Tür setzen.«

Paula lachte, während mir durch den Kopf fuhr, dass die Idee gar nicht so schlecht war. Wir redeten noch ein paar Minuten und beendeten das Telefonat schließlich. Ich blieb einen Moment reglos im Flur stehen und fand keine vernünftige Antwort auf die Frage, warum ich mich so schlecht fühlte; dann entschloss ich mich, unter die Dusche zu gehen. Ich ließ das Wasser minutenlang mit geschlossenen Augen über mich brausen. Als ich nach dem Shampoo tastete, spürte ich plötzlich etwas Weiches an meiner Hand. Ich öffnete die Augen und blickte direkt in Santanas: Die Katze stand oben auf der gemauerten Duschwand, wo sich auch meine Shampoos und Duschlotionen befanden; ihr Kopf war seitlich geneigt, eine Pfote hatte nach meiner Hand getatzt, und sie beguckte mich wie ein interessantes Insekt, als ich erschreckt aufschrie.

»Hau ab!« stieß ich hervor, stolperte aus der Dusche und riss die Tür sperrangelweit auf. »Verschwinde!«

Santana rührte sich nicht vom Fleck – ganz im Gegenteil, sie setzte sich und begann ein umständliches Putzritual. Splitternackt wie ich war, rannte ich in die Küche und holte einen Besen, mit dem ich sie davon zu überzeugen versuchte, sich aus dem Staub zu machen. Die Katze fasste das anders auf. Sie sprang nach dem Besen und biss hinein oder wich ihm geschickt aus, verteilte Hiebe, und als es ihr zu bunt wurde, verließ sie die Mauer schließlich mit einem eleganten Sprung direkt durch die offene Tür. Ich setzte mich schwer atmend auf den Badewannenrand und starrte auf die beschlagenen Fensterscheiben. Ich könnte das Fenster auflassen, dachte ich plötzlich, und im selben Moment überfiel mich eine Migräneattacke, wie ich sie bislang noch nicht erlebt hatte. Mir wurde speiübel, ich musste mich übergeben und taumelte, nachdem ich vier Tabletten genommen hatte, ins Bett.

Als ich einige Stunden später aufwachte, hatte die Migräne zwar deutlich nachgelassen, machte sich aber immer noch als drohendes Pochen bemerkbar. Santana saß auf dem Fensterbrett und sah mich an. Ich zitterte. Bitte tu mir nichts, beschwor ich sie lautlos.

Maren sah mich kopfschüttelnd an, als ich am nächsten Morgen das Büro betrat. »Was ist denn mit dir los? Du siehst ja richtig gespenstisch aus.«

»Danke für das Kompliment. Ich hab irgendwas Verdorbenes gegessen«, murmelte ich und verschwand hinter meinem Schreibtisch.

Maren folgte mir. »Und warum bleibst du dann nicht zu Hause im Bett?« fragte sie.

»Zuviel Arbeit.«

»Ach? Na, wenn dir schlecht wird, sag rechtzeitig vorher Bescheid. Dann übernehme ich das Kundengespräch.«

Ich versuchte ein Grinsen, aber es misslang schon im Ansatz. »Wenn du mit deinen Tips fertig bist, bring mir bitte die Postmappe.«

»Mach ich.«

Es war ein mühsames Unterfangen, die anliegenden Aufgaben flott und routinemäßig zu erledigen und womöglich noch heitergelassen zu erscheinen. Ich kroch von Stunde zu Stunde. Nach meinem Rundgang in der Produktion und einem langen Gespräch mit dem Herstellungsleiter nahm ich zwei Tabletten, trank einen halben Liter Tee und aß zwei Scheiben Weißbrot. Immerhin, mein Magen hatte sich beruhigt. Gegen mittag steckte Maren den Kopf zur Tür herein.

»Hör mal, deine Schwester ist am Apparat. Bist du zu sprechen oder gerade unterwegs und heute nicht mehr zu erreichen?« fragte sie mit leiser Stimme.

Veronika. Natürlich hatten wir eine ganze Weile kaum etwas voneinander gehört, obwohl wir uns nach einigen langen und klärenden Gesprächen inzwischen weitaus besser verstanden als früher. Nichtsdestotrotz blieb sie die unbeschwerte, angepasste Schwester, die genau das Leben führte, das Eltern sich für ihre Töchter gemeinhin wünschen: verheiratet, Kinder, Häuschen gebaut, aktiv im Gemeindeleben, liebevoll um die Familienbelange bemüht – ein freundlich-zupackendes Wesen, das sich unerschrocken dem dörflichen Leben stellte. So sah es jedenfalls aus, und davon wich meine Lebensgestaltung vollkommen ab.

»Ach was«, sagte ich nach kurzem Zögern. »Stell durch.«

»Heute kann es eh nicht mehr schlimmer kommen, oder wie darf ich das verstehen?«

Mein Gesicht fühlte sich immer noch wie taub an, so dass ich mir kaum ein Lächeln abringen konnte. Einen Augenblick später hatte ich Veronika in der Leitung, die die ersten Minuten bereitwillig mit Geplauder füllte, sich zweimal entschuldigte, dass sie während der Arbeitszeit anrief und erklärte, dass sie mich im Büro viel besser erreichen könne und sich überhaupt freue, meine Stimme zu hören, obwohl ich noch so gut wie gar nichts gesagt hatte.

»Liegt denn irgendwas Besonderes an?« fragte ich, als sie schließlich eine Verschnaufpause einlegte und tatsächlich zwei Sekunden schwieg.

»Na ja, eigentlich ... Im Grunde ist es ...«

»Schon wieder irgendein Familiengeburtstag, den ich auf keinen Fall schwänzen darf?« hakte ich hellhörig geworden nach.

»Nein, nein, das ist es nicht. Aber ... Kannst du dich noch an Marion und Holger erinnern?«

»Marion und Holger«, überlegte ich halblaut. »Mein Gedächtnis ist, was alte Geschichten angeht, glaube ich, nicht so gut. Hilf mir mal auf die Sprünge.«

»Die waren in deinem Jahrgang auf dem Gymnasium und wohnten um die Ecke. Mit Marions Schwester Gerti war ich befreundet. Wir haben häufig was gemeinsam unternommen.«

»Ja, ich erinnere mich«, sagte ich nachdenklich. »Sie war so eine große blonde Schönheit, Weitsprungbeste an der Schule, außerdem ein As in Physik. Tolle Frau.«

Veronika räusperte sich. »Ja – das findet Holger wohl auch. Die beiden heiraten nämlich.«

Holger war in der Rudermannschaft der Schule gewesen. Ein stiller, hagerer Typ, der älter wirkte, als er war. Leistungskurs Geschichte, glaubte ich mich zu erinnern.

»Aha«, entgegnete ich. »Also haben sie sich nie aus den Augen verloren.«

»Nein, sie waren gemeinsam auf der Uni in Hannover. Er ist Dozent für Geschichte geworden, sie arbeitet als Ingenieurin in der Forschungsabteilung von VW«, berichtete Veronika weiter.

»Alle Achtung. Das klingt ja ganz nach glatter Karriere und gelungener Lebensplanung.«

»Na, wie man's nimmt. Beide waren schon mal verheiratet und bringen jeweils ein Kind mit in die Ehe«, erzählte Veronika. »Holgers erste Frau ist gestorben, Marions erste Ehe hat nur drei, vier Jahre gehalten.«

»Was du nicht so alles weißt«, gab ich in ironischem Ton von mir.

»Tja, das ist der Vorteil, wenn man auf dem platten Land lebt und nicht dem hektischen, anonymen Großstadtleben ausgesetzt ist.«

»Na schön – die beiden geben sich also das Jawort. Und?« fragte ich. »Was hat das mit mir zu tun?«

Ich fand die Frage berechtigt, obwohl ich mir natürlich längst denken konnte, was nun folgen würde.

»Ganz einfach – die beiden wollen eine richtig große Hochzeit feiern mit allem, was dazugehört: Polterabend, Riesenfete, Standesamt und weiter geht die Feier«, begeisterte sich meine Schwester. »Und das ganze Dorf wird dabeisein.«

»Toll.«

»Ja, nicht? Marion hat mich gefragt, ob ich ihr nicht helfen kann, ehemalige Mitschüler und Freunde ausfindig zu machen und einzuladen. Da bist du mir natürlich sofort eingefallen.« Sie kicherte leise. »Allerdings weiß ich selbstverständlich, dass du solchen Feiern nicht viel abgewinnen kannst. Trotzdem wollte ich dich fragen und so lange beknien, bist du schließlich doch nachgibst. Stell dir vor: zwei Tage Party, Schulfreunde wiedersehen, tanzen, essen, wieder tanzen. Mal was ganz anderes.«

Ich wollte gerade vehement ablehnen, als mir plötzlich die Katze in den Sinn kam. Zwei Tage ohne Santana, vielleicht sogar drei. In der Zeit musste Paula eben hinfahren und den Futternapf füllen. Die Aussicht war so verlockend, dass ich mit meiner Ablehnung zögerte. Und dieses Zögern nutzte meine kleine Schwester schamlos aus.

»He, spüre ich da verhaltene Begeisterung?« sagte sie verblüfft und freudig zugleich. »Ich hätte nicht vermutet, dass du so schnell Feuer fängst ...«

»Halt! Ich habe doch noch gar nicht ...«

»Ach, komm – wenn du nicht sofort empört nein schreist, kann man das als Zusage werten«, unterbrach sie mich fröhlich. »Schläfst du bei mir? Du kannst das Dachzimmer haben, und ich sorge dafür, dass die Kinder dich in Ruhe lassen. Komm, gib deinem Herzen einen Stoß und sag ja, bitte!«

Sie war völlig aus dem Häuschen, als ich wenig später tatsächlich versprach zu kommen.

»Und deine Freundin ist natürlich ebenfalls eingeladen«, fügte Veronika hinzu, nachdem sie sich etwas beruhigt hatte. »Das dürfte doch wohl hoffentlich klar sein. Wir sind schließlich nicht von vorgestern.«

»Ich werde es ihr sagen«, antwortete ich.

Merkwürdigerweise hoffte ich, dass Paula, abgesehen von der Katze, die versorgt werden musste, keine Zeit oder Lust haben würde, eine Dorfhochzeit zu feiern, und als ich wenig später das Gespräch mit meiner Schwester beendete und Paula anrief, um ihr von der Einladung zu erzählen, klang meine Stimme neutral, und ich ließ klar durchblicken, dass sie sich das ja nicht antun solle. Außerdem wäre da ja noch die süße kleine Santana. Zu meiner großen Erleichterung erfüllte Paula meine stille Hoffnung, war aber verblüfft, dass ich mich hatte breitschlagen lassen, die Einladung anzunehmen.

Als ich abends nach Hause kam, saß Santana auf dem Fernseher. Ich starrte sie an und lächelte dann hochmütig.

»Am Wochenende bin ich weg«, erklärte ich ihr. »Und weißt du was – ich freue mich sagenhaft darauf.«

Santanas Ohrspitzen zuckten kurz, ansonsten reagierte sie nicht weiter. Aber die Nacht war noch lang. Ein Frösteln durchfuhr mich.

## 16

Eigentlich hatte ich vorgehabt, mit dem Zug zu fahren, um mich ausruhen, vielleicht sogar ein Stündchen schlafen zu können, aber ich war so aufgekratzt, dass ich mich dann doch entschied, den Wagen zu nehmen. Die Autobahn war zum Glück nicht so voll, wie ich befürchtet hatte, und ich entspannte mich zusehends, während ich in zügigem Tempo in den Abend fuhr.

Vor ungefähr eineinhalb Jahren, im Frühjahr – Paula und ich waren erst einige Monate zuvor ein Paar geworden –, war ich, angeregt durch ein langes Gespräch mit meiner Schwester, das letzte Mal in meinem Elternhaus gewesen, um endlich mit meiner Mutter zu klären, was zwischen uns stand, was sie mir angetan hatte und was ich warum Svenja angetan hatte, meiner Ex-Freundin. Nach den Erfahrungen der letzten Monate war mein damaliger Ansatz sicherlich nicht verkehrt gewesen. Ich hatte mich zum ersten Mal überhaupt mit meiner Kindheit beschäftigt – nach den Wunden geforscht, die ich seit damals in mir trug und mit denen ich auch andere belastete. Schließlich war ich zu dem Ergebnis gekommen, dass meine Mutter an allem schuld war und dass es genügte, mit ihr reinen Tisch zu machen, um mich dann erneut Svenja zu stellen und ihr alles genauestens zu erklären. Keine leichte Ursachenforschung, aber eine durchaus zu bewältigende Aufgabe – ich könnte all meine Probleme endgültig und in einem Aufwasch beheben und abhaken. Dann wäre ich die Vergangenheit los und von Schuld befreit. Das vor allen Dingen, denn die Schuldige stand ja nun fest.

Als sie damals vor mir gesessen hatte, war mir innerhalb eines Augenblicks klargeworden, dass ich nicht nur viele Jahre davongelaufen, sondern von tiefsitzender Angst erfüllt gewesen war und meine Mutter hasste. Genau darum hasste. Weil es ihr trotz meiner Flucht immer wieder gelungen war, mich in Schach zu halten. Wer mit angstverzerrtem Gesicht flieht, seine Erinnerungen wie Dämonen niederzuringen sucht und andere bekämpft, befindet sich klar in der Defensive, oder?

»Wie lange warst du nicht mehr hier?« war die erste Frage meiner Mutter gewesen, nachdem sie mich lange gemustert hatte. Aus tiefblauen kühlen Augen.

Sie saß mit einer Decke über den Knien in ihrem Sessel am Fenster. Ich hatte mich mit einem Glas Saft aufs Sofa gesetzt. Im Hintergrund lief der Fernseher. Sie schaltete ihn selten ab, und es war im Grunde egal, was gerade kam, sie sah sich alles an oder hörte weg und blätterte in einer Zeitschrift. Mein Vater hatte es längst aufgegeben, sie für irgend etwas zu interessieren – für den Garten zum Beispiel oder Reisen. Die beiden interessierten sich auch nicht mehr füreinander. Sie lebten in einem Haus, seit mehr als vierzig Jahren, hatten zwei Töchter, drei Enkelkinder. Fertig, aus. Mein Vater hatte sich bei VW hochgearbeitet, meine Mutter war früher putzen gegangen und hatte verschiedene Aushilfsjobs gehabt, bis das Haus abbezahlt gewesen war. Ein hübsches Häuschen in einem Dorf im Dunstkreis von Hannover. Etwas bieder, von hemdsärmeligem Charme, aber mit einem wunderschönen großen Garten, in dem Rosen in allen Farben blühten und alte knorrige Bäume zum Klettern einluden. Mit sechs Jahren hatte ich den größten zum ersten Mal bis in die Spitze erklommen, was mir eine Tracht Prügel von meiner Mutter und die atemlose Bewunderung meiner Schwester eingebracht hatte.

»Ich weiß es nicht«, antwortete ich. »Zwei Jahre?«

Sie nickte, aber darin lag keine Zustimmung, eher etwas Verächtliches, nach dem Motto »Ich hab's ja gleich gewusst«.

»Länger«, erklärte sie mit Bestimmtheit. »Knapp drei Jahre. Zum Geburtstag deines Vaters warst du hier, für ein paar Stunden. Und du hattest diese Frau dabei – Svenja.«

Das stimmte. Meine Mutter hatte in einigen Bereichen ein ausgezeichnetes Gedächtnis. Sie erinnerte sich noch sehr genau an alles, was ich im Laufe meiner Kindheit und Jugend angestellt, versäumt, verbrochen hatte, und sie nutzte jede Gelegenheit, um mit ihrem Wissen aufzutrumpfen und mich bloßzustellen.

»Ihr seid ja nicht mehr zusammen, hat Veronika erzählt«, fuhr sie fort. »Oder wie ihr das so nennt unter euch.« Sie schob ein unschönes Lächeln hinterher.

»Musst du eigentlich so reden?« verlor ich plötzlich die Geduld, obwohl ich wusste, dass meine Fähigkeit, Langmut zu beweisen, entscheidend sein würde. Gelassenheit.

Sie zuckte die Achseln. »Reg dich ab. Ich habe das nie verstanden, aber wie sollte ich auch?«

»Richtig, wie solltest du auch«, bestätigte ich forsch. »Wunderst du dich eigentlich nicht, dass ich so selten hier bin? Fragst du dich nie, was mich wohl fernhält?«

»Du warst schon immer so – warum sollte ich mich noch groß wundern? Veronika ...«

»Lass mal Veronika aus dem Spiel.«

»Du mit deiner ewigen Eifersucht.«

»Darum geht es nicht, zumindest im Moment nicht. Akzeptiere das bitte«, bat ich sie in ruhigem Ton.

»Sag mal, kann es sein, dass du gekommen bist, um mir einen Vortrag zu halten?« fragte sie und hob das Kinn mit einer ruckartigen herrischen Bewegung.

Diese Geste kannte ich sehr genau. Aus vielen Gesprächen. Gespräche? Wohl kaum. Mein Herz fiel in einen schnelleren Rhythmus.

»Dann kannst du nämlich gleich wieder gehen.«

»Deine Liebenswürdigkeit hat ja beängstigende Ausmaße angenommen«, sagte ich in scheinbar gelassenem Ton.

Wie dein Umfang überhaupt, ergänzte ich im stillen. Meine Mutter war unsäglich dick geworden. Wahrscheinlich litt sie unter Bluthochdruck und Diabetes. Doch da sie nicht zum Arzt ging, konnte das niemand mit Bestimmtheit sagen.

»Warum sollte ich liebenswürdig zu dir sein? Du bist kaum hier und wenn du doch mal auftauchst, lässt du keine Gelegenheit aus, mir – uns zu zeigen, dass du keine Lust auf uns hast – oder keinen Bock, wie ihr wohl sagt – und verschwindest ganz flott wieder.« Sie schnaubte. »Du kümmerst dich nur um dich selbst. Verantwortung für die Familie – das ist ein Fremdwort für dich. Das war schon immer so.«

»Womit wir wieder beim Thema wären. Hast du dich eigentlich jemals gefragt, warum das so ist?«

Sie hielt mir wortlos ihr Glas entgegen, und ich goss ihr noch etwas Saft nach. Sie war zu behäbig, um selbst aufzustehen. Sie trank einen Schluck und noch einen.

»Tja, ich wiederhole mich nur ungern«, bemerkte sie schließlich. »Du warst schon immer so: anders eben, nicht zugänglich, frech, jähzornig. Mein Gott, warst du jähzornig, das kannst du dir gar nicht vorstellen. Ich wusste gar nicht, was ich machen sollte, wenn du so getrampelt und geschrien hast. Nicht geweint, nein, nein – du hast gebrüllt, geschäumt vor Wut. Wie ein kleiner Teufel!«

»Ich denke schon.«

»Was?«

»Ich denke, du wusstest schon, was zu tun war«, wiederholte ich meinen Einwand.

»Du liebe Güte – na klar, ich habe dich verdroschen. Wie oft habe ich dich verdroschen! Aber es hat nichts genützt.«

»Es wurde eher noch schlimmer, habe ich recht?« fragte ich sie, und ich hoffte, dass ihr vor lauter Erzähleifer mein sarkastischer Ton entging. Und auch meine Wut, die langsam, aber sicher hochstieg, meine Fingerspitzen erzittern ließ.

»Ja, und wie recht du hast«, fuhr sie fort. »Nichts zu machen. So ein kleiner Teufel. Himmel aber auch.«

Himmel und Hölle lagen für sie offenbar sehr nah beieinander, zumindest sprachlich.

»Und Veronika«, sie unterbrach sich kurz mit einem falschen Lächeln, »tut mir leid, dass ich sie schon wieder erwähne, aber es geht nicht anders. Also, deiner Schwester wäre es nicht im Traum eingefallen, sich so zu benehmen. Sie war ein liebes, anschmiegsames Mädchen ... Wenn ich es nicht besser wüsste, würde ich annehmen, ihr wärt von verschiedenen Vätern. Ganz im Ernst.«

»Das habe ich auch schon oft gedacht.«

Sie nickte mir zu.

»Aber Menschen werden doch nicht einfach so geboren«, wandte ich nachdenklich ein. »Jähzornig, schreiend, widerspenstig.«

»Widerspenstig passt hervorragend«, trumpfte sie auf und nickte eifrig. »Doch, glaub mir, sie werden einfach so geboren. Der Charakter wird dir mitgegeben. Die einen sind schon als Babys still und pflegeleicht, die anderen schlafen nicht durch, brüllen dauernd und haben auch später keinen Respekt. Was willst du da machen?«

»Na – jedenfalls nicht halbtot schlagen. Wie du siehst, hat das ja wenig Erfolg gehabt, oder?«

Sie starrte mich an, zog die Augen zu Schlitzen zusammen. »Sag mal, was willst du eigentlich?«

Ich atmete tief durch. »Ich will mit dir über das Schlagen reden.«

»Du hast doch wirklich einen Knall.«

»Das ist gut möglich – nach all der Dresche.«

»Verschwinde besser, bevor ich –«

»Punkt eins: Das wirst du diesmal schön sein lassen. Punkt zwei: Ich gehe erst, wenn du meine Fragen beantwortet hast und mir dadurch etwas klargeworden ist«, gab ich kühl zurück und beugte mich zu ihr vor. »Genau so und nicht anders machen wir es, Mama. Und ich meine das verdammt ernst.«

»Vielleicht solltest du mal zum Psychiater gehen.«

»Wenn du mitkommst – sofort«, stimmte ich zu. »Ich vermute nur, dass du viel zuviel Angst davor hast, auf deine eigenen Abgründe zu stoßen. Habe ich recht?«

Sie schwieg plötzlich, zwinkerte unruhig.

»Was soll das alles?« fragte sie dann mit rauher Stimme. »Worum geht es dir wirklich?«

»Es geht mir wirklich ums Schlagen«, wiederholte ich. »Warum hast du mir das angetan?«

Sie wandte den Kopf kurz zur Tür – ein hastiger Blick. Vielleicht hoffte sie, dass ihr Mann auftauchen würde. Vielleicht hatte sie auch genau davor Angst. Ich kannte sie zu wenig, um das richtig einschätzen zu können.

»Warum ich dir das angetan habe? Meine Güte, wie sich das anhört! Nach all den Jahren willst du wissen, warum mir bei der Kindererziehung mal die Hand ausgerutscht ist?« hob sie wieder an. »Das kann doch wohl nicht wahr sein. Aber schön, wenn du meinst, wenn du es genau wissen willst – wie gesagt, du warst so schwierig ...«

»Die Hand ausgerutscht klingt nun aber ziemlich harmlos«, unterbrach ich sie. »Harmlos, nicht der Rede wert. Kommen wir lieber auf den Punkt, Mama – du hast mich dermaßen verprügelt und bedroht, dass ich heute noch Alpträume habe, verstehst du? So sieht es aus. Und es kommt noch viel schlimmer: Ich selber habe zugeschlagen, und zwar nicht als Kind, sondern vor gar nicht allzu langer Zeit ...«

Einen winzigen Moment lang sah sie aus, als wollte sie grinsen – wissend, verächtlich. Dann besann sie sich eines Besseren und erwiderte meinen Blick nur starr. Plötzlich eingefroren.

»Irgend etwas in mir hat aus der Zeit in diesem Haus gelernt«, fuhr ich leise fort. »Und hat sich in einer bedrängenden Situation selbständig gemacht. Auf fürchterliche Weise. Es ist noch gar nicht so lange her, dass mir dieser Zusammenhang überhaupt klargeworden ist. Dass es mich all die Jahre gequält hat, hinter verschütteten Erinnerungen, denen ich mich nicht stellen konnte, weil sie so sehr schmerzen. Ich war selten hier, aber du hast immer noch Macht über mich gehabt. Keine körperliche Macht mehr – die hast du einfach an mich weitergegeben, so dass ich sie ausübte. Und heute bin ich hier, um ...«

Sie zuckte zusammen. »Körperliche Macht? Was für ein hochgestochener Ausdruck.«

»Er ist ganz einfach, denn er nennt die Dinge beim Namen, und das ist genau das, was du nicht hören willst.«

Sie schwieg, sah zum Fenster hinaus, dann wieder zu mir. »Und nun lässt du mich deinen Hass spüren? Deine abgrundtiefe Verachtung?«

»Was sollte ich denn deiner Ansicht nach für dich empfinden? Dankbarkeit, Zuneigung – Liebe? Mach dich nicht lächerlich.« Meine Stimme klang bitter.

Sie trank von ihrem Saft. Ihre Hände zitterten. Meine auch. Mir war auf einmal übel und schwindelig. Ihr Gesicht war fahl geworden.

»Vielleicht hast du recht«, sagte sie plötzlich unerwartet ruhig. »Wenn ich darüber nachdenke, habe ich ja meinen Vater auch nie lieben können.«

»Kann man das jetzt miteinander vergleichen?«

»Und ob.«

»Wie meinst du das?«

Sie zuckte die Achseln. »Als du klein warst, war es noch ziemlich normal, Kindern hin und wieder den Hintern zu versohlen – jedenfalls galt es nicht als Drama, über das man sich aufgeregt hätte. Als ich Kind war, waren Prügel in der Schule normal, ebenso Ohrfeigen von Wildfremden, die sich irgendwie gestört fühlten, und es regte auch niemanden auf, dass mein Vater mich regelmäßig in den Keller sperrte und später, manchmal Stunden später, wenn es stockdunkel war, mit seinem Gürtel nach unten kam, um mich grün und blau zu schlagen. Weil ich ihm nicht sofort sein Bier geholt hatte. Gelacht hatte. Einen Strumpf zerrissen. Oder so was. Er schlug mich, bis ich nicht mal mehr schreien konnte und mir in die Hosen machte. Geholfen hat mir keiner. Meine Mutter nicht – die hatte viel zuviel Angst vor ihrem Mann –, und andere haben sich auch nicht darum gekümmert. Ich würde es wohl schon verdient haben: So dachte man damals. Elterliche Strafen wurden nicht in Frage gestellt.«

Sie sah mich an mit dem traurigsten Blick, den ich je bei ihr gesehen hatte. »Sei froh, dass du keine Mutter bist. Kein Kind hast – kein widerspenstiges, halsstarriges Kind, an dem sich deine uralte Angst und deine Wut entzünden und vermehren können und immer wieder aufs neue Nahrung finden, und du weißt gar nicht, warum. Sei froh und dankbar dafür. Und jetzt geh bitte. Jetzt gleich. Besuch deine Schwester. Geh durchs Dorf. Mach irgendwas. Aber lass mich allein. Bitte!«

Das kam so drängend und mit derart verletzter Stimme, dass ich sofort aufstand und das Haus verließ. Zwei Stunden lang umrundete ich die nahe gelegenen Felder, stromerte durch den Wald. Weinte. War entsetzt und zutiefst beschämt. Wen sollte ich jetzt hassen? Wo die Schuld abladen, die so schwer wog? Wie weit man das Rad auch zurückdrehte – man kam nie an die entscheidende Stelle. Dorthin, wo man sich aus der Verantwortung stehlen konnte, weil endlich ein Schuldiger gefunden war.

Am späten Abend saßen wir zusammen in der Küche und aßen Abendbrot. Mein Vater, meine Mutter und ich. Ein typisch deutsches Abendbrot: Mischbrot, Wurst, Käse, Tomaten, Gurke. Die beiden tranken Bier. Ich hatte mir einen Tee gemacht. Veronika, die kurz mit den Kindern dagewesen war, hatte sich schon verabschiedet. Mein Vater erzählte vom Sportverein, in dem er als Jugendtrainer tätig war. Dann stand er auf und ging ins Wohnzimmer, um die Nachrichten zu sehen. Meine Mutter und ich räumten den Tisch ab. Die Wurst wanderte in die Plastikbox für Wurst, der Käse verschwand unter seiner Glocke. Meine Mutter bewegte sich langsam und kurzatmig, ihr Gesicht war rotfleckig. Ich griff nach meinem Rucksack, als alles an seinem Platz war. Sie wandte sich zu mir um.

»Fährst du noch heute abend nach Berlin zurück?« fragte sie. »Gleich jetzt?«

»Das hatte ich vor, ja.«

Sie nickte, als hätte sie nichts anderes erwartet. Mit einer Hand stützte sie sich am Tisch ab, mit der anderen zeigte sie auf die Schüssel mit dem frischen Obst und den Tomaten.

»Möchtest du etwas davon mitnehmen? Du isst doch gerne frische Sachen, nicht wahr? So was kriegst du doch in der Großstadt gar nicht zu kaufen.«

Ich war perplex. »Woher weißt du das?«

»Veronika hat es mir erzählt.«

Wir standen uns gegenüber. Von einer Sekunde zur anderen waren ihre Augen feucht. Sie sah zur Seite, wischte sich über die Nase, ich tat es ihr gleich.

»Bleib noch«, sagte sie leise. Es war fast ein zittriges Flüstern. »Wenn es dir möglich ist, bleib noch. Bitte.«

Meine Mutter hatte mich noch nie um etwas gebeten.

Ich war ihrem Wunsch gefolgt und einige Tage geblieben. Aber wir waren uns nie wieder so nahe gekommen wie in diesem Moment in der abendlichen Küche, obwohl das bedrückende Thema noch mehrfach auf den Tisch gekommen war. Wir hatten beide versucht, miteinander zurechtzukommen und freundlich zu sein. Das war viel angesichts der zurückliegenden Jahre und doch offensichtlich viel zu wenig, was mich persönlich anbetraf. Jeder Schritt in diesem Haus war voller Erinnerungen gewesen, nicht nur bedrängender. Als ich nach Berlin zurückgekehrt war, hatte ich mein Leben mit Paula wiederaufgenommen und Hannover gelassen, wo es war: hinter mir.

Ich fuhr von der Autobahn ab und war wenige Minuten später im Dorf, wo ich den Weg zu Veronika einschlug. Sie wohnte mit ihrer Familie nur drei Straßen von unserem Elternhaus entfernt. Es hatte geregnet, der Asphalt glänzte, und ich hörte die Kirchturmuhr schlagen. Acht Uhr. Veronika und die Kinder rissen die Haustür auf, bevor ich klingeln konnte und empfingen mich wie einen langerwarteten Staatsgast, während mein Schwager mir die Reisetasche abnahm und dem Rummel entfloh.

Ich war verlegen über den begeisterten Empfang, und erklären konnte ich ihn mir auch nicht so recht. Ich wusste gerade mal die Namen meiner Nichte und der beiden Neffen – Katja, Chris und Moritz –, bei den Geburtstagen haperte es schon beträchtlich, und auch ansonsten hätte ich auf Anhieb nicht viel von ihnen berichten können, außer dass sie ziemlich groß geworden waren. Anscheinend interessierte die drei das aber gar nicht. Noch bevor ich auspacken konnte, musste ich Kinderzimmer ansehen, Bilder und Keramiktöpfe aus dem Kunstunterricht bewundern, Fußballschuhe begutachten und Pokémonbilder bestaunen, während nebenbei ein Cassettenrecorder auf Hochtouren lief und ständig mindestens ein Kind huckepack auf meinem Rücken saß. Das Ganze dauerte ungefähr eine Dreiviertelstunde, dann schnappte sich mein Schwager die Kids und entschwand mit ihnen. Plötzlich war es fast unnatürlich still. Ich folgte Veronika in die Küche, wo es ungefähr so aussah wie nach einer wilden Siebziger-Jahre-Party. Der Tisch war unter Essensresten, Geschirr, Spielzeug und tausenderlei anderen Dingen begraben, und ansonsten machte die Küche auch nicht unbedingt einen aufgeräumten Eindruck.

»Wir haben gerade gegessen«, erklärte Veronika überflüssigerweise. »Zum Aufräumen bin ich noch nicht gekommen.« Sie strahlte mich an. Es schien ihr nichts auszumachen. »Schön, dass du da bist. Hattest du eine gute Fahrt oder war mal wieder Stau angesagt?«

Ich berichtete kurz, während meine Schwester den Tisch abräumte und dann neu für mich deckte. »Du hast doch Hunger?«

Ja, hatte ich.

»Blass bist du. Ein bisschen übermüdet vielleicht? Du hast schon besser ausgesehen«, stellte sie fest, als wir schließlich gemeinsam am Tisch saßen und ich mir Kartoffelsalat und Würstchen schmecken ließ. »Oder bist du krank?«

»Nein, viel zu tun«, gab ich zurück und winkte ab. »Das wird schon wieder.«

»Na, hoffentlich. Ich kann noch gar nicht glauben, dass du wirklich hier bist. Mama meinte auch, dass ich mich verhört haben müsste.« Sie lächelte und drückte kurz meinen Arm. »Und deine Paula hatte keine Zeit? Du hast ihr doch hoffentlich gesagt, dass sie herzlich willkommen ist.«

»Na klar. Aber sie hatte schon was anderes vor.« Die Geschichte mit der Katze behielt ich für mich.

»Hm, schade.«

»Ja.«

Die einsilbige Zustimmung ließ Veronika kommentarlos stehen. Später tranken wir mit Christoph, meinem Schwager, ein Glas Wein, dann brachte Veronika mich ins Dachzimmer, wo es wunderbar nach Lavendel duftete und zauberhaft still war. Und nirgends hockte jemand in der Ecke, um mich aus unergründlichen Augen anzustarren und mir den Schlaf zu rauben.

»Ich hoffe, du schläfst gut und lange – schließlich haben wir morgen einiges vor«, sagte Veronika. »Es geht schon um achtzehn Uhr los – open end.«

»Das kann ja heiter werden.«

»Davon kannst du ausgehen.«

Ich schlief in der Tat tief und traumlos und fühlte mich am nächsten Morgen so herrlich erholt wie schon lange nicht mehr. Für die Stunden bis zum Abend hatte meine Schwester bereits einige Vorschläge parat, denen weder ich noch der Rest der Familie sich entziehen konnte. Ich musste mich zwei Stunden um die Kinder kümmern, was reibungsloser klappte, als ich angenommen hatte – ich ging nämlich einfach auf den Sportplatz mit ihnen –, während Veronika und ihr Mann Einkäufe und Hausarbeit erledigten. Über mittag sollte ich unsere Eltern besuchen, anschließend war ein Schläfchen angesetzt, und danach hieß es umziehen. Ich war ein bisschen perplex über die rigorose Planung, und früher hätte ich mich empört dagegen verwahrt, nun aber fand ich es ganz angenehm, mal so rundherum organisiert zu werden und die Dinge einfach geschehen zu lassen.

Meine Mutter hatte auffallend abgenommen. Obwohl sie immer noch stark übergewichtig war, schlotterten Pullover und Hose, und ihr Gesicht war faltig. Kaum hatte sie mich verlegen lächelnd begrüßt, schlurfte sie mühsam zu ihrem Sessel am Fenster und ließ sich schnaufend darin nieder. Wie üblich lief der Fernseher, mein Vater war unterwegs, und es roch nach Kaffee. Auf dem Tisch stand ein Tablett mit einer Thermoskanne und zwei Tassen.

»Nimm dir«, sagte sie. »Und gieß mir auch eine Tasse ein. Aber nicht zuviel, und vergiss die Sahne nicht.«

Ich tat, wie mir geheißen und setzte mich dann zu ihr.

»Du siehst krank aus«, sagte ich.

Sie winkte ab. »Unkraut vergeht nicht. Wird schon wieder.«

»Warst du denn mal beim Arzt? Du hast doch mindestens zwanzig Kilo abgenommen«, fügte ich hinzu.

»Mehr, fast fünfundzwanzig«, erwiderte sie. »Ist doch gut, ich bin sowieso viel zu fett.«

»Aber man nimmt nicht einfach mal eben so fünfundzwanzig Kilo ab – es muss doch einen Grund dafür geben«, erklärte ich.

»Mein Appetit hat etwas nachgelassen«, sagte sie und trank einen Schluck Kaffee. »Darüber sollte ich mich wirklich nicht beklagen, oder?« Sie griente.

»Du solltest trotzdem mal zum Arzt gehen.«

»Ja? Wenn man so aussieht wie ich, geht man nirgendwo gerne hin, auch nicht zum Arzt«, wandte sie ein. »Wenn ich irgendeinen Mist haben sollte, dann kann ich es sowieso nicht ändern. Dann ist es halt so. Fertig. Und nun lass uns das Thema wechseln. Ich komm schon klar, das weißt du doch.«

Ja, das wusste ich.

»Aber wenn wir schon dabei sind – du siehst auch nicht besonders frisch und munter aus«, fügte sie hinzu und sah mich einen Moment aufmerksam an. »Jedenfalls habe ich dich nicht so blass in Erinnerung.«

»Viel Arbeit.«

Sie nickte. »Und sonst alles in Ordnung?«

»Klar.«

»Ich dachte, du bringst deine Freundin mit.« Sie nestelte an ihrem Armband. »Oder traust du dich nicht?«

»Weshalb sollte ich mich nicht trauen?« wehrte ich ab. »Paula hatte einfach keine Zeit.«

»Du weißt, was ich meine«, sagte sie, und natürlich wusste ich das. Sie blickte kurz zum Fernseher und dann wieder zu mir zurück. »Wer will schon so eine Mutter vorstellen?«

»Quatsch!« entgegnete ich. »Sag doch so was nicht. Svenja war auch schon mal hier. Warum sollte ich dann Paula nicht mitbringen? Sie hat schlicht und ergreifend andere Termine, die sie nicht verschieben konnte.«

Meine Mutter winkte ab. »Damals sah ich noch etwas anders aus, das ist das eine.«

»Und was ist das andere?« fragte ich mit ungutem Gefühl. Eineinhalb Jahre war ich nicht hiergewesen, und innerhalb weniger Minuten entwickelte sich ein Gespräch, das ich am liebsten sofort abgebrochen hätte.

»Das andere ist, dass du mir noch nie was vormachen konntest«, antwortete sie. »Ich habe schon immer jede Lüge sofort entlarvt, egal wie alt du warst.«

»Das klingt ja, als hätte ich ständig gelogen«, sagte ich mit einem kurzen falschen Auflachen.

Sie zuckte die Achseln. »Menschen lügen, also lügen auch Kinder, also lügst auch du, wenn es einen Vorteil bringt.«

»Wie kannst du denn einfach so was behaupten?«

»Weil es wahr ist und sogar verständlich.«

»Verständlich?« Ich sah sie mit gerunzelter Stirn an.

Sie nahm die Fernbedienung und zappte einige Programme durch, bis sie bei einer Verkaufssendung landete. Eine blonde langmähnige Schönheit pries mit breitem Zahnpastalächeln eine Küchenmaschine an, die mit einem sagenhaften zusätzlichen Häckselwerk ausgestattet war, auf das keine Hausfrau guten Gewissens verzichten könnte.

»Nicht schlecht, das Gerät«, nickte meine Mutter zustimmend, bevor sie mich wieder ansah. »Ja, verständlich. Versuch doch mal, den lieben langen Tag nur die Wahrheit zu sagen: von morgens um sechs bis abends um elf. Zu Hause, auf der Arbeit, unterwegs. Das geht gar nicht, weil du dich ständig in die Nesseln setzt oder dir Ärger einhandelst und zu nichts anderem mehr kommst. Wenn du einem Kollegen begegnest, den du nicht ausstehen kannst, und ihm einen guten Morgen wünschst, war das schon die erste Lüge. Du wünschst ihm alles mögliche, nur das nicht. Du möchtest ihn am liebsten zum Mond schießen. Ist es nicht so?« Sie lächelte mit leisem Triumph.

»Nein, ist es nicht«, sagte ich kopfschüttelnd. »Es gibt im Zusammenleben nun mal Anstandsregeln, die alle einhalten sollten, damit wir uns nicht die Köpfe einschlagen. Ich wünsche dem

Kollegen zwar einen guten Morgen, aber ich lade ihn nicht zu meiner Party ein – so einfach ist das.«

»Und wenn du dadurch einen Vorteil hättest?« wandte sie ein. »Er könnte dir einen besseren Job vermitteln, zum Beispiel, ein gutes Geschäft, Kontakte zu anderen wichtigen Leuten. Lädt man ihn dann nicht trotzdem ein?«

»Mama, Job ist Job, und da versucht man natürlich, persönliche Animositäten herauszuhalten. Aber das hat doch nichts mit Lügen zu tun. Wechselst du die Bank, wo du sagenhafte Zinsen bekommst, nur weil dein persönlicher Berater ein Ekel ist oder du seine dicke Knubbelnase scheußlich findest?«

»Das Beispiel taugt nichts, denn es gibt keine Bank mit sagenhaften Zinsen«, brummte meine Mutter.

»Du weißt genau, was ich meine.«

»So?«

»Ja, aber lass uns nicht streiten, Mama – die Zeit ist zu schade. Ich bin nicht so oft hier.«

Sie legte den Kopf schief. »Wir streiten doch gar nicht. Wir tauschen Meinungen aus.«

Ich lächelte. »Ach so.«

»Ich bin ja ganz baff, dass du wegen dieser Hochzeit hergekommen bist«, erklärte sie einen Augenblick später. »So was war dir doch nie wichtig. Außerdem hattest du seit deiner Schulzeit kein Kontakt mehr zu den Leuten.«

»Das macht doch nichts. Veronika hat mich überzeugt, dass es eine schöne Überraschung wäre, die Einladung anzunehmen. Eine Hochzeit auf dem Lande wird einem in Berlin nicht alle Tage geboten.«

»Da hast du wohl recht.«

Ich war erleichtert. Meine Mutter hievte sich hoch und zog die Gardine zurück. Draußen stellte mein Vater gerade sein Fahrrad ab. Er hob den Einkaufskorb vom Gepäckträger und winkte uns zu. Sein Haar bestand inzwischen nur noch aus einzelnen silbernen Fäden. Ich verspürte plötzlich ein seltsames Ziehen. Wie alt sie doch beide waren, wie zerbrechlich sie mir vorkamen. Als ich meinen Vater kurz darauf in die Arme schloss, stellte ich fest, dass er sich einen kugelrunden Bauch zugelegt hatte, den er unter einem weiten Hemd zu verstecken suchte. Er strich mir unbeholfen über den Rücken. Später zeigte er mir sein neugebautes Gewächshaus und das Terrarium mit den Eidechsen. Sein Lieblingsgecko hieß Balduin. Mein Vater hatte sich seine eigene Welt geschaffen, in der es ihm gutging. Wir redeten wenig. Als ich mich wieder auf den Weg machte, war mein Hals eng.

## 17

Veronika hatte sich tatsächlich richtig in Schale geworfen – das kleine Schwarze stand ihr gut, wie ich neidlos anerkennen musste. Meine Schwester hatte sogenannte frauliche Rundungen und trug sie mit Stolz zur Schau. Christoph warf ihr einen begehrlichen Blick zu, als sie sich wie ein junges Mädchen vor ihm im Kreis drehte. Mein Schwager hatte sich für ein dunkelgrünes Sakko und schwarze Hosen entschieden, was schick und sportlich aussah. Ich trug meine Wildlederhose und eine weinrote Bluse, dazu Weste und Stiefel, ein wenig Rouge und etwas Schmuck. Alles in allem sah ich zwar eher nach Kiezfete als nach Polterabend aus, aber ich fühlte mich wohl und wusste, dass mir die Sachen gut standen.

Die Feier fand im großen Festsaal des örtlichen Gasthauses statt, und obwohl wir pünktlich eintrafen, herrschte bereits ein munteres Treiben. Beklemmung stieg unerwartet in mir auf, als wir uns im Pulk mit mehreren Pärchen dem Eingang näherten und den Saal betraten, wo mindestens drei Dutzend Menschen in Grüppchen zusammenstanden, Sekt- und Biergläser in den Händen, sich unterhielten und offensichtlich darauf warteten, dass es endlich losging. Veronika und Christoph grüßten nach rechts und links, winkten und lachten, doch bevor sie mich vorstellen konnten, kam von irgendwoher das Kommando zum Poltern, und alle Gäste drängten zum Ausgang.

Das traditionelle Geschirrzerschlagen fand hier ganz nach altem Brauch statt. Ich stand etwas befangen daneben, als Veronika mit offenkundigem Vergnügen ein paar Suppenschüsseln gegen die Hauswand schmetterte, während Christoph mit stoischer Miene einige bemerkenswert hässliche Vasen folgen ließ. Es klirrte und polterte, Bemerkungen und Ratschläge flogen hin und her; zwei junge Männer, denen es nicht gelang, eine offenbar äußerst robuste Kloschüssel in ordentlich viele Einzelteile zu zerschmettern, mussten lautes Gelächter und derbe Späße über sich ergehen lassen. Während des Getöses sah ich mich immer wieder eingehend um. Wen kannte ich von den Gästen? Auf Anhieb niemanden. Das eine oder andere Gesicht kam mir zwar entfernt bekannt vor, doch ich konnte keines von ihnen zuordnen. Das Gefühl, völlig fehl am Platz zu sein, verstärkte sich. Was für eine Schnapsidee, zu dieser Dorfhochzeit herzukommen, dachte ich. Was hat mich da bloß geritten?

Zu meinem Leidwesen kehrte die Gästeschar anschließend nicht einfach in den Saal zurück, um das Tanzbein zu schwingen und sich lukullischen Genüssen hinzugeben, sondern ein waschechter Conferencier begann mit vor Begeisterung überschäumender Stimme das Abendprogramm vorzustellen, das neben verschiedenen Spielen und Aufführungen auch eine Tombola beinhaltete. Ich stöhnte leise in mich hinein und zog mich unauffällig zurück, als zum ersten Tanz aufgerufen wurde, bei dem sich die Pärchen in den abrupt einsetzenden Musikunterbrechungen irgendwelche Kleidungsstücke überstreifen mussten, die ihnen von außerhalb des Kreises zugeworfen wurden. Als das Hochzeitspaar vom Scherbenfegen in den Saal zurückkehrte und zum schenkelklopfenden Vergnügen der anderen Unterhosen aus Großvaters Zeiten überzog und Badekappen aufsetzte, war ich an der hinteren Bar angelangt und bestellte mir ein Glas Wein. Am liebsten wäre ich sofort nach Berlin zurückgekehrt. Dabei hatte ich mit Marion und Holger noch nicht ein Wort gesprochen. Ich hatte bislang mit niemandem außer Veronika und Christoph mehr als zwei Sätze gewechselt, die über Begrüßungsfloskeln hinausgingen.

Pfeifenrauch stieg mir plötzlich in die Nase. Ich warf einen Blick über die Schulter und blickte in zwei braune Augen, die sich vergnügt zusammengezogen hatten. Oberlippenbärtchen, hochmütiger Mund, braune Locken mit silbernen Einsprengseln an den Schläfen, randlose Brille. Ich erkannte ihn auf Anhieb. Er sah gut aus. Immer noch.

»Na? Rate, wen du vor dir hast«, sagte er und zog dann wieder an seiner Pfeife. Sie stand ihm. Und der herbe Geruch auch.

»Matthias, stimmt's?« Ich lächelte.

»Ariane«, sagte er einfach nur. »Die Partylust scheint dich noch nicht so richtig gepackt zu haben.«

»Das kann ich kaum bestreiten«, gab ich zu. »Aber du hast dir ja auch ein eher stilles Plätzchen gesucht, um das Treiben aus der Ferne zu beobachten.«

Er grinste, rückte dann drei Hocker zu mir vor, und wir gaben uns die Hand und ein Küsschen auf die Wange – ganz wie in alten Zeiten. Irgendwann hatte man angefangen, sich zu küssen.

»Philosophie Leistungskurs«, überlegte ich. »Schwerpunkt Platon?«

»Ich bin beeindruckt«, erwiderte er. »Und du – bist du immer noch so eine Sportkanone?«

»Ach ja, eigentlich schon. Inlineskaten ist meine große Leidenschaft geworden. Außerdem arbeite ich in einer Firma in der Nähe von Berlin, die Inliners und anderes Sportgerät herstellt.«

»Klingt nach Karriere.« Matthias nickte mir zu und trank einen Schluck von seinem Bier.

»Doch, ich kann nicht klagen.«

Ach, was für eine bescheuerte Floskel, dachte ich. Matthias und ich waren mal eng befreundet gewesen. Einmal, nach einer Fete in der dreizehnten Klasse, hätte ich fast mit ihm geschlafen. Doch meine damalige Freundin hatte den Braten gerochen und aufgepasst wie ein Luchs, damit wir beide uns nicht verdrücken konnten. Und über zwanzig Jahre später kam ich ihm mit solchen Lückenfüllern.

Ich atmete tief durch. »Wie sieht's denn bei dir aus?«

»Geht so.« Er lächelte und sah kurz an mir vorbei. »Ist alles ein bisschen anders gelaufen, als ich geplant hatte. Man sollte nicht soviel planen, kann ich da nur sagen.«

Ich war unschlüssig, ob ich weiterfragen oder das Thema lieber fallenlassen sollte, um ihn nicht in Verlegenheit zu bringen. Ich sah ihn an. »Magst du erzählen?«

»Willst du nicht doch lieber tanzen gehen und langsam in Schwung kommen?« Er wies mit dem Kopf in Richtung Tanzfläche. »Die scheinen sich prächtig zu amüsieren.«

»Mag sein, aber mein Bedürfnis, mit fremder Unterwäsche, wehenden Schals und Omasocken übers Parkett zu schlittern, hält sich in Grenzen – zumindest im Moment. Und der Abend ist ja noch lang.«

»Verstehe«, schmunzelte er, bevor sein Gesichtsausdruck ernst wurde. »Na, was soll ich groß erzählen? Ich habe Philosophie, Geschichte und Politik studiert und bin Journalist geworden. Die guten Jobs waren jedoch spärlich gesät, wie ich bald feststellen musste. Und die beiden Chancen, die ich bekam, habe ich vermasselt. Bei der Zeitung kam ich nach einem guten Start mit dem neuen Chef nicht klar, beim Wochenmagazin fühlte ich mich unterfordert und meinte, die Leere mit Alkohol füllen zu müssen.«

Er sah nach allem anderen als nach einem Alkoholiker aus.

»Ich kann mich ganz gut tarnen«, sagte er, als hätte er meine Gedanken erraten. »Außerdem habe ich es nie so weit kommen lassen, dass man es mir angesehen hätte. Du weißt – mein Äußeres war mir schon immer wichtig.«

Das stimmte. Matthias war nie aus dem Haus gegangen, ohne den Sitz seiner Locken eingehend zu prüfen und gegebenenfalls noch schnell das Hemd zu wechseln. Leute, die ihn nicht gemocht hatten, hielten ihn für einen eitlen Fatzke. Ich hatte es erfrischend gefunden, dass sich jemand über den damals herrschenden Jeans- und Schlabberpullilook hinwegsetzte.

»Aber es hat gereicht, um mich aus der Bahn zu werfen und den Job zu verlieren«, fuhr er fort. »Von meiner Beziehung mal ganz zu schweigen. Mittlerweile bin ich seit zwei Jahren arbeitslos, und ich muss dir nicht sagen, wie meine Chancen auf dem Arbeitsmarkt inzwischen aussehen. Beschissen ist gar kein Ausdruck.«

»Das tut mir leid«, sagte ich und meinte es auch so.

Matthias war einer der begabtesten Schüler auf dem Gymnasium gewesen, und ich konnte mir gar nicht vorstellen, dass seine Fähigkeiten nicht gefragt sein sollten.

»Und was machst du jetzt so?« schob ich etwas hilflos hinterher.

»Ich gebe ein bisschen Nachhilfe, nehme alle möglichen Aushilfsjobs an. Und ich schreibe an einem Buch, das nie jemanden interessieren wird.«

»Woher willst du das denn wissen?«

»Nett, wie du das sagst. Aber ich bitte dich – ein Roman mit philosophischem Inhalt, zudem alternativ angehaucht und noch dazu von einem gescheiterten Journalisten verfasst – das klingt nicht gerade nach Knüller, oder?« hielt er dagegen.

»Das kann ich nicht beurteilen«, widersprach ich. »Außerdem scheint er dir doch am Herzen zu liegen.«

»Ja, irgendwie schon.«

Er winkte ab. Einen Moment schwiegen wir. Matthias stopfte seine Pfeife neu.

»Hast du noch Kontakt zu Holger?« fragte ich weiter. Die beiden waren in der Schule eng befreundet gewesen.

Matthias nickte und betrachtete eine Weile die rot auflodernde, leise knisternde Glut seines Tabaks.

»Immer mal wieder«, sagte er und strich fast liebevoll über den kastanienbraunen Pfeifenkopf. »Ich wohne ja nur zwei Dörfer weiter. Man sieht sich, und die beiden haben mich eingeladen. Es sind übrigens einige von unserer Schule gekommen.«

Er nannte mehrere Namen, die mir allesamt kaum etwas sagten oder aber Erinnerungen weckten, die mich nicht sonderlich berührten, obwohl Matthias die eine oder andere Anekdote aus dem jeweiligen Lebenslauf beizusteuern wusste. Nur bei einem Namen stutzte ich. Mira. Das Mädchen mit den Zöpfen und dem pausbäckigen Gesicht. Wir waren schon in der Grundschule in eine Klasse gegangen und dicke Freundinnen gewesen – lange Zeit unzertrennlich. Mira hatte gleich um die Ecke gewohnt. Später war ihre Familie zwar umgezogen, aber wir hatten uns ein Jahr darauf auf dem Gymnasium wiedergetroffen. Aus irgendeinem Grund, fiel mir auf einmal ein, hatten wir unsere Freundschaft dort nicht weitergeführt. An die Ursachen erinnerte ich mich nicht. Vielleicht hatten wir an die unbeschwerte Mädchenfreundschaft einfach nicht mehr anknüpfen können. So was sollte es ja geben.

»Mira«, wiederholte ich nachdenklich. »Mira Thorn. Was ist aus ihr geworden, weißt du das?«

»Sie hat eine Ausbildung zur Tierpflegerin gemacht und ist später sogar Tierärztin geworden«, sagte Matthias. »Ich habe sie vor einigen Jahren mal bei einem Konzert in Hannover getroffen, da erzählte sie etwas in der Art. Und vor drei oder vier Monaten sind wir uns auf einer Geburtstagsfeier begegnet, da hat sie ganz stolz von einer neuen Praxis irgendwo in Hannover berichtet. Übrigens«, er wies mit seiner Pfeife zur gegenüberliegenden Bar. »Da steht sie. Frag sie doch selbst.«

Ich sah hinüber zu der Frau, die einmal das Mädchen Mira gewesen war, und kam mir plötzlich albern vor. Sollte ich jetzt wirklich hinüberrennen und ein großes Hallo veranstalten? Wir kannten uns doch gar nicht mehr. Unsere Freundschaft lag über dreißig Jahre zurück. Ich schüttelte den Kopf.

»Ach, was soll das?« wehrte ich ab. »Man hat sich doch sowieso nichts mehr zu sagen.«

»Nein? Wir beide haben uns doch bislang auch ganz nett unterhalten, findest du nicht?«

»Ja, schon, aber ...«

Er legte den Kopf schief. »Sag nicht, dass du irgendwie scheu geworden bist in den letzten Jahrzehnten. So kenne ich dich jedenfalls nicht.«

Ich zuckte die Achseln. »Die Zeiten ändern sich und die Menschen auch.«

Matthias verdrehte die Augen. »Nun stell dich nicht so an!«

»Willst du mich loswerden, oder was?«

Er schüttelte belustigt den Kopf und hob plötzlich den Arm. Bevor ich ihn daran hindern konnte, begann er zu winken und rief quer durch den Saal nach Mira. Die Frau sah sofort in unsere Richtung, winkte zurück und machte sich, nachdem sie noch einige Worte mit einem anderen Gast gewechselt hatte, schnurstracks auf den Weg. Je näher sie kam, desto mulmiger wurde mir. Ich versuchte meine seltsame Befangenheit beiseite zu schieben. Nun ist es aber gut, schalt ich mich in Gedanken. Eine alte Sandkastenfreundin – was ist denn schon dabei? Schließlich hatte ich vorher gewusst, dass sich hier heute Abend viele Leute aus meiner Schulzeit versammeln würden.

»Hallo, Mira«, rief Matthias ihr entgegen. »Schön, dich zu sehen. Rate mal, wer hier neben mir sitzt und sich ebenso feige wie ich vor dem Kostümtanzen drückt?«

Mira begrüßte Matthias mit einem feinen Lächeln, dann sah sie mich an. Grüne Augen. Waldaugen. Blondes, gutgeschnittenes kurzes Haar. Von Pausbäckigkeit und Pubertätsfettpolstern keine Spur mehr, selbst wenn man berücksichtigte, dass der grünschwarze Hosenanzug für eine schmale, elegante Silhouette sorgte. Auf der Straße hätte ich sie schon allein deswegen nicht erkannt. Sie war gut geschminkt, wirkte jünger als eine Vierzigjährige, und sie blickte mich ratlos an.

Matthias lachte. »Erwischt! Du weißt nicht, wer sie ist, oder?«

Mira runzelte die Stirn, und plötzlich stutzte sie.

»Ariane«, sagte ich eilig, um dem Ratespiel ein Ende zu machen, bevor es noch peinlicher wurde. »Hallo, Mira! Matthias hat mir gerade gesagt, dass du auch hier bist.«

Es vergingen einige Sekunden, bevor Mira halbherzig auf mein Lächeln reagierte.

»Wir waren als Kinder eng befreundet«, fügte ich hinzu, weil ich dachte, sie könnte mich immer noch nicht einordnen.

Sie nickte langsam. »Ja, ich weiß«, sagte sie zu meinem Erstaunen. »Wir wohnten in einer Straße und haben uns immer genau auf der Mitte zwischen unseren Elternhäusern getroffen – unter der Eiche am Marktplatz.«

»Stimmt«, erinnerte ich mich. »Dann sind wir als erstes losgezogen, um Eis zu kaufen oder Gummibärchen – je nach Jahreszeit.« Eine angenehme Wärme durchströmte mich. Mira hatte meist ein Springseil dabeigehabt, ich war mehr für die Ballspiele und fürs Radfahren gewesen, und das Rollschuhfahren hatte ich geliebt. »Ihr seid dann ja leider weggezogen«, fiel mir ein.

»Ins Haus meiner Großeltern«, bestätigte sie. »Da war mehr Platz. Ich war acht oder neun Jahre alt damals.« Sie wandte das Gesicht kurz ab, als hinge sie einem Gedanken nach.

»Und auf dem Gymnasium haben wir uns dann wiedergesehen«, fügte ich hinzu, erleichtert, dass allmählich eine gewisse Lockerheit spürbar wurde.

Sie schüttelte sofort den Kopf.

»Die Schule habe ich doch gar nicht gewechselt – ich meine:

die Grundschule«, wandte sie ein. »Meine Eltern wollten mir vor dem Wechsel aufs Gymnasium keine weitere Schule zumuten. So bin ich jeden Tag mit dem Bus gefahren oder wurde kutschiert«, erklärte sie in sachlichem Ton.

»Das heißt, wir waren die ganze Zeit in einer Klasse?« Ich war perplex. Daran konnte ich mich gar nicht erinnern. »Ich dachte ...«

»Das ist ja auch alles schon eine ganze Weile her«, machte Matthias sich wieder bemerkbar und sah Mira an. »Was trinkst du?«

Mira setzte ein entschuldigendes Lächeln auf. »Tut mir leid, ihr beide, aber ich habe versprochen, dass ich ...«

»Abgelehnt«, warf Matthias dazwischen und rückte einen Barhocker für sie zurecht. »Du kannst uns jetzt hier nach einem so kurzen Hallo nicht einfach stehenlassen.«

Mira seufzte, setzte sich und ließ sich zu einem Sherry überreden. Ich hatte das irritierende Gefühl, dass sie meinetwegen am liebsten sofort wieder davongeeilt wäre. Doch welchen Grund sollte es dafür geben, abgesehen von einer gewissen Verlegenheit, die derartigen Begegnungen oftmals anhaftete? Und warum konnte ich, die ich sonst doch auch nicht auf den Mund gefallen war, nicht vernünftig gegensteuern?

Matthias reichte mir ein weiteres Glas Wein, ich prostete Mira zu und beschloss, die Befangenheit zwischen uns zu ignorieren und in die Offensive zu gehen.

»Matthias hat vorhin erwähnt, dass du Tierärztin geworden bist«, sagte ich in leutseligem Ton.

Mira sah mir kurz in die Augen. »Das stimmt.«

Ich erwartete, dass sie ihre Arbeit zumindest mit ein, zwei Sätzen erläutern würde, was aber nicht geschah. Mira nippte an ihrem Sherry, sah an mir vorbei und schwieg. Eine peinliche Stille trat ein. Vielleicht war sie auch nur mir peinlich – in jedem Fall war sie auffällig, denn Matthias blickte Mira verblüfft an.

»Toll«, kommentierte er schließlich die einsilbige Antwort. »Sag mal, ist das alles, was du zu diesem Thema beisteuern möchtest?«

Mira sah kurz auf das Glas zwischen ihren Händen. »Was gibt es da groß zu berichten?«

»Meine Güte, nun stapel doch nicht so tief«, forderte Matthias sie auf. »Mir hast du doch auch ausführlich davon erzählt.« Er wandte sich an mich. »Sie macht nämlich Verhaltenstherapie für Tiere – sie ist so 'ne Art Pferdeflüsterin, verstehst du? Ihr Schwerpunkt sind allerdings Katzen. Kannst du dir vorstellen, dass man Katzen therapieren kann? Irre Vorstellung, oder? Ich dachte immer, dass man die gar nicht erziehen kann, weil die sowieso machen, was sie wollen – ob ihr Dosenöffner das nun gut findet oder nicht.«

Ich war unmerklich zusammengezuckt – oder vielleicht doch nicht ganz so unmerklich, denn Mira heftete ihren Blick auf einmal so konzentriert auf mich wie zu keinem anderen Zeitpunkt in diesem Gespräch. Sie benimmt sich merkwürdig, zumindest unhöflich, dachte ich zum wiederholten Male – entweder guckt sie durch mich hindurch oder sie starrt mich an.

»Es geht meistens weniger darum, die Katzen zu therapieren oder zu erziehen, als vielmehr den Menschen klarzumachen, was die Tiere mit ihrem Verhalten ausdrücken wollen«, erläuterte Mira.

»Interessant«, sagte ich, aber eigentlich wollte ich kein weiteres Wort darüber hören.

»Ja, nicht wahr?« Plötzlich schien Mira hellwach und sehr mitteilungsfreudig. »Eine angriffslustige Katze hat einen Grund für ihr Verhalten – ebenso wie ein Kater, der plötzlich sein Geschäft an unerwünschten Stellen in der Wohnung macht. Der Mensch jedoch sieht nur die Handlung, die ihm nicht passt.«

»Na, wer will schon, dass der Kater ins Bett pisst?« meinte Matthias lakonisch. »Kann man ja verstehen.«

»Sicher. Nur viele Katzen, die plötzlich unangenehme Gewohnheiten an den Tag legen, landen im Tierheim oder auf der Straße. Ginge man den Ursachen auf den Grund, ließe sich Abhilfe schaffen – zur Freude beider Seiten.«

Wie schön, dachte ich und setzte eine neutrale Miene auf.

»Ist die Katze gesund, freut sich der Mensch«, zitierte Matthias und grinste breit. Er wirkte längst nicht mehr so melancholisch wie zu Beginn unseres Treffens. Allerdings trank er auch ein Bier nach dem anderen. »Ich hatte mal einen Kater, der immer nur im Winter auftauchte. Ein echter Streuner. In der warmen Jahreszeit hab ich ihn kaum gesehen. Na ja, irgendwann kam er nicht wieder – das fand ich schon traurig.« Er sah mich von der Seite an. »Und du? Die Berliner haben doch alle mindestens einen Hund.«

Ich schüttelte den Kopf. »Weder noch. Ich bin überhaupt kein Tierfan.« Ich trank einen Schluck Wein. »Das heißt, zur Zeit habe ich für einige Tage eine Katze in Pflege. Damit bin ich allerdings schon fast überfordert.« Ich schickte ein Lachen hinterher, das ziemlich künstlich klang.

»Das kann ich mir vorstellen«, sagte Mira leise und verzog das Gesicht zu einer Miene, die ich nicht deuten konnte.

»Ja? Wieso?«

»Sagen wir mal so – du mochtest schon als Kind keine Tiere«, erwiderte sie nach einer irritierend langen Pause.

»Was du nicht sagst – so genau erinnere ich mich nicht mehr, aber es kann natürlich sein, dass du recht hast«, gab ich verblüfft zu. Ich zuckte die Achseln mit aufgesetzter Lässigkeit. »Macht ja auch nichts. Die einen sind verrückt nach ihren Vierbeinern, die anderen können oder wollen nicht mit ihnen leben.«

Es soll sogar vorkommen, dass man die Viecher einfach nicht ausstehen kann – ja, das soll es auch geben, dachte ich, behielt die Bemerkung jedoch für mich. Und überhaupt: Was war das für ein bescheuertes Thema. Nicht schon wieder! Und warum benahm Mira sich so merkwürdig?

»Das werde ich zwar nie verstehen, aber natürlich gibt es das auch«, sagte sie in abschließendem Ton und stellte ihr geleertes Sherryglas auf die Theke. »Drüben wartet eine alte Freundin auf mich – tut mir leid, ich muss jetzt wieder los.« Sie stand auf und lächelte unverbindlich in die Runde. »War nett, mit euch zu plaudern.«

Das war es nicht, dachte ich, du trägst verdammt dick auf, und ich wüsste gern, was dieses ganze Theater soll. Sie hob kurz die Hand zum Gruß und ging davon. Matthias sah ihr einen Moment hinterher und schüttelte den Kopf.

»Die war aber komisch heute«, stellte er fest. »So kenne ich die gar nicht.« Er warf mir einen Blick zu. »Was meinst du?«

»Ich meine gar nichts«, entgegnete ich und war froh, dass ich nicht die einzige war, die sich an Miras Verhalten gestoßen hatte. »Vor hundert Jahren gab es mal ein Mädchen namens Mira, mit dem ich häufig zusammen gespielt habe. Diese Frau da ... sagt mir nicht viel. Außerdem hatte ich das dumme Gefühl, dass sie sich nicht einmal gern an mich erinnerte.«

»Dafür wusste sie aber einige Einzelheiten noch ziemlich genau.«

Ich zuckte die Achseln. »Nicht so wichtig.«

In der Tat, es war einfach nicht wichtig, und dieser Abend war kaum dazu da, dass ich mir den Kopf über eine Frau zerbrach, die offensichtlich nicht wusste, wie sie sich mir gegenüber verhalten sollte. Wahrscheinlich hatte Mira etwas gegen Lesben – schon damals –, denn kurz nach dem Schulwechsel war meine Leidenschaft für das weibliche Geschlecht erstmals entfacht. Das hatte sie vielleicht befremdet. Bestimmt. Ich nickte zufrieden. Das klang wohltuend plausibel. So musste es wohl gewesen sein. Andererseits – warum erinnerte ich mich nicht an die gemeinsamen Schuljahre nach ihrem Umzug? Schließlich waren wir damals acht oder neun Jahre alt gewesen, wie sie selbst gesagt hatte, und der Wechsel aufs Gymnasium war erst mit ungefähr zwölf Jahren erfolgt – eine nicht gerade kurze Zeitspanne.

»Du guckst ganz schön griesgrämig«, unterbrach Matthias mein Grübeln und legte kurz seine Hand auf meine. »Ist alles in Ordnung mit dir?«

»Na klar. Ich bin nur etwas ... Ach, vergiss es.«

Ich wischte meine Gedanken kurzerhand beiseite, unterhielt mich noch eine Weile mit Matthias und ließ mich schließlich von Veronika und Christoph mit ins Getümmel ziehen.

Die Musik war inzwischen lauter und fetziger geworden, der Alkoholpegel deutlich gestiegen; das Büffet konnte zwar nicht mit Riekes Kochkünsten mithalten, bot aber dennoch viele leckere, eher deftige Gerichte. Zu meiner Erleichterung waren Marion und Holger sichtlich erfreut, dass ich ihrer Einladung gefolgt war. Ich taute zunehmend auf und begab mich auf die Tanzfläche. Nach zwei Tänzen war mir warm; ich spürte, dass der Blick einer reizenden Frau auf mir lag und zog sie kurzerhand zu mir aufs Parkett. Eine junge schöne Frau mit Stupsnase und honigblonden Haaren, die ihr den Rücken hinabflossen. Die Anspannung fiel von mir ab, während ich mir einen kleinen Flirt erlaubte und die Musik genoss. Nach einer halben Stunde war ich verschwitzt und durstig. Die honigblonde Frau namens Eva besorgte uns etwas zu trinken, und wir stießen miteinander an. Leider war ich nicht ihre einzige Verehrerin – kaum hatten wir ein halbes Glas geleert, wurde sie von einem langen dürren Mann mit Ziegenbärtchen und unübersehbarem Schwips aufgefordert. Sie lächelte mir ein wenig bedauernd zu und entschwand dann auf die Tanzfläche.

Ich sah ihr einen Moment amüsiert hinterher und wollte mir gerade einen ruhigeren Platz zum Verschnaufen suchen, als ich Mira einige Meter entfernt mit einer anderen Frau ins Gespräch vertieft entdeckte. Die beiden hatten die Köpfe wie junge Mädchen zusammengesteckt und tuschelten angeregt. Plötzlich blickte Mira hoch, und unsere Blicke trafen sich. Ich nickte ihr zu, hob mein Glas und lächelte. Eine Sekunde, zwei, drei – Mira verzog keine Miene, wandte sich dann abrupt um und zog ihre Freundin eilig mit sich.

Die Reaktion war unmissverständlich – es gab keine Möglichkeit, sie anders zu deuten. Mein Lächeln war wie eingefroren, und ich stand eine Weile einfach nur reglos da. Blöde Kuh, dachte ich dann, was fällt dir eigentlich ein? Sag mir gefälligst, was dir gegen den Strich geht! Meine Hände umklammerten das Glas, und mein Herz klopfte lächerlicherweise viel zu schnell. Kümmere dich nicht um sie, genieß die Feier, tanz mit der Honigblonden und vergiss Mira, fuhr es mir durch den Kopf, aber meine Füße hatten sich schon in Bewegung gesetzt. Mira und ihre Begleiterin waren im Begriff, den Saal zu verlassen. Ich stellte mein Glas ab und folgte ihnen, ohne recht zu wissen, was ich machen sollte, wenn ich sie eingeholt hatte.

Im Flur schlug mir kühle Luft entgegen. Mira und die andere Frau standen vor einem Zigarettenautomaten. Beide sahen hoch, als ich näher kam. Mira zuckte zusammen und atmete hörbar ein. Ich verlangsamte meine Schritte und blieb schließlich ein paar Meter vor ihr stehen. Ich fühlte mich wie eine Zwölfjährige, die von einem Tag auf den anderen von ihren Freundinnen missachtet wird, ohne dass sie den Grund dafür erfährt. Alle machen sich lustig und gehören zusammen – nur eine nicht.

»Sag mal, was ist eigentlich los?« fragte ich Mira, ohne lange zu überlegen.

»Was soll denn los sein?« entgegnete sie, während ihre Freundin eine Schachtel Zigaretten zog.

»Ich denke, du weißt, was ich meine«, erwiderte ich. »Du verhältst dich mir gegenüber ausgesprochen merkwürdig – sagen wir: ablehnend. Hab ich dir irgendwann vor dreißig Jahren mal eine Schaufel geklaut? Ich erinnere mich nicht daran, aber man kann ja nie wissen, und sollte es so gewesen sein, bitte ich vielmals um Entschuldigung.«

Weder Mira noch die Freundin lächelte.

»Lass gut sein, Ariane«, gab sie kühl zurück.

»Oder hast du ein Problem damit, wenn ich mich mit einer Frau amüsiere?« hakte ich nach.

»Mach dich nicht lächerlich!«

»Keine Sorge, davon bin ich weit entfernt«, erwiderte ich und hob das Kinn. »Also – wenn du was gegen mich hast, dann sag mir warum, oder benimm dich zumindest höflich. Das ist wohl nicht zuviel verlangt.«

Mira starrte mich an. Ihre Freundin trat von einem Bein aufs andere.

»Hör mal, soll ich euch vielleicht besser alleine ...«

»Nein, Steffi, du bleibst hier«, unterbrach Mira sie, und Steffi öffnete ihre Zigarettenschachtel.

Einige Leute verließen den Saal, andere kamen von draußen herein. Ich beachtete die Unruhe gar nicht. Steffi steckte sich eine Zigarette an. Die Saaltür fiel zu, dann waren wir wieder zu dritt.

»Also, was ist nun? Was trägst du mir nach?«

Mira schüttelte den Kopf, als könnte sie es nicht fassen. »Du erinnerst dich nicht? Ich kann es kaum glauben.«

»Sonst würde ich wohl kaum so beharrlich nachfragen, oder?«

»Da hat sie recht«, mischte Steffi sich ein. »Das musst du zugeben.«

Mira machte eine ungeduldige Handbewegung in ihre Richtung, während ich die Spannung kaum noch ertrug.

»Wir waren doch keine Kleinkinder mehr, sondern acht Jahre alt«, sagte Mira schließlich.

»Ja, und?« Ich war perplex. »Du wirfst mir etwas vor, was mehr als dreißig Jahre zurückliegt und wunderst dich, dass ich mich nicht entsinnen kann?«

Sie kniff die Lippen zusammen.

»Ariane, du erinnerst sich daran, dass wir Gummibärchen gekauft haben, aber die Geschichte mit Puma ist dir entfallen? Daskann doch wohl nicht sein ...«

Sie sagte noch einiges mehr, aber es drang nicht zu mir durch. Als hätte jemand plötzlich den Ton abgedreht. Ich schlang die Arme um meine Mitte und trat zwei Schritte zurück. Rechts waren die Toilettenräume. Ich wandte mich um und stürzte durch die Tür. Zwei Frauen, die an den Waschbecken standen und ihr Make-up auffrischten, sahen mir nach, als ich durch den Vorraum rannte. Ich nahm die hinterste Kabine, knallte die Tür zu und setzte mich auf den Klodeckel. Heftig atmend, während mich eine Migräneattacke überkam. Schwindel ergriff mich. Als die beiden Frauen den Raum verließen, hörte ich nur noch mein Wimmern.

## 18

Ich weiß nicht, wie lange ich auf dem Klo saß – zwanzig Minuten, eine halbe Stunde? Frauen kamen und gingen, es wurde geplappert, gelacht, gelästert. Der eiserne Ring um meinen Kopf schloss sich immer enger zusammen. Irgendwann übergab ich mich. Glücklicherweise hatte ich ein paar Tabletten dabei, doch die Wirkung setzte nie sofort ein, und auch diesmal musste ich mich gedulden. Schließlich spürte ich, dass die Schmerzwellen nicht mehr so hoch schlugen und die Abstände dazwischen länger wurden. Ein gutes Zeichen. Ich lehnte den Kopf an die kühlen Kacheln und versuchte gleichmäßig zu atmen. Dann stand ich langsam auf. Der Boden wankte, und meine Knie fühlten sich weich an, aber nach einigen Minuten stabilisierte sich mein Kreislauf ein wenig, so dass ich die Toilettenkabine zu verlassen wagte.

Ich wusch mich und verließ langsam, fast bedächtigen Schrittes den Waschraum. Ich musste in den Saal zurück, um Veronika zu suchen, aber das war leichter gesagt als getan. Stetiges Flimmern vor den Augen beeinträchtigte mein Sehvermögen, ich spürte mein Herz im ganzen Körper klopfen und war außerstande, mich durch die Menge zu arbeiten und dabei Ausschau nach meiner Schwester zu halten. Schließlich besorgte ich mir ein großes Glas Wasser, taumelte nach draußen und atmete die frische Nachtluft ein. Die Kirchturmuhr schlug elf Mal. Ich setzte mich einige Meter abseits auf eine Bank. Meine Knie zitterten – mein ganzer Körper schien in Bewegung zu sein, samt Zähnen, Lippen, Händen, Füßen.

Puma. Ein Kater, der so ausgesehen hatte, wie er hieß. Es war etwas Schreckliches passiert, das war klar, doch an mehr konnte ich mich nicht erinnern. Eine Katze – ein Tier und eine furchtbare Geschichte dazu, die bislang ein dunkler Fleck war. Ich presste die Hände zwischen die Knie, um sie unter Kontrolle zu bekommen. Was war passiert, das mich nach über drei Jahrzehnten so aus der Bahn warf? Wollte ich das wirklich wissen? Die Frage erübrigte sich – immerhin erkannte ich das.

Ich nahm zwei weitere Tabletten, trank das Glas Wasser, blieb noch zehn Minuten sitzen und stand schließlich auf, um mir die Beine zu vertreten. Ich gewann die Balance zurück. Was für ein wunderbares Gefühl. Langsam, aber entschlossen ging ich in Richtung Festsaal zurück; als ich die Tür öffnete, wollte Mira gerade ins Freie treten.

»Wo warst du so lange?« fragte sie, nachdem sie mich kurz gemustert hatte – offenbar unschlüssig, wie sie meinen Zustand bewerten sollte und ob ihre Frage überhaupt angemessen war.

»Ich glaube nicht, dass dich das wirklich interessiert.«

»Du siehst ziemlich käsig aus«, wich sie mir aus.

»So fühle ich mich auch.«

»Tut mir leid«, sagte sie. »Dein Abgang vorhin war ... na ja, du warst völlig geschockt, und da dachte ich, es ist besser, mal nach dir zu sehen.« Sie räusperte sich.

Miras Mitgefühl war zwar kaum zu spüren, aber immerhin gab sie sich Mühe, nicht völlig herzlos zu erscheinen.

»Ich muss mit dir reden«, sagte ich nach einer kurzen Pause.

Hinter ihr drängten zwei Pärchen ins Freie. Mira trat zur Seite und sah mich dann wieder an. »Worüber?« Das klang schon wieder deutlich abweisend.

»Du musst mir erzählen, was passiert ist«, fuhr ich unbeirrt fort.

Miras Augen glitten über mein Gesicht.

»Ich erinnere mich an nichts.«

»Bitte!?«

»Vorhin, als du Puma erwähnt hast – das hat mich, ja: umgehauen kann man wohl sagen. Aber, wie gesagt, ich weiß nicht, was geschehen ist. Ich spüre nur, dass es fürchterlich gewesen sein muss.«

»Du kannst dich an rein gar nichts erinnern?« Mira schien es kaum glauben zu können.

»Wenn ich es dir doch sage.«

Sie steckte die Hände in die Hosentaschen, nahm sie dann wieder heraus und verschränkte die Arme vor der Brust. »Ariane, ich weiß nicht – wir sind auf einer Hochzeitsfeier, und das ist nicht der richtige Ort, um über derartige Geschichten zu reden.«

Ich warf ihr einen scharfen Blick zu. »Jeder Ort ist für mich der richtige. Hör zu, Mira, ich bin seit geraumer Zeit ziemlich neben der Spur, und in meinem Leben geschehen Dinge, die ich Mühe habe zu verstehen. Ich habe das dumme Gefühl, dass diese warum auch immer in mir vergrabene Geschichte eine Rolle dabei spielen könnte. Verstehst du?«

»Das hört sich aber sehr dramatisch an.« Sie schüttelte den Kopf. »Ich meine, das liegt ja mittlerweile schon ewig und drei Tage zurück, und es war eine üble Sache, daran gibt's nichts zu rütteln. Aber derartige Auswirkungen, wie du sie gerade andeutest, halte ich nun doch für übertrieben. Du weißt doch noch nicht mal, worum es überhaupt geht«, bemerkte sie.

»Deine Einschätzung in allen Ehren, aber das hilft mir überhaupt nicht weiter. Immerhin erinnerst du dich sehr genau und hältst es sogar für angemessen, mir nach über dreißig Jahren auf einer Feier bitterböse Blicke zuzuwerfen und mir auszuweichen, als hätte ich was Ansteckendes«, wandte ich ein. Ihre hochnäsige und bornierte Art ging mir allmählich ganz erheblich gegen den Strich.

»Schon gut, ich wollte dir nicht zu nahe treten, nur – wir sind hier auf einer Hochzeit und ...«

»Das hatten wir schon«, fuhr ich ihr über den Mund. »Wenn dich das so beschäftigt und du jetzt unbedingt zurück in den Saal willst, dann treffen wir uns eben morgen oder übermorgen irgendwo zu einem Kaffee, oder ich besuche dich. Du kannst mich jetzt nicht einfach mit irgendwelchen seltsamen Andeutungen hängenlassen. Andeutungen, die mich zutiefst beunruhigen, gelinde gesagt.«

Mira atmete tief durch. »Du könntest doch auch mit deiner Mutter sprechen.«

»Bitte? Was hat denn meine Mutter damit zu tun?«

»Nun, sie hat doch auch alles mitbekommen, viel direkter noch als ich«, antwortete Mira. »Ehrlich gesagt ist mir schleierhaft, wieso das nie wieder ein Thema zwischen euch war. Oder hast du die Gespräche mit ihr auch vergessen – verdrängt?«

Sie kann mich nicht ausstehen, dachte ich erschöpft. Dann eben nicht.

»Mira, gib mir zehn Minuten«, bat ich sie leise. »Ein kurzer Rundgang um den Marktplatz. Bitte. Das kannst du mir guten Gewissens wirklich nicht abschlagen.«

Sie starrte mich bestimmt zehn Sekunden lang an, dann nickte sie kurz. »Na gut. Komm. Am besten, wir bringen es gleich hinter uns.«

Wir schritten flott aus und erreichten den Marktplatz innerhalb kürzester Zeit. Mira verlangsamte das Tempo.

»Meine Großeltern hatten Katzenjunge«, begann sie schließlich. »Sechs kleine Kätzchen – eines niedlicher als das andere.

Natürlich konnten sie die Jungen, bis auf eines, nicht behalten, und so wurde ein neues Zuhause für die Kleinen gesucht. Ich war ziemlich unglücklich, weil meine Mutter keines aufnehmen wollte. Später stellte sich heraus, dass meine Eltern zu diesem Zeitpunkt bereits den Umzug ins Haus meiner Großeltern planten, was ich aber nicht wusste, und wo dann ja ein kleines Kätzchen auf uns wartete. Aber das nur so nebenbei. Jedenfalls hat deine Mutter einen der kleinen Kater genommen – eben Puma. Und Puma war der niedlichste und anschmiegsamste von allen. Den hätte ich auch gerne gehabt. Aber deine Mutter durfte als erste auswählen.«

»Meine Mutter?« fragte ich ungläubig.

»Ja, deine Mutter«, wiederholte Mira. »Und ich war froh, dass er zu euch kam, denn so konnte ich Puma immer bei dir besuchen. Er war wirklich bildschön, und alle waren ganz vernarrt in ihn. Du anfangs auch. Du hattest dir sogar ein Katzenstofftier zum Geburtstag gewünscht, das du Amup nanntest – Puma rückwärts geschrieben.«

Ein wehes Gefühl erwachte in mir. Amup. Der Name klang in mir nach. Ein roter Stoffkater mit schlauen Augen. Mira sah mich von der Seite an. »Erinnerst du dich immer noch nicht?«

»Ich bin nicht sicher ... Erzähl doch bitte einfach weiter.«

»Ich weiß nicht warum, aber irgendwann hast du den Spaß an Puma verloren«, fuhr Mira fort.

Ein schemenhaftes Bild begann allmählich Konturen anzunehmen. Meine Mutter, die sich über ein Bettchen beugt. Ein Bettchen? Eine Wiege. Aber darin liegt kein Baby, sondern Puma. Er schnurrt und streckt sich mit samtigen Pfoten.

»Wie meinst du das?« fragte ich.

»Du mochtest dich nicht mehr um ihn kümmern, hast dich abseits gehalten, wenn wir ...«

»Wer ist denn wir?«

»Deine Mutter, Veronika und ich – wenn wir mit Puma spielten oder ihm einfach nur zusahen, wenn er herumtobte. Es interessierte dich einfach nicht mehr«, fuhr sie fort.

»Meine Mutter hat mit einer Katze gespielt?« Das fühlte sich seltsam fremd und vertraut zugleich an.

»Ja. Sie hat den Kleinen richtig geliebt, wenn ich mir das im Rückblick vergegenwärtige«, sagte Mira.

Das Bild mit der Wiege tauchte erneut auf. Das Lächeln meiner Mutter, das glänzende weiche Fell des Katers, sein zur Seite geneigter Kopf. Erneutes Zittern ließ mich frösteln.

»Und weiter?« fragte ich.

»Ich weiß nicht mehr genau, wann es war, aber ich denke, Puma war vielleicht drei, vier Monate alt, als er eines Tages verschwand. Wie vom Erdboden verschluckt«, hob Mira wieder an. »Wir haben alle nach ihm gesucht. Du warst auch dabei, jedenfalls zeitweise.« Sie sah mich aufmerksam an. »Je mehr Stunden vergingen, um so stiller wurde deine Mutter. Sie war richtig niedergedrückt, hat sogar geweint – und sie wollte auch nicht glauben, dass Puma vielleicht einfach nur aus dem Haus entwischt war und einen langen Ausflug machte. Er läuft nicht weg, sagte sie immer wieder, der nicht. Der verschwindet doch nicht einfach. Der nicht. Alle befürchteten insgeheim, dass er überfahren worden war.«

Ich verspürte einen Stich im Magen. Meine Mutter hatte geweint. Das hatte ich noch nie erlebt. Meine Mutter und Tränen – das passte nicht zusammen, egal in welchem Zusammenhang. So sah jedenfalls meine Erinnerung aus.

»Und?« fragte ich leise. »Was war passiert?«

Mira räusperte sich. »Sie hat ihn einige Tage später gefunden. Er war im kleinen Wäldchen unter der Kastanie vergraben.« Sie verlangsamte ihre Schritte und blieb stehen. Ich tat es ihr gleich. »Weißt du, welchen Baum ich meine?«

Ich nickte wie in Zeitlupe.

»Puma war in einen Pappkarton gesperrt, der mit einem Stein

beschwert war«, fuhr sie leise fort. »Er war erstickt – in einem Grab, das du ihm geschaufelt hattest. Du hast ihn umgebracht.«

Die Bilder schienen in mir zu explodieren. Ich hatte sogar ein kleines Holzkreuz zusammengebunden und ein Gebet gesprochen. Leise und mit gefalteten Händen. Ich trug meine blaue Cordhose, aus der Gesäßtasche holte ich den Zettel, auf den ich ein paar Zeilen aus einem Gebetsbuch abgeschrieben hatte. Während ich mit ernstem Gesicht vor dem Grab Aufstellung genommen hatte, waren Geräusche aus der Erde zu mir hochgedrungen. Ich war verwundert gewesen. Aber Geräusche gehörten zum Sterben dazu. Zum Tod vielleicht auch. Ich wusste es nicht genau, aber ich machte alles so, wie ich es mal bei einer richtigen Beerdigung mitbekommen hatte. Erde zu Erde ... Dann ging ich weinend nach Hause. Dort wollte niemand sehen, dass ich trauerte. Alle hatten nur Puma im Sinn. Wie immer.

»Alle waren furchtbar entsetzt. Ein Kind bringt ein Kätzchen um. Ich bin kurz danach umgezogen und habe die Freundschaft zu dir abgebrochen. Für mich warst du eine Katzenmörderin«, brachte Mira die Geschichte zu Ende.

Ich hatte mich abgewandt und an die Steinmauer am Marktplatz gelehnt. Mir war, als hätte ich noch die Erde an den Händen, mit der ich damals das Grab zugeschüttet hatte. Sorgfältig und sie sanft festklopfend.

»Und um ehrlich zu sein, verstehe ich bis heute nicht, was in dir vorging, und – ja – ich trage dir nach, was du gemacht hast. Die Geschichte wurde nie zwischen uns erwähnt, und selbst wenn wir uns doch noch mal über den Weg liefen, hast du so getan, als wäre nichts passiert.«

»Ich bin damals krank geworden«, erinnerte ich mich. »Bronchitis glaube ich.«

»Stimmt«, sagte Mira. »Du hast wenig später einige Wochen in der Schule gefehlt.« Sie sah mich. »Und wenn wir schon dabei sind, alles aufzurollen und du dich allmählich erinnerst, dann erklär mir bitte, warum du das getan hast.«

Ich stieß mich von der Mauer ab. »Das werde ich, Mira – aber nicht heute abend.« Ich hob die Hände, um ihren Protest abzuwehren. »Ich muss zunächst noch mit meiner Mutter sprechen. Aber soviel kann ich dir jetzt schon sagen – es war nicht so, wie du denkst ... wie du die ganze Zeit gedacht hast.«

»Willst du damit sagen, dass du es gar nicht warst?«

Ich schüttelte den Kopf. »Ich kann dir jetzt keine Fragen beantworten. In meinem Kopf summt es wie in einem Bienenstock. Wenn du mir deine Telefonnummer gibst, rufe ich dich an, sobald ich alles geklärt habe. Ich kann dir auch eine Mail schicken, falls dir das lieber ist. Oder einen Brief schreiben.«

Sie griff in ihre Jackentasche und gab mir eine Visitenkarte.

»Ich liebe Katzen«, sagte sie, während wir uns umwandten und den Weg zurück zum Festsaal einschlugen. »Ich habe dir nicht mehr über den Weg getraut, nachdem bekannt geworden war, dass du für Pumas Tod verantwortlich warst.«

»Du traust mir heute noch nicht über den Weg«, bemerkte ich. »Hast du mich damals eigentlich gefragt, was passiert war? So von Freundin zu Freundin?«

Sie blieb kurz stehen. »Nein. Meine Mutter hatte mit deiner gesprochen, und es hieß, wir sollten nicht mehr darüber reden.«

»Aber du warst doch meine beste Freundin«, gab ich zu bedenken. »Fragt man da nicht doch mal nach?«

»Es war so ungeheuerlich, und ich ... ich hatte Angst vor dir.«

Nun blieb ich stehen. »Mira – du hattest von einem Tag auf den anderen Angst vor mir? Das kann doch nicht sein. Jahrelang waren wir unzertrennlich, und auf einmal ...«

Mira sah einen Moment so aus, als wollte sie sich die Haare raufen. »Meine Güte, Ariane – wir waren acht oder neun. Niemand zweifelte daran, dass du die Katze getötet hast.«

»Was sollte ich für einen Grund gehabt haben?«

»Das habe ich dich vorhin gefragt!« entgegnete Mira heftig. »Wahrscheinlich Eifersucht – so reime ich es mir heute zusammen.«

»Ich mochte eine Katze, dann mochte ich sie nicht mehr, war eifersüchtig und hab sie umgebracht?« Ich atmete schnell. Verdammt, war das die Wahrheit?

»Ja, so sah es aus. Der Karton stammte aus deinem Zimmer. Die kleine Puppendecke darin gehörte dir ...«

»Eine Decke? Ich habe der Katze, die ich vor Eifersucht umgebracht habe, eine Decke in ihren Sarg gelegt?«

»Ja.«

»Ist das nicht merkwürdig?«

Mira zuckte die Achseln. »Was willst du hören, Ariane? Ich bin keine Kinderpsychologin.«

»Nein, du hast dich für die Katzen entschieden.«

»Genau.«

Wir gingen langsam zurück. Musik drang aus dem Festsaal auf die Straße, als die Tür geöffnet wurde. Ich hatte das Gefühl, stundenlang unterwegs gewesen zu sein oder sogar tagelang. Mira wollte sich gerade mit irgendeiner Floskel verabschieden, als mir noch etwas einfiel.

»Was war eigentlich mit meinem Vater?« fragte ich. »Hat er sich je geäußert?«

»Ich kann mich nicht erinnern«, antwortete Mira nach kurzem Überlegen. »Er hatte wenig mit allem zu tun, glaube ich. Er war ja immer der Mann, der sich im Hintergrund hielt.«

Wohl wahr. Ich gab ihr die Hand und bedankte mich. Mira bemühte sich, ein freundliches Abschiedslächeln aufzusetzen, aber es gelang ihr nicht besonders gut. Sie versprach mir, Veronika Bescheid zu sagen, dass ich mich bereits auf den Heimweg gemacht hatte, und ging zurück in den Saal. Mein Kopf fühlte sich groß und schwer an. Ich machte mich auf den Weg.

## 19

Nach kaum zwei Stunden Schlaf stand ich in der ersten Morgendämmerung auf. Es war kühl. Ich schlich in die Küche, um mir einen Kaffee zu kochen. Es war still im Haus, nur das Ticken einer Uhr stahl sich durch die Räume, der Kühlschrank summte leise. Ich trank meinen Kaffee in kleinen Schlucken, lieh mir dann einen dicken Pullover von Veronika, hinterließ einen Zettel auf dem Tisch und brach auf.

Dorfgeräusche. Ein Traktor. Hundegebell. Zwei Autos fuhren um die Ecke. Ich bog von der Haupt- in eine Nebenstraße ab und folgte wenige hundert Meter danach einem ausgetretenen Feldweg in Richtung des kleinen Wäldchens. Nebelschwaden waberten kniehoch über dem Boden. Ein feines Netz aus Wassertropfen überzog Erde und Gras. Es roch nach bevorstehender Zuckerrübenernte. Zwei Krähen jagten sich schreiend über meinem Kopf gegenseitig die Beute ab.

Nach gut zehn Minuten erreichte ich das Wäldchen. Die Kastanie hatte sich überhaupt nicht verändert – zumindest schien es mir so. Groß und mächtig und breit ausladend stand sie vor mir. Ein machtvoller Baum. Ich hätte es nicht gewagt, ein Grab für ein Mordopfer unter ihm zu schaufeln. Ein Tier, das ich getötet hätte, um mich von ihm zu befreien. Und doch ...

Ich lehnte mich mit dem Rücken an den Stamm. Elefant hatte ich den Baum damals genannt, weil mich seine Rinde an die Dickhäuter erinnert hatte. Ich drehte mich um und begann den Stamm abzutasten. Würde man die eingeritzten Zeichen nach so vielen Jahren noch erkennen können? Ich hatte ein Taschenmesser dabei gehabt, um den Tiernamen einzuritzen, falls das kleine Holzkreuz, das ich mehr schlecht als recht mit Bindfaden zusammengebunden hatte, verlorengehen sollte. Zur Sicherheit hatte ich den Namen in der Rinde des Baumes hinterlassen. Auch daran erinnerte ich mich auf einmal sehr genau. An anderes nicht. Noch nicht. Meine Finger waren ganz rot gewesen vor Anstrengung. Und voller Erde, die an ihnen klebte. Ungefähr einen Meter über dem Boden entdeckte ich in der Rinde tatsächlich etwas Eingeritztes. Ich hockte mich hin. Die Buchstaben waren kaum zu entziffern. Damit hatte ich auch nicht gerechnet. Nur der erste war in Ansätzen nachvollziehbar. Ich starrte ihn an, strich mit dem Zeigefinger darüber. Das hatte ich damals auch gemacht. Ein kleiner zitternder Zeigefinger, an dem der Nagel abgekaut gewesen war. Plötzlich sah ich sie vor mir – die Kinderhand –, hörte mein Schniefen und gab dem Druck der Erinnerung nach. Die Bilder strömten wie ein reißender Fluss an meinem inneren Auge vorbei.

Puma war nicht der Anfang gewesen. Nein. Der Anfang war ein Bauch, der stetig gewachsen war. Kindern fällt so etwas nicht gleich auf. Da ich jedoch zwangsläufig gelernt hatte, meine Mutter und ihre Stimmungen sehr genau zu beobachten, merkte ich früh, dass eine große Veränderung bevorstand, eine Veränderung, die Freude bei ihr auslöste. Unbändige Freude. Mir war manchmal ganz elend über so viel Begeisterung. Es war faszinierend und fremd zugleich, fast unheimlich, wie sie mit mir von dem Baby sprach, das in ihrem Körper wuchs und bald bei uns sein würde. Ich durfte in dieser Zeit oft beim Puddingkochen helfen und den Topf auslecken, und es war nicht so schlimm, wenn Veronika und ich mit dreckigen Kleidern nach Hause kamen. Es gab selten Schläge. Es war so ähnlich wie vor Veronikas Geburt.

Mein Vater holte die Wiege vom Dachboden.

»Ein Sohn«, sagte er. »Diesmal wird es ein Sohn, nicht wahr?«

Meine Mutter nickte eifrig. »Ja, ich bin ganz sicher, und es wird ja auch Zeit. Noch ein Mädchen ertrag ich nicht.«

Oh, dachte ich. Ein Junge. Woher weiß sie das? Kann man durch den Bauch durchgucken? Die Frage wurde mir nicht beantwortet. Mütter wissen das vielleicht einfach so. Eigentlich war es ganz gut, wenn noch ein Kind ins Haus kam, dachte ich bei mir. Dann ist Veronika nicht mehr die Prinzessin – oder vielleicht doch? Und dazu ein kleiner Prinz. Aber was blieb dann noch für mich? Ich war unschlüssig – musste ich dann auf ein weiteres Kind aufpassen? Das gefiel mir nicht besonders, weil ein Prinz garantiert auch keine Schläge bekommen würde – ich dafür um so mehr. Auf der anderen Seite durfte ich nicht vergessen, dass ein Junge meine Mutter froh machte.

Ich schwankte eine ganze Weile hin und her, doch bevor ich mir endgültig darüber klarwerden konnte, ob ein kleiner Bruder gut für mich sein würde oder nicht, war es vorbei. Eines Tages kam meine Mutter ins Krankenhaus, und als sie zurückkehrte, war sie bleich und düster. Später sagte mein Vater mir, dass das Baby viel zu früh auf die Welt gewollt hatte und gestorben war.

Eine eigentümliche Atmosphäre legte sich über unser Haus. Meine Mutter lag viel im Bett. Es ging ihr nicht gut. Manchmal schrie sie uns Kinder an, manchmal sprach sie überhaupt nicht mit uns und mit unserem Vater auch nicht. Es war verwirrend mit ihr, obwohl ich natürlich schon verstand, dass sie traurig war – dass sie trauerte, wie mir jemand erklärt hatte. Sie trauerte um ein Baby, das es zu eilig gehabt hatte. Ich fand es ziemlich merkwürdig, dass das Kind sich so vertan hatte. Es musste doch wissen, wann der richtige Zeitpunkt da war. Alle anderen wussten das doch auch – soweit mir bekannt war. Vielleicht war es ein Baby, das so was nicht wusste und einiges andere auch nicht und deshalb nicht weiterleben konnte. Ich erzählte meinem Vater von diesen Überlegungen, und der wurde ganz weiß im Gesicht und beschwor mich, das ja nicht zu meiner Mutter zu sagen. Nun, das kannte ich ja schon – es war immer gut, genau zu überlegen, was ich meiner Mutter sagte und wann ich besser den Mund hielt.

Dann war plötzlich Puma da. Eine Handvoll Kätzchen, an dem ich mich kaum sattsehen konnte. So wie Veronika, so wie Mira.

Wenn mein Vater abends nach Hause kam, ließ er sich als erstes Puma zeigen und danach die Hausaufgaben. Meine Mutter brauchte ein paar Tage, um sich an das Tier zu gewöhnen, dann hatte Puma auch ihr Herz erobert. Als ich eines Mittags von der Schule nach Hause kam, lag sie auf der Couch im Wohnzimmer, und der Kater hatte es sich auf ihrem Bauch bequem gemacht. Er bewegte die Vorderpfoten abwechselnd auf und ab und hatte das kleine Näschen in die Decke über der Brust meiner Mutter gedrückt. Sie hatte merkwürdig feuchte Augen. Ihre Hände umfingen den kleinen Körper, und sie gurrte mit dem Kater wie mit einem Baby. Es klang schön. Friedlich. Ich setzte mich in den Sessel und sah den beiden zu.

»Du magst ihn doch«, sagte ich.

»Ja, er ist niedlich«, erwiderte meine Mutter.

»Warum bewegt er die Pfötchen auf und ab?«

»Das nennt man Milchtritt«, erklärte meine Mutter. »Die kleinen Kätzchen drücken auf die Brust der Mama, so dass die Milch herauskommt.«

»Aber weiß Puma denn nicht, dass du keine Katze bist?« fragte ich erstaunt. »Und aus der Decke kommt doch keine Milch. Das müsste er doch merken.«

»Das ist ihm wohl egal.«

»Babys sind komisch«, bemerkte ich. »Sie bringen Zeiten durcheinander und wissen nicht, wo die richtige Milch für sie ist.«

Meine Mutter hob ruckartig den Kopf. Eine Geste, die nichts Gutes verhieß. Ich schluckte.

»Was redest du schon wieder für einen Blödsinn?« giftete sie mich an. »Der Kleine sucht Wärme und sieht mich als seine Mutter an. Das kann man doch verstehen, oder?«

Ich nickte eilig. »Na klar.«

»Und was soll das mit den Babys, die die Zeit durcheinanderbringen? Was meinst du damit?« fragte sie weiter und sah mich mit scharfem Blick an.

»Ach, ich weiß auch nicht ...«, wiegelte ich rasch ab. »Darf ich nachher mit Mira im Garten spielen?«

Sie ließ sich ablenken, und ich entwischte in die Küche, wo das Essen bereit stand.

Es dauerte gar nicht lange und Puma war Mamas Kätzchen. Erst nur vormittags, solange Veronika und ich in der Schule und im Kindergarten waren, und abends, wenn wir ins Bett mussten; später schlich meine Mutter immer um uns herum, wenn wir mit Puma spielten, und am liebsten war es ihr, wenn er sich auf ihrem Schoß einrollte. Sie verwöhnte ihn mit tausend Leckerbissen, er wurde täglich gebürstet und gestriegelt, und ihre Stimme war immer zärtlich, heiter, wenn sie mit ihm sprach. Oder sie lachte. Aus vollem Hals, wie ich es sonst kaum bei ihr erlebte.

Die Wiege stand immer noch im Schlafzimmer meiner Eltern. Und Puma schlief oft darin. Er war der Prinz, und er machte meine Mutter glücklich. Sie vergaß ihre Trauer. Sie vergaß auch mich, und sogar Veronika musste Abstriche machen, aber alles in allem ging es niemals zuvor und danach so fröhlich bei uns zu wie in diesen Monaten. Puma war ein Glücksbringer. Ich war mir sicher, dass er wusste, wie sehr ich ihn liebte.

Ich wollte auch ein Kätzchen für mich. Für mich ganz allein. Was ich bekam, war ein Stofftier, das aussah wie ein roter Kater. Nach der ersten Enttäuschung entschied ich mich, das beste daraus zu machen. Ich tauchte nicht zum ersten Mal in ein Meer bunter Geschichten ein, in denen ich die Hauptrolle spielte und die mich völlig gefangennahmen. Puppen, Stofftiere, Phantasiegestalten gewannen ein Eigenleben, das ich rund um die Uhr mit aufregenden Erlebnissen ausstattete. Ich unterschied häufig nicht mehr zwischen Wirklichkeit und Spiel. Alles verschwamm zu einer Welt, in der ich allein bestimmte, was geschah. Ich nannte den roten Kater Amup und beschloss, glücklich mit ihm zu sein.

Eines Tages wurde Puma krank. Meine Mutter war so besorgt, dass ich einen Moment lang dachte, sie hätte schon wieder ein

Baby verloren, das sich in der Zeit geirrt hatte. Genau so sah sie nämlich aus. Sie brachte Puma zum Tierarzt, und der Kleine musste eine Menge Medikamente nehmen. Meine Mutter war Tag und Nacht für ihn da. Manchmal hörte ich, wie sie ihn in den Schlaf schaukelte. Ich wusste nicht, wie die Krankheit hieß, aber sie war auf jeden Fall gefährlich, und ich rechnete damit, dass Puma sterben könnte. Jedenfalls hörte ich, wie mein Vater mit jemandem telefonierte und in ernstem Ton darüber sprach.

Wahrscheinlich war es eine ansteckende Krankheit, denn meine Mutter ließ weder Veronika noch Mira oder mich zu ihm, und außerdem steckte sich Amup an. Eines Tages war er genauso schlapp und appetitlos wie Puma, und ich hatte große Angst um ihn. Er war jünger als Puma, und ich fürchtete, dass er es vielleicht nicht schaffen könnte. Und während es Puma plötzlich von einem Tag auf den anderen wieder gutging, baute Amup immer mehr ab. Ich versorgte ihn mit Medikamenten, stand nachts auf, um ihn zu füttern, er durfte in meinem Bett schlafen, und ich betete für ihn. Doch so sehr ich mich um ihn bemühte – an einem Freitagabend starb Amup in meinen Armen. Vielleicht war es so, dass von zwei Tieren mit dieser Krankheit immer nur eines überlebte. Meine Mutter konnte froh sein. Ich nicht. Aber sie hatte ja schon das Baby verloren. Es war also nur gerecht.

Am Samstagvormittag blieb ich in meinem Zimmer und bastelte aus einem Pappkarton einen Sarg und aus zwei Stöcken ein kleines Holzkreuz für meinen Kater. Ich legte eine Decke aus meinem Puppenwagen dazu und hüllte ihn sorgfältig ein. Dann ging ich nach unten in die Küche, um mir Bindfaden zu holen. Als ich zurückkehrte, schob ich den Deckel zu, verschnürte das Paket und verstaute es behutsam in meinem Rucksack. Es war schwerer, als ich erwartet hatte. Niemand bekam mit, wie ich mit dem Fahrrad zur Kastanie fuhr und meinen Kater begrub. Ich legte einen großen Stein auf den Karton, damit wilde Tiere ihn nicht ausbuddelten. Das hatte ich mal in einem Indianerbuch gelesen. Die Geräusche, die aus der Erde zu mir drangen, kamen mir nicht seltsam vor. Ich lebte in meiner eigenen Welt, da passte vieles hinein, auch Erdgeister, die sich nun um Amup kümmerten.

Als ich heimkam, wollte ich mich trösten lassen. Meine Mutter konnte bestimmt verstehen, was in mir vorging, dachte ich. Sie hatte so was doch auch erlebt. Aber zu Hause wollte mir niemand zuhören. Puma war ausgerückt, und alle suchten ihn. Meine Mutter war aufgeregt und hatte rote Flecken im Gesicht. Sie machte sich die größten Sorgen, sie konnte sich nicht um mich und meine Trauer kümmern. Also half ich erst beim Suchen und ging dann in mein Zimmer, um allein für mich an Amup zurückzudenken.

Puma tauchte auch am nächsten und übernächsten Tag nicht wieder auf. Alle waren in heller Aufregung. Vielleicht ist er zu Amups Grab gelaufen, dachte ich, sprach es aber nicht laut aus. Der Weg war weit, und meine Mutter hätte sich große Sorgen gemacht. Später fuhr ich mit dem Fahrrad zur Kastanie, aber Puma war nirgendwo zu entdecken.

Die Katastrophe schlug ein wie ein Blitz. An jenem Abend stürmte meine Mutter die Treppen hoch, stürzte in mein Zimmer und riss mich vom Bett hoch, wo ich bäuchlings gelegen und in einem Comic geblättert hatte. Sie schrie wie von Sinnen, während sie auf mich einschlug – rot glühend vor Wut. Einen Augenblick glaubte ich mich in einer meiner Geschichten verirrt zu haben, aber ich dachte mir keine Geschichten aus, in denen ich geschlagen wurde. Wieder und immer wieder. Und sie hörte nicht auf zu schreien.

»Du hast ihn umgebracht! Du! Du!« schrie sie wie von Sinnen, während mir der Kopf dröhnte. »Warum hast du mir das angetan? Du hast die Katze getötet! Was bist du für ein schlechtes Kind! Nimmt es denn kein Ende mit dem Unglück? Und du bist mein größtes Elend! Hörst du – das allergrößte!«

Ich erstarrte innerlich wie äußerlich. Ich verspürte nichts außer blankem Entsetzen, das sich wie eine zweite klamme Haut um mich legte. Wieso töte ich eine Katze? wollte ich rufen. Sie ist gestorben, ich habe sie begraben, so macht man das doch, ihr hattet ja alle keine Zeit. Aber ich bekam keine einzige Silbe heraus, und ich hatte soviel Angst, nicht richtig erklären zu können, was passiert war, dass es besser war zu schweigen. Auf einmal war auch mein Vater im Zimmer, er zog meine Mutter von mir weg; sie zeterten und schrien wild durcheinander, dann fiel die Tür ins Schloss, und die plötzliche Stille summte in meinem Kopf.

Ich blieb auf dem Fußboden sitzen. Mein Mund blutete, und mein Auge schwoll an. Mein rechter Arm schmerzte. Ich beachtete ihn nicht. Ich beobachtete, wie Schatten in mein Zimmer krochen und es langsam verdunkelten. Ich wusste nicht, wieviel Zeit vergangen war, als meine Schwester hereingeschlichen kam. Es musste bereits Bettgehzeit sein, denn sie trug ihren Schlafanzug und roch nach Zahnpasta und Seife, und ihr Haar war ordentlich gekämmt und gescheitelt.

»Ariane?« flüsterte sie und setzte sich zu mir.

Ich reagierte nicht. Sie legte mir die Hand auf den Arm. »Hat sie dich gehauen?« Ihre Stimme war nur ein Flüstern.

Ich zuckte zusammen und drehte den Kopf zur Seite. »Ja, was denkst du denn? Und nun geh ins Bett.«

»Du hast die Katze richtig begraben?« fragte sie weiter.

»Sie ist gestorben«, sagte ich. »Sie war sehr krank, denn sie hat sich bei Puma angesteckt. Ich weiß nicht, was so schlimm daran sein soll, dass ich sie begraben habe. Das macht man doch so.«

Veronika nickte langsam und mit ernster Miene, dann hielt sie auf einmal inne und schüttelte den Kopf. »Aber Puma ist doch tot.«

Ich fuhr herum. »Was?«

»Weißt du das denn nicht?«

Ich kniete mich vor sie hin und nahm ihre Hände.

»Nike«, ich nannte sie bei ihrem Kosenamen, »erzähl mir genau, was passiert ist.«

»Hab ich doch schon«, gab sie zurück. »Puma ist tot – er war begraben. Du hast ihn begraben.«

Ich starrte sie im Dämmerlicht an und hielt ihre Hände so fest, dass ich ihr weh tat.

»Lass los«, sagte sie mit weinerlicher Stimme. »Mama sagt, dass du böse bist. Richtig böse.«

»Richtig böse«, wiederholte ich leise. »Geh jetzt, Nike.«

Sie tapste aus dem Zimmer, und ich war wieder allein. Ich wusste, dass sie bald kommen würde.

Aber meine Mutter kam weder in dieser noch in der nächsten Nacht, sie ließ mich drei Nächte warten. In der Zwischenzeit sprach sie kein Wort mit mir. Niemand außer Veronika sprach mit mir. Mein Vater nicht, Mira nicht – die setzte sich in der Schule sogar auf einen anderen Platz und mied mich wie die Pest. In der vierten Nacht stand sie wie ein dunkles Gespenst in der Tür. Ich zog die Bettdecke bis ans Kinn hoch und wartete mit pochendem Herzen. Sie trat leise ins Zimmer und setzte sich zu mir ans Bett.

»Du weißt nicht viel über Katzen, nicht wahr?« fragte meine Mutter, und ihre Stimme war so weich und ruhig, dass ich es kaum glauben mochte.

»Nein«, flüsterte ich. »Nur ein bisschen.«

»Sie haben sieben Leben.«

»So viele«, sagte ich, nur um etwas zu sagen.

Sie strich die Bettdecke glatt und griff plötzlich nach meinem Gesicht. Wie ein Schraubstock legte sich ihre Hand um mein Kinn und drückte mich ins Kissen. »Warum hast du das getan? Warum? Konntest du es nicht ertragen, dass ich die Katze geliebt habe?«

Ich bekam den Mund kaum auf, so fest hielt sie mich. »Nein«, krächzte ich. »Es war nicht Puma«, brachte ich undeutlich heraus.«

Sie ließ mich abrupt los und beugte sich über mein Gesicht.

»Auch noch lügen? Für wie blöd hältst du mich eigentlich?« zischte sie. »Puma war in dem Karton. Er ist erstickt, verstehst du? Du hast ihn umgebracht. Das zarte kleine Kätzchen, das sich gerade von seiner Krankheit erholt hatte – du hast kein Herz im Leib.«

»Amup war auch krank. Er ...«

»Verschon mich mit deinen Lügengeschichten!« herrschte sie mich an und stand auf. »Du wirst schon sehen, was du davon hast. So etwas bleibt nicht ungestraft.« Sie sah auf mich herunter, und ich war froh, dass es dunkel im Zimmer war. »Ja, sieben Leben hat die Katze. Puma wird wiederkommen, irgendwann, wenn du schon längst nicht mehr an ihn denkst, und du wirst ihn erst nicht erkennen, weil er anders aussieht – weil er größer ist oder schwarz oder gefleckt. Und er wird sich rächen. Denn Katzen vergessen nichts. Ja, er wird sich an dir rächen, und nichts wird ihn besänftigen können – nur dein Entsetzen und deine Angst werden ihm ein kleiner Trost sein.«

Ich starrte zu ihr hoch. Was erzählte sie da? Wie meinte sie das? Was war eigentlich passiert?

»Wenn du am wenigsten mit ihm rechnest, wird er plötzlich vor dir stehen und seine Krallen ausfahren, oder er wird dich von hinten anfallen, wenn du nichts Böses ahnst. Du wirst zu Tode erschrecken, und das geschieht dir dann ganz recht.«

Hinter meiner Mutter ging plötzlich die Tür auf. Mein Vater trat ein, streckte die Hand aus und führte sie wortlos aus dem Zimmer.

Zu Tode erschrecken, flüsterte eine Stimme in mir weiter, das geschieht dir ganz recht. Er wird dich von hinten anfallen. Zu Tode erschrecken.

Danach verging kaum eine Nacht, in der ich nicht von Alpträumen mit angriffslustigen Katzen geplagt wurde, die über mich herfielen. Ich wurde krank. Die wüsten Fieberträume boten zumindest den Vorteil, dass ich mich am nächsten Morgen kaum an sie erinnerte, und sie lehrten mich, wie ich der ganzen Sache Stück für Stück entfliehen konnte. Ich behandelte sie einfach wie einen Fiebertraum. Puma, Amup, meine tobende, Verwünschungen ausstoßende Mutter – alles schob ich bis hinter die Bannmeile meiner wirklichen Welt, wo Ängste und Beklemmung allmählich in einem mysteriösen Nebel untertauchten. Wie es hatte passieren können, dass ich Amup begraben hatte und Puma im selben Karton gewesen war, blieb ein Rätsel, das ich sowieso nicht lösen konnte. Später sollten sich noch andere Rätsel hinzugesellen, die mein Leben beeinflussten.

Da niemand mehr das Thema erwähnte und meine Mutter ohnehin selten gut auf mich zu sprechen war, fiel es mir mit der Zeit immer leichter, das unfassbare Geschehen zu verdrängen. Meine ursprüngliche Tierliebe verkehrte sich ins angstbesetzte Gegenteil, ohne dass ich diese Angst hätte ergründen können. Es blieb kein Raum, nach dem Warum zu fragen. Es verbot sich von selbst. Vielleicht wäre ich so mein Leben lang durchgekommen – mit all den verbannten Ängsten –, ohne je noch einmal daran rühren zu müssen. Aber dann war plötzlich Paddy vor mir aufgetaucht und Lena und Santana und ...

Die Sonne spendete goldenes Herbstlicht und verscheuchte die letzten Nebelschwaden. Mein Handy klingelte leise. Es war Veronika, der ich erzählte, dass ich einen langen Spaziergang machte.

»Wann kommst du zurück?« fragte sie. »Du musst doch frühstücken.«

»Ich weiß noch nicht«, sagte ich. »Ich bin an der Kastanie im Wäldchen.«

Stille. Ich wusste nicht, ob sie sich an all das erinnerte. Sie war damals erst vier Jahre alt gewesen.

»Ach so«, meinte sie. »Na gut, mach, wie du denkst.«

Ich beendete das Gespräch. Eine Minute später wählte ich die Nummer meiner Eltern. Mein Vater ging an den Apparat, und plötzlich wusste ich, dass ich mit ihm reden wollte und nicht mit meiner Mutter, wie ursprünglich geplant.

»Ariane«, sagte er hocherfreut, als ich ihn begrüßt hatte. »Wie war die Feier gestern?«

»Hm, sehr aufschlussreich.«

»Ach? Aufschlussreich? Wie kann denn ein Polterabend aufschlussreich sein?« Er lachte. Im Hintergrund hörte ich meine Mutter rufen, wer denn so früh am Morgen schon anriefe. »Unsere Große«, sagte er. »Ariane.«

»Kannst du kommen, Papa?« fragte ich.

»Ist was passiert? Wo bist du denn?«

»Im Wäldchen, bei der Kastanie.«

Er schwieg. »Ausgerechnet«, meinte er dann leise. »Was machst du denn da?«

»Ich habe nachgedacht, und nun muss ich mit dir sprechen«, gab ich zurück. »Mit dem Fahrrad kannst du in wenigen Minuten hiersein. Es ist wichtig.«

Er fragte nicht, warum ich denn nicht einfach nach Hause kam, wenn ich etwas Wichtiges mit ihm zu besprechen hätte, sondern murmelte nur, dass er sich gleich auf den Weg machen würde. Ich steckte das Handy wieder ein und setzte mich auf einen umgestürzten Baumstamm am Bach. Einen Moment lauschte ich dem leisen Gluckern des Wasser, dann schloss ich die Augen und legte den Kopf in den Nacken. Kindheitsbilder flackerten in mir auf. Mira, Veronika, Puma, meine Mutter. Atemlose Stille im Haus, ich schleiche auf leisen Sohlen umher, seid ruhig – Mama hat sich hingelegt. Eine Uhr schlägt, abwarten, was kommt, seidiges Fell, das sich an mich schmiegt. Paula, dachte ich plötzlich, ich bin allem auf der Spur, bitte gib mir noch eine Chance. Es wird alles gut.

## 20

Ich sah ihn schon von weitem. Sein dünnes Haar wehte im Wind, und die Glocke seines Fahrrads klingelte, wenn er über eine Unebenheit fuhr. Ich sah, dass er angespannt war – er lächelte, aber es war kein frohes Lächeln, und er bewegte sich umständlich, als er vom Rad stieg und es abstellte. Er wollte nicht hier sein. Warum auch immer.

»Du machst es ja spannend«, sagte er, als wir uns auf den sonnenwarmen Baumstamm setzten. »Ich denke, dass du deinen Rausch von einer wilden Feier ausschläfst, dabei sitzt du in aller Herrgottsfrühe im Wald und telefonierst deinen alten Herrn herbei. Was gibt es denn, was du nicht zu Hause hättest erzählen können oder ein paar Stunden später?«

Ich sah ihn an. Natürlich hätte ich einleitend ein paar lockere Bemerkungen machen können, aber mir fiel nichts ein, das mir an diesem Morgen passend erschienen wäre. Also sagte ich einfach: »Puma.«

Das halbe Lächeln schwand vollends. Er stützte die Hände auf seine Oberschenkel und wandte sich zu mir um. »Wie kommst du denn jetzt da drauf?«

»Du hast es doch geahnt, oder nicht?« Ich wies hinter mich auf die Kastanie. »Der Hinweis auf den Baum hat gereicht, und du hast dich auf dein Fahrrad geschwungen.«

»Ja, sicher, aber warum willst du über die alte Geschichte reden?« Er strich sein Haar nach hinten und zog den Reißverschluss seiner Windjacke ein Stück herunter. »Das ist ewig her.«

»Ich weiß. Ich habe heute nacht zum ersten Mal seit damals daran zurückgedacht – ganz unvermutet übrigens«, sagte ich. »Mira war auch auf dem Fest, und sie hat sich mir gegenüber sehr seltsam benommen – fast feindlich. Ich habe sie schließlich gefragt, was los sei, und plötzlich fiel dieser Name, Puma, tja, und dann ... Sagen wir einfach: da hat es *klick* gemacht, und ich habe nicht lockergelassen, bis sie mit der Sprache herausgerückt ist.«

»Warum?«

»Warum was?« Ich glaubte mich verhört zu haben.

»Wenn es dich die ganze Zeit nicht interessiert hat, warum bringst du dieses Thema dann ausgerechnet jetzt auf den Tisch?« fragte mein Vater. »Noch dazu auf einem Polterabend. Es ist nie gut, alte Geschichten auszugraben.«

Im wahrsten Sinne des Wortes, dachte ich. »Du verstehst mich, glaube ich, nicht so recht«, erwiderte ich. »Ich habe die ganze Sache über all die Jahre hinweg nicht achtlos unter den Teppich gekehrt, sondern komplett verdrängt, so dass ich mich an gar nichts mehr erinnern konnte – bis heute nacht.«

Er sah mich mit gerunzelter Stirn an.

»Du glaubst mir nicht?« fragte ich. Das darf nicht wahr sein, dachte ich – ich habe endlich begonnen, all diese unangenehmen, ja hässlichen, beängstigenden Bruchstücke zusammenzusetzen und verstehe endlich etwas – nein, nicht etwas: *mich!* – und er, mein eigener Vater, glaubt mir nicht? Wie kommt er dazu?

Er zuckte zusammen. »Nun, du warst ja erst acht oder neun, aber eigentlich ...«

»Du kannst mir ruhig glauben«, unterbrach ich ihn. Ich war fest entschlossen, die ganze Sache hier und jetzt aufzurollen und Punkt für Punkt durchzugehen. »Erst aufgrund von Miras Erläuterungen ist die Erinnerung zurückgekehrt, mit einem ziemlichen Paukenschlag übrigens – ich habe einen Migräneanfall bekommen, der sich gewaschen hatte. So etwas will ich keinesfalls noch mal erleben. Und nun möchte ich von dir wissen, was damals los war und warum nie wieder über die Geschichte gesprochen wurde.«

Ich hörte selbst, dass meine Stimme unsicher klang, aber ich hob den Kopf und sah meinen Vater an. Der verschränkte die Hände und presste die Daumen aneinander. »Es war eine schlimme Zeit.

Deine Mutter hatte eine Fehlgeburt. Kannst du dich daran erinnern?«

»Seit heute nacht, ja.«

»Sie war ziemlich am Ende.«

»Es war ein Sohn, nicht wahr?«

»Es war der Sohn, den sie sich immer gewünscht hatte«, bestätigte mein Vater. Er zwinkerte. »Schlimme Sache.«

Schlimme Sache, dachte ich bitter, für uns alle. Das Baby, das sich in der Zeit vertan hatte, war wichtiger als alles andere gewesen. Der kleine Prinz war nur wenige Minuten auf der Welt, da verließ er sie schon wieder, und um die Folgen mussten sich andere kümmern.

»Und dann kam Puma und hat Mama getröstet, ihr den Kummer erträglich gemacht«, stellte ich fest. »Und weil Mama ihn so lieb hatte, brachte die böse Ariane, die das nicht ertragen konnte, das possierliche Tierchen einfach um, ja? So war es doch, oder?«

Das klang überaus zynisch, und entsprechend pikiert reagierte mein Vater auch.

»Ich weiß, dass ihr beide nicht das beste Verhältnis habt – hattet ihr noch nie –, aber das geht zu weit, Ariane«, sagte er streng. »Deine Mutter stand unter Schock und ...«

Ich schwang ein Bein über den Baumstamm, so dass ich meinem Vater frontal zugewandt war. »Hast du dich nie gefragt, ob die Sache tatsächlich so abgelaufen ist, wie alle geglaubt haben?«

»Was sollte ich mich denn da fragen?« gab er zurück. »Du hast die Katze in einen Karton gesteckt, der aus deinem Zimmer stammte, wie auch die Puppendecke, und dann begraben. Du hast auch gar nicht abgestritten, dass das deine Sachen waren. Ein Stein beschwerte den Deckel zusätzlich, so dass Puma sich nicht befreien konnte. An welcher Stelle sollte ich zweifeln? Außerdem hattest du das Tier seit geraumer Zeit misstrauisch beäugt.«

»Du liebe Güte, Papa – mich hat nie einer wirklich gefragt, was ich gemacht habe«, begehrte ich auf. Es tat auch nach so langer

Zeit weh, wie schnell er bereit gewesen war, seine achtjährige Tochter, mich, zu verurteilen. »Ihr hattet eure Geschichte, eine an allen Ecken und Enden wunderbar passende Erklärung und fertig. Ich hatte gar keine Gelegenheit, etwas abzustreiten oder klarzustellen. Irgendwann habe ich wahrscheinlich sogar selbst geglaubt, dass ich eine Mörderin bin – eine Katzenmörderin! Ihr hattet jede Menge Indizien, die gegen mich sprachen, und ich hatte gar keine Chance – gegenüber einer Mutter, die mit ihren Nerven am Ende war und sehr wahrscheinlich Hilfe gebraucht hätte, und all den anderen, die ihre Meinung nicht ein einziges Mal hinterfragt haben, sondern eine Achtjährige für schuldig befanden, die auch unter Schock stand, was aber niemand mitbekam. Nicht ein einziges Mal hast du das Wort an mich gerichtet. Du hast Mama von mir weggezogen, wenn sie zu hart mit mir umging, aber das war es dann auch schon. Soll ich dir dafür etwa dankbar sein? Oder Verständnis entgegenbringen?«

Mein Vater erhob sich langsam und begann eine Runde um den Baumstamm zu drehen. Als er wieder an seinem Platz war, blieb er stehen und stellte einen Fuß auf den Stamm.

»Wie soll es denn sonst gewesen sein?« fragte er. »Es war so eindeutig, so stimmig – da gab's keinen Zweifel. Und du warst schon immer eifersüchtig auf alles, was deiner Mutter lieb und teuer war.«

Ich stand auch auf. »Das stimmt nicht. Ich wollte nur meine Portion Liebe abhaben, das war alles, und das weißt du ganz genau. Komm bitte mal mit.«

Ich ging zur Kastanie hinüber und zeigte ihm die Stelle, an der ich den Namen des Katers eingeritzt hatte. »Was ist das für ein Buchstabe?«

Mein Vater bückte sich und starrte mit schmalen Augen auf die Stelle. »Ein A«, sagte er. »Der Buchstabe ist ein A. Nicht mehr gut zu lesen, aber wenn man sich Mühe gibt, kann man ihn noch einigermaßen erkennen.«

»Da steht Amup«, erläuterte ich mit zitternder Stimme. »Die drei restlichen Buchstaben sind leider beim besten Willen nicht zu entziffern. »Das ist der Name meines kleinen roten Stoffkaters gewesen. Vielleicht erinnerst du dich an ihn.«

Er nickte langsam.

»Ich habe ihn hier eingeritzt, als ich ihn begraben hatte, zusätzlich zu dem Holzkreuz, das ich auf dem Grabhügel aufgestellt hatte. Frag Mama, sie müsste es gefunden haben, als sie hier war. So ein Holzkreuz kann verlorengehen, dachte ich mir, aber der Baum bewahrt den Namen.«

Mein Vater sah mich nur an.

»Ich habe gespielt, dass der Kater sich bei Puma angesteckt hat und an der Krankheit gestorben ist – warum auch immer ich solche Spiele gespielt habe und was auch immer an Ängsten und Wünschen sich dahinter verbarg, so war es«, erzählte ich. »Amup hat einen Sarg bekommen, den ich ihm gebastelt habe, und ich wollte ihn ordnungsgemäß begraben. Den Stein habe ich auf den Karton gelegt, damit wilde Tiere ihn nicht ausbuddeln konnten. Wahrscheinlich ist Puma irgendwann zwischendurch, als ich das Zimmer verlassen hatte, um Bindfaden zu holen, in den Karton geklettert. Katzen lieben Kartons, oder nicht? Puma hat sich gern darin verkrochen. Er hat sich unter der Decke versteckt – auch das war etwas, das er sehr mochte –, und als ich zurückkam, um alles zu verschnüren, habe ich nicht bemerkt, dass der Kleine da drin war. Einer Achtjährigen, die völlig in ihrer Phantasiewelt aufgeht, fällt nicht auf, dass ein Karton zu schwer ist. Und später habe ich auch nichts bemerkt oder nicht zuordnen können. Ich habe meinen roten Stoffkater begraben – er hat ein Kreuz bekommen und sogar ein Gebet. Ich wusste nicht, dass es Pumas Tod sein würde. Wenig später sind alle über mich hergefallen. Ich habe gar nicht verstanden, was da passierte, und als ich es begriff, fühlte ich mich schuldig und schlecht, denn vielleicht hatte ich ja doch etwas durcheinandergebracht oder sogar insgeheim gehofft, Puma ... wer weiß, wer weiß. Meine Mutter schlug mich und drohte mir, dass Puma sich an mir rächen würde – irgendwann und zwar ganz fürchterlich –, bis meine Ängste übermächtig wurden, und für meinen Vater war ich ebenso schuldig wie für meine bis dahin beste Freundin. So habe ich die Geschichte tief in mir vergraben – hübsches Wortspiel, nicht wahr? Sie wäre wahrscheinlich nie wieder aufgetaucht, wenn mir inzwischen nicht ein paar merkwürdige Dinge passiert wären und Mira nicht plötzlich vor mir gestanden hätte. Und nun bin ich sehr gespannt, was du dazu zu sagen hast.«

Mein Vater ging nach kurzem Zögern langsam zurück zu dem Baumstamm und setzte sich wieder. Ich folgte ihm.

»Davon wusste ich nichts ... Das ist alles, was ich dazu sagen kann«, erklärte er mühsam und hob für einen Moment die Hände. »Niemand hat das geahnt, glaub mir.«

»Ja«, gab ich bitter zurück. »Das habe ich mir schon gedacht. Aber Mama muss doch den Stoffkater gefunden haben. Hat sie sich da nicht gewundert? Ach was«, beantwortete ich mir meine Frage gleich selbst und schlug mir vor die Stirn. »Sie hat sicher angenommen, dass ich eben beide unter die Erde bringen oder sogar eine falsche Fährte legen wollte. Sie traute mir einfach alles an Bösartigkeit zu. Und du offensichtlich auch. Hast du gar nicht bemerkt, wie verängstigt ich war, wie durcheinander?«

»Nein«, sagte er aufgeregt. »Das habe ich nicht mitbekommen. Du warst ...«

»Ja, ich war schon immer schwierig – wolltest du das sagen? Und trotzdem – warum hast du immer alles Mama überlassen, statt mal selbst die Initiative zu ergreifen? Sie hat mich geschlagen, beiseite gestoßen, bedroht, wahrscheinlich gehasst ...«

»Ach, Unsinn«, unterbrach er mich heftig. »Du warst wirklich kein einfaches Kind, das kannst du mir glauben.«

»Hattest du Angst vor ihr?« fragte ich.

»Quatsch! Jetzt redest du aber Unsinn«, wiegelte er ab. »Deine

Mutter war immer sehr dominant und rigoros und hat zu Hause die Zügel in der Hand gehabt, aber ich hatte doch keine Angst vor ihr.«

»Sie hat also die Zügel in der Hand gehabt. Ja, so kann man es natürlich auch ausdrücken«, bemerkte ich ironisch.

»Ich war nicht immer mit allem einverstanden«, fügte er hinzu, ohne auf meinen Kommentar einzugehen. »Doch alles in allem waren wir uns einig.«

»Schön für euch.«

»Ariane – es ist fürchterlich, was da passiert ist.« Er strich sich erneut die Haare nach hinten und knetete dann seine Hände. »Ich bedaure zutiefst, dass dich das alles so quält – dass wir dir derart unrecht getan haben. Nur – bist du wirklich sicher, dass deine Erinnerung dem entspricht, was tatsächlich geschehen ist? Manchmal strickt man sich seine eigene Wahrheit, Kinder sowieso, und kann es nicht tatsächlich doch sein, dass du aus lauter Angst und ...«

»Papa!« unterbrach ich ihn heftig. »Erstens: Ja, ich bin mir sicher, dass ich mir nichts zusammenstricke, um mir im nachhinein – dreißig Jahre später! – eine passende Story zurechtzulegen. Zweitens: Ein Kind, das ein Tier tötet – so tötet, wie ihr es mir ohne lange zu fackeln zugetraut habt –, gehört psychologisch betreut und dürfte mit der Behandlung, die ihr mir zugemutet habt, ganz schlechte Karten gezogen haben.«

»Psychologische Betreuung? An so was hat niemand gedacht. So weit war man damals noch nicht«, wandte mein Vater ein.

»Oh, das habe ich natürlich nicht berücksichtigt, entschuldige. Aber man war dann immerhin schon so weit, dass das Kind eben verprügelt und isoliert wurde. Das galt als normal, oder wie darf ich das verstehen?«

»Ariane!«

»Was?«

»Hör auf, bitte! Das führt doch zu nichts.«

Ich starrte ihn an. Wie einfach er es sich machte, ohne Rücksicht darauf, wie ich mich dabei fühlte. Und da war sie wieder – die Wut, die Hilflosigkeit, das verzweifelte Gefühl, mich nur befreien zu können, indem ich zuschlug und das verletzte, was mich und meine Empfindungen zur Seite schubste. Er tat so, als wäre ich niemand und schon gar nicht wichtig. Ich atmete viel zu schnell.

»Weißt du, was das Allerschlimmste ist?« fragte ich ihn auf einmal im Flüsterton. »Ich fange an, meiner Mutter zu ähneln. Ich habe schon längst damit angefangen. Ich habe ihren Jähzorn, ich schlage zu, ich weiß nicht, wohin mit all diesen Gefühlen, obwohl ich inzwischen immer wieder geglaubt habe, sie im Griff zu haben. Aber wahrscheinlich war genau das der Fehler. Und wie die Geschichten sich wiederholen: Mama wusste auch, dass sie von ihrem Vater misshandelt worden ist und konnte sich die Gefühle eines verängstigten Kindes sehr gut vorstellen, trotzdem hat es sie nicht daran gehindert, immer wieder ...«

»Deine Mutter hat dich doch nicht misshandelt!« fuhr mein Vater mit einer Heftigkeit dazwischen, die ich bislang noch nicht bei ihm erlebt hatte. »Wie kannst du nur so was sagen?«

»Genau so ist es gewesen, und du bist mitverantwortlich, weil du die Augen davor verschlossen und mich nicht beschützt hast«, hielt ich dagegen.

»Ariane, so geht das nicht!« Er stand auf und ging in Richtung seines Fahrrads.

»Du läufst schon wieder weg, Papa. Vor der Wahrheit.«

Er drehte sich um. Sein Gesicht war plötzlich nass. »Wahrheit? Und was soll das jetzt alles? Was ändert sich, selbst wenn du recht hast und deine Wahrheit stimmt?«

»Ich muss doch wissen, was mich bedrängt, verletzt, beeinflusst hat. Nur dann kann ich etwas ändern«, sagte ich etwas ruhiger und ging einige Schritte auf ihn zu. Ein weinender Vater war nur schwer zu ertragen. Mein Herz flatterte, als er sich mit einem Taschentuch über das Gesicht wischte.

»Wirklich? Wie denn? Du weißt doch nicht erst seit heute, dass deine Mutter immer wieder die Hand gegen dich erhoben hat. Warum hast du bislang noch nichts geändert? Die Sache mit der Katze ist doch ein Thema für sich.«

»Ich war acht, Papa, und irgendwie hängen diese Dinge zusammen und beeinflussen sich gegenseitig, immer und immer wieder.«

»Mag sein, aber das beantwortet meine Frage nicht. Was ist jetzt anders, wo du angeblich genau weißt, was passiert ist?« beharrte er. »Du machst mir Vorwürfe, deiner Mutter sogar allerschwerste – was ändert sich dadurch? Wir können die Uhr nicht zurückdrehen.«

Ich stützte eine Hand in die Hüfte und schluckte. Mein Hals tat weh. Nicht einmal jetzt, dachte ich, hält hier irgendwer zu mir. Nicht einmal jetzt kann er zugeben, dass er Fehler gemacht hat.

»Ist das alles, was du dazu zu sagen hast?« fragte ich. »Du drückst in einem Nebensatz dein allgemeines Bedauern aus, ansonsten empfiehlst du mir, die Dinge nun auf sich beruhen zu lassen, weil man ja sowieso nichts mehr ändern kann? Das darf doch wohl nicht wahr sein! Ich schleppe seit mehr als dreißig Jahren ein Trauma mit mir herum, aber niemand will die Verantwortung dafür übernehmen? Kannst du mir mal verraten, was ich jetzt damit machen soll?«

»Es war kein Nebensatz und kein allgemeines Bedauern. Die Sache geht mir näher, als du glaubst. Viel näher.« Er senkte kurz den Kopf. »Doch du kannst dein Trauma nicht hier abgeben, du musst selbst damit klarkommen. Deine Mutter hat ihr eigenes Trauma und ich auch, wir alle. Sie hat damals nach der Fehlgeburt versucht, sich das Leben zu nehmen. Veronika hat sie gefunden. Und als der kleine Kater tot war, hatte ich Angst, dass sie es wieder versuchen würde. Das ist auch eine Wahrheit.«

Es war, als würde man mir den Boden unter den Füßen wegziehen. Mir zitterten die Knie so sehr, dass ich mich setzen musste.

»Verstehst du? Es ging drunter und drüber damals«, fuhr er fort. »Wir haben versucht, euch zu schützen. Ihr solltet nichts davon erfahren. Niemand sollte etwas davon erfahren. Du bist die erste, der ich davon erzähle. Deine Schwester hat vergessen, warum ihre Mutter damals so fest schlief, dass sie mich anrufen musste.«

»Warum wurde später nie darüber geredet?« fragte ich und sah zu ihm hoch. »Solche Tragödien kann man doch nicht einfach für immer verschweigen.«

Er setzte sich zu mir. »Wir dachten, dass es das beste ist – für alle. Deine Mutter wollte nie wieder darüber sprechen, und ich habe das akzeptiert. Weißt du, Ariane, wir sind einfache Leute – wir haben immer versucht, mit dem Leben klarzukommen und das, was anliegt, zu bewältigen: Kinder großziehen, arbeiten, ein Häuschen bauen, vorsorgen fürs Alter und so weiter. Psychologie, Trauma, frühkindliche Erfahrungen – das alles war doch nicht unsere Welt. Damit konnten wir nichts anfangen. Und später ... ja, es schien einfach vorbei zu sein. Und Probleme gibt es überall. Du bist deiner Wege gegangen, das bist du schon immer. Veronika hat sich anders entwickelt als du, sie ist hiergeblieben, hat eine eigene Familie gegründet. Wir konnten aufatmen, jedenfalls meinten wir das.«

»Manches kommt zurück wie ein Bumerang«, wandte ich ein. »Ob man will oder nicht.«

Er nickte. »Ja, offensichtlich.«

Er legte den Arm um mich. So blieben wir sitzen. Minutenlang. Gedankenverloren. Als mein Vater mir ein Taschentuch reichte, wischte ich mir das Gesicht trocken. Dann standen wir auf und gingen langsam zurück. Er schob sein Fahrrad, und ich erzählte ihm in groben Zügen von Lena und Paddy, sogar von Svenja und von Santana. Er hörte zu und strich ab und zu sein dünnes Haar zurück. Ich fühlte mich schwach und stark zugleich. Als wir vor meinem Elternhaus standen, nahm er mir das Versprechen ab, meine Mutter nicht auf die Geschichte anzusprechen.

»Warum nicht? Meinst du nicht ...«

»Ich rede mit ihr, wenn ein guter Zeitpunkt dafür da ist«, erklärte er. »Dann kann sie selbst entscheiden, ob und wann sie mit dir spricht. Ich halte das für sinnvoller, als wenn du sie mit dem Thema überraschst.«

Er hatte recht. Ich nickte. Wir umarmten uns zum Abschied. »Grüß Mama.«

»Das mache ich.«

Die Herbstsonne stand hoch, als ich mich auf den Weg zu Veronika machte. Sie war in heller Aufregung, dass ich so spät kam. Schließlich mussten wir zur Hochzeitsfeier. Ich ließ ihre Litanei über mich ergehen und zog mich um.

## 21

Ich hätte gern Bilanz gezogen, um einen Schlusspunkt zu setzen und den Neubeginn zu markieren, den ich so ersehnte. Einen optimistischen natürlich.

Mehr als ein zuvor Jahr war Paddy unter meine Rollen geraten und hatte damit einen Prozess in Gang gesetzt, der mich aus der Bahn warf, wie ich es nie für möglich gehalten hätte – geschweige denn durch einen kleinen Hund –, und der nun mit der Geschichte um Puma und Amup seinen vorläufigen Abschluss fand. Während der ganzen Zeit hatte ich das Gefühl gehabt, mich immer mehr von mir selbst zu entfernen und in diesem Strudel über mich hereinbrechender Ereignisse wie ferngesteuert zu handeln. Nun, da mir klar war, dass einem wesentlichen Teil meiner Reaktionen zutiefst verstörende Ereignisse aus meiner Kindheit zugrundelagen, fühlte ich mich auf angenehme Weise entlastet. Und wenn ich an Lena dachte, hätte ich den Ausdruck Schuld am liebsten vollends getilgt. Aber so einfach war es natürlich nicht. Schließlich war doch immer ich diejenige gewesen, die gehandelt hatte – eine erwachsene und für ihr Tun selbst verantwortliche Frau, die das Ergebnis ihres Handelns nicht mehr ändern konnte. Natürlich nicht. Schläge ließen sich nicht zurücknehmen, auch wenn es das geprügelte und zutiefst verängstigte Kind in mir gewesen war, das in großer Bedrängnis keinen anderen Ausweg gesehen hatte, als selbst zuzuschlagen. In einer Bedrängnis, die wiederum tiefere Ursachen hatte. Nichtsdestotrotz: Auch Lena hatte als Kind Prügel und Zurückweisung und weiß der Himmel was sonst noch alles erlebt. Nun war sie tot, und ich war und blieb mit diesem Tod verbunden.

Am Ende dieser Odyssee hätte ich mich nur allzu gern wie die Heldin in einem dramatischen Film gesehen, die die wesentlichen Dinge des Lebens mit einem weisen Lächeln zurechtrückt und eine wunderbare Lehre daraus zieht, die ihr fortan Glück und Zufriedenheit beschert. Und wenn sie nicht gestorben ist ...

Aber so funktionierte es nicht. Natürlich nicht.

Ich blickte zurück auf ein kleines Mädchen, die sich ungeliebt und einsam gefühlt hatte, unter einer herrischen, gewalttätigen Mutter litt und ihren Stoffkater begrub, um ein »echtes« Tier zu verschonen. Ein Spiel. Ein symbolträchtiges Spiel mit tragischem Ausgang. Ich sah eine Mutter, die sterben wollte, weil der Sohn zu früh auf die Welt kam und nicht lebensfähig war, und einen Vater, der sich allzu bereitwillig einer dominanten Frau unterordnete, stets darauf bedacht, Streit und Konflikten auszuweichen. Und immer wieder Gewalt.

Aber wo war jetzt die sinnstiftende Auflösung, das euphorische Gefühl der Befreiung, das nach all den Irrungen und Wirrungen die Änderungen möglich machte, die dringend nötig waren? Wo war die Ariane, die ich mir nach dieser anstrengenden Reise so sehr wünschte? Die gereifte, lebenskluge, ihre Emotionen beherrschende und nach vorn blickende Frau, die sich mal richtig ausweinte, schließlich aber ihre Tränen trocknete und dann ... Ja, was dann?

Ich kehrte am Sonntag nach Berlin zurück, und schon die Stunden auf der Autobahn machten mir klar, dass kein neuer, besserer, weniger problembeladener Mensch hinterm Steuer saß. Ich war immer noch ich, Ariane, die Frau, die sich über permanent linksfahrende BMW-Fahrer aufregte und gern etwas schneller fuhr, als erlaubt war – daran hatte sich nichts geändert. Auch die Angewohnheit, auf einem bestimmten Rastplatz eine ganz bestimmte Toilette aufzusuchen und anschließend immer den gleichen Schokoriegel zu kaufen, hatte das anstrengende Wochenende unverändert überstanden. Ich band meine Schnürsenkel in der gewohnten Weise, und ich liebte die gleiche Musik.

Ich war aufgebrochen, um vor einer kleinen Katze zu fliehen, und nun war mir klar, was mich getrieben hatte – eine über dreißig Jahre alte Angst. Und obwohl ich nicht danach gefragt hatte, erfuhr ich schließlich von der Todessehnsucht meiner Mutter, von ihrem Verlust, ihren Gefühlszuständen und -abgründen. Was aber wusste ich sonst von meiner Mutter, meinem Vater und meiner Kindheit, die ich in einzelnen Bildern vor mir aufblitzen sah? Was alles hatte mich geformt, gefördert oder aber unheilbar verletzt? Was lediglich beeinflusst? Und wenn es möglich wäre, mein ganzes zurückliegendes Leben wie einen großen Spiegel vor mir aufzubauen und von allem blankzureiben, was mich je gestört und mir weh getan hatte – was bliebe dann für die Gegenwart, die Zukunft? Was bliebe von mir?

Ich war über vierzig Jahre alt. Konnte ich aus all dem etwas lernen? Und was? Würde ich beim nächsten Skate-Ausflug achtsamer fahren, um einen Zusammenstoß mit wem auch immer zu verhindern, oder wäre ich in der Lage, nach einem Zwischenfall besonnen zu reagieren? Wie behandelte ich zukünftig meine Wut? Wie behandelte sie mich?

Als ich einige nachdenkliche Stunden später mit meiner Reisetasche aus dem Auto stieg und zu meiner Wohnung hochging, begannen meine Beine zu zittern. Santana wartete auf mich, und die Erkenntnis, dass meine Angst vor ihr sich in keiner Weise verändert hatte, traf mich mit voller Wucht. Ich war genauso hilflos wie zwei Tage zuvor, obwohl ich inzwischen doch zumindest erfahren hatte, dass meiner panikartigen Abneigung gegen Katzen eine handfeste Ursache zugrunde lag. Aber was hatte ich denn erwartet nach über drei Jahrzehnten, in denen ich unbewusst immer damit gerechnet hatte, dass eines Tages eine rachsüchtige, wild um sich beißende Katze auftauchen würde? Eine selbstsicher lächelnde Ariane, die sich gurrend dem verschmusten Stubentiger nähert, um ihn zwei Stunden zu kraulen, juchend mit ihm herumzutollen und die gar nicht mehr begreifen kann, wie sie jemals so ablehnend, geschweige denn voller Angst reagieren konnte? Die große Katzenflüsterin – von einem Tag auf den anderen?

Es war lachhaft. Nun wusste ich zwar, woher meine Angst kam, ich konnte sie erklären und benennen, sogar für unsinnig halten, und dennoch war sie genauso heftig wie zuvor. Und damit sollte ich mich nun abfinden? Ich hatte einen Namen für die Angst, ich konnte sie zum Beispiel Puma nennen oder Amup, ich verschleierte sie nicht mehr, musste aber nach wie vor mit ihr leben? Und nun lag es an mir, was ich daraus machte? Das sollte das Ergebnis sein?

Ich schloss die Tür auf und betrat meine Wohnung. Santana war nirgends zu sehen. Nicht zu hören, nicht zu riechen. Ich stellte meine Tasche im Flur ab und überprüfte die einzelnen Räume. Ich war verkrampft, ich atmete flach. Aus den Augenwinkeln sah ich, dass der Anrufbeantworter blinkte, aber ich ging erst ins Schlafzimmer, sah unter dem Bett nach, auf dem Schrank, hinter der Kommode, lugte ins Badezimmer und nahm mir dann die Küche vor. Dort war das Fenster gekippt. Ich erstarrte. Nein, dachte ich, bitte nicht, ich habe das Fenster nicht aufgelassen! Ja, der Gedanke war dagewesen, ein Blitzlicht, aber ich ... oder ...? Wie damals? Hatte ich doch Puma begraben und mir nur eingeredet, dass es Amup war? Ich zitterte und wollte mich gerade setzen, als das Telefon klingelte. Ich fuhr herum und eilte in den Flur.

»Ja?«

»Du klingst aber abgehetzt«, rief Paula fröhlich. »Bist du gerade nach Hause gekommen?«

»Ja, ich ... genau, gerade eben.«

»Alles in Ordnung, Ariane?«

»Jaja, ich bin nur etwas müde.«

»Hör mal, hast du schon den Zettel im Flur entdeckt?« fragte Paula. »Er hängt an der Garderobe.«

»Nein«, antwortete ich. »Liebesgrüße von dir, die ich übersehen haben sollte?«

»Hm, das wäre ja auch eine Idee gewesen, aber ... nein, es geht um Santana.«

Ich ging mit dem Telefon am Ohr zur Garderobe hinüber. Ja, tatsächlich, da hing ein Zettel, den ich vor lauter Anspannung übersehen hatte. Ich nahm ihn in die Hand: *Santana ist krank. Ich habe sie zur Tierärztin gebracht. Kuss, Paula.*

»Ach«, sagte ich. »Was hat sie denn?«

Eine sanfte Welle der Erleichterung durchströmte mich. Santana war nicht da, und ich war nicht schuld daran.

»Ich war gestern bei dir, und es ging ihr nicht gut«, berichtete Paula. »Sie hatte nicht gefressen und war richtig apathisch. Das kam mir dann doch etwas merkwürdig vor, und ich bin mit ihr zu einer Tierärztin mit Wochenenddienst gefahren. Die hat auch prompt eine schwere Infektion der Luftwege diagnostiziert und sie in ihrer Praxis behalten.«

»Wie schwer?« hörte ich mich fragen. »Lebensbedrohlich?«

»Nicht ganz ohne, aber sie hat gute Chancen durchzukommen. Sie ist jung und kräftig.«

»Wie lange muss sie denn da bleiben?« fragte ich.

»Keine Ahnung. Einige Tage bestimmt. Die Ärztin meldet

sich morgen oder übermorgen, um Bescheid zu sagen.«

Vielleicht könnte Santana ja direkt von dort zu Riekes Tochter ... Es waren ja nur noch einige Tage, oder? Ich schluckte und verbiss mir die Frage. Immerhin.

»Und sonst? Wie ist es dir ergangen?« fragte Paula mit fröhlicher Stimme. »Wollen wir uns noch treffen und du erzählst mir alles oder bist du zu müde?«

Ich sah in den Flurspiegel und strich mir zwei Haarsträhnen aus dem Gesicht. Wie mein Vater.

»Nun, zugegeben, ich bin ziemlich müde, andererseits ...«

»Soll ich zu dir kommen?« Ihre Stimme war weich, und ich sah sie vor mir. Paula mit ihren blauen Augen. Meine schöne Geliebte.

»Ja«, sagte ich, mehr nicht.

»Gib mir eine halbe Stunde.«

»Keine Minute länger.«

»Natürlich nicht.«

Meine Stimmung war wie ausgewechselt. Kaum hatte ich den Hörer aufgelegt, zog ich mich aus und ging unter die Dusche. Mein Kopf fühlte sich an, als hätte ich die ganze Nacht lang im Kino gesessen und fünf Filme hintereinander gesehen – einer aufregender als der andere –, aber ich hatte weder Kopfschmerzen noch verspürte ich gar die Vorboten einer Migräne ihr Unwesen treiben. Santana war krank, aber ich hatte nichts damit zu tun, nicht das geringste. Sie wurde gut betreut, und ich musste mich nicht mit ihr auseinandersetzen.

Als Paula schließlich im Wohnzimmer vor mir stand, musterten wir einander eine ganze Weile gegenseitig von oben bis unten, als hätten wir uns wochenlang nicht gesehen. Schließlich zog ich eine Grimasse, während ich sie in die Arme schloss, und sie lachte. »Schön, dich zu sehen.«

Sie gab mir einen Kuss und betrachtete erneut eingehend mein Gesicht, ohne sich aus der Umarmung zu lösen.

»Du siehst sehr mitgenommen aus«, sagte sie und strich mir behutsam mit beiden Händen über die Wangen.

Ich schloss die Augen und genoss die sanfte Berührung.

»Hör nicht auf«, flüsterte ich. »Bitte hör nicht auf.«

»Das habe ich nicht vor.«

Ich schmiegte mich in ihre Hände. Sie küsste meine Lippen, die Lider, die Ohren, und ich hielt mich an ihr fest, spürte eine ungewöhnlich sanfte Woge der Erregung durch meinen Bauch gleiten – ein wohliges Ziehen, als würde ich in der Badewanne liegen und von ölig duftender Wärme umspült werden. Ihre Zunge schlüpfte in mein Ohr, und ich wollte nie wieder die Augen öffnen und etwas anderes tun als mich dieser Berührung hingeben. Wir ließen uns auf dem Podest nieder. Ich legte mich auf den Rücken, und Paula beugte sich über mich. Sie knöpfte mein Hemd auf und sah fasziniert auf meine Brustwarzen. Ich zog ihren Kopf herunter und sie saugte abwechselnd an ihnen. Die sanfte Woge wurde höher, mächtiger, drängender. Paula öffnete meine Jeans, und ihre Finger glitten in meine Feuchtigkeit.

»Ausziehen«, flüsterte ich. »Wir müssen uns ausziehen.«

»Wir müssen gar nichts«, gab sie zurück. »Bleib einfach liegen und lass mich machen.«

Normalerweise gab ich den Ton an, meistens jedenfalls, doch diesmal ließ Paula sich nicht beirren. Sie streifte meine Jeans und das Höschen herunter, aber nur bis zu den Knien, so dass ich kaum Beinfreiheit hatte. Dann umkreiste sie mit ihrer Zunge meinen Bauchnabel, die Oberschenkel, wieder den Bauchnabel, die Brüste. Ich hielt ihren Kopf fest und schob ihn nach unten. Ich hörte ihr leises Lachen und dann nichts mehr. Ein sanftes Tupfen, Umkreisen, Saugen, während ich mich wand und stöhnte. Sie hielt meine Hüften fest und verschmolz mit mir. Ich warf den Kopf nach hinten und wollte schreien, aber das ging nicht. Es blieb in mir, schwoll noch mehr an, und dann war Paula auf einmal oben, hinter mir, an meinen Rücken geschmiegt und hielt mich umschlungen, während ich aus allen Poren schwitzte, mein Schoß sich bewegte und ich nicht wusste, ob ich etwas sagte oder dachte oder weinte oder schrie. Irgendwann drehte ich mich um, und wir lagen von Angesicht zu Angesicht minutenlang schweigend da.

»Ich will dich nicht verlieren«, sagte Paula schließlich so unvermittelt in die Stille hinein, dass ich zusammenschrak. »Bitte sag mir, dass ich dich nicht verliere.«

»Das tust du doch auch nicht«, erwiderte ich.

»Doch. Es geschieht längst. Du bist ganz woanders als ich. Du vergräbst dich. Ich komme nicht mehr an dich heran. Und du weißt das auch. Was ist los?«

Ich schwieg betroffen.

»Du musst reden, Ariane.«

»Aber ...«

»Fang einfach an«, unterbrach sie mich. »Irgendwo. Erzähle, was dir durch den Kopf geht, völlig egal was, und am besten sofort, ohne lange zu überlegen. Versteh doch – ich habe Angst um dich und um uns.«

Ich erwiderte ihren Blick. Dann nickte ich. Und begann zu erzählen. Von dem Polterabend und Mira, meiner Migräne, Puma, Amup und meinen Eltern, der seltsamen Angst vor Katzen, die nun gar nicht mehr seltsam war, der ich aber trotzdem ausgeliefert blieb, dem Baby, das zur falschen Zeit auf die Welt gekommen war. Paula sah mich die ganze Zeit an, auch als ich längst geendet hätte. Dann endlich konnte ich hemmungslos weinen.

## 22

Obwohl mir mindestens vier Stunden Schlaf fehlten und mein Kopf dröhnte, als ich ins Büro kam, brauchte ich auch am nächsten Tag keine einzige Schmerztablette. Kaum hatte ich die ersten Routinearbeiten erledigt und Mira eine lange Mail geschrieben, rief die Tierärztin an, Frau Dr. Sander. Ich war verwundert, dass sie sich nicht mit Paula in Verbindung gesetzt hatte, schob die Frage aber dann doch beiseite – immerhin hatte die Katze ihren zweiten Wohnsitz zur Zeit noch bei mir.

»Santanas Zustand ist stabil«, berichtete die Ärztin. »Ich denke, in wenigen Tagen ist alles überstanden und die Kleine wieder putzmunter. Sie können sie gerne morgen nach Hause holen.«

»Ach, ja? Ich dachte, dass die Behandlung länger dauern würde«, wandte ich ein.

»Nun, sie muss noch Medikamente nehmen und braucht Ruhe, aber das können Sie doch zu Hause auch gewährleisten, oder?«

Ich räusperte mich. »Wissen Sie, es ist nicht meine Katze. Sie ist quasi durch Zufall für einige Wochen mein Pensionsgast geworden, und ich habe eigentlich überhaupt keine Zeit und kenne mich auch nicht besonders gut aus. Außerdem ...«

»Das müssen Sie auch nicht«, versicherte mir Frau Dr. Sander rasch. »Ich zeige Ihnen, was nötig ist. Das schaffen Sie spielend. Kommen Sie doch heute gegen Abend einfach mal vorbei. Die Praxis hat bis neunzehn Uhr geöffnet.«

Bevor ich einen Termin vorschieben oder lang und breit erklären konnte, dass Santana ohnehin in einigen Tagen in die nächste Pension wanderte, hatte sie sich verabschiedet und aufgelegt. Ich war, gelinde gesagt, perplex, fand aber keinen überzeugenden Grund, um noch einmal anzurufen und abzusagen. Und alles, was mir an Ausreden einfiel, klang lächerlich.

Als ich am Abend in der Tierarztpraxis eintraf, öffnete mir die Ärztin persönlich. Sie hielt eine Tasse Kaffee in der Hand, wie ich am Duft erkannte, und winkte mich herein. Sie war äußerst attraktiv – etwas anderes fiel mir nicht ein, als ich sie anblickte: dunkle Augen, die mich irritierend direkt ansahen, lange dunkelbraune Haare, dunkler Teint; eine mittelgroße robuste Gestalt, der man zutraute, auch mal richtig zuzupacken. Eine Frau, Ende

Vierzig, Anfang Fünfzig, die man sich auf einem Pferd vorstellen konnte, bei der Ernte, im Stall, beim Brotbacken. Ihre Ausstrahlung nahm mich gefangen, und ich war überzeugt, dass sie das spürte.

»Mögen Sie auch einen Kaffee?« fragte sie, während sie mit festen Schritten vorausging.

»Nein, danke.« Ich schüttelte den Kopf. »Ich habe heute schon mindestens zwei Liter getrunken.«

»Etwas anderes vielleicht?«

»Danke, nein.«

Wir gingen durch mehrere Praxisräume. Es roch nach Tieren und nach Desinfektionsmittel, dazwischen wehte der Duft von frischgebrühtem Kaffee. Ein Papagei und einige Sittiche sorgten für die passende Geräuschkulisse. Im letzten Raum waren offensichtlich die ernster erkrankten und längerfristig zu betreuenden Patienten untergebracht. Zwei Hunde seien frisch operiert und schliefen in ihren Boxen die Narkose aus, wie mir Dr. Sander erklärte. Mehrere unruhig vor sich hin mümmelnde Nager und einige Katzen saßen in ihren Käfigen. Ich erkannte Santana sofort. Und sie mich auch. Ihr Kopf war hochgereckt, die Ohren nach vorn ausgerichtet. Raubtieraugen. Frau Dr. Sander stellte ihre Tasse auf der Kante ihres Schreibtisches ab – ein anderes freies Plätzchen gab es nicht, und ich schätzte, dass schon so manche Tasse im Vorbeigehen heruntergefegt worden war.

»Das ist ein hübsches Ding«, sagte sie und wies auf Santana. »Und außerdem eine besondere Katze.«

»Ach?«

Ich wollte nicht unhöflich sein, andererseits aber auch nicht hellauf begeistert und interessiert klingen. Mehr über Santana und ihre Qualitäten zu erfahren stand weit unten auf meiner Wunschliste, denn selbst wenn ich meine persönliche Geschichte mal außen vor ließ: Santana schien mir ein durchaus angriffslustiges Tier zu sein, das es nicht gerade gut mit mir meinte.

»Doch, doch.« Die Ärztin lächelte. »Sehen Sie mal – sie weiß genau, wer da kommt.«

»Das wundert mich nicht«, brummelte ich.

Ein dunkles Augenpaar fixierte mich kurz, dann stellte Frau Sander Santanas Box auf den Behandlungstisch. »Bitte – Sie können sie herauslassen. Sieht aus, als hätte sie Sie vermisst.«

Alles konnte ich mir vorstellen, nur das nicht. Ich biss mir auf die Unterlippe.

»Das glaube ich nicht. Warum sollte sie?« entgegnete ich mit einem raschen Seitenblick auf Santana. »Sie ist ja doch gar nicht meine Katze und außerdem noch nicht lange bei mir.«

»Das spielt keine Rolle«, wandte die Ärztin ein. »Das Tier kennt Sie zweifellos. Sehen Sie doch mal genau hin, wie sie guckt.«

Frau Sander öffnete die Box, als ich keine Anstalten dazu machte, und holte Santana heraus. Die Katze setzte sich auf den Tisch, putzte kurz ihre rechte Pfote und sah mich dann unverwandt und wie in der Bewegung erstarrt an.

»Hallo«, sagte ich und kam mir unglaublich albern vor.

»Sie dürfen sie ruhig anfassen«, sagte die Ärztin lächelnd und strich Santana über den Rücken. Sofort erklang ein deutliches Schnurren.

Ich verschränkte die Arme. Santana sah mich weiterhin an. Ihre Barthaare zitterten. Ich blickte zur Seite. Die Katze erhob sich und streckte sich gähnend. Dabei kam ihr Kopf meinem Arm bedrohlich nahe, und ich trat möglichst unauffällig einen halben Schritt zurück.

»Ja, sie macht schon wieder einen recht munteren Eindruck«, bemerkte ich, bevor mir einfiel, dass ich gar nicht mitbekommen hatte, wie sie in unmunterer Verfassung ausgesehen hatte.

Die Ärztin ließ mich nicht aus den Augen. »Kennen Sie den Spruch: Ist die Katze gesund, freut sich der Mensch?«

Und ob ich den kannte. Ich verdrehte innerlich die Augen. Nicht schon wieder.

»Ich bin zumindest hier in meiner Praxis bislang noch niemandem begegnet, auf den dies weniger zutraf als auf Sie, wenn ich das mal so sagen darf«, stellte sie fest und lächelte amüsiert. »Aber vielleicht haben Sie ja eine besonders introvertierte Art, Freude zum Ausdruck zu bringen. Das kann ich natürlich nicht beurteilen.« Ihr Lächeln vertiefte sich.

Ich ließ die Arme wieder sinken. »Es ist nicht meine Katze, Frau Dr. Sander«, sagte ich betont sachlich. »Das erwähnte ich ja bereits, und bislang hat sich keine besondere Harmonie zwischen uns entwickelt.«

»Nein? Warum denn nicht?«

Ich zuckte die Achseln. »Sie ist ziemlich wild drauf, und ich kann nicht besonders gut mit Katzen. Da ich aber nur noch einige Tage für sie zuständig bin, ist das alles halb so schlimm.«

Die Ärztin betrachtete Santana, bevor sie mir einen langen Blick zuwarf. »Das wundert mich jetzt aber.«

Ich zuckte die Achseln. »Wann soll ich sie abholen?« fragte ich und war mir bewusst, dass ich unhöflich, wenn nicht abweisend wirkte.

Sie strich der Katze über den Hals, und die reckte ihren Kopf zur Seite. Dabei sah sie mich erneut an.

»Wo wohnen Sie denn?«

Ich nannte ihr meine Adresse. Sie nickte. »Ich habe morgen abend einen Haustermin bei Ihnen in der Nähe. Ich könnte Santana vorbeibringen.«

»Aber ...«

»Das macht mir nichts aus, wirklich nicht.« Sie lächelte erneut.

»Nun ja, wenn Sie meinen«, bemerkte ich, und ich war mir ziemlich sicher, dass sie genau wusste, wie wenig mir dieser Vorschlag behagte und wie gern ich einen überzeugenden Einwand vorgebracht hätte.

Wenige Minuten später verließ ich die Praxis und machte mich auf den Heimweg. Es regnete – ein trüber Herbsttag, an dem die

Sonne kaum eine Chance gehabt hatte, war zu einem dunklen, ungemütlichen Herbstabend geworden, den man am besten auf der Couch verbrachte oder in der heißen Badewanne, dazu einen Cocktail und aufmunternde Musik. Trotz dieser Überlegung fuhr ich nicht direkt nach Hause, sondern entschloss mich spontan, einen Umweg über die Gartenkolonie zu machen.

Die meisten Lauben lagen still und verlassen da. Es gab nichts mehr zu ernten. Die Zäune der äußeren Parzellen an der Hauptstraße waren bereits entfernt worden. Ein Bagger und eine Planierraupe standen im Hintergrund neben einer Baubude und einem Dixi-Klo. Ich stellte den Wagen ab und starrte durchs Seitenfenster. Vielleicht war Adele noch hier, ließ irgendwo ihr Altweiberkichern hören und schenkte bis zum Abwinken Mirabellenschnaps aus. Doch das einzige, was ich vernahm, war das regelmäßige Trommeln des Regens auf dem Dach meines Wagens und den vorbeirauschenden Verkehr. Plötzlich hoffte ich, dass Adele die Kolonie längst verlassen und sich in Lenas Wohnung eingerichtet hatte, statt mutterseelenallein in ihrem Gartenhaus auszuharren und Gegebenheiten zu trotzen, die sie sowieso nicht mehr ändern konnte. Es gibt doch nicht nur diese Kolonie, dachte ich. Im nächsten Frühjahr kann sie anderswo einen Mirabellenbaum pflanzen. Und vielleicht lässt sich die Rose, die sie Lena genannt hat, auch in einem neuen Garten ansiedeln. Ich wischte mir übers Gesicht und startete den Motor.

Obwohl ich mir ziemlich albern vorkam, überprüfte ich am nächsten Abend mindestens dreimal, ob Santanas Fressplatz auch wirklich sauber und ordentlich war und das Katzenklo allen tierärztlichen Anforderungen genügen würde. Als es schließlich klingelte, war ich nervös wie bei einem Date mit einer Unbekannten, was ich reichlich übertrieben fand, ohne daran etwas ändern zu können.

Frau Dr. Sander sah aus, als hätte sie einen langen, erschöpfenden Tag hinter sich. Meine Hoffnung, sie würde einfach nur die Katze abliefern, kurz das Finanzielle mit mir regeln, über Santanas weitere Behandlung ein, zwei Worte verlieren und sich dann mit dem Hinweis auf ihren wohlverdienten Feierabend innerhalb von fünf Minuten wieder verabschieden, schwand jedoch, als sie in den Flur trat und in aller Gemütsruhe ihre Jacke auszog. Dabei betrachtete sie mit sichtlichem Interesse das großformatige, einige Jahre alte Foto neben der Garderobe, auf dem ich mit einer Frauen-Skate-Gruppe abgebildet war. Sie schien es nicht besonders eilig zu haben, und die Frage, ob ich ihr etwas anbieten könnte, bejahte sie sofort mit der Bitte um ein koffeinhaltiges Getränk. Die Tierärztin war offensichtlich eine exzessive Kaffeetrinkerin.

»Sie sind wohl sehr sportlich«, sagte sie mit einem Wink in Richtung des Fotos und folgte mir mit der Katzenbox in die Küche.

Während ich die Kaffeemaschine in Gang setzte, erzählte ich in knappen Sätzen von meinem Job und dem Inlineskaten. Sie hörte aufmerksam zu, kniete sich dann vor die Box und öffnete die Tür. Santana schlüpfte sofort heraus und ging schnurstracks zu ihrem Fressplatz. Angesichts der leeren Schüsseln blickte sie über die Schulter zu mir hoch und maunzte.

»Ich habe Ihnen etwas Spezialfutter mitgebracht«, sagte Frau Sander und drückte mir eine Plastiktüte mit mehreren Büchsen und einer Tüte Trockenfutter in die Hand. »Sieht aus, als hätten Madame Hunger.«

Ich nahm zwei Tassen aus dem Schrank und hoffte, dass die Tierärztin mir eine der Schüsseln reichen würde. Aber sie hatte sich bereits an den Esstisch gesetzt und sah mich an. Ich wandte mich um und machte einen kleinen Bogen um Santana. Die Schüssel war zum Greifen nahe. Santana auch. Sie schnurrte friedlich. Ich atmete schnell. Eine kleine Katze, sagte ich stumm zu mir, es ist eine kleine Katze, die sehr krank war und nun ihr Abendbrot möchte. Bück dich und nimm die Schüssel. Jeder Alptraum verliert irgendwann einmal seinen Schrecken. Nur: wusste meiner das auch?

Ich streckte schnell die Hand aus und griff mit einer hastigen Bewegung nach der Schüssel. Santana fuhr herum und grummelte laut. Ich erschrak und stolperte zurück, die Schüssel flog in hohem Bogen durch die Küche und zerschellte an der gegenüberliegenden Wand. Santana flüchtete pfeilschnell durch die Küchentür, während ich mich gerade noch am Tisch abfangen und einen uneleganten Sturz verhindern konnte. Mit klopfendem Herzen blieb ich stehen und wusste nicht, wohin ich blicken sollte.

»Ich glaube, der Kaffee ist durch«, sagte Dr. Sander einen Moment später, als wäre nicht das geringste vorgefallen.

Ich wandte mich zur Kaffeemaschine um und beschwor meine Hände, mit dem Zittern aufzuhören. Sie gehorchten zwar nur ansatzweise, aber immerhin schaffte ich es, ohne größere Zwischenfälle den Kaffee einzugießen.

»Ich würde das Inlineskaten ja zu gerne mal ausprobieren«, sagte Dr. Sander im Plauderton, nachdem sie sich den ersten Schluck genehmigt hatte. »Was meinen Sie, kann man auch in meinem fortgeschrittenen Alter noch damit anfangen?«

Ich atmete tief durch und sah sie kurz an. Die Frage schien ernst gemeint. »Warum nicht? Sind Sie früher Schlittschuh gefahren?«

»Ja, aber das letzte Mal dürfte auch schon zwanzig Jahre her sein.« Sie legte ihre Stirn in Falten. »Wenn ich es recht bedenke, dürften es sogar dreißig Jahre sein. Ich erinnere mich gerne daran zurück. Ich war ziemlich gut, wenn ich das mal behaupten darf, ohne dass es allzu sehr nach Eigenlob riecht. Später war alles mögliche in meinem Leben wichtig, und ich hatte einfach keine Zeit mehr, um mich sportlich zu betätigen. In den letzten Monaten denke ich manchmal, dass ich noch mal was verändern sollte.«

Ich setzte mich zu ihr und nahm meine Tasse in die Hand. Das Zittern war endgültig verschwunden. »Na, dann – nur zu. Wichtig ist, dass Sie als erstes ein Sicherheitstraining absolvieren. Fallen lernen und so weiter. Der Rest ist Übung und nochmals Übung.«

»Das klingt vernünftig. Ich mache Ihnen einen Vorschlag«, sagte sie und fing meinen Blick ein. »Sie bringen mir das Inlineskaten bei – einmal in der Woche ein, zwei Stunden –, und ich zeige Ihnen, wie man mit einer Katze umgeht.«

Erwischt, dachte ich. Aber was geht's dich an?

»Warum sollte ich das lernen?« fragte ich sie nach einer unangenehm langen Pause, in der sie mich nicht aus den Augen ließ.

»Liegt das nicht auf der Hand?«

»Kann schon sein, nur ...« Ich lehnte mich zurück, während ich nach den richtigen Worten suchte. »Ich weiß Ihr Angebot zu schätzen, doch das ist nichts für mich. Sie haben recht, wenn Sie vermuten, dass da einiges bei mir im argen liegt, aber das muss ich nicht auf diese Weise bearbeiten. Außerdem habe ich nicht vor, mein Leben auf das Zusammensein mit Katzen oder welchem Getier auch immer auszurichten. Santana ist in wenigen Tagen wieder verschwunden, und ich werde ganz bestimmt niemals auf die Idee kommen, mir einen Haustiger anzuschaffen.«

Sie nickte. »Ich verstehe.«

»Wirklich?« Ich war perplex.

Frau Dr. Sander lehnte sich zurück und lachte. Ein lautes, vergnügtes Lachen, das die Situation sofort entspannte. Ich lächelte erleichtert.

»Aber ja«, bestätigte sie. »Ich bin wirklich eine Tiernärrin, und dennoch kann ich mir vorstellen, dass es Menschen gibt, die anders leben möchten. Oder aus welchen Gründen auch immer Angst vor Tieren haben. Ich finde es nur schade, wenn Missverständnisse oder Unkenntnis die Auslöser dafür sind und der richtige Umgang mit dem Tier die Probleme beseitigen würde.«

»Frau Dr. Sander«, hob ich an. »Es liegt aber nicht ...

»Margret«, sagte sie lächelnd. »Ich heiße Margret und bin dafür, dass wir uns duzen.«

Sie hat etwas ungemein Entwaffnendes, dachte ich.

»Ich heiße Ariane«, erwiderte ich schließlich. »Was ich sagen wollte: Es liegt nicht am richtigen oder falschen Umgang mit der Katze, dass ich Angst habe«, nahm ich meinen Gedanken wieder auf. »Es steckt eine andere Geschichte dahinter.«

»Gut zu wissen.«

»Nur hilft es nicht weiter«, sagte ich.

»Im Moment vielleicht nicht. Darum wäre es ja auch wichtig, eine Basis zwischen dir und dem Tier zu schaffen, auf die du dich verlassen kannst«, erläuterte Margret.

Ich schüttelte den Kopf. Sie war auf charmante Art hartnäckig, aber mein Entschluss stand fest. »Vielleicht ein andermal.«

»Soll ich dir nicht mal einige Grundregeln nennen? Sie könnten dir die restlichen Tage mit Santana wesentlich angenehmer machen, stressfreier.«

Ich seufzte. »Grundregeln?«

»Ja, ein Schnellkurs – jetzt und gleich – nur einige grundsätzliche Hinweise. Es dauert nur ein paar Minuten.« Sie lächelte. »Glaub mir – du hast es anschließend leichter.«

Ich schloss kurz die Augen. Als ich sie wieder öffnete, war Margret aufgestanden und öffnete die Küchentür. Sie hockte sich hin und rief mit einem seltsam gurrenden Lockton leise nach der Katze, während ich stocksteif auf meinem Stuhl sitzen blieb und mich fragte, ob ich mir das wirklich antun wollte. Irgendwo in der Wohnung antwortete Santana, und kaum einen Augenblick später steckte sie den Kopf zur Tür herein. Margret streckte langsam die Hand aus, und die Katze rieb ihre Wange daran.

»Schau ihr nicht direkt in die Augen«, sagte Margret.

»Das tue ich sowieso nie.« Natürlich nicht, schob ich stumm hinterher.

»Sehr gut«, sagte Margret. »Direktes Anstarren signalisiert nämlich Angriffshaltung. Dem weichen Katzen aus, oder sie werden aggressiv. Es ist ganz erstaunlich, wie viele Katzenbesitzer das nicht wissen und sich darüber wundern, dass ihr Liebling andauernd Reißaus nimmt oder wütend faucht, vielleicht sogar Hiebe austeilt oder beißt. Eine aggressive Katze kann übrigens durchaus gefährlich werden.«

Das glaubte ich ihr aufs Wort. Ich schwitzte.

»Die Katzensprache ist sehr subtil. Ein winziges Zucken der Schwanzspitze bedeutet zumindest ein Ausrufezeichen«, erklärte Margret weiter, während Santana sich auf dem Küchenboden ausstreckte. »Peitschen und Aufplustern des Schwanzes sind eindeutig aggressiv gemeint. Wenn man Hunde und Katzen in seinem Haushalt hat, muss der Hund als erstes lernen, dass eine schwanzwedelnde Katze anders als ein Artgenosse ganz und gar nicht zum Spielen oder Kuscheln aufgelegt ist.«

»Aha, die Gefahr würde ich aber in meinem Fall als eher gering bezeichnen.«

Margret sah über die Schulter zu mir hoch. »Wann hast du das letzte Mal eine Katze angefasst?«

»Keine Ahnung. Das ist ewig her. Freiwillig das letzte Mal als Kind.«

»Du hast Santana die ganze Zeit bei dir nicht ein einziges Mal berührt?« fragte sie nach.

»Nein.«

»Kein Wunder, dass sie so um dich buhlt.«

»Tut sie das?«

»Und wie.« Margret lächelte. »Von Anfang an. Sie ist ganz neugierig auf dich und ein wenig verstört, dass du sie so abwehrst. Außerdem spürt sie natürlich deine Angst. Das alles zusammen ist ganz schön verwirrend für sie.«

»Ich verstehe«, entgegnete ich. »Aber ich werde sie nicht anfassen, nicht jetzt und auch nicht morgen.«

»Das musst du auch nicht. Stell ihr doch einfach ihr Fressen hin und frisches Wasser und setz dich wieder auf deinen Stuhl.«

Das war keine allzu schwierige Übung. Ich nahm eine Dessertschüssel aus dem Schrank, und wenig später verschlang Santana mit lautem Schmatzen ihr Abendessen.

»Was ist das Schlimmste?« fragte Margret, nachdem wir ihr eine Weile zugesehen hatten.

»Wie meinst du das?«

»Welche Vorstellung ängstigt dich am meisten?«

Ich überlegte einen Moment. »Nicht zu wissen, wo sie ist. Besonders nachts. Es schüttelt mich förmlich, wenn ich daran denke, dass ... sie vielleicht zu mir kommt und ... na ja ... mich angreift.«

Margret nickte. »Du schließt die Tür ab?«

»Ja, klar.«

»Und morgens, wenn du dein Zimmer verlässt, wie fühlst du dich dann?«

»Mies. Ich muss als erstes herausbekommen, wo sie ist. Wenn sie von irgendwoher ganz plötzlich auftaucht, gerate ich in Panik.«

»Vielleicht solltest du morgen früh einfach mal den Spieß umdrehen und Santana so herbeirufen, wie ich es eben getan habe«, schlug Margret vor. »Dann gehst du in die Küche und stellst ihr sauberes Wasser und ihr Fressen bereit. Das hat den Vorteil, dass du weißt, wo sie ist, während du dich fertig machst. Wäre das nichts?«

Keine schlechte Idee, das musste ich zugeben. »Ich kann es ja mal ausprobieren.«

Margret lächelte. »Tu das. Und wenn noch Fragen auftauchen – ruf mich an.« Sie leerte ihre Tasse und stand auf.

Ich erhob mich ebenfalls und begleitete sie in den Flur. »Willst du wirklich skaten?« fragte ich, als sie erneut das Bild neben der Garderobe betrachtete.

»Ja, das war ernst gemeint.«

»Gut. Ich melde mich bei dir, und wir vereinbaren einen Termin. Allerdings hätte ich eher vermutet, dass du eine begeisterte Reiterin bist«, fiel mir plötzlich ein. »Als ich dich gestern sah, dachte ich sofort, dass du bestimmt gut mit Pferden umgehen kannst.«

»Kann ich auch, aber nach einem schweren Unfall bin ich etwas zurückhaltender geworden«, antwortete sie. »Meine Freundin ist dabei so unglücklich gestürzt, dass sie sich seitdem nur ausnahmsweise ohne ihren Rollstuhl fortbewegen kann und wahrscheinlich nie wieder richtig laufen wird.«

»Das tut mir leid zu hören.«

»Ja.« Mehr sagte Margret nicht mehr dazu. Sie schlüpfte in ihre Jacke und sah auf die Uhr. »Ich muss mich beeilen – meine Freundin wartet schon. Ich habe ihr versprochen, dass wir noch einen Spaziergang zusammen machen.«

»Bei dem Wetter?«

»Die Hunde müssen ohnehin noch mal raus.«

»Die Hunde?« fragte ich nach. »Also gleich mehrere?«

»Zwei, um genau zu sein«, gab sie zurück. »Einer ist ein ausgebildeter Behindertenhund, der meiner Freundin zur Seite steht, der andere war eines Morgens vor meiner Praxis angebunden und schien sich dort nicht einmal unwohl zu fühlen. Er sah mich an, als gehörte er schon immer zu mir.«

»Verstehe«, sagte ich, aber so ganz stimmte das natürlich nicht.

Ich öffnete die Tür. Während ich ihr nachsah, wie sie die Treppen hinuntereilte, wurde mir klar, dass ich nie zuvor einem Menschen, den ich körperlich nicht begehrte, so schnell derart nah gekommen war.

Als ich am nächsten Morgen den Wecker ausstellte, ließ ich mich nicht wie sonst noch einmal in die Kissen zurückfallen, um mit klopfendem Herzen zu lauschen, ob Santana auf der Pirsch war. Ich sprang auf, öffnete die Tür und lockte die Katze mit ähnlich gurrenden Geräuschen herbei, wie sie Margret am Vorabend von sich gegeben hatte. Jedenfalls fand ich, dass sie ähnlich klangen. Santana wohl auch, denn sie kam tatsächlich um die Ecke geschlichen. Ich richtete mich schnell auf und eilte in die Küche, ohne sie eines Blickes zu würdigen. Radio an. Näpfe füllen. Küchentür zu. Ab ins Bad. Erst als ich die Zahnbürste zur Hand nahm, stellte ich fest, dass ich zitterte. Aber immerhin: Santana konnte mir nicht mehr aus dem Hinterhalt auflauern. Ich wusste, wo sie war, und ich hatte die Kontrolle. Fürs erste jedenfalls.

## 23

Margret wurde innerhalb kürzester Zeit eine Vertraute, eine Freundin, deren Rat ich schätzte und annehmen konnte. Paula hob nicht nur einmal fragend die Augenbrauen. Doch ich konnte sie beruhigen – in dieser Freundschaft war vieles möglich und sie regte mich auf unterschiedlichste Weise an, aber sexuelle Faszination gehörte eindeutig nicht dazu. Das war einfach nicht unser Thema – glücklicherweise.

Margret war Anfang Fünfzig und lebte seit dreißig Jahren mit ihrer Freundin zusammen. Soweit ich das einschätzen konnte, war ihre Beziehung nach wie vor spannend, und das Leben im Rollstuhl, das Hanna seit einigen Jahre führte, beeinflusste die beiden weniger, als man gemeinhin annehmen würde. Hanna war eine zarte Frau mit strengen Zügen und ungewöhnlich großen hellgrünen Augen. Als ich ihr das erste Mal begegnete, war ich befremdet. Hanna schien so gar nicht zu Margret und ihrer warmherzigen Art zu passen. Doch dann erlebte ich die beiden gemeinsam – beim Kochen, im Garten und zusammen mit ihren Tieren. Hanna lachte aus vollem Herzen und strahlte plötzlich wie ein kleines Kind, Margrets Blick wurde weich und zärtlich. Ich empfand Hochachtung und Bewunderung. Beides wuchs noch beträchtlich, als Margret mir erzählte, dass der Reitunfall ihre Schuld gewesen war. Einzelheiten erwähnte sie jedoch nicht, und ich war klug genug, keine Fragen zu stellen, obwohl ich schon gern gewusst hätte, was genau passiert war.

Santana blieb noch anderthalb Wochen mein Gast, bis Riekes Tochter einsprang, und natürlich wurde ich in dieser Zeit kein Katzenfan. Aber es gelang mir, der kurzen Zeit, die wir täglich gemeinsam in der Wohnung verbrachten, weniger panisch entgegenzublicken. Dabei erwies es sich als einfaches und doch wirkungsvolles Mittel, Santana herbeizulocken, wenn die Angst in mir aufstieg, sie könnte irgendwo hocken und nur auf eine günstige Gelegenheit warten, mich hinterrücks anzufallen. Wenn sie dann auf mich zulief, empfand ich immer noch Angst, aber das war eine Angst, die ich zu kontrollieren lernte und der ich nicht hilflos ausgeliefert war. Und je mehr ich spürte, dass ich die Zügel in den Händen hielt, um so besser begriff ich, dass es mir tatsächlich gelang, etwas zu verändern. In kleinen Schritten. Vielleicht gab es eines Tages die Chance, dieses Trauma vollkommen aufzulösen. So wie meine Migräne sich aufgelöst hatte.

Hin und wieder besuchte ich Margret auf einen Kaffee in ihrer Praxis, und ich rechnete es ihr hoch an, dass sie mich nie fragte, welchen Hintergrund meine Angst hatte – sie wusste, dass ich es ihr irgendwann erzählen würde – und mich auch nicht drängte, mich weiterhin und unter ihrer Anleitung mit Tieren zu beschäftigen. Sie konnte wundervoll mit ihnen umgehen, und ich genoss es durchaus, ihr dabei zuzuschauen – aus der Distanz.

Leider stellte Margret sich beim Skaten längst nicht so geschickt an, wie ich es eigentlich von ihr erwartet hatte. Ungefähr einmal in der Woche drehte ich mit ihr gemeinsam einige Runden in der firmeneigenen Halle, und ich war verblüfft, dass Margret – obwohl sie sportlich war und sich zu bewegen wusste – mit den Rollen unter den Füßen eine unsichere Figur machte, was ich ihr so natürlich niemals sagte. Ich ging davon aus, dass sie die typischen Anfängerprobleme bald überwunden haben würde. Leider erwies sich meine Annahme als völlige Fehleinschätzung. Margrets ungelenke Tapsigkeit, der jegliche Harmonie fehlte, stellte sich zu ihrem eigenen Bedauern als ihr unverwechselbarer Stil heraus.

»Ich sehe bestimmt aus wie ein Tanzbär«, klagte sie einmal, und der Vergleich war so treffend, dass ich schallend lachen musste.

»Na bitte – ich lerne es nie«, sagte sie vorwurfsvoll und hielt sich am Geländer auf der Skatebahn fest. »Du bist der gleichen Meinung, das sehe ich dir an. Du willst mich bloß nicht entmutigen, aber im Grunde deines Herzens findest du es hoffnungslos.«

»Ach, Quatsch, natürlich lernst du es«, widersprach ich ihr eifrig und bemühte mich, mein Lachen zu unterdrücken. »Du hast eben einen ganz individuellen Stil.«

»Ach, so nennt man das also? Ich muss sagen, du weißt dich gut aus der Affäre zu ziehen.«

»Unsinn«, beteuerte ich und konnte mir ein Grinsen nur mühsam verkneifen. »Du kennst doch sicherlich Paula Radcliffe, die Marathonläuferin?«

»Und ob. Sie ist in Helsinki Weltmeisterin geworden, nachdem sie ja bei der Olympiade völlig gepatzt hatte.«

»Ja«, bestätigte ich. »Aber sie peitscht die zweiundvierzig Kilometer herunter, als wollte sie den Asphalt plattmachen. Wie eine Dampfmaschine – völlig unelegant, dazu wippt sie mit dem Kopf, was ehrlich gesagt höchst seltsam anmutet. Und dennoch schafft sie die Strecke in phantastischen Zeiten – nicht mal die Afrikanerinnen können da mithalten und die Frauen aus Japan auch nicht.«

»Das tröstet mich ungemein«, meinte Margret schmunzelnd. »Doch ich weiß es zu schätzen, dass du mir Mut machen willst. Übrigens – ich habe nicht vor, mich jemals an irgendwelchen Rennen zu beteiligen.«

»Musst du ja auch nicht«, erwiderte ich und war insgeheim

erleichtert. Margret auf Inliners in einem Pulk von zigtausend Menschen mochte ich mir nicht vorstellen. Wahrscheinlich hätte sie innerhalb kürzester Zeit Ganzkörperkontakt zum Asphalt.

»Was macht ihr eigentlich Weihnachten – du und Paula?« wechselte Margret das Thema, während sie sich wieder vom Geländer abstieß und wir uns gemeinsam auf die Runde begaben.

»Ach je, ist es schon wieder soweit?« stöhnte ich.

»Bald«, bestätigte Margret.

»Nun, wir haben bisher noch gar nicht darüber gesprochen. Warum fragst du?«

»Vielleicht habt ihr Lust, Heiligabend mit uns zu verbringen«, schlug sie vor. Sie stieß sich etwas kraftvoller ab und ruderte sofort mit beiden Armen, statt sie seitlich ruhig mitschwingen zu lassen. Ich bemühte mich, darüber hinwegzusehen. »Hanna ist eine phantastische Plätzchenbäckerin. Außerdem spielt sie wundervoll Klavier«, fügte Margret hinzu.

Ich war mir nicht sicher, ob Paula wirklich Lust auf ein stimmungsvolles Weihnachtsfest mit Plätzchen und deutschem Liedgut hatte, aber das ließ sich ja herausfinden. Hin und wieder saßen wir auch zu viert zusammen und dass sie die Gesellschaft von Margret und Hanna schätzte, hatte sie erst kürzlich nach einem gemeinsamen Abendessen im Haus der beiden gesagt. »Ich werde mit Paula reden«, versprach ich. »Vielleicht gibt es ja schon Familienpläne, von denen ich noch nichts weiß und auf die ich Rücksicht nehmen muss.«

»Seid ihr sonst bei euren Eltern?«

Ich schüttelte den Kopf. »Nein, bislang waren wir entweder verreist und haben es genossen, für niemanden erreichbar zu sein, oder Paula hat eine Stippvisite bei ihren Eltern gemacht, während ich mir einen schnulzigen Film angesehen und sämtliche Marzipankugeln verspeist habe. Und meine Eltern wohnen in der Nähe von Hannover. Ich habe jahrelang wenig Kontakt zu ihnen gehabt. Weihnachten zieht es mich da auch nicht hin.«

Margret schnaufte angestrengt, lief aber tapfer weiter. »Meine Eltern leben beide nicht mehr. Und Hannas alte Herrschaften wollen nichts von uns wissen.«

Ich sah sie von der Seite an. »Ach, nein?«

»Nein, Hanna ist seit dreißig Jahren für sie gestorben – seit sie erzählt hat, dass wir beide einander lieben und zusammenleben wollen. Ihre Schwester informiert sie immer mal wieder, wie es den alten Leutchen so geht.«

»Oh«, sagte ich. »Das ist ja bitter.«

»Ja. Hanna leidet sehr darunter und hofft, dass es eines Tages doch noch mal die Möglichkeit gibt, sich auszusprechen und zu versöhnen«, fuhr Margret fort. »Immerhin – die beiden sind ja mittlerweile weit über achtzig – und vielleicht verspüren sie ja irgendwann doch den Wunsch, mit Hanna Frieden zu schließen – bevor es zu spät ist. Daran klammert sie sich jedenfalls, und ich kann es ihr nicht verdenken.«

»Ist das realistisch?« fragte ich.

Margret blieb nun doch stehen und atmete tief durch. Wir setzten uns auf eine Bank und zogen die Inliners aus.

»Ich weiß nicht. Vielleicht, vielleicht auch nicht«, fuhr sie fort. »Menschen können sich in besonderen Situationen oder aufgrund einschneidender Ereignisse ändern, davon bin ich überzeugt, allerdings ...« Sie schnürte ihre Stiefel und hielt dann kurz inne. »Der Vater ist damals ein ziemlicher Kotzbrocken gewesen. Meine Güte, hat der uns beschimpft, das kannst du dir gar nicht vorstellen, wirklich nicht. Und seiner Tochter hat er angedroht, sie zu enterben und zu verstoßen und so weiter und so fort. Filmreif, kann ich dir sagen. Hanna hat sich äußerlich nicht davon beeindrucken lassen, aber ... na ja, sie war ziemlich verzweifelt, dass es so gar keine Lösung zu geben schien, beides unter einen Hut zu bekommen: ihre Liebe zu mir und die Anerkennung durch ihre Eltern. Wir sind kurze Zeit später nach Berlin gezogen, haben studiert, angefangen zu arbeiten, kurzum unser

Leben hier gelebt, und irgendwann hat sie sich damit abgefunden, mit ihrem Wunsch, an der Situation etwas zu ändern, allein dazustehen, doch gerade nach dem Unfall ...« Sie zuckte die Achseln, und wir standen auf.

»Und in deiner Familie, ist da alles glattgegangen?« knüpfte Margret später wieder an, als wir im Auto saßen.

Ich lachte. »Nein, ganz und gar nicht, in keiner Hinsicht. Aber was meine Liebe für Frauen angeht, so musste ich keine Kämpfe ausfechten. Allerdings hat meine Mutter das nie sonderlich ernst genommen und sich meistens darüber lustig gemacht. Bis vor einiger Zeit jedenfalls.«

»Ist schon merkwürdig, diese Familienbande«, sagte Margret nach einer längeren Pause. »Richtig lösen kann man sich nicht davon – ob man nun Kontakt hat oder nicht.«

»Was haben denn deine Eltern zu deiner Liebe für Frauen gesagt?« fragte ich.

»Nichts.«

»Wie – nichts?«

Margret lächelte mich von der Seite an. »Nichts eben. Sie haben es ignoriert. Jedes Gespräch darüber wurde im Keim erstickt. Sie waren freundlich und zugewandt – auch Hanna gegenüber –, aber sie waren außerstande, uns beide als Liebespaar anzuerkennen. Selbst als ich es ihnen mal sehr deutlich unter die Nase gerieben habe, kam keinerlei Reaktion. Damit konnte ich im Vergleich zu dem Aufruhr, den Hanna bei ihren Eltern ausgelöst hatte, aber noch sehr zufrieden sein. Ich war mit ihr gemeinsam jederzeit willkommen, und auch wenn wir all die Jahre über konsequent in verschiedenen Zimmern untergebracht wurden, mangelte es nie an Herzlichkeit und Gastfreundschaft. Sie mochten uns, aber sie wollten nichts von unserer Liebe wissen. Ende.«

»Das hört sich ja stockkonservativ an«, bemerkte ich.

»Na klar – bedenke bitte, dass wir gut zehn Jahre älter sind als du und Paula, und die siebziger Jahre waren nicht das Jahrzehnt der Lesben und Schwulen, nicht in Deutschland und schon gar nicht in der Provinz«, erläuterte Margret. »Hannas Vater ist Unternehmer gewesen, steinreich, mit viel Einfluss; mein Vater war Rechtsanwalt mit einer großen Kanzlei, die er von seinem Vater übernommen hatte – viel Tradition, viel Fassade, wenig Spielraum. Ich kann mich daran erinnern, dass mal ein junger Mann, der ein Praktikum bei ihm absolvierte, hochkantig rausflog, als bloß der leise Verdacht aufkam, er könnte schwul sein – irgend jemand hatte ihn in eine einschlägige Bar gehen sehen. Das allein hat genügt. So war das eben damals. Heute ist vieles ganz anders, aber man trifft trotzdem immer noch Menschen, die sich angeekelt abwenden oder völlig konsterniert sind, wenn sie erfahren, dass man nicht heterosexuell ist.«

Ich dachte an Adele. Immerhin – sie hatte sich trotz ihres deutlich formulierten Standpunktes nicht davon abhalten lassen, mich in ihre Laube einzuladen, um mit mir über Lena zu sprechen und Mirabellenschnaps zu trinken. Es begann zu schneien, und ich fuhr langsamer. Ich sollte ihr ein Weihnachtsgeschenk machen, dachte ich. Irgendeine Kleinigkeit. Doch Kleinigkeiten waren häufig die schwierigsten Geschenke. Man zerbrach sich den Kopf und lag am Schluss dennoch völlig daneben.

Wenig später setzte ich Margret bei sich zu Hause ab und fuhr zu Paula. Es war Samstagnachmittag. Beim Abendessen erzählte ich von Margrets Vorschlag, Heiligabend gemeinsam zu feiern. Paula legte ihre Gabel beiseite und stand auf.

»Gerade heute ist diese Einladung gekommen.« Sie schwenkte eine Karte und setzte sich wieder zu mir.

»Rieke und Toni«, mutmaßte ich nach einem Blick auf das Motiv auf der Vorderseite – ein romantisches Hotel inmitten einer verträumten Schneelandschaft.

Paula nickte. »Wir sind über die Weihnachtstage eingeladen – wann auch immer wir Lust haben zu kommen.«

»Und du hättest Lust?«

»Ja, ich fände es schön, die beiden zu besuchen – mit dir zusammen«, antwortete Paula. »Wir könnten ja den Heiligabend noch hier verbringen, bei Margret und Hanna, und uns am nächsten Tag in aller Ruhe auf den Weg machen. Du hast doch sicherlich auch zwischen den Jahren frei?«

»Ja, schon, aber .... die beiden sind wahrscheinlich gerade jetzt vollauf mit ihrem Hotel beschäftigt und können sich kaum um privaten Besuch kümmern«, wandte ich ein. Außerdem wäre ich lieber mit dir allein, dachte ich. Mir ist nicht nach Rieke – alte Geschichten hatte ich in letzter Zeit genug.

»Sie möchten trotzdem, dass wir kommen.« Paula öffnete die Karte. »Sie schreiben, dass sie ein wunderbares Kaminzimmer haben und sich vorstellen, nach einem langen Spaziergang dort mit uns vor dem flackernden Feuer zu sitzen – bei diversen lukullischen Genüssen selbstverständlich – und bis tief in die Nacht hinein zu plaudern und zu lachen, während das Holz knistert. Wie klingt das?«

Seit wann legt Paula wert auf lukullische Genüsse? fragte ich mich. Und gegen ein Kaminfeuer an sich ist ja nichts einzuwenden, aber ich wäre dann doch lieber allein mit ihr. Ich war mir nicht sicher, ob ich sagen sollte, was ich dachte, also schwieg ich einen Moment, womit aber natürlich klar war, dass ich Paulas Begeisterung nicht unbedingt teilte. Sie ließ die Karte sinken. »Du hast keine Lust, stimmt's?«

»Na ja, lass es mich so ausdrücken: zu viele Menschen, zuviel Unruhe«, gab ich zu.

»Hm, zuviel Unruhe also«, sagte Paula bedächtig. »Bist du sicher, dass es darum geht und nicht etwa mit Rieke zu tun hat?«

Am liebsten hätte ich ihren Verdacht sofort im Brustton der Überzeugung von mir gewiesen, aber plötzlich kam es mir albern vor, das Thema im Keim zu ersticken.

»Wahrscheinlich hat es auch mit ihr zu tun, aber *ich* habe kein Problem mit Rieke«, erklärte ich dann zögerlich.

Paula zog eine Augenbraue hoch. »Wie darf ich das verstehen?«

»Nun, um ehrlich zu sein ...«

»Jetzt bin ich aber gespannt.«

»Manchmal habe ich den Eindruck, dass du ein Problem mit ihr hast«, fuhr ich fort.

»Natürlich – deswegen habe ich ja auch Lust, sie zu sehen«, erwiderte Paula in ironischem Ton.

Ich winkte ab. »Ich finde, ihr beide solltet euch mal gründlich aussprechen, und zwar unter vier Augen und auch nicht ausgerechnet zu Weihnachten. Keine Toni dabei und ich auch nicht.«

»Danke für den Tip, und wozu genau soll das gut sein?«

»Na, ich schätze, du hast ihr gegenüber nach wie vor ein schlechtes Gewissen, und bei Rieke laufen unterschwellig auch noch ein paar andere Sachen ab – nicht nur rein freundschaftliche Gefühle oder das Bedürfnis, eine Freundschaft zu erhalten und aus uns vieren eine harmonische Frauengruppe zu machen«, entgegnete ich.

»Zum Beispiel?«

Ich hob abwehrend die Hände. »Ich kenne sie nicht gut genug, um das im einzelnen benennen zu können, aber ich bin mir ziemlich sicher, dass sie dir nur so offen und locker begegnen kann, weil es Toni gibt. Wäre sie Single ...«

»Na, das ist doch verständlich«, meinte Paula.

»Dann sind wir uns ja einig.«

Paula musterte mich eine Weile aufmerksam und schürzte dann die Lippen. »Du bist eifersüchtig.«

Ich tippte mir an die Stirn. »Du spinnst, meine Liebe. Ich war noch nie eifersüchtig. Ich kenne das Gefühl gar nicht.«

»Einmal ist immer das erste Mal.«

Ich wollte etwas sagen, doch sie beugte sich vor und schnitt mir das Wort ab. »Einigen wir uns doch auf folgendes: Du liegst bestimmt nicht ganz falsch mit deiner Einschätzung, was Rieke und mich angeht – da muss ich mal in Ruhe drüber nachdenken – das ist das eine. Und das andere: Du bist zumindest eine Spur eifersüchtig.«

»Meine Güte, warum sollte ich?«

»Rieke und ich kennen uns schon sehr lange, und wir haben eine lange gemeinsame Geschichte. Unsere Beziehung hingegen ist noch ziemlich jung ...«

»... und wir beide hatten viel Stress in letzter Zeit«, vervollständigte ich den Satz. »Stress, den ich verursacht habe.«

»Vielleicht befürchtest du ja – tief im Innersten –, dass ich Rieke gegenüber nicht nur ein schlechtes Gewissen habe, sondern meine Entscheidung manchmal bereue«, sagte Paula leise. »Gerade nach den letzten Monaten.«

Ich spürte einen Stich im Magen. Niemals hätte ich das so aussprechen können oder wollen. Ich schluckte. »Und?«

»Nein.«

»Einfach nein?«

»Genau – einfach nein.«

»Trotz allem?« Ich wollte – musste es genau wissen.

»Du weißt selbst, dass das letzte Jahr nicht einfach war«, erwiderte Paula nach einer kleinen Pause, die mir elend lang erschien. »Weder für dich noch für mich, aber jetzt sitzen wir hier beisammen und reden und frotzeln uns ein bisschen an und sind ganz zufrieden, dass sich alles so gefügt hat, nicht wahr?«

Ich nickte langsam. »Ja. Da bin ich aber froh.« Das war maßlos untertrieben. Eine Zentnerlast fiel mir vom Herzen.

Sie lächelte mich an und griff über den Tisch nach meinen Händen. »Ich bin auch froh. Über uns beide. Dass wir doch irgendwie die Kurve kriegen. So sieht es im Moment jedenfalls aus, nicht?«

»Stimmt, trotz Seitenwind«, bestätigte ich. Ich streichelte ihre Hände. »Also wirst du es verkraften, Rieke und Toni über die Weihnachtstage nicht zu besuchen?«

»Ganz bestimmt. Wir beide sollten uns ein paar schöne Tage machen – wo auch immer.«

»Weißt du was?« fragte ich, als wir einen Moment später das Geschirr in die Küche trugen. »Vielleicht finden wir ja einen Ort, wo wir ein Kaminzimmer für uns alleine haben. Mit prasselndem Feuer und Bärenfell. Ich könnte mir schon vorstellen ...« Ich grinste.

Paula, die am Geschirrspüler stand, drehte sich lachend zu mir um. »Das ist ja richtig kitschig.«

»Manchmal ist kitschig genau das Richtige«, gab ich zurück und trat zu ihr.

Sie verschränkte die Arme vor der Brust und grinste ebenfalls. »Du und kitschig, ich glaub's ja nicht. Das hätte mir mal jemand vor zwei Jahren sagen sollen ...«

»Ja, und? Was wäre denn dann gewesen?« fragte ich und schlang die Arme um ihren Hals.

»Gar nichts«, erwiderte sie leise und legte ihre Hände auf meinen Po. »Ich hätte mich garantiert so oder so rettungslos in dich verliebt. Was anderes kann ich mir nicht vorstellen.«

»Du willst dich jetzt bloß einschmeicheln«, sagte ich leise und begann an ihrem Ohr zu knabbern.

»Warum sollte ich?«

»Ganz einfach – es ist Samstagabend, wir haben beide frei und nichts weiter vor, sind in bester Stimmung und du willst jetzt unbedingt Sex mit mir haben, stimmt's?«

Paula kicherte. »Stimmt.«

»Gleich hier in der Küche?«

»Was? Nein, natürlich nicht ...«

»Wieso nicht? Hattest du noch nie Sex in der Küche?« hakte ich nach und genoss die kribbelige Wärme, die durch meinen Bauch strömte.

Sie überlegte einen Moment, und ich versuchte in ihrem Gesicht zu lesen. »Also doch. Verschweigst du mir was?« Ich zog sie von der Küchenzeile weg in Richtung Esstisch. »Darüber sollten wir reden. Setz dich.«

Sie lachte – ein aufgeregtes Lachen mit zurückgelegtem Kopf.

»Du sollst dich setzen.« Ich schob sie zurück, bis sie auf dem Küchentisch saß und ich zwischen ihren Beinen stand. »So gefällt's mir.« Ich öffnete den Reißverschluss ihrer Jeans.

»Hör mal, Ariane, das ist doch ziemlich unbequem«, erklärte sie in genau dem abwehrenden, lasziven Ton, der mich erst recht davon überzeugte, genau das Richtige zu tun. Sie hielt meine Hände fest. »Lass uns doch ins Bett gehen.«

»Später gerne.«

Ich befreite meine Hände und zog Paula in meine Arme. Während ich sie küsste, schob ich ihr Jeans und Höschen über den Po. Sie wehrte sich nicht wirklich, als ich ihr die Sachen auszog und ihren Oberkörper sanft und doch unmissverständlich nach hinten drängte, bis sie mit dem Rücken auf dem Tisch lag. Ich hob ihre Beine an und spreizte sie. Paula atmete heftig, und ich war so erregt, dass ich am ganzen Körper zitterte und einen Moment lang kaum wusste, wo ich sie zuerst liebkosen sollte. Ich stand zwischen ihren Schenkeln, drang mit drei Fingern langsam in sie ein und sah ihr dabei direkt in die Augen. Sie atmete scharf ein, ich beugte mich über sie und ließ sie nicht aus den Augen, während ich meinen Arm bewegte. Und meine Hüften. Mit der anderen Hand öffnete ich meine Hose. Ich war feucht und weich und ich gierte nach einem Höhepunkt. Paula schien es ähnlich zu gehen. Sie krallte ihre Finger in mein Haar und stöhnte, während sich ihr Po hob und senkte. Aber nicht laut genug.

»Du bist viel zu leise, meine Schöne«, flüsterte ich. »Lass mehr hören. Viel mehr.«

Sie warf den Kopf von einer Seite zur anderen. »Schneller, bitte mach schneller.«

Ich tat ihr den Gefallen und mir auch. Wir kamen fast gleichzeitig, und einen Moment lang befürchtete ich, dass der Tisch dem Ansturm unserer Leidenschaft nicht standhalten würde. Dann zog ich Paula in meine Arme.

»Na komm, worauf wartest du? Lass uns endlich ins Bett gehen«, flüsterte ich.

Später schlief Paula neben mir ein. Ich atmete den Duft ihres Haares ein und fühlte mich wohlig und zufrieden. Es sah aus, als hätte ich mein Gleichgewicht zurückgewonnen. Zumindest war ich dabei, alles zu tun, was mir dafür nötig schien.

Einige Tage vor Weihnachten besuchte ich Adele. Sie lebte nun in Lenas Wohnung und war ziemlich erstaunt, mich zu sehen.

»Hätte ich ja nicht gedacht, dass du dich noch mal blicken lässt«, sagte sie und winkte mich herein.

Sie trug einen altmodischen Kittel und Hausschuhe. Trotz des schummrigen Lichts in der Küche sah ich, dass sie sich freute und fast ein wenig verlegen war. »Hattest du hier in der Gegend zu tun?«

»Nein«, antwortete ich. »Ich wollte sehen, wie es dir geht, und außerdem wollte ich dir ein kleines Geschenk vorbeibringen.«

»Ein Geschenk?« Sie setzte sich auf einen alten Küchenstuhl und bot mir einen anderen an. »Wieso das denn?«

»Es weihnachtet sehr, Adele.«

»Tatsächlich? Ich steh ja nicht auf so 'n Kram, aber ...« Sie warf mir einen schrägen Blick zu. »Ich hab gerade Kaffee gekocht. Willst du eine Tasse?«

Ich nickte. »Gerne.«

Die Küche hatte schon bessere Zeiten gesehen, soviel stand fest. Das Mobiliar war Jahrzehnte alt, wies jede Menge Gebrauchsspuren auf, und die wenigen technischen Geräte waren nicht gerade auf dem neuesten Stand. Auf dem Tisch lag eine abwaschbare Decke, und die Bilder an den Wänden stammten aus einem Kalender. Es war warm und aufgeräumt, es roch angenehm, und der Kaffee schmeckte hervorragend.

»Gibt's irgendwelche Neuigkeiten aus der Kolonie?« fragte ich.

Sie zuckte mit den Achseln. »Alles vorbei. Na ja, ist vielleicht auch besser so – ich bin nicht mehr gut zu Fuß, und die Arbeit ging mir auch schon mal leichter von der Hand. Wie das so ist mit den Jahren.«

»Verstehe.«

»Ach, ja?«

Ich lächelte. »Nicht wirklich, nein. Warum pachtest du nicht einen anderen Garten. Es gibt doch immer mal wieder ...«

»Noch mal neu anfangen? Wo doch die Erde in Berlin so mies ist – ich brauche Jahre, um sie aufzupäppeln«, entrüstete sich Adele. »Bis da was Vernünftiges wächst.« Sie winkte ab.

»Na und?«

»Wie – na und?« Misstrauen spiegelte sich in ihrem zerfurchten Gesicht.

»Du hast doch Zeit oder nicht?«

Adele zündete sich einen Zigarillo an und blies mir den Rauch ins Gesicht. »Was weißt du denn schon? Außerdem – ganz so einfach ist es nun auch wieder nicht, eine schöne und noch dazu preiswerte Parzelle zu bekommen.«

»Nun, ich hätte da eine Adresse.«

»Was du nicht sagst.« Sie sah aus, als traute sie mir keinen Meter über den Weg.

»In Teltow, an der Bahn.«

»Und den ganzen Tag Zugverkehr – pah, wie öde!« Adele schüttelte den Kopf.

»Na komm, bislang hattest du es mit dem vorbeirauschenden Autoverkehr auch nicht gerade idyllisch«, wandte ich ein. »Und die Züge stinken wenigstens nicht. Außerdem sind die Gärten groß, die Leute nett ...«

»Woher willst du denn das wissen?« blaffte sie zurück. »Bist du neuerdings unter die Laubenpieper gegangen? Würde mich doch sehr wundern. Außerdem sind das da alles Ossis.«

Als ich mich bei Riekes Freund Georg nach einem Garten erkundigt hatte, war mir klargewesen, dass Adele sich sperren und alle möglichen Einwände finden würde, um die Idee eines Neubeginns von sich zu weisen, zumindest am Anfang. Dennoch war ich mir ziemlich sicher, dass letztlich ihre Neugier und ihre Lust am Gärtnern die Oberhand gewinnen würden. Also nahm ich ihre abweisende Haltung gelassen und fast amüsiert hin.

»Du könntest es dir wenigstens mal angucken«, schlug ich vor. »Ich bin da ganz zufällig drauf gestoßen ...« Ich nahm einen Umschlag aus meiner Jacke. »Hier habe ich dir alles aufgeschrieben. Und falls es dir doch gefällt – den ersten Mirabellenbaum schenke ich dir. Das ist sozusagen mein Weihnachtspräsent.«

»Na, das hast du dir ja schön ausgedacht«, sagte sie in strafendem Ton und blinzelte.

»Finde ich auch.« Ich trank meinen Kaffee aus und stand auf. »Ruf mich an«, sagte ich. »Und ein schönes Weihnachtsfest wünsche ich dir. Genieß es.«

Ich legte ihr kurz eine Hand auf die Schulter, dann wandte ich mich um. »Mach's gut und bis bald, Adele.«

Ich stand schon auf der Straße an meinem Wagen, als oben das Fenster aufgerissen wurde und Adele den Kopf herausstreckte. »Du bist wirklich total verrückt, weißt du das?«

Ich breitete die Arme aus. »Mag sein.«

»Na, egal. Trinkst du im nächsten Sommer Mirabellenschnaps bei mir?«

»Ich hatte gehofft, dass du das sagen würdest.«

Ich winkte, sie winkte zurück.

Der Augenblick war perfekt.

## 24

Die Weihnachtstage waren wunderbar – harmonisch, entspannend, rundum friedlich. Kein einziges Wölkchen trübte meine Stimmung. Nach einem festlich-besinnlichen Heiligabend bei Margret und Hanna setzten Paula und ich uns in Richtung Österreich ab, um uns in einem kleinen Hotel in der Nähe von Salzburg verwöhnen zu lassen. Ein Kaminzimmer gab es dort zwar, aber natürlich stand es uns nicht allein zur Verfügung. Ich hatte erwartet, dass wir wie im letzten Urlaub ständig Lust aufeinander haben würden, aber diesmal war es anders. Natürlich verführten wir einander, aber das stand nicht im Mittelpunkt. Wir genossen die Nähe und Vertrautheit zwischen uns und redeten halbe Nächte über Gott und die Welt. Einmal bekam ich mit, dass Paula mit Rieke telefonierte, und der leise Stich in meinem Herzen war deutlich zu spüren. Ich sagte nichts, aber Paula merkte doch, was los war. Und als sie mich darauf ansprach, gab ich ihr nach kurzem Zögern recht. Immerhin.

Als Paula und ich zwei Tage vor Silvester ausgeruht und zufrieden nach Berlin zurückkehrten, schien die Welt endlich einmal völlig in Ordnung zu sein. Wir redeten darüber, was wir Silvester unternehmen könnten und entschlossen uns, kaum dass wir die Autobahn verlassen hatten, direkt zu mir nach Hause zu fahren, weil ich die größere Badewanne hatte. Genüssliches Geplänkel und Geturtel.

Das erste, was ich beim Betreten der Wohnung bemerkte, war der blinkende Anrufbeantworter. Ich hörte die Nachrichten ab, während Paula unsere Taschen, ordentlich wie sie war, schnurstracks ins Schlafzimmer brachte. Ein Anruf war von Margret, die einfach nur hören wollte, ob wir schon wieder daheim waren; eine Nachricht mit Weihnachtsgrüßen stammte von einem Arbeitskollegen, den ich vor den freien Tagen nicht mehr gesehen hatte; bei zwei Anrufen war nichts hinterlassen worden. Beim fünften und letzten stockte ich. Mein Vater. Er sprach leise und sagte nur, dass ich ihn so schnell wie möglich zurückrufen sollte. Ich hörte, dass Paula ins Bad ging und den Hahn weit aufdrehte, so dass das Wasser tosend in die Wanne brauste, während ich die

Nummer meiner Eltern wählte. Mein Vater nahm nach dem zweiten Klingeln ab.

»Hallo, Papa«, sagte ich. »Wir sind gerade nach Hause gekommen. Sind meine Weihnachtsgrüße noch rechtzeitig eingetroffen?«

»Ja, danke.«

»Na bitte, es geschehen noch Zeichen und Wunder – manchmal kann man sich eben doch auf die Post verlassen.«

»Ja.«

Schweigen in der Leitung. Irgendwas stimmte nicht. Irgendwas stimmte überhaupt nicht.

»Papa?«

»Ja ...«

»Was ist los?«

Er räusperte sich. »Komm bitte. Deine Mutter liegt im Sterben.«

Merkwürdig, schoss es mir blitzartig durch den Kopf, das überrascht mich nicht. Bevor mich dieser unerwartete Gedanke schockieren konnte, begriff ich, dass ich tief im Inneren seit meinem letzten Besuch mit dieser Nachricht gerechnet hatte. Meine Mutter war schon lange krank. Todkrank. Aber eine verschwommene Ahnung war etwas anderes als kurz nach einem wunderschönen Urlaub eiskalt von einer Hiobsbotschaft erwischt zu werden und sofort reagieren zu müssen. Mein Kopf dröhnte.

»Hörst du, Ariane?«

Ich nickte, bis mir einfiel, dass er das nicht sehen konnte.

»Ich mache mich sofort auf den Weg«, sagte ich und beendete das Telefonat.

Ich ging ins Bad zu Paula. Sie fuhr mit einer Hand über den duftenden Badeschaum und lächelte mich an. Aber nur für einen Moment.

»Was ist?« fragte sie.

»Ich muss nach Hannover.«

»Jetzt gleich?«

»Meine Mutter liegt im Sterben.«

Paula erblasste und stellte das Wasser ab. »Mein Gott, was ... was hat sie?«

»Ich weiß es nicht. Als ich letztens da war, ist mir nur aufgefallen, dass sie stark abgenommen hatte. Sie wollte nicht darüber sprechen. Und dann ... ja ...« Ich wandte mich zur Tür um. »Es ging mir so viel im Kopf herum ...«

»Warte«, sagte Paula und folgte mir. »Ich koche eine Thermoskanne Kaffee, dann können wir los.«

»Wir?«

»Na klar.«

»Ich glaube, ich möchte alleine sein«, entgegnete ich.

»Du warst in diesem Jahr schon genug allein – ich will dich begleiten, und sei es nur, um dich beim Autofahren abzulösen.«

»Paula, das ist wirklich lieb, aber ...«

»Ariane – mein Entschluss steht fest.«

Ihre Stimme klang, als dulde sie keinerlei Widerspruch. Wir sahen uns an. Schließlich nickte ich, und eine halbe Stunde später machten wir uns wieder auf den Weg. Es war noch warm im Auto. Paula setzte sich ans Steuer. Ich dachte daran, wie unbeschwert wir eben erst angekommen waren und wie wenig ich die Nachricht meines Vaters bislang an mich heranlassen konnte. Die seltsame Mischung aus der leisen Vorahnung, die mich in den letzten Wochen immer wieder beschlichen hatte, ohne dass ich sie wirklich hatte deuten können, und dem Schock lähmte mich. Eine Lähmung, die ich begrüßte. Sie war ein Schutzwall, den ich brauchte – im Moment jedenfalls.

Meine Mutter lag im Universitätsklinikum. Per Handy hatte ich noch einmal mit meinem Vater telefoniert, und wir waren übereingekommen, uns gleich am Krankenhaus zu treffen. Es gab mir einen heftigen Stich, als ich meinen Vater frierend am Eingang auf und ab gehen sah. Paula legte mir kurz die Hand auf den Rücken.

»Ist er das?« fragte sie.

»Ja. Das ist mein Vater.«

Ich beschleunigte meine Schritte, während Paula etwas zurückblieb. Mein Vater bemerkte mich und kam mir entgegen. Er sah mich an. Sein Gesicht war grau. Ich zog ihn wortlos in meine Arme.

»Danke, dass du gekommen bist«, sagte er.

»Natürlich bin ich gekommen. Und ich habe Paula mitgebracht.«

»Das ist gut.«

Er blickte auf, und ich stellte die beiden einander vor.

»Ich wünschte, wir hätten uns unter erfreulicheren Umständen kennengelernt«, sagte mein Vater und versuchte erst gar nicht zu lächeln.

»Das hätte ich mir auch gewünscht.« Paula drückte seine Hand. »Es tut mir leid. Wie geht es Ihrer Frau?«

»Schlecht. Aber«, er zeigte zur Tür, »lasst uns doch reingehen. Es ist ziemlich ungemütlich hier draußen.«

Wir fuhren mit dem Fahrstuhl nach oben, und in dem fahlen Licht sah mein Vater noch schlechter aus. Niemand sagte etwas. Ich blickte auf die Etagenanzeige und war nicht erstaunt, als der Lift hielt und hinter der mit sanftem Summen beiseite gleitenden Tür ein Schild mit der Aufschrift »Onkologie« sichtbar wurde. Krebsstation. Wir betraten einen breiten hellen Flur mit bunten Bildern und Fotos an den Wänden, und plötzlich traf mich die Angst wie ein Giftpfeil aus dem Hinterhalt. Ich blieb stocksteif stehen, mein Gaumen wurde trocken, und mein Herz raste. Wenn ich jetzt schlappmache, fuhr es mir durch den Kopf, kann ich nie wieder vor mir selbst bestehen – und das nach allem, was im Laufe dieses Jahres passiert ist. Vor meinem Vater auch nicht. Und vor Paula? Ich weiß es nicht. Ich will da nicht rein. Um Gottes willen, nein. Ich habe noch nie am Bett einer Sterbenden gesessen. Und da drin liegt meine eigene Mutter. Gehasst, verachtet, gefürchtet – auch geliebt, bewundert, irgendwann, irgendwie. Ich weiß nicht einmal mehr, wann ich überhaupt das letzte Mal am Bett meiner gesunden Mutter gesessen habe. Vor tausend Jahren.

»Alles in Ordnung?« Mein Vater sah mich an und blieb vor einer Tür stehen, während Paula ein paar Schritte weiterging und in einer Sitzecke Platz nahm.

Ich schüttelte den Kopf und sah zur Seite. »Nein.« Ich wollte nicht, dass er mein nacktes Gesicht sah und die Furcht, die sich darauf abzeichnete. »Weiß sie, dass ich komme?«

»Es war ihr Wunsch.«

Auch das noch. »Papa ...«

»Wir gehen gemeinsam zu ihr«, sagte er sanft.

»Was genau hat sie denn nun eigentlich?« fragte ich, und es war mir klar, dass ich Zeit schindete. Zeit, die mir und meiner Mutter abgezogen wurde.

»Sie ist voller Krebs«, antwortete mein Vater. »Schon sehr lange wahrscheinlich. Sie ist erst zum Arzt gegangen, als sie die Schmerzen gar nicht mehr leugnen konnte, und da war natürlich alles längst zu spät. Ich denke, sie hat es gewusst.« Er legte die Hand auf die Klinke. »Bist du soweit?«

Nein, ich war nicht soweit. Ich würde nie soweit sein. Ich nickte, und er öffnete die Tür.

Meine Mutter lag allein in dem großen Zimmer. Ihr Bett stand am Fenster. Sie wandte langsam den Kopf, als ich näher trat. Auf der Straße hätte ich sie nicht wiedererkannt, so sehr hatte sie an Gewicht, an Substanz verloren. Das Haar war fast weiß, und die Augen lagen in schwarzumränderten Höhlen. Und doch – dieses deutlich schmalere Gesicht ähnelte viel eher dem Antlitz, das ich aus meiner Kindheit in Erinnerung hatte. Ich erschrak, als sie zu lächeln versuchte. Wie groß ihr Mund war, die Zähne überdimensional, als hätte sie ein fremdes Gebiss bekommen, das nicht passte.

»So sieht man sich wieder«, flüsterte sie.

Das Sprechen bereitete ihr Mühe. Ich sah auf ihre trockenen Lippen und versuchte zurückzulächeln. Sie schüttelte den Kopf, als wollte sie mir signalisieren, dass ich mir keine Mühe machen sollte, und sah meinen Vater an. »Lass mich allein mit ihr.«

O Gott, bitte nicht, dachte ich. Was ist, wenn ...? Die Tür klappte leise, und auf einmal waren wir allein.

»Setz dich zu mir«, sagte sie. »Und keine Angst – ich beiße nicht. Nicht mehr.«

Ich nahm mir einen Stuhl und stellte ihn neben ihr Bett. Es war still in dem Zimmer. Sie atmete langsam.

»Veronika war gestern hier«, bemerkte sie plötzlich. »Sie hält das nicht aus. Mein kleines zartes Mädchen.«

Natürlich nicht, dachte ich.

»Und du?« Sie sah mich an. »Hältst du das aus?«

»Ich weiß es ehrlich gesagt nicht.«

»Du bist stärker. Das warst du immer.«

»Ich musste es sein – zumindest äußerlich.«

»Ja, kann sein.« Sie wandte mühsam den Kopf zu ihrem Nachttisch.

»Brauchst du etwas?« fragte ich.

»Durst«, sagte sie. »Ich habe Durst.«

Ich stand auf und nahm den Becher vom Nachttisch. Mit einer Hand stützte ich ihren Nacken, mit der anderen hielt ich den Becher, der eine Trinköffnung hatte, wie für Kleinkinder, die gerade noch aus der Nuckelflasche getrunken hatten. Sie nahm kleine Schlucke, und ihr Kinn zitterte. »Danke.«

Ich setzte mich wieder. Einige Minuten verrannen.

»Kann ich etwas für dich tun?« fragte ich sie schließlich. »Hast du einen Wunsch?«

»Ja«, sagte sie sofort. »Ich will nach Hause. Bring mich hier weg. Ich will nicht im Krankenhaus sterben.«

»Aber ...«

»Dein Vater will, dass ich hierbleibe. Du kannst ihn überreden. Mach das. Ich will hier weg. Ich will nach Hause«, beschwor sie mich und atmete schneller, geräuschvoller. »Nur du kriegst das hin – die anderen trauen sich nicht.«

»Gut«, sagte ich, und ich war froh, etwas tun zu können.

Ich war auch deshalb froh, weil es mir die Möglichkeit gab, dieses Zimmer zu verlassen und etwas anderes zu sehen als das bleiche Gesicht meiner Mutter.

Mein Vater und Paula sahen mir entgegen, als ich aus dem Zimmer trat und behutsam die Tür hinter mir schloss.

»Lass uns mit dem Arzt sprechen«, sagte ich zu meinem Vater. »Sie will nach Hause. Jetzt sofort.«

»Kommt nicht in Frage. Hier ist sie am besten aufgehoben und hat jederzeit die modernste medizinische Versorgung«, erklärte mein Vater kopfschüttelnd. »Das können wir zu Hause nicht gewährleisten. Wir haben gestern schon darüber gesprochen.«

»Sie will aber nicht die modernste medizinische Versorgung«, sagte ich sanft. »Sie will nach Hause.«

»Ariane – wenn ...«

»Papa«, unterbrach ich ihn. »Hör auf. Lass uns mit dem Arzt reden. Sie will heim, und ich denke, allein das zählt jetzt.«

Er starrte mich an. Er hat mindestens genausoviel Angst wie ich, dachte ich und erwiderte seinen Blick. Einen Moment später ließ er die Schultern fallen, wandte sich um und ging zur Stationsleitung.

Gut zwei Stunden später war alles Nötige organisiert und meine Mutter auf dem Weg nach Hause, wo Veronika uns bereits erwartete; ein Arzt war jederzeit telefonisch erreichbar und konnte auch in Kürze vor Ort sein; ihre Medikamente lagen bereit, und ich war mit der Dosierung vertraut gemacht worden. Meine Schwester war völlig aufgelöst, hektisch und kaum zu etwas zu gebrauchen. Mein Vater, der im Zimmer meiner Mutter Tisch und Stühle rückte, um es ihr, wie er sagte, so bequem wie möglich zu machen, schickte sie schließlich zum Kaffeekochen, und Paula schloss sich ihr an. Ich lief im Flur auf und ab und gab vor, mich mit den Nebenwirkungen des Medikaments zu beschäftigen. Eine merkwürdige Hetze hatte alle ergriffen. Niemand wollte zur Ruhe kommen, alle waren dankbar, wenn sie eine Aufgabe fanden, die zumindest dem Anschein nach sinnvoll schien. Angst, sich zu setzen, die Gedanken in ihrer ganzen Klarheit wahrzunehmen, sie kommen und gehen zu lassen, zu spüren, was passierte und was nicht passierte. Es summte wie in einem Bienenschwarm. Als begänne der Countdown zu zählen, wenn man innehielt. Hektische Totenwache, aber sie war ja noch gar nicht tot. Sie schlief, und zwar ausgesprochen friedlich.

Irgendwann mitten in der Nacht waren alle so erschöpft, dass ich vorschlug, schlafen zu gehen. Mein Vater lehnte das rigoros ab, obwohl er Mühe hatte, sich aufrechtzuhalten, und bestand darauf, bei ihr zu bleiben, doch Veronika und Paula konnte ich überreden. Ich bat meine Schwester, Paula mit zu sich nach Hause zu nehmen. Ich selbst wollte mich im Gästezimmer aufs Ohr legen und meinen Vater bei Bedarf ablösen.

Das kleine Gästezimmer sah immer noch so aus wie vor zwanzig Jahren – ein karg möblierter Raum mit einem ausklappbaren Sofa, einem alten Kleiderschrank, zwei Stühlen und einem winzigen runden Tisch. Hier waren selten Gäste zu Besuch. Ich nahm mir eine Wolldecke aus dem Kleiderschrank, die ein wenig muffig roch, und deckte mich bis zur Nasenspitze zu. Ich war müde wie selten zuvor, aber der Schlaf stellte sich nicht ein. Ich dachte an Margret und Hanna und deren Familiengeschichten, an Mira und die Katzen, an Lena und Adele. Am liebsten würde ich einschlafen und irgendwann am nächsten Morgen aufwachen, um festzustellen, dass alles vorbei war. Mein Vater würde mir die Hand auf die Schulter legen und leise sagen, dass meine Mutter gestorben sei. Friedlich eingeschlafen, wie es immer so schön hieß.

Wir würden weinen und reden und schweigen und mit den Vorbereitungen beginnen, um dieses Leben endgültig abzuschließen. Sarg, Grabstein, eine Rede? Welcher Pastor? Wollte sie überhaupt einen Geistlichen an ihrem Grab? Ich konnte es mir irgendwie nicht vorstellen, aber das musste nichts heißen. Ich schüttelte den Kopf über mich selbst und meine wirren Gedanken und musste mitten in der Bewegung eingeschlafen sein. Plötzlich schreckte ich hoch. Vom Flur fiel Licht herein. Ich blinzelte meinen Vater an, der mir sanft über den Kopf strich. Dann setzte ich mich auf. »Was ist? Ist was passiert?«

»Sie ist wach«, sagte er.

Die Erschöpfung hatte sich noch tiefer in seinem Gesicht eingegraben. Bald würde er solche Furchen haben wie Adele. Meine Güte, hatte ich Adele je nach ihrem Mann gefragt? Irgendwann muss sie ja mal einen gehabt haben. Ich fuhr mir durch die Haare.

»Sie möchte, dass du zu ihr kommst«, fügte mein Vater hinzu.

Ich stand auf. Warum, dachte ich. Warum ausgerechnet ich? Weil Veronika so zart ist? Oder weil es hier nur um sie und mich geht? Oder weil es hier auch um sie und mich geht?

»Wie spät ist es?« fragte ich. Als ob das eine Rolle spielte.

»Halb fünf.«

Ich streckte mich, ging kurz ins Bad und dann auf leisen Sohlen ins Zimmer meiner Mutter. Sie war wirklich wach, fast munter blickte sie mir entgegen. Als ich mich in den am Bett stehenden Sessel setzte, sah ich, dass sie nicht munter war, sondern angespannt. Die Wachheit ihrer Augen erschreckte mich.

»Hast du Schmerzen?« fragte ich.

»Ein wenig.«

»Soll ich dir ...«

»Nein.«

»Aber warum nicht?«

»Sie machen mich müde. Und das will ich jetzt nicht.«

Na und, dachte ich. Schlaf doch, schlaf doch hinüber. Friedlich, unbemerkt. Ich zitterte. Sie sah es. »Wir müssen reden.«

Bevor es zu spät ist, dachte ich.

»Ich habe viel falsch gemacht.«

»Mama, das ist doch jetzt ...«

Sie verzog ihr Gesicht. Es sollte ein Lächeln sein. »Das ist jetzt das Allerwichtigste. Ich habe keine Angst vor dem Tod, weißt du. Hab ich nie gehabt. Was soll einem da schon groß passieren? Aber ich will nicht einfach so gehen, ohne das eine oder andere gesagt zu haben. Gerade zu dir.«

»Du musst dich nicht rechtfertigen, Mama.«

Ich hatte plötzlich Angst vor ihrer Beichte, vor Entschuldigungen, Rechtfertigungen. Das wäre eine fremde Frau ... Sie würde mich zu Tränen rühren. Und das war es, wovor ich Angst hatte. Ich will nicht weinen vor ihr, das wollte ich noch nie. Ich atmete tief durch, um meinen Gefühlsaufruhr zu bändigen.

»Es geht nicht ums Rechtfertigen, Ariane. Es geht um die letzte Gelegenheit, miteinander zu reden. Die allerletzte.«

Dagegen ließ sich schwerlich etwas sagen.

»Du hast Puma nicht getötet«, sagte sie einen Augenblick später. »Ich bin so froh darüber.«

»Warum hast du mich nie danach gefragt? Das hätten wir schon längst ausräumen können.«

»Das ging unter damals. Ich war entsetzt und immer noch krank. Lebenskrank. Wusstest du, dass ich die meiste Zeit nicht besonders gern gelebt habe?«

»Nein, das wusste ich nicht.«

»Du warst immer sehr lebendig und stark«, erzählte sie. »Und starrköpfig. Ich bin kaum gegen dich angekommen, und du hast mir deine Kindheit nie verziehen, hab ich recht?«

Ich schluckte. Natürlich hatte sie recht. Durfte ich ihr das sagen? Oder galt es, diplomatisch zu sein, beschönigende Worte zu finden in dieser einmaligen Situation, die einem das unwiderrufliche Verrinnen der Zeit so eindringlich vor Augen führte?

»Sie ist vorbei«, sagte ich schließlich.

»Nein, ist sie nicht«, widersprach meine Mutter. »Sie holt einen immer wieder ein – in den unmöglichsten Augenblicken. Jeder Schlag, den ich dir verpasst habe, ist mir noch in Erinnerung und dir auch. Man vergisst nichts, gar nichts, das weiß ich selbst nur allzu gut, und alles kommt immer wieder, meist wenn man es am wenigsten erwartet. Ich wünschte nur ...«

»Du konntest wahrscheinlich auch nicht aus deiner Haut«, beschwichtigte ich sie. Sie war aufgeregt, und das wollte ich nicht. Ich nahm ihre Hand. Eine kleine, magere Hand. Als Kind war sie mir übermächtig vorgekommen. Nun konnte ich sie mühelos mit meiner umschließen.

»Ich weiß nicht. Ich hätte vieles besser machen können.« Sie atmete plötzlich schwer und rasselnd.

Bitte nicht, dachte ich, nicht ich. Das kann ich nicht. Das ist nichts für mich. Ich kenne mich nicht aus mit dem Tod und dem Sterben, und warum soll ausgerechnet ich ...?

»Keine Sorge«, sagte sie und atmete wieder leichter. »Es ist noch nicht soweit. Erzähl mir von dir.«

»Von mir?«

»Ja, warum nicht? Ich weiß nicht viel von dir. Unsere Wege haben sich früh getrennt, und du bist immer nur hergekommen, um alte Geschichten zu klären.«

»Aber ...«

»Ich mache dir keinen Vorwurf«, unterbrach sie mich wieder leise rasselnd. »Du fängst wenigstens früh genug damit an. Also erzähl von dir.«

Was sollte ich ihr erzählen, zumal in der Kürze der Zeit? Der Job war vergleichsweise unwichtig, Paula kannte sie nicht, meine Vorlieben und Neigungen – was spielte das jetzt noch für eine Rolle? War das nicht absolut unwichtig?

»Es ist schön, ein Kind zu bekommen«, sagte sie, bevor ich einen Einstieg gefunden hatte. »Merkwürdig – das wollte ich immer, trotz meiner seltsamen Unlust zu leben. Ein Kind zu gebären ist ein bisschen wie Sterben, glaube ich – ein ähnlich mächtiges, unbeschreibliches Ereignis. Der kleine Sohn war so zart, dass ich Angst hatte, ihn zu berühren. Ich konnte es kaum glauben, als er tot war – nur wenige Minuten nach der Geburt. Ich hätte alles für ihn getan. Aber diese Chance bekam ich nicht, vielleicht war ich als Mutter nicht gut genug für ihn. Danach war ich wie eingefroren.« Sie drückte sanft meine Hand. »Du wirst wohl kein Kind bekommen, nehme ich an.«

»Nein, Mama. Ich hatte diesen Wunsch nie.«

Sie versuchte zu nicken. »Sollte wohl nicht sein.«

Wieder schwiegen wir. Ich hörte, dass mein Vater in die Küche ging. Wahrscheinlich kochte er Tee oder Kaffee oder beides.

»Du musst ein bisschen auf ihn achtgeben«, sagte meine Mutter. »Auch wenn Veronika in seiner Nähe ist. Du bist auch seine Tochter, verstehst du?«

Ich nickte und streichelte ihre Hand.

»Kannst du dich eigentlich noch an deinen Großvater erinnern? An meinen Vater?« fragte sie.

Ich schüttelte den Kopf. »Nein. Die Erinnerungen, die ich habe, sind wohl eher auf Fotos und Erzählungen zurückzuführen.«

»Du warst noch sehr klein, als er starb. Er hat sich lange gequält. Es gab Augenblicke, da dachte ich, er hätte es nicht anders verdient. Und es gab Augenblicke, da war ich voller Mitleid. Kurz bevor es vorbei war, dachte ich an eines der wenigen schönen Kindheitserlebnisse zurück. Ich war vielleicht zehn oder elf Jahre alt, als er mich mal zum Angeln mitgenommen hat – nicht etwa einfach so oder weil ich es mir gewünscht hatte, nein, natürlich nicht. Mein Bruder, der ihn begleiten sollte, war krank geworden, und so stimmte er zu, dass ich ihm beim Tragen seiner Ausrüstung half. Wir saßen unten an dem kleinen Flüsschen, das in die Leine führt und damals noch fischreich war. Mein Vater trug diese hohen Gummistiefel und brachte zwei Angeln an. Ich stand hinter ihm und beobachtete die Lichtreflexe, die die Sonnenstrahlen aufs Wasser zauberten, und das leise Schaukeln des Schilfs im Wind. Er sprach nicht viel, eigentlich gar nicht. Natürlich nicht – beim Angeln redet man nicht. Wie beim Essen auch nicht. Wir saßen auf diesen kleinen Stühlchen und warteten. Meine Beine wurden steif, aber um nichts in der Welt wäre ich nach Hause gegangen. Irgendwann gab es Kaffee für ihn und Kakao für mich, dazu Butterstullen und Äpfel. Vielleicht waren es auch Schmalzbrote. Mein Vater war leise und konzentriert, und nichts erinnerte an den tobenden, prügelnden Mann, den ich so oft erlebte.« Sie sah mich kurz an. »Danach war es nicht anders als sonst mit ihm, aber dieses Erlebnis konnte mir keiner mehr nehmen, und ihm ja auch nicht, obwohl ich nie erfahren habe, ob er je an unseren Ausflug zurückgedacht hat. Irgendwie ist dieser Gedanke beruhigend: Niemand, keine Macht der Welt kann Augenblicke auslöschen.«

Gab es so etwas zwischen uns beiden auch? Ich überlegte fieberhaft, bitte, dachte ich, so was muss mir jetzt einfach einfallen. Alles andere ist ungerecht. Sie kann nicht gehen, ohne ...

»Morgens auf dem Markt«, sagte sie. »Du warst noch sehr klein.«

»Ja!« rief ich aus – viel zu laut meiner Ansicht nach, aber sie lächelte, während ich mich erleichtert erinnerte. »Ich durfte den großen Weidenkorb tragen.«

»Er war fast größer als du. Als Baby hast du in ihm geschlafen.«

Ein kleiner Moses? »Er war größer als ich, und es war mitten im Sommer und schon morgens um acht sehr heiß«, erzählte ich eifrig und hatte die Szene lebhaft vor Augen. »Wir schwitzten, der Himmel war knallblau, und man musste einfach früh aufstehen, weil ab mittag alle Räder stillstanden und alle sich in den Schatten verkrochen. Du hast gelacht, weil ich den Korb irgendwann laut stöhnend hinter mir herschleifte und trotzdem steif und fest behauptete, dass ich stark genug sei.« Ich lachte kurz auf.

»Du warst stark. Sehr stark. Egal, worum es ging – du hast dich immer gewehrt und aufbegehrt, und es war dir egal, dass ich wütend wurde ...«

»Nein, es war mir nicht egal ...«

»Gut, es war dir nicht egal, und trotzdem bist du das Risiko eingegangen. Ariane ...«

Ich sah sie an.

»Mein Mädchen, ich wollte dich noch mal lachen sehen.«

Meine Brust wurde eng, viel zu eng für den pochenden, kräftigen Herzschlag. Ihr Atem rasselte plötzlich wieder. Sie schloss die Augen, und ich sah zu, wie ihr Brustkorb sich hob und senkte, während ich ihre Hand hielt. Noch kam der Atem regelmäßig zurück. Aus der Küche hörte ich den Wasserkessel pfeifen und die Schritte meines Vaters. Ein Traktor fuhr vorbei. Jemand rief nach einem Hund.

»Ich trage dir nichts nach«, sagte ich plötzlich laut und deutlich.

Sie antwortete nicht, aber ich war mir sicher, dass sie mich verstanden hatte.

Meine Mutter starb zwei Stunden später.

## 25

Es war gar nicht so einfach gewesen, den richtigen Platz zu finden. Nach meinem Verständnis benötigte man Erde und Sonne und Wasser und mehr nicht, um einen Mirabellenbaum einzupflanzen und im Jahr darauf reichlich Früchte zu ernten. Adele sah mich nur strafend an, als ich diese in ihren Augen völlig laienhafte Gartenphilosophie vergnügt vor ihr ausbreitete.

»Du hast überhaupt keine Ahnung«, sagte sie kopfschüttelnd und schritt vor mir die Parzelle ab, die seit einigen Wochen ihr neues Gartenidyll war. »Aber das hab ich von Anfang an gewusst. Keine Ahnung von nichts, aber eine große Klappe.«

Ihre Gummistiefel starrten vor Dreck, und die Latzhose sah auch nicht viel besser aus. Selbst ihr Gesicht schien Erdkrumen abbekommen zu haben, die sich in die Furchen gesetzt hatten, während sie Beete neu angelegt, umgegraben und Gemüse gepflanzt hatte. Natürlich war der Garten nicht ansatzweise mit ihrem alten Anwesen zu vergleichen – das beteuerte sie ein ums andere Mal, ohne sich jedoch dadurch von der Arbeit abhalten zu lassen. Wahrscheinlich konnte ich mich in ihren Augen glücklich schätzen, dass sie sich gnädig dazu herabgelassen hatte, Georgs Angebot anzunehmen.

»Das braucht Jahre«, sagte sie und breitete die Arme aus. »Mindestens. Aber na ja, warum auch nicht.« Sie zuckte mit den Achseln. »Ist ja auch egal.«

Wir setzten uns auf die Bank vor die Laube. Ein Zug ratterte im Hintergrund vorbei. Gleich meckert sie wieder, dass es so laut ist mit all den Zügen, dachte ich, aber Adele sagte nichts, griente mich nur kurz von der Seite an, als freute sie sich, mir einen Strich durch die Rechnung zu machen.

»Dann hast du also auch jemanden verloren«, sagte sie plötzlich unvermittelt. Vom Tod meiner Mutter hatte ich ihr schon bei meinem letzten Besuch zwei Wochen zuvor erzählt, doch seinerzeit war sie recht schweigsam gewesen. »Merkwürdiges Gefühl, oder? Plötzlich sind sie weg und kommen nicht wieder. Das kapiert man eigentlich gar nicht so richtig.«

Ich sah hinüber zu den Bahngleisen und schlug den Kragen meiner Jacke hoch. Nein, so richtig kapierte ich das auch noch nicht. Andererseits – ich hatte meinen Frieden gemacht mit meiner Mutter. Ganz zum Schluss. Und es war gut so gewesen.

»Ich hab noch Mirabellenschnaps vom letzten Jahr«, bemerkte Adele. »Willst du einen? Das wärmt durch – der Frühling ist dieses Jahr ganz schön frisch.«

Ich sah sie an. »Ja, du hast recht. Der Frühling ist dieses Jahr ganz schön frisch, und ein Schnaps wäre jetzt genau das Richtige.«

Adele stand auf und verschwand in der Laube, wo ich sie rumoren und über die Unordnung schimpfen hörte. Der nächste Zug fuhr durch, und Adele schimpfte noch lauter über die unerträgliche Lärmbelästigung.

Ich lehnte mich zurück und sah auf den alten Weidenkorb, der neben der Bank stand. Er passte wunderbar hierher.

**Kuck, Manuela:**
*Ariane* / Roman
ISBN-13: 978-3-930041-53-4 / ISBN-10: 3-930041-53-7
Originalausgabe

1. Auflage 2006
Lektorat: Andrea Krug, Berlin
Gestaltung und Satz: Grafikbüro Schadenberg, Berlin
Coverfoto: © plainpicture / C. Ebener
Druck: Clausen & Bosse, Leck

# *Was bisher geschah …*

*Rieke, Anfang 40,* betreibt ein florierendes Bistro am Ku'damm. Ihre Tochter ist aus dem Haus, und Riekes Privatleben ist wenig aufregend. Dann taucht eines Tages Paula auf, eine alte Schulfreundin. Sie kehrt aus Frankfurt zurück, wo sie in einer Werbeagentur Karriere gemacht hat. Die beiden Frauen kommen einander näher. Und dann entdeckt Rieke Paulas Geheimnis …

Manuela Kuck
**Hungrige Herzen**
240 Seiten, gebunden
ISBN 3 - 930041 - 36 - 7

*Paula hat es satt,* Schokoriegel zu vermarkten, und wechselt den Job. Als sie sich um den Werbeetat eines Sportartikel-Herstellers bemüht, lernt sie Ariane Köster kennen, eine faszinierende Frau, die es gewohnt ist, den Ton anzugeben. Rieke hat mittlerweile nicht nur geschäftliche Probleme. Sie fühlt sich häufig zurückgesetzt und wünscht sich mehr Zweisamkeit mit Paula. Paula hingegen hat zunehmend Herzklopfen, wenn sie Ariane begegnet …

Manuela Kuck
**Die Rivalin**
276 Seiten, gebunden
ISBN 3 - 930041 - 46 - 4

*www.krugschadenberg.de*